O MINISTÉRIO DO TEMPO

KALIANE BRADLEY

O MINISTÉRIO DO TEMPO

Tradução de Ulisses Teixeira

Rocco

Título original
THE MINISTRY OF TIME

Primeira publicação na Grã-Bretanha em 2024 por Sceptre,
um selo da Hodder & Stoughton uma empresa da Hachette UK

Copyright © 2024 *by* Kaliane Bradley, 2024
O direito de Kaliane Bradley de ser identificada como a autora desta obra
foi assegurado por ela em conformidade com o Copyright, Designs and Patents Act 1988.

9191-008 negativo fotográfico de Lieutenant Graham Gore (Comandante)
© National Maritime Museum Greenwich, Londres
Design do mapa *by* Barking Dog Art

Imagens de abertura de capítulo: Shutterstock

Todos os direitos reservados.
Nenhuma parte desta obra pode ser reproduzida ou transmitida
por meio eletrônico, mecânico, fotocópia ou sob
qualquer outra forma sem a prévia autorização do editor.

Direitos desta edição reservados à
EDITORA ROCCO LTDA.
Rua Evaristo da Veiga, 65 – 11º andar
Passeio Corporate – Torre 1
20031-040 – Rio de Janeiro – RJ
Tel.: (21) 3525-2000 – Fax: (21) 3525-2001
rocco@rocco.com.br
www.rocco.com.br

Printed in Brazil/Impresso no Brasil

Preparação de originais
VANESSA RAPOSO

CIP-BRASIL. CATALOGAÇÃO NA PUBLICAÇÃO
SINDICATO NACIONAL DOS EDITORES DE LIVROS, RJ

B79m

Bradley, Kaliane
O ministério do tempo / Kaliane Bradley ; tradução Ulisses Teixeira. - 1. ed. - Rio de Janeiro : Rocco, 2024.

Tradução de: The ministry of time
ISBN 978-65-5532-461-7
ISBN 978-65-5595-283-4 (recurso eletrônico)

1. Ficção inglesa-cambojana. I. Teixeira, Ulisses. II. Título.

24-92343
CDD: 823
CDU: 82-3(410.1)

Meri Gleice Rodrigues de Souza - Bibliotecária - CRB-7/6439

Todos os personagens neste livro são fictícios e qualquer semelhança
com pessoas reais, vivas ou não, é mera coincidência.

para meus pais

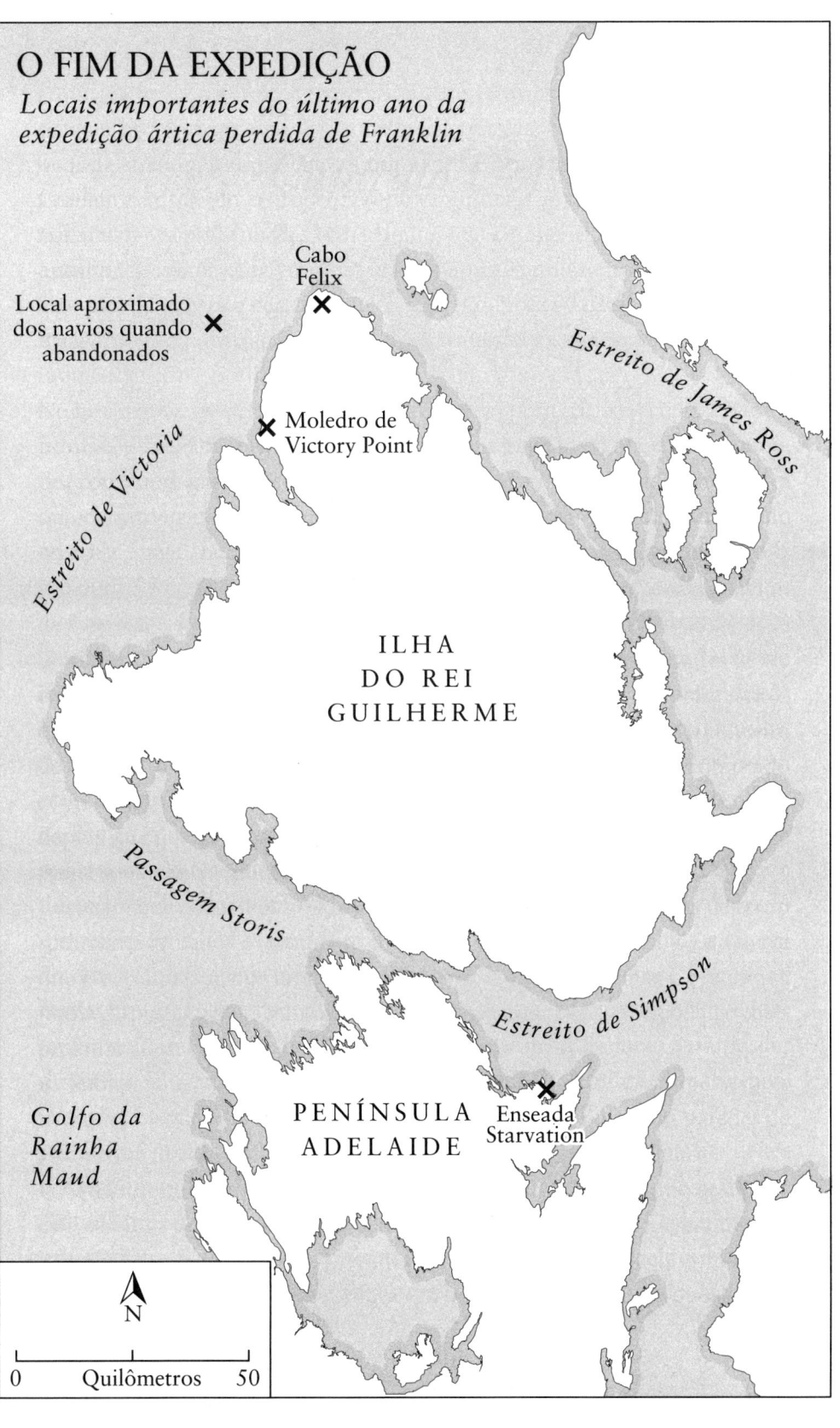

I

Talvez ele morra desta vez.

Ele descobre que isso não o preocupa. Quem sabe seja porque sente tanto frio que tem a mesma capacidade mental de um bêbado. Quando surgem, os pensamentos são medusas translúcidas que nadam livremente. Conforme o vento ártico chicoteia suas mãos e seus pés, eles batem no crânio como algas. Serão a última coisa a congelar.

Sabe que está caminhando, embora não consiga mais sentir. O gelo adiante se ergue e se afasta, então deve estar seguindo em frente. Ele carrega uma arma às costas, uma mochila no peito. O peso delas é ao mesmo tempo insignificante e digno de Sísifo.

Está de bom humor. Se tivesse alguma sensação nos lábios, assobiaria.

Ao longe, escuta o som de um canhão. Três tiros em sequência, como espirros. O navio está mandando um sinal.

Capítulo Um

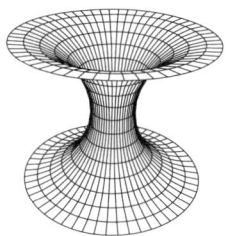

A entrevistadora disse o meu nome, o que fez meus pensamentos acelerarem. Eu não falo o meu nome, nem mesmo mentalmente. E ela o pronunciou de forma correta, o que é raro.

— Sou Adela — informou a mulher, que tinha um tapa-olho e cabelo loiro da mesma cor e textura de feno. — Sou a Vice-secretária.

— De...?

— Sente-se.

Aquela era minha sexta rodada de entrevistas. A vaga para a qual me entrevistavam tinha sido aberta apenas para pessoas da organização em que eu trabalhava. Era necessário ter uma "credencial de segurança", porque era deselegante carimbar "ultrassecreto" em documentos que continham faixas salariais. Eu nunca havia sido aprovada para um serviço com tamanho nível de segurança antes, e era por isso que ninguém me dizia qual era o emprego. Como pagava quase o triplo do meu salário atual, estava feliz em viver na ignorância. Tive que tirar notas perfeitas em primeiros socorros, Proteção de Vulneráveis e no teste para a cidadania britânica do Ministério do Interior para chegar tão longe. Eu sabia que trabalharia com um ou mais refugiados de alto interesse e necessidades particulares, mas não sabia de onde estavam fugindo. Presumia que fossem desertores importantes da Rússia ou da China.

Adela, Vice-secretária de Deus sabe lá o quê, colocou uma mecha do cabelo loiro atrás da orelha com um barulho perceptível.

— Sua mãe era refugiada, não? — falou ela, o que era uma maneira insana de começar uma entrevista de emprego.

— Sim, senhora.

— Camboja.

— Sim, senhora.

Durante o processo de entrevistas, me fizeram essa pergunta algumas vezes. Em geral, as pessoas terminavam a frase com uma entonação aguda, esperando que eu as corrigisse, porque ninguém é do Camboja. Você não *parece* cambojana, disse um dos palhaços no início daquilo tudo, corando feito um tomate depois, porque a entrevista estava sendo gravada para monitoramento e treinamento de equipe. Ele levaria uma advertência por conta daquilo. Mas as pessoas me falam muito isso, e o que querem dizer é o seguinte: você parece um dos últimos tipos de branco — espanhol, talvez — a entrar no país e também não tem cara de quem carrega um genocídio nas costas, o que é legal, porque esse tipo de coisa deixa as pessoas desconfortáveis.

Não houve nenhum comentário subsequente sobre genocídio. (Ainda tem família lá *expressão compreensiva*? Você já visitou *sorriso simpático*? Belo país *olhos injetados com lágrimas* quando eu visitei *visíveis na pálpebra inferior* foram tão amigáveis...) Adela só assentiu. Eu me perguntei se ela expressaria a quarta e rara opinião e diria que o Camboja não prestava.

— Ela nunca se referiria a si própria como refugiada ou mesmo ex-refugiada — comentei. — É bem estranho ouvir as pessoas falando assim.

— Também é improvável que aqueles com quem você vai trabalhar usem esse termo. Preferimos "expatriados". Respondendo à sua pergunta, sou a Vice-secretária de Expatriação.

— E eles são expatriados de...?

— Da história.

— Perdão?

Adela deu de ombros.

— Nós temos viagem no tempo — falou, como alguém descrevendo uma cafeteira. — Bem-vinda ao Ministério.

Qualquer um que já tenha assistido a um filme com viagem no tempo, ou lido um livro com viagem no tempo, ou devaneado sobre viagem no tempo enquanto aguardava o transporte público atrasado, vai saber que, no instante em que você considera a física da coisa toda, está se atolando em merda. Como funciona? Como *pode* funcionar? Eu existo simultaneamente no início e no final deste relato, o que é uma forma de viagem no tempo, e estou aqui para dizer o seguinte: não se preocupe com isso. Tudo que você precisa saber é que, no futuro próximo, o governo britânico desenvolveu uma forma de viajar no tempo, mas ainda não havia feito nenhum experimento com ela.

Para evitar o caos inerente de mudar o curso da história — se "história" pudesse ser considerada uma única e coesa narrativa cronológica, outro monte de merda —, foi determinado que seria necessário extrair pessoas de zonas de guerras, desastres naturais e epidemias. Esses expatriados para o século XXI teriam morrido em suas próprias linhas temporais de qualquer maneira. Removê-los do passado não impactaria o futuro.

Ninguém fazia a mínima ideia dos efeitos da viagem no tempo no corpo humano. Então, a segunda razão pela qual era tão importante escolher pessoas que teriam morrido em suas próprias linhas temporais era que elas também poderiam morrer na nossa, como peixes abissais trazidos para o nível do mar. Talvez houvesse um limite de épocas que o sistema nervoso humano fosse capaz de aguentar. Portanto, se os viajantes tivessem o equivalente temporal da doença da descompressão e se dissolvessem numa gelatina rosa-acinzentada num laboratório do Ministério, pelo menos não seria, estatisticamente falando, assassinato.

Supondo que os "expatriados" sobrevivessem, isso significaria que eles seriam pessoas, o que é uma complicação. Quando lidamos com refugiados, sobretudo em massa, é melhor não pensar neles como pessoas. Isso gera uma bagunça na papelada. Ainda assim, analisando da perspectiva dos direitos humanos, os expatriados se encaixam nos critérios do Ministério do Interior de quem busca asilo. Não seria muito ético aferir apenas os efeitos fisiológicos da viagem no tempo. Para saber se de fato se ajustavam ao futuro, os expatriados precisariam viver nele, monitorados por um acompanhante em tempo integral, que era, pelo visto, o emprego para o qual eu havia sido entrevistada com sucesso. Chamavam a gente de pontes, porque acho que "assistente" estava abaixo da nossa faixa salarial.

O inglês mudou muito desde o século XIX. "Sensível" costumava significar "sensitivo". "Gay" costumava significar "alegre". "Asilo para lunáticos" e "candidato a asilo" usam o mesmo sentido básico da palavra "asilo": um lugar inviolável de refúgio e segurança.

Disseram que a gente estava trazendo os expatriados para viver em segurança. Nós nos recusamos a ver o sangue e o cabelo no chão do hospício.

Fiquei felicíssima em conseguir o emprego. Eu estava estagnada no Departamento de Idiomas do Ministério da Defesa. Trabalhava como tradutora-consultora especialista em Sudeste Asiático, especificamente o Camboja. Aprendi as linguagens que traduzia na universidade. Apesar de minha mãe falar khmer conosco em casa, não mantive o idioma durante a infância. Cheguei ao meu próprio legado como estrangeira.

Gostava bastante do emprego no Departamento de Idiomas, mas queria me tornar agente de campo; só que, depois de reprovar nos exames duas vezes, fiquei um pouco perdida na minha trajetória profissional. Não era o que os meus pais queriam para mim. Quando eu era bem pequena, minha mãe deixou clara sua ambição: ela queria que eu fosse primeira-ministra. Como primeira-ministra, eu faria "alguma coisa" com a política externa britânica e também levaria meus pais a jantares governamentais chiques. Teria um motorista particular. (Minha mãe era uma motorista relutante.) Infelizmente, ela também enfiou na minha cabeça as repercussões cármicas de fofocar e mentir — o quarto preceito do budismo é bem claro quanto a isso — e assim, aos oito anos, minha carreira política tinha acabado antes mesmo de começar.

Minha irmã mais nova tinha muito mais talento em ser dissimulada. Eu tinha zelo pela linguagem, enquanto ela era evasiva, combativa. É por isso que me tornei uma tradutora e ela, uma escritora — ou pelo menos foi o que tentou ser e acabou em uma editora. Meu salário era consideravelmente maior do que o dela, e meus pais entendiam o que eu fazia, então diria que o carma funcionou a meu favor. Minha irmã diria algo como "Vá se foder". Mas sei que provavelmente seria de uma maneira amigável.

Mesmo no dia em que conheceríamos os expatriados, ainda estávamos discutindo o termo "expatriado".

— Se eles são refugiados — argumentou Simellia, uma das outras pontes —, então deveríamos chamá-los assim. Eles não estão se mudando para uma casa de veraneio na Provença.

— Esses indivíduos não vão pensar necessariamente *em si mesmos* como refugiados — falou a Vice-secretária Adela.

— Alguém já perguntou o que eles acham?

— A maioria se vê como vítima de sequestro. Dezenove-dezesseis acha que está atrás das linhas inimigas. Dezesseis-sessenta-e-cinco acha que morreu.

— E estão sendo liberados para a gente *hoje*?

— A equipe de Bem-estar é da opinião de que a adaptação será impactada de maneira negativa se eles permanecerem aqui por mais tempo — informou Adela, seca como um sistema de organização de dados.

Nós — ou, mais precisamente, Simellia e Adela — estávamos tendo essa discussão numa das várias salas do Ministério: paredes cinza com luzes embutidas no teto, modular de uma forma que sugeria que abrir uma porta ali daria em outro espaço idêntico, e depois outro, e depois outro. Salas assim são feitas para encorajar a burocracia.

Este deveria ser o último briefing direto das cinco pontes: Simellia, Ralph, Ivan, Ed e eu. Todos passamos pelo mesmo processo de seis entrevistas que coloca a metafórica broca nos seus molares e manda ver. *Você alguma vez foi condenada ou esteve envolvida em qualquer atividade que poderia prejudicar seu nível de segurança?* Depois, nove meses de preparação. Os grupos de trabalho e as verificações de antecedentes criminais intermináveis. A criação de empregos de fachada em nossos antigos departamentos (Defesa, Serviço Diplomático, Interior). Agora estávamos ali, numa sala onde dava para ouvir a eletricidade nas lâmpadas, prestes a fazer história.

— Você não acha — disse Simellia — que jogá-los no mundo quando eles pensam que estão no além-túmulo ou na Frente Ocidental pode atrapalhar sua adaptação? Pergunto tanto como psicóloga quanto como uma pessoa com um nível humano normal de empatia.

Adela deu de ombros.

— Pode atrapalhar. Mas este país nunca aceitou expatriados da história antes. Talvez eles morram de mutações genéticas em um ano.

— Devemos esperar algo assim? — perguntei, alarmada.
— Não sabemos o que esperar. É por isso que vocês têm esse emprego.

A câmara que o Ministério preparou para a transferência tinha um ar cerimonial antigo: painéis de madeira, pinturas a óleo, pé-direito alto. Era bem mais elegante do que as salas modulares. Acho que alguém na equipe administrativa com uma propensão para o drama tinha feito essa mudança. Por seu estilo e pela forma particular como as janelas achatavam a luz solar, o cômodo provavelmente permanecera igual desde o século XIX. Quentin, o meu supervisor, já estava lá. Ele parecia enjoado, mas é assim que algumas pessoas demonstram empolgação.

Dois agentes trouxeram meu expatriado pela porta que havia do outro lado da sala antes mesmo de eu saber que ele estava a caminho e poder me preparar.

O homem parecia pálido, abatido. Cortaram tanto o seu cabelo que os cachos ficaram sem definição. Ele virou o rosto para olhar ao redor, e vi um nariz imponente de perfil, como uma flor de estufa crescendo no seu rosto. O nariz era surpreendentemente atraente e surpreendentemente grande. O homem tinha uma espécie de excesso resplandecente de traços que o fazia parecer hiper-realista.

Com as costas retas, ele encarou o meu supervisor. Algo em mim o fez me fitar e depois desviar os olhos.

Dei um passo à frente, e seu campo de visão mudou.
— Comandante Gore?
— Sim.
— Sou sua ponte.

Graham Gore (comandante, Marinha Real Britânica; c.1809-c.1847) estava no século XXI havia cinco semanas, embora, como os outros expatriados, só tivesse ficado lúcido havia poucos dias. O processo de extração o fizera passar por duas semanas de hospitalização. Dois dos sete expatriados originais tinham morrido por causa disso, e sobraram apenas cinco. Trataram a pneumonia, as severas queimaduras de frio, o escorbuto em estágio inicial e os dois dedos quebrados no pé que ele indiferentemente usara para caminhar.

E também lacerações de um taser — ele atirara em dois membros da equipe que fora expatriá-lo, e um terceiro foi forçado a abrir fogo.

Gore tentou fugir da enfermaria do Ministério três vezes e precisou ser sedado. Depois de parar de resistir, passou por um programa de orientação, do zero, com psicólogos e vitorianistas. Para se ajustarem melhor, os expatriados recebiam apenas conhecimento imediato e aplicável. O comandante veio a mim sabendo o básico sobre a rede elétrica, o motor de combustão interna e o sistema de esgoto. Não sabia nada sobre as Guerras Mundiais e a Fria, sobre a revolução sexual dos anos 1960 ou sobre a guerra ao terror. Começaram a contar para ele sobre o fim do Império Britânico, e a conversa não deu muito certo.

O Ministério providenciara um carro para nos levar até a casa. Teoricamente, Gore sabia o que eram carros, mas seria a primeira vez que andaria em um. Ele encarou a janela, pálido com o que eu só podia presumir ser deslumbramento.

— Se tiver qualquer pergunta — falei —, pode ficar à vontade. Imagino que seja muita coisa para absorver.

— Fico satisfeito em saber que, mesmo no futuro, os ingleses não perderam a arte de fazer eufemismos irônicos — disse Gore, sem olhar para mim.

Ele tinha um sinal no pescoço, perto do lóbulo da orelha. O único daguerreótipo existente dele o mostrava usando as roupas típicas de 1840, com um plastrão logo abaixo do rosto. Fiquei observando o sinal.

— Isso é Londres? — perguntou ele, por fim.

— Sim.

— Quantas pessoas vivem aqui agora?

— Quase nove milhões.

Ele se recostou e fechou os olhos.

— Este é um número grande demais para ser real — murmurou. — Vou esquecer que me contou isso.

A casa que o Ministério fornecera era de tijolos vermelhos, do final do período vitoriano, originalmente construída para trabalhadores locais. Se tivesse vivido até os oitenta anos, Gore teria visto essas residências sendo construídas.

No entanto, ele tinha trinta e sete anos, e não vira crinolinas, *Um conto de duas cidades* ou a emancipação das classes trabalhadoras.

Ele saiu do carro e olhou para a rua com o cansaço de um homem que atravessara todo um continente e ainda precisava encontrar seu hotel. Fui atrás dele. Tentei ver as coisas sob seu ponto de vista. Talvez tivesse perguntas sobre os carros estacionados na rua ou sobre os postes.

— Vocês têm chaves? — indagou Gore. — Ou as portas abrem com senhas mágicas agora?

— Não, eu tenho...

— Abre-te, sésamo — disse ele, de forma sinistra, para a caixa de correio.

Lá dentro, falei que ia fazer um chá. Ele respondeu que gostaria, com a minha permissão, de dar uma olhada na casa. Permiti. Gore deu uma volta rápida no local. Andava com passos firmes, como se esperasse resistência. Quando voltou para a cozinha e se recostou no batente da porta, eu congelei dolorosamente. Estava nervosa, e o choque da presença impossível dele se assentava em mim. Quanto mais Gore permanecia ali, mais eu sentia estar abrindo caminho com os cotovelos para fora do corpo. Um evento que mudaria a narrativa da minha vida estava acontecendo comigo; eu o experimentava em sua totalidade, e, para compreender aquilo, tentava ver a mim mesma pelo lado de fora. Coloquei um saquinho de chá na borda de uma caneca.

— Nós vamos... coabitar? — perguntou ele.

— Sim. Todo expatriado fica com a sua ponte por um ano. Estamos aqui para ajudar você a se ajustar à sua nova vida.

Ele cruzou os braços e me observou. Seus olhos eram castanhos com algumas pitadas de verde e eram emoldurados por cílios grossos. Belos e reservados.

— Você é uma mulher solteira? — questionou Gore.

— Sim. Não é um acordo impróprio nesse século. Assim que for considerado apto a fazer parte da comunidade, sem o Ministério ou qualquer pessoa envolvida no projeto, deve se referir a mim como sua colega de apartamento.

— "Colega de apartamento" — repetiu ele, com desdém. — O que isso significa?

— Que somos duas pessoas solteiras dividindo o custo do aluguel de uma casa e que não estamos romanticamente envolvidos.

Ele pareceu aliviado.

— Bem, não importando os costumes, não tenho certeza de que seja um acordo decente. Mas, se permitiram que nove milhões de pessoas morassem aqui, talvez seja uma necessidade.

— Hum. Ao lado do seu cotovelo, tem uma caixa branca com um puxador. É uma geladeira. Pode abrir e pegar o leite, por gentileza?

Ele abriu a geladeira e encarou seu conteúdo.

— Uma caixa fria — disse ele, interessado.

— Basicamente. Alimentada por eletricidade. Acho que já explicaram a eletricidade para você...

— Sim. Também sei que a Terra gira em torno do Sol. Para poupar um pouco do seu tempo.

Ele abriu uma gaveta da geladeira.

— Então cenouras ainda existem — disse. — Assim como repolho. Como vou reconhecer o leite? Espero que ainda usem leite de vaca.

— Sim, usamos. Garrafa pequena, prateleira superior, tampa azul.

Ele pegou a garrafa e a trouxe para mim.

— A criada está de folga?

— Não tem criada. Nem cozinheira. Fazemos a maior parte das coisas sozinhos.

— Ah — disse ele, empalidecendo.

Ele foi apresentado à máquina de lavar roupa, ao fogão a gás, ao rádio, ao aspirador de pó.

— Estas são suas criadas — disse ele.

— Você não está errado.

— Onde estão as botas de mil léguas?

— Ainda não temos isso.

— A capa de invisibilidade? As asas de Ícaro resistentes ao sol?

— Também não.

Gore sorriu.

— Vocês escravizaram o poder da eletricidade — comentou ele — e usaram-no para evitar a tarefa tediosa de contratar ajuda.

— Bem... — falei, começando um discurso que havia planejado sobre a mobilidade social e o trabalho doméstico, abordando o salário mínimo, o tamanho médio de uma família e a participação feminina na força de trabalho. Levei cinco minutos e, no final, minha voz tinha assumido o mesmo tom trêmulo e liquefeito que eu usava para implorar aos meus pais pela permissão de voltar mais tarde para casa.

Quando terminei, tudo o que ele disse foi:

— Uma queda dramática de empregos após a "Primeira" Guerra Mundial?

— Ah.

— Talvez você possa me explicar isso amanhã.

Isso é tudo de que me lembro das minhas primeiras horas com ele. Nós nos afastamos e passamos o restante do dia flutuando timidamente ao redor um do outro como as bolhas de uma luminária de lava. Eu esperava que ele tivesse um surto psicótico induzido pela viagem no tempo e talvez me encarasse com intenção assassina. No geral, ele só tocava nos objetos, afagando-os compulsivamente, algo que depois descobri ser em decorrência de um dano nervoso permanente feito pelas queimaduras de frio. Ele deu quinze descargas seguidas, silencioso como um falcão enquanto observava a caixa acoplada se encher, o que poderia ser deslumbramento ou vergonha. Na segunda hora, tentamos nos sentar no mesmo cômodo. Ergui o olhar quando Gore soltou um arquejo rápido pelo nariz, e o vi afastando os dedos de uma lâmpada no abajur. Ele se recolheu em seu quarto por um tempo, enquanto fui para o alpendre dos fundos. Era uma noite amena de primavera. Pombos com olhares idiotas se arrastavam pelo quintal, as barrigas roçando os trevos no gramado.

Lá em cima, ouvi uma flauta dar início a uma cuidadosa polonesa, depois vacilar e parar. Alguns momentos depois, escutei seus passos na cozinha. Os pombos voaram, as asas produzindo um som como uma risada abafada.

— O Ministério providenciou a flauta? — perguntou ele às minhas costas.

— Sim. Falei a eles que poderia lhe servir de apoio.

— Ah. Obrigado. Você... sabia que eu tocava flauta?

— Algumas das cartas remanescentes suas ou que se referiam a você mencionavam isso.

— Você leu as cartas que mencionavam minha mania de causar incêndios e minha escabrosa história com rinhas de ganso ilegais?

Eu me virei e o encarei.

— É brincadeira — disse Gore.

— Ah. Você vai fazer muitas dessas?

— Depende de quantas vezes você me surpreender com afirmações como "Li suas cartas pessoais". Posso me juntar a você?

— Por favor.

Ele se sentou ao meu lado, mantendo um espaço de mais ou menos trinta centímetros entre nós. A vizinhança fazia os seus barulhos, que sempre soavam como coisas diferentes. O vento nas árvores soava como água corrente. Os esquilos matraqueavam como crianças. Conversas distantes lembravam o ruído de cascalho sendo pisoteado. Senti que deveria estar traduzindo essas coisas para ele, como se Gore não soubesse o que eram árvores.

Ele tamborilava os dedos no alpendre.

— Suponho — falou, cuidadosamente — que sua era tenha evoluído para além de vícios deselegantes como o tabaco?

— Você chegou uns quinze anos atrasado. Saiu de moda. Mas tenho boas notícias para você.

Eu me levantei — ele virou o rosto para não ver minhas panturrilhas nuas —, peguei um maço de cigarros e um isqueiro de uma gaveta da cozinha e voltei.

— Aqui. Mais uma coisa que pedi ao Ministério. Cigarros meio que substituíram os charutos no século XX.

— Obrigado. Com certeza vou me adaptar.

Ele se ocupou tentando descobrir como tirar a proteção de plástico — que guardou cuidadosamente no bolso —, acendendo o Zippo e olhando feio para a advertência no pacote. Encarei o gramado e senti que operava manualmente os meus pulmões.

Alguns segundos depois, Gore exalou com alívio óbvio.

— Sente-se melhor? — perguntei.

— Fico envergonhado de admitir que sim, muito melhor. Hum. Na minha época, moças direitas não desfrutavam do tabaco. Mas notei que muitas coisas mudaram. O comprimento das roupas, por exemplo. Você fuma?

— Não...

Ele sorriu diretamente para mim pela primeira vez. Suas covinhas marcavam as bochechas como um par de aspas.

— Que tom de voz interessante. Costumava fumar?

— Sim.

— Parou porque todos os maços de cigarro têm esse aviso escabroso?

— Mais ou menos. Como disse, fumar está muito fora de moda hoje em dia, porque descobrimos o quanto esse hábito não é saudável. Ah, mas que bosta. Posso pegar um, por favor?

Suas covinhas e seu sorriso desapareceram com a palavra "bosta". Suponho que, na opinião dele, eu poderia muito bem ter soltado um "porra". Eu me perguntei o que aconteceria quando acabasse falando "porra", o que eu fazia pelo menos cinco vezes por dia. Mesmo assim, Gore me ofereceu o maço e então acendeu meu cigarro com um galanteio anacrônico.

Fumamos em silêncio por um tempo. Em determinado momento, ele apontou para o céu.

— O que é aquilo?

— Um avião. Uma aeronave, para dar o nome técnico correto. É... bem. Um navio no céu.

— Tem pessoas lá dentro?

— Provavelmente umas cem.

— Naquela setinha?

Ele observou, apertando os olhos para a ponta do cigarro.

— A que altura está?

— Uns dez quilômetros, mais ou menos.

— Foi o que pensei. Ora, ora. Vocês fizeram mesmo algo interessante com a eletricidade escravizada. Ele deve estar voando bem rápido.

— Sim. Um voo de Londres para Nova York leva oito horas.

Gore engasgou-se de repente, expulsando um bocado de fumaça.

— Hã... quero que pare de me contar essas coisas por um instante, por favor — disse ele. — É... o suficiente por hoje.

Ele jogou o cigarro no chão do alpendre.

— Oito horas — murmurou. — Não há marés no céu, suponho.

Naquela noite, tive um sono desagradavelmente leve, meu cérebro se equilibrando na inconsciência como as patas de um inseto no menisco de uma poça. Eu mais desisti de dormir do que, de fato, acordei.

Lá fora, no corredor, havia uma enorme sombra em forma de língua, esticando-se do banheiro fechado até o meu quarto. Coloquei o pé ali, com um som úmido.

— Comandante Gore?

— Ah — disse ele, a voz abafada do outro lado da porta. — Bom dia.

A porta do banheiro se abriu, cheia de culpa.

Gore já estava vestido e sentava-se na beirada da banheira, fumando. O fundo da banheira tinha um pouco de água marcada por cinzas de cigarro e espuma de sabão. Havia dois cigarros amassados na saboneteira.

Como eu descobriria mais tarde, aquilo se tornaria um hábito dele: levantar cedo e tomar banho de banheira enquanto jogava as cinzas lá dentro. Seria impossível persuadi-lo a dormir até mais tarde, usar o chuveiro — coisa de que ele não gostava e insinuava ser "anti-higiênico" — ou apagar os cigarros nos cinzeiros que eu deixaria perto da banheira. Ele ficaria constrangido ao ver minha gilete, faria a barba com uma navalha e insistiria em usarmos sabonetes diferentes.

Tudo isso ainda estava por vir. Naquela primeira manhã, Gore fumava feito uma chaminé e gastava água como um encanamento furado. A caixa acoplada do vaso sanitário estava no piso, reluzente feito uma baleia abatida. Um cheiro horrível vinha do chão.

— Eu estava tentando ver como funcionava — falou Gore, timidamente.

— Entendi.

— Temo que possa ter me empolgado.

Gore era um oficial do fim da Era de Navegação à vela, não um engenheiro. Tenho certeza de que ele sabia muito sobre cordames de navio, mas provavelmente nunca havia manuseado nada mais complexo do que um sextante. Em geral, homens em sã consciência não costumam ser dominados por uma obsessão em desmontar o encanamento. Sugeri que ele, talvez, quisesse lavar as mãos na pia do andar de baixo, e eu poderia, quem sabe, chamar um bombeiro hidráulico, e que nós poderíamos, quiçá, dar uma caminhada no parque próximo.

Ele considerou a proposta, atento à ponta do cigarro.

— Sim, eu gostaria disso — respondeu, por fim.

— Vamos lá embaixo lavar as mãos primeiro.

— A água estava límpida — disse ele, apagando o cigarro. Gore não olhava para mim, mas eu conseguia ver o sinal no pescoço, sobre a pele rosada.

— Bem. Germes.

— "Germes"?

— Hum. Bactérias. Criaturas muito, muito pequenas que vivem em… bem, em tudo. Só são visíveis através de um microscópio. As ruins espalham doenças. Cólera, febre tifoide, disenteria.

Eu poderia muito bem ter dito o nome do Pai, do Filho e do Espírito Santo pela expressão de deslumbramento alarmado que tomou o rosto de Gore. Ele olhou para as próprias mãos, então esticou os braços devagar, mantendo-os longe do corpo como um par de ratos raivosos.

Ele enfim se confortou um pouco com a frase "ar fresco" assim que pisamos no parque. Gore ficou bem mais impressionado com a teoria dos germes do que com a eletricidade. Quando cruzamos com a primeira pessoa a passear com seu cachorro, eu descrevia — de forma entusiasmada e mexendo as mãos — a causa das cáries.

— Não acho que seja muito educado você dizer que tem germes na minha boca.

— Tem germes na boca de *todo mundo*.

— Fale por si mesma.

— Tem germes nos seus sapatos e sob as unhas. É assim que o mundo funciona. Um ambiente asséptico é… bem, um ambiente morto.

— Não vou fazer parte disso.

— Você não tem escolha!

— Vou escrever uma carta de reclamação sem medir palavras.

Caminhamos um pouco mais. A cor começava a retornar às suas bochechas, embora eu pudesse ver marcas de cansaço e insônia ao redor dos olhos. Quando ele notou que eu o analisava, ergueu as sobrancelhas, e tentei exibir um sorriso cauteloso.

— Cuidado — disse ele. — Seus germes estão aparecendo.

— Ora!

Compramos croissants e chá de um food truck estacionado perto do parquinho. Esses conceitos eram familiares para ele ou compreensíveis pelo contexto, e conseguimos dar nossa caminhada de café da manhã sem qualquer outra revelação.

— Me disseram que há outros, hã, expatriados — disse Gore, por fim.

— Sim. São cinco pessoas.

— Quem são eles, por gentileza?

— Tem uma mulher de 1665, que foi extraída da Grande Peste de Londres. Hum. Um homem... um tenente, acredito... de 1645, Batalha de Naseby. Ele resistiu a nós ainda mais do que você. Um capitão do exército... de 1916. Ofensiva do Somme. Alguém da Paris de Robespierre, 1793, uma mulher com um baita perfil psicológico.

— Vocês não "extraíram" ninguém mais da minha expedição?

— Não.

— Posso perguntar por quê?

— Bem, esse é um projeto experimental. Queríamos extrair indivíduos do maior número possível de épocas.

— E me escolheram no lugar de, digamos, o capitão Fitzjames?

Pisquei, surpresa.

— Sim. Tínhamos documentos que evidenciavam que você... tinha deixado a expedição...

— Que eu tinha morrido.

— Hum. Sim.

— Como eu morri?

— Eles não disseram. Só se referiram a você como "o falecido comandante Gore".

— Quem são "eles"?

— Capitão Fitzjames, capitão Crozier. Colíderes da expedição após a morte de Sir John Franklin.

Nossa caminhada tinha adquirido um ritmo lânguido, vago, e ele se calou.

— O capitão Fitzjames o tinha em alta conta — comentei. — "Um homem de grande estabilidade de caráter, um excelente oficial com o mais manso dos temperamentos."

Aquilo, afinal, fez surgirem suas covinhas.

— Ele escreveu suas memórias ao retornar, então? — perguntou Gore, impressionado.

— Ah. Comandante Gore.

— Hum?

— Acho que deveríamos... Podemos nos sentar? Naquele banco ali.

Ele interrompeu seus passos de forma tão repentina que dei um chute no meu próprio tornozelo ao tentar parar.

— Você está prestes a me contar que algo aconteceu com o capitão Fitzjames — disse ele.

— Vamos nos sentar. Aqui.

— O que aconteceu? — perguntou ele. As covinhas tinham desaparecido. Aparentemente, eu não tinha permissão de vê-las por muito tempo.

— Alguma coisa aconteceu com... todo mundo.

— Como assim? — questionou ele, um pouco impaciente.

— A expedição se perdeu.

— Se perdeu?

— No Ártico. Ninguém voltou.

— Havia cento e vinte e seis homens em dois dos navios mais poderosos da Marinha Real Britânica. Está tentando me dizer que ninguém retornou à Inglaterra? O capitão Crozier? Ele foi à Antártida...

— Ninguém sobreviveu. Sinto muito. Achei que tinham contado isso para você no Ministério.

Ele me encarou. As manchas verdes nos seus olhos ficaram da cor de amêndoas brilhantes quando ele inclinou a cabeça.

— Diga-me... — pediu ele, devagar — ... tudo que aconteceu. Quando eu... fui embora.

— Então. Sim. Certo. Hum. Nós pegamos você em 1847, no cabo Felix. Sabíamos que vocês ergueram acampamento ali no verão, mas não sabíamos exatamente a função...

— Era um observatório magnético que também fazia as vezes de base para os nossos caçadores.

— Certo, muito bem. Então, nós sabíamos que o acampamento foi abandonado às pressas. Quando o lugar foi encontrado em 1859, havia uma porção de equipamentos abandonados. Tendas. Instrumentos científicos. Peles de urso. Os historiadores nunca souberam por quê, mas pensamos...

— Com certeza foi por causa de vocês — disse ele, a compreensão surgindo em seu rosto. — O... clarão de luz, acho. Depois aquele... portal azulado.

— Sim.

— Vi silhuetas no portal. Surgiu uma... rede enorme... que me machucou.

— Desculpe. Não dava para mandar pessoas pelo portal... Não sabíamos o que ia acontecer a elas. Acho que a rede tinha elos de aço? Para impedir que você os cortasse e escapasse?

Ele continuou me encarando. Logo acrescentei:

— Não tínhamos certeza de que éramos a causa de seus homens abandonarem o acampamento até fazermos isso. É um dos "grandes mistérios", rá, então pensamos que poderíamos considerar que era a gente mesmo e...

— O seu pessoal matou todo mundo? — perguntou Gore. Sua voz estava estranhamente suave, mas havia uma erupção vermelha surgindo nas bochechas. — Eu conheço meus oficiais. Conhecia. Eles teriam ido atrás de mim. Mandado um grupo de buscas.

— Tenho certeza de que procuraram por você, mas o portal já teria fechado àquela altura.

— Então como eles morreram?

— Bem. O mar nunca descongelou. Os dois navios permaneceram presos no gelo. No inverno de 1847, a expedição já tinha perdido nove oficiais e quinze homens. Não sei quantos morreram enquanto você ainda estava...

— Freddy... o sr. Des Voeux... e eu deixamos uma carta para o Almirantado na Terra do Rei Guilherme. Num moledro de Victory Point. Continha...

— Sim, a expedição encontrou sua carta em abril de 1848. Crozier e Fitzjames a atualizaram para dizer que haviam abandonado os navios e que toda a tripulação planejava marchar para o sul, até o rio Back. A Ilha do Rei Guilherme é, bem, uma ilha, por sinal.

Gore se afastou e tirou o maço de cigarros do bolso do casaco.

— O rio Back fica a mais de mil quilômetros de distância — disse ele, por fim.

— Sim. Eles não conseguiram chegar lá. Morreram de fome no caminho.
— Todos eles?
— Todos eles.
— Não consigo imaginar o capitão Fitzjames morrendo de algo tão mórbido quanto inanição. Ou Harry Goodsir. Ele era um dos homens mais inteligentes que...
— Todos eles. Sinto muito mesmo.
Gore encarou o parque e exalou devagar.
— Pelo visto, fui poupado de uma morte horrível — disse ele.
— Sinto mui... De nada?
— Quanto tempo levou?
— Relatos inuítes sugerem que um pequeno grupo de homens retornou para os navios e sobreviveu a um quarto inverno. Mas, em 1850, já estavam todos mortos.
— O que é um relato "inuíte"?
— Hã. Vocês os chamavam de "esquimós". O correto é chamá-los de inuítes.
Para minha surpresa, ele corou muito e se encolheu. Parecia culpado de uma forma desproporcional — pessoas da era vitoriana não conheciam o politicamente correto —, mas tudo que disse foi:
— O Almirantado não enviou grupos de buscas?
— O Almirantado enviou diversos grupos. Lady Franklin também financiou alguns. Mas todos foram nas direções erradas.
Ele fechou os olhos e soprou uma nuvem de fumaça para o céu.
— A maior expedição do nosso tempo — falou. Não havia nada na voz de Gore: nenhuma raiva, nenhuma tristeza, nenhuma ironia. Nada.

Mais tarde, naquele dia, ele disse:
— Peço desculpas pela minha reação. Foi... algo chocante, mas que eu deveria ter suportado com mais estoicismo. Afinal, conhecíamos os perigos da missão. Espero que não tenha tido a impressão de que estava irritado com você.
— Não. Só sinto muito que tenha ouvido a história pela primeira vez de maneira tão desconexa.
Gore se recostou e olhou para mim. Se fosse outro tipo de homem, eu teria classificado aquele olhar como um exame rápido. Mas não havia calor

suficiente nos seus olhos para ser um exame rápido. Ele simplesmente olhava para mim, dos pés à cabeça, pela primeira vez.

— Por que você é minha ponte? — perguntou. — Por que não designaram algum tipo de oficial? O sigilo desse, ah, *projeto*, como você chama, me deixou bastante impressionado enquanto eu me... recuperava.

— Suponho que eu *seja* uma oficial, mais ou menos. Uma profissional, de qualquer forma. Trabalhava no Departamento de Idiomas como tradutora-consultora. Minha área de especialização é o Sudeste Asiático continental.

— Compreendo — disse ele. — Na verdade, não. O que isso tudo significa?

— Estou autorizada a receber informações ultrassecretas e já trabalhei com... pessoas deslocadas. A intenção original do Ministério era que os expatriados coabitassem com terapeutas, mas, no final, acharam que faria mais sentido que vocês tivessem... um amigo.

Ele me encarou com o olhar vazio, e eu corei, porque, até mesmo para mim, aquilo soou como uma súplica. Acrescentei:

— Eu já sabia bastante sobre você. Tinha lido sobre a expedição. Escreveram muitos e muitos livros sobre ela. Roald Amundsen, o sujeito que descobriu os polos Norte e Sul, era obcecado pela expedição John Franklin. Ele...

— Você tem vantagem sobre mim — falou Gore.

— Sim, tenho.

As covinhas surgiram com isso. Não muito felizes, mas estavam lá.

— E quem encontrou a passagem Noroeste? — perguntou ele. — *Esse* era nosso objetivo original.

— Robert McClure, em 1850.

— Robbie?!

— Sim. Ele a encontrou quando foi procurar por você numa das expedições de busca. Disse aos inuítes que estava atrás de um "irmão perdido". Como você era o único membro da expedição que ele conhecia pessoalmente, sempre presumi...

— Ah — disse ele.

Parei de falar. Gore disse "ah" como se eu tivesse enfiado uma agulha através de suas roupas. Todas aquelas pessoas eram história para mim, mas ainda pareciam vivas para ele. O mal-estar da sua descompostura abriu um buraco no chão da sala. Fiquei tão sem jeito que aceitei o cigarro que ele me ofereceu, mesmo tendo, como mencionei, parado de fumar anos atrás.

Quanto mais o conhecia, mais eu descobria que Gore era a pessoa mais inteiramente moldada que já tinha encontrado. Na sua época, ele gostara de caçar, desenhar, tocar flauta (ele era muito bom nisso) e da companhia de outras pessoas. Caçar estava fora de questão, e a socialização era limitada por ordem do Ministério. No fim da primeira semana, ele claramente estava enlouquecendo por não ter ninguém além de mim para conversar.

— Quando vou encontrar os outros expatriados?

— Logo...

— Ficarei desocupado por um ano inteiro? Vocês *ainda* têm uma Marinha, não?

— Achamos que você precisaria de mais tempo para se ajustar...

— O mar ainda é molhado? Ainda é possível fazer navios flutuarem nele?

A primeira coisa que o acalmou foi a capacidade dos serviços de streaming. Mais especificamente, o Spotify. Introduzi brevemente a evolução do fonógrafo — que ele poderia ter visto se não tivesse morrido nos anos 1840 —, da vitrola, da fita cassete, do CD, do MP3, antes de chegar aos serviços de streaming de música.

— Qualquer música? Qualquer apresentação de qualquer época que desejar?

— Bem, não tantas assim, mas é uma biblioteca bem vasta.

Estávamos sentados lado a lado no sofá com um notebook do Ministério sobre meus joelhos. Ele gostava do conceito de um notebook. Ficou prudentemente interessado no Google e na Wikipédia, mas a dificuldade de encontrar as letras no teclado atrapalhou sua curiosidade. Ele já tinha comentado como achava enervante minha habilidade de digitar com velocidade sem nem olhar para as teclas.

— Pode, por favor, instruir a máquina a tocar "Sonata em mi bemol maior" de Bach?

Toquei na primeira versão que o Spotify sugeriu.

Nós nos aconchegamos, se essa era a palavra certa para definir a maneira tensa e cuidadosa com que compensávamos o peso um do outro nas almofadas. Depois de um tempo, ele cobriu os olhos com as mãos.

— E é possível simplesmente... repeti-la. Para sempre — balbuciou.
— É. Quer ouvir de novo?
— Não. Não acho que seja muito respeitoso.
— Quer que eu coloque outra coisa?
— Sim — disse Gore, sem se mover. — Instrua a máquina a tocar algo de que você goste.

Não achei que seria generoso tocar Kate Bush. Coloquei a "Sonata em lá maior" de Franck.
— Quando isso foi escrito?
— Não sei a data exata. Nos anos 1880, talvez? Depois de você... Depois da sua... Depois.
— Minha irmã Anne teria adorado essa música. Ela era uma grande fã de violino sentimental.

Desviei o olhar. Quando a música terminou, ele disse, com a voz grossa:
— Vou dar um passeio.

Então saiu e não voltou por muitas horas. O vento aumentou, fresco. Nuvens pesadas se amontoavam no céu. Uma tempestade se aproximava. Fiquei inquieta e não conseguia permanecer no mesmo cômodo por mais do que alguns minutos. Ocorreu-me, mas só depois que ele fechou a porta, que eu ainda não tinha permissão para deixá-lo sumir de vista.

Quando voltou, estava tempestuoso como o clima. A mandíbula estava trincada, o que comecei a entender como um sinal de enorme agitação.
— Essa cidade tem gente de mais — disse ele, de pé no corredor, com o casaco e as botas. — Ainda pior do que quando estive aqui pela última vez. Há prédios em todos os lugares. Nenhum horizonte. Só prédios e pessoas até onde a vista alcança, e grandes torres de metal amarradas com cordas. Estradas enormes e cinzentas, cobertas de tráfego metálico. Não tem espaço aqui. Como é possível respirar? Toda a Inglaterra é assim? Todo o mundo?
— Londres é a capital. É claro que é uma cidade com muita gente. Ainda há espaços vazios.

Às minhas costas, meu punho se abria e fechava em espasmos.
— Onde? Gostaria de ir a algum lugar em que não me sinta na lâmina de um microscópio.

— Hum. No momento, há restrições de deslocamento para todos os expatriados. Devem ter falado isso para você. Não pode sair dos limites estabelecidos.

Ele me encarou sem me ver de fato.

— Vou tomar um banho — falou, por fim.

Enquanto ainda trabalhava em Idiomas, fui empregada como principal tradutora num projeto entre o Departamento de Comércio e a comissão de florestas do pan-ASEAN, a Associação de Nações do Sudeste Asiático. Tive dificuldade de traduzir *pessoa internamente refugiada*, que, durante esse projeto, se referia a pessoas que foram forçadas a deixar seus vilarejos por causa da exploração madeireira — algo difícil de explicar, visto que outras pessoas, com frequência dos mesmos vilarejos, adquiriram estabilidade econômica e empregos seguros por causa dessa mesma atividade extrativista. *Progresso*: essa foi outra coisa difícil de traduzir.

Tive dificuldades com o termo *pessoa internamente refugiada* até dividi-lo semanticamente. Eu batalhava com um significado fantasma: uma pessoa cuja interioridade estava em conflito com sua exterioridade, que estava internamente (em si) deslocada. Pensava na minha mãe, que insistia em carregar sua terra natal, perdida dentro de si, como uma cesta de legumes.

Gore era um refugiado interno por esta perspectiva. Às vezes, eu o via encarando o mundo moderno como se através de um telescópio. Ele estava para sempre no convés de um navio do início dos anos 1800. Deve ter feito isso em sua própria época, descendo nos portos e percebendo, alarmado, que as mulheres tinham voltado a usar roupas de mangas largas ou que algum país europeu havia declarado guerra a outro novamente, enquanto passava meses ou anos no mar. Ele me contava histórias como se tentasse fixar-se em âmbar. Bem como a minha mãe, mas não falei isso a ele.

Contei-lhe sobre a comissão de florestas, e ele ouviu com atenção.

— Você era bem importante — sugeriu Gore.

— Não precisa me bajular. Eu era só uma tradutora.

— Uma pessoa só compreende seus méritos através da opinião das outras. Veja a expedição Aden. Aquilo foi um triunfo, e meu capitão insistiu para que eu fosse promovido a tenente, como se eu tivesse tido uma participação importante naquilo.

Sorri, olhando para os nós dos seus dedos. Fomos brifados sobre *momentos de ensino*, nos quais poderíamos descobrir que os valores dos expatriados não se alinhavam com os valores de uma Grã-Bretanha moderna e multicultural. O Controle tinha identificado a conquista de Aden e a Primeira Guerra do Ópio. *Evite linguagem de confronto ou oposição. Evite ser atraído para conversas sobre sistemas de valores pessoais.* Em janeiro de 1839, os britânicos decidiram tomar o porto de Aden, que era parte do sultanato de Lahej. Era um porto útil na rota comercial do Extremo Oriente. Até onde eu entendia o Império Britânico, os países dos outros podiam ser úteis ou desprezíveis, mas raramente vistos como autônomos. O Império via o mundo da mesma maneira que meu pai vê as canetas nos bancos: *Isso é útil, está aqui sem fazer nada, agora é meu.*

— Você teve uma participação importante em Aden, então? — perguntei, como uma covarde.

— A modéstia é uma virtude, e devo avisar que sou um homem muito virtuoso.

— E devo avisar que, hoje em dia, explodir um porto árabe porque você quer tomá-lo em nome do Império não costuma ser bem visto.

— Mas interferir na comissão de negócios de outro país para aumentar as vantagens comerciais do Reino é considerado diplomacia.

— Bem — falei, e estava prestes a protestar que fora uma intervenção *ambiental*, mesmo que aquilo significasse ter que explicar o que era *ambiental*, quando vi que ele me observava com algo próximo à admiração, e parei.

Devo dizer que tenho um rosto que passa com facilidade como o de uma pessoa branca, seja da última leva a entrar no país ou não. Não sabia como dizer a Gore que eu o estava enganando, característica por característica. Não tinha certeza de estar pronta. Como a maioria das pessoas, ele presumiu algo sobre mim que me dava espaço de manobra. Depois, quando descobrisse a verdade — como a maioria das pessoas —, ele ficaria perturbado pelo próprio erro. A baixa guarda de alguém nesse momento pode ser muito útil, interpessoalmente, contanto que você não amoleça. Há termos que eu poderia usar sobre o assunto se fizesse tipo melodramático: *atrás das linhas inimigas*, por exemplo, ou *agente duplo*. Minha irmã poderia usar esses termos ou poderia me chamar de fraude.

Além disso, eu tinha lido ambas das suas cartas sobreviventes. Ele escrevera para o pai para dizer que ficara satisfeito com o resultado de Aden. Cento e cinquenta árabes morreram na batalha, e os britânicos não sofreram uma única baixa. Foi um banho de sangue.

— Seu emprego parece muito interessante — falou ele. — Como o conseguiu?

Gore não assistia à televisão. Ele parecia achar que era uma invenção de mau gosto.

— Vocês podem enviar dioramas pelo éter — disse ele —, e usam isso para mostrar as pessoas nos seus piores momentos.

— Ninguém está forçando você a assistir a *EastEnders*.

— Qualquer criança ou mulher virtuosa e sem marido pode usar a máquina e se deparar com exemplos chocantes de comportamento criminoso.

— Tampouco você está sendo obrigado a assistir a *Midsomer Murders*.

— Ou monstruosidades deformadas que vão contra a vontade divina…

— O quê?

— *Vila Sésamo* — respondeu. Então ocupou-se em procurar cigarros nos bolsos, a língua cutucando a bochecha enquanto ele tentava não rir.

Por fim, sem saber mais o que fazer, Gore começou a investigar a prateleira de livros. Tive uma vitória logo no início com Arthur Conan Doyle. Tentei dar a ele a série Aubrey-Maturin, começando com *Master and Commander*, mas ele achou as obras terrivelmente nostálgicas. Gostou de *Grandes esperanças*, mas não conseguiu passar de um quinto de *A casa soturna*. Sugeri as irmãs Brontë, mas teria sido o mesmo que dizer a ele para pegar e ler um pombo. Não tinha paciência para Henry James, mas gostava de Jack London. Por curiosidade, tentei Hemingway, que Gore classificou como "chocante" e lia na banheira.

Certo dia, por curiosidade, ofereci a ele *Rogue Male*, de Geoffrey Household. Era o equivalente literário de brincar com fogo: eu não tinha dado maiores explicações sobre as Guerras Mundiais, muito menos explicado o contexto sobre por que um caçador inglês de excelente pontaria, cujo nome não é mencionado, tentaria atirar num ditador europeu nos anos 1930. Mas ele reclamava tanto de não poder caçar que achei que a premissa poderia entretê-lo.

Mais ou menos um dia depois, recebi um e-mail que oficialmente dava início ao próximo segmento do projeto.

— Comandante Gore?

— Hum?

— Tenho boas notícias. O Ministério requer a nossa presença lá na semana que vem. — Ele não olhou para cima. — Ah. Você não avançou tanto em *Rogue Male*, então.

— Ah — disse Gore. — Eu terminei. E aí comecei de novo.

II

Gore sobe a bordo do navio, sendo recebido pelas mãos enluvadas e rostos protegidos por cachecóis dos vigias. O navio, preso no gelo do mar, inclina-se de forma nauseante pelas ondas congeladas no casco. Abaixo do convés — tão isolado das intempéries e tão cheio de corpos, que o ar é quente —, Gore encontra a tripulação nas garras úmidas da pressa, um momento raro. O capitão Fitzjames convocou uma reunião de emergência.

Ele entrega a bolsa ao comissário dos oficiais e insiste em comparecer à reunião, tentando afastar a demência causada pelo gelo. Ele sabe, sem precisar consultar um espelho, que sua boca está azul como a de um cadáver.

Na enfermaria, Stanley, o cirurgião do navio, pergunta a ele que dia é hoje.

— Vinte e quatro de julho de 1847 — responde Gore, após uma pausa longa demais.

— Você precisa de uma dicção mais firme — murmura o médico. Ele não diz *você está com a fala arrastada*, não a um oficial. Gore tenta sorrir. Fissuras surgem nos seus lábios. Mas ninguém diz que ele não pode comparecer à reunião de emergência.

Ela acontece na cabine do capitão do *Erebus*, um cômodo desesperadamente imperturbado. Sir John Franklin morrera ali, sucumbira à idade e ao clima, mais de um mês atrás. Seu fantasma avuncular falhara em se manifestar. James Fitzjames, seu comandante e agora capitão do *Erebus*, mora na cabine como um órfão trancado em uma cripta.

O capitão Crozier, do *Terror*, o novo líder da expedição, enviara o tenente Irving para o *Erebus*. É um homem tímido, com suíças bastas e o hábito infeliz de citar as Escrituras para os marinheiros.

— Temo que não sejam boas notícias — diz Irving.

— As rações — fala Fairholme, interrompendo Irving.

Fairholme é o terceiro tenente do *Erebus*, um homem grande e vigoroso que é maior do que a maioria dos oficiais. Agora, ele se encolhe, lembrando a Gore um dogue alemão pego roubando comida.

— Com sua licença também — diz Irving, suspirando. — Deus achou por bem nos testar em nossa resolução. Mas os caminhos Dele não são os nossos, e a sabedoria do mundo é tão tola quanto...

Gore espalma a mão na mesa de mogno. De forma gentil, mas com finalidade. O zumbido na voz de Irving indica pânico: o de um pregador implorando ao clima.

— James — diz Gore.

Ele se dirigia a Fairholme — não se atreveria a chamar o capitão Fitzjames pelo nome de batismo numa reunião —, mas é Fitzjames quem responde.

— São as rações em lata — diz o capitão. — Descobrimos que algumas estão incomestíveis. Mais do que o normal — fala ele, sorrindo de leve. — Podres. Portanto, em ambos os navios, elas já deviam estar com algum defeito quando zarpamos, e não apenas devido a alguma influência nociva na viagem.

Gore levanta a mão. Ela deixou uma mancha na mesa da cor de tamarindo. Há uma dor constante e amarga na sua palma, que ele interpreta erroneamente uma amostra do que está por vir.

— Quantas das latas? — pergunta ele.

Fitzjames não responde. Ele está sentado no lugar de Sir John. Seus cachos perderam o brilho, mas ainda exibem um tom de cobre perturbador.

— Quão proveitosa foi a caçada, Graham? — indaga ele.

Gore pensa no peso da bolsa que carregara, que parecera tão significativo.

— Três perdizes — responde — e uma gaivota distante demais para ser atingida. Nada mais. Nem mesmo rastros.

— Em quatro horas e meia?

— Fiquei fora tanto tempo assim?

O silêncio recai entre eles novamente. Certa vez, aquele lugar fora uma sala de reuniões amigável. Uma história não podia ser iniciada sem que fosse interrompida por um relato oposto, como uma ponte em arco feita de conversa. Mas mesmo afirmar o óbvio é como confundir cera com granito nesses dias. O luto e os guinchos persistentes da madeira do navio congelado roubam-lhes o sono e o silêncio entre os parágrafos; sem esses períodos de descanso, toda fala é fraca.

— Não temos rações para atender ambos os navios por um terceiro ano — diz Fitzjames. — O capitão Crozier está de acordo?

— Sim, senhor — responde Irving, miseravelmente.

Fitzjames tamborila os dedos na mesa. Como Fairholme, ele é um homem grande, com a constituição de uma catedral, mas seu rosto fica infantil quando preocupado. Sua ascendência é um mistério, rumores afirmam que ele é ilegítimo; presumivelmente, passou muito tempo preocupado quando criança e agora seu rosto retorna a isso.

— Dois terços da ração? — diz ele.

— A sugestão do capitão Crozier é que diminuamos para dois terços, sim, senhor.

Com isso, Stanley se inclina. É um homem agitado, bonito e de temperamento explosivo que não gosta de seu trabalho.

— Devo deixar claro na reunião que a *debilidade* que assola aqueles que estão na enfermaria encontrará, sem dúvida, amplas chances de se espalhar se reduzirmos as rações dos homens.

— E, se não diminuirmos as rações, os homens vão morrer de fome — diz Fitzjames. — Gostaria que o máximo possível deles voltasse à Inglaterra quando o degelo acontecer. Este é um compromisso que devemos firmar.

Gore fita a palma da mão esquerda. A dor amarga ainda está lá, escorrendo pelas ataduras. Assim como o sangue, mas parece melodramático observar isso.

— E se não houver degelo? — pergunta ele, timidamente.

O gelo no lado de fora muda — o Ártico rangendo a mandíbula como um gato ao ver um pássaro. O gato do navio convulsionou até a morte durante o segundo inverno. Gore gostava daquele gato. Apegou-se bastante a ele, sobretudo porque seu cachorro morrera na primeira primavera.

Rangidos e rachaduras. O navio grita em agonia.

Capítulo Dois

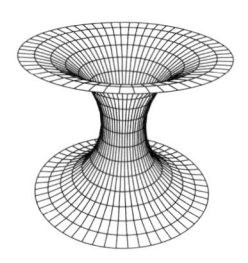

Pegamos o metrô de Londres até o Ministério. Dou a ele tampões de ouvido de espuma.

Na verdade, a viagem pelo metrô não o incomodou, mesmo antes de ele colocar os tampões. Mas fui forçada a explicar uma piada usada numa propaganda de colchões, o que, por sua vez, exigiu que eu explicasse o conceito de "encontro" — um assunto que não gostaria de ter que abordar quando era necessário gritar acima do som do trem. A expressão no rosto de Gore, depois que descrevi os fundamentos relativos ao anúncio, sugeriu que ele preferia não ter perguntado.

Assim que chegamos ao Ministério, uma escolta de seguranças de terno sutilmente armados o levou para conhecer os outros expatriados. Eu achava que ele iria passar por uma sessão de terapia em grupo, mas Gore estava numa disposição bem-humorada, então devia estar pensando em algo mais próximo a um salão.

Subi para ver Quentin, meu supervisor. Os escritórios dos supervisores ficavam no andar mais privativo do Ministério. Todos possuíam paredes de vidro e me faziam sentir como um peixe sem graça em um aquário.

Quentin me tratou com uma familiaridade impaciente, como se ambos estivéssemos pegajosos e deixássemos marcas um no outro. Ele era um ex--agente de campo. Eu não conseguia decidir se o trabalho dele como meu supervisor era prova de que ele fora um bom profissional ou o oposto.

— Oi, Quentin.

— Ah. O notório detonador de vasos sanitários de Londres.

— Hum, é.

— Não, sério, fico feliz de não ser nada mais grave. Ele exibiu qualquer outra tendência violenta?

— Não foi algo violento. Nem me acordou. Foi só muito minucioso.

— Algum sinal de comprometimento cognitivo?

— Hum. Quando a equipe de Bem-estar o liberou, fui informada de que o destino da expedição havia sido explicado. Gore não sabia de nada. Achava que eles haviam sobrevivido.

— Ah. Isso é… um problema. Nós *contamos* a ele. Três vezes. As duas primeiras foram seguidas pelas tentativas de fuga dois e três. Em ambas as ocasiões, ele ficou… desorientado. Parecia que tinha sido danificado durante a viagem. Quando não tentou escapar na terceira vez, presumimos que a informação havia sido absorvida.

— Isso aconteceu com algum dos outros expatriados?

— Dezenove-dezesseis fica perguntando quando vai ser enviado de volta ao front. Não consegue manter na cabeça que a guerra acabou há mais de um século. Algo mais? Crises depressivas ou maníacas?

— Ele é o homem mais calmo que eu já conheci.

— Que bom para você. Certo, vou falar com a Vice-secretária. Pode ser uma boa ideia fazer um exame de ressonância magnética nos expatriados. Fique de olho em qualquer mudança de comportamento. Relate sinais de deterioração física e mental imediatamente.

— O que vai acontecer se eles começarem a enlouquecer?

Quentin fez uma careta.

— Voltam para a enfermaria — respondeu ele, de forma evasiva. — Se os efeitos da viagem no tempo impactarem de maneira severa sua *qualidade de vida*, eles ficarão melhor num… num ambiente *fechado* onde possam ser… tratados.

Deixamos o assunto pairar na mesa entre nós.

— Você recebeu o meu e-mail sobre o orçamento? — perguntei. — E sobre arranjar alguém para fazer faxina? Não um "faxineiro" do Ministério. Alguém para passar o aspirador de pó.

— Você não consegue mandar ele fazer isso?

— Ele não acha apropriado que pessoas da "nossa classe" esfreguem o chão. Tentei explicar que nunca tive uma faxineira na vida, e que minha mãe *foi* uma faxineira. Sem sucesso. Ele levou metade de um dia para entender o fato de que tenho um diploma, mas agora acha que sou uma Professora Emérita. Você sabia que ele zarpou para o mar aos onze anos?

— Ele causou uma impressão e tanto em você — disse o meu supervisor, seco.

— Ficamos grudados por duas semanas. Seria difícil isso não acontecer.

— Não há sobra suficiente no seu orçamento atual?

— Não na velocidade com que ele consome cigarros.

— Você deveria desencorajar isso.

— Como assim? E impactar sua *qualidade de vida*?

Minha resposta provocou uma risada fria.

— *Touché*. Vou dar uma olhada.

Depois de falar com Quentin, fui para a reunião de pontes presidida pela Vice-secretária Adela, que não melhorou com a familiaridade. Ela era uma mulher pequena, magra e durona que me fazia pensar em um jacaré elegante. Quando me juntei ao projeto de viagem no tempo, aprendi que ela fora uma agente de campo — "das antigas" — e que perdera o olho em Beirute, em 2006. Seu arrojado tapa-olho preto quase tirava a atenção do seu rosto, que tinha uma arquitetura incomum que sugeria cirurgia reconstrutiva em vez de estética.

As pontes estavam todas tensas. O expatriado de mais ninguém tivera um colapso nervoso educado ou dissecara um vaso sanitário, mas as outras pontes descreveram um expatriado tentando falar com Deus através da BBC Radio 3 e outro arranjando uma briga com um carro estacionado.

Simellia começou:

— Transtorno de estresse pós-traumático complexo é...

— Complexo — completou Adela. — Obrigada pela contribuição. Levando em consideração suas histórias, o trauma mental era esperado. Lembro a vocês que estamos interessados na viabilidade concreta de levar um corpo humano através do tempo. Nossa preocupação é se o processo da viagem no tempo tem grandes consequências para os expatriados ou para o ambiente em que estão.

— Podemos mandá-los de volta? — indagou Ivan. — Pergunto em nome do meu expatriado, não porque...

— Não.

— Por que não? Senhora — acrescentou Ivan.

— Não podemos arriscar as repercussões temporais — respondeu Adela. — Eles deveriam estar mortos. Enquanto estiverem aqui, é como se *estivessem* mortos em suas próprias épocas. Mais uma vez, devo enfatizar que o foco de vocês são os prognósticos a longo prazo dos expatriados na nossa era. Suas atribuições não poderiam ser mais claras.

— O que vai acontecer se eles sobreviverem? — perguntei.

— Então vocês terão a sensação cálida e amável de terem contribuído para um projeto humanitário.

— E se eles morrerem?

— Então terão contribuído para um projeto científico. Tentativas frustradas de dividir o átomo e por aí vai.

— Se eles sobreviverem, o que faremos com a porta? — perguntou Simellia.

— O uso da porta não é problema seu — disse Adela, toda arsênico coberta de mel. — Não é problema de ninguém até termos estabelecido se sequer pode ser usada. Você vai ganhar seu lugar nos livros de história, Simellia, contanto que possamos garantir que a história continue.

Fui para o salão central com Simellia, que saiu da sala de reuniões como um mergulhador se livrando de um kraken. O expatriado de Simellia era o capitão Arthur Reginald-Smyth, extraído da Batalha do Somme. A equipe de expatriação que o pegou disse que aquela tinha sido a pior apreensão: mais vísceras do que na Batalha de Naseby, mais gritos do que nas guilhotinas. Quando a porta se fechou, uma agente tinha um olho humano grudado ao uniforme. A força da explosão de um morteiro o fizera ser expelido pelo portal.

— Como vão as coisas? — perguntei a ela.

Simellia me lançou um olhar que era só sobrancelhas.

— Ah, estão indo. Com certeza, podemos afirmar que estão *indo*.

Acompanhei seus passos. Simellia era um pouco mais velha do que eu, mas muito mais sênior. Antes de se juntar ao projeto, ela fora diretora do Departamento de Ciência Comportamental. De certa forma, eu estava impressionada com ela, e traduzi isso numa rebeldia artificial, porque imaginava que ela era uma mulher que não teria paciência para a autodepreciação de outra. Conforme caminhávamos, eu ficava ouvindo o barulho úmido dos meus pés desgrudando da palmilha dos sapatos.

— Você notou que o rosto de Adela mudou de novo? — indagou Simellia.

— Sim. Não sei o que ela usou no preenchimento facial, mas acho que a coisa está viva. Juro por Deus que vi suas bochechas se movendo.

— Ela é uma mulher interessante — disse Simellia, o que poderia significar qualquer coisa.

Tentei outro assunto:

— Quer apostar que seremos absorvidos pelo Ministério do Interior?

— Como assim?

— Se os expatriados passarem um ano sem morrer de uma doença de viagem no tempo, o Ministério vai cair nas mãos do Ministério do Interior. Imigração histórica ainda é imigração. Apostaria cinquenta pratas nisso.

Uma das sobrancelhas de Simellia fez algo semafórico.

— Não acho que vamos trazer gente suficiente para justificar a mão de obra do Ministério do Interior.

— A Inglaterra está fechada, então?

— É, política de era hostil.

— E quem não gostar que volte para a porra da Idade das Trevas.

Simellia deu um sorriso enigmático.

— Lá está o seu garoto — disse ela.

Tínhamos chegado ao salão central. Gore estava de pé, sob uma nesga de sol, encarando o teto de aço e vidro. Ele parecia um menino deslumbrado pelo meio-céu do crânio do prédio.

— Um galanteador cheio de malícia — falou Simellia, seca. Dei uma risada. — Vejo você na próxima reunião.

— Claro. Até lá.

Caminhei pelo chão brilhante até alcançá-lo. Gore olhou para mim e disse, suavemente:

— Alguém me deu uma bronca por fumar num ambiente fechado.

— É, não dá para fazer isso nessa época.
— Me mande de volta para o Ártico.
— Rá!

Saímos para almoçar num bistrô pequeno perto do Ministério. Gore veio de uma era de *service à la française*, salas de jantar privativas e pratos de gelatina salgada. Quando comecei a explicar, em um tom maternal cheio de paciência, como restaurantes do século XXI funcionavam, ele respondeu:

— Já comi canguru nas margens desabitadas do rio Albert. Entendo como uma faca e um garfo funcionam. Sente-se, por favor.

Ele puxou a cadeira para mim, então se sentou e encarou o menu com um interesse exploratório. Não acho que eu estava errada — é só que ele abordava toda incerteza como um desafio. Eu não conseguia me lembrar da primeira vez em que fui a um restaurante como adulta não supervisionada, mas tinha uma memória vívida da primeira vez em que pedi uma bebida num bar em que era jovem demais para estar. Pedi um copo de Guinness porque era o que o meu pai bebia. Tinha um gosto forte de Marmite, eu odiei, e não pedi outra coisa por muitos anos, porque fui servida daquela vez e não queria interromper a boa sorte.

— Como são os outros expatriados? — perguntei.

— Assoberbados. O par do século XVII odeia um ao outro. Suspeito que a moça... Margaret alguma coisa... floresceu sob as espantosas liberdades de sua época, coisa que o tenente Cardingham desaprova. Mas achei o capitão Reginald-Smyth bastante agradável. Ele me lembra do tenente Irving.

— Como?

— De voz suave, tímido, inundado por uma grande quantidade de tormento interno.

Aquilo me fez rir, mesmo sabendo da história do olho na expatriação. Não perguntei se o capitão tinha explicado a Primeira Guerra Mundial, ou se fora informado sobre ela, mas falhara ao reter a informação. Não sabia até que ponto seu cérebro, atrás daquela vasta testa branca, fora sacudido e machucado como um pêssego maduro demais.

Nossa comida chegou, e Gore espetou um falafel de maneira especulativa com a ponta do garfo.

— Achei que seria bom firmar uma amizade verdadeira com ele — disse Gore. — O capitão falou que ia pedir para que a ponte dele nos levasse a um —

aqui o comandante ergueu as sobrancelhas — *botequim*. Estou ansioso para ver os pecados que essa era confeccionou para uma humilde taverna.

— Uau. Talvez você vá a algum lugar que tenha Sky Sports.

— Eu me recuso a descobrir o que é isso.

— E vai conhecer Simellia.

— Este é o nome da ponte dele?

— Sim. Ela é uma mulher interessante. Vai gostar dela — falei, sem ter ideia se era verdade. — Então. Capitão Reginald-Smyth. Está bajulando os seus superiores?

Gore mordeu o falafel e me deu o sorriso com covinhas enquanto mastigava. Engoliu e disse:

— Um comandante da Marinha Real tem a patente que equivale à de um tenente-coronel. Sou superior a todos eles. E não acho que o tenente Cardingham goste muito disso também.

De volta à casa que eu tinha dificuldades de pensar como "lar", Gore timidamente perguntou se eu também iria "tomar uma bebida". Ele se saíra bem no almoço ao esconder seu profundo constrangimento por eu pagar a conta (com um cartão de crédito do Ministério); ele estava se ajustando com muito entusiasmo ao reconhecer que a reputação de uma mulher respeitável não seria destruída por ser vista num *botequim* na companhia de homens solteiros.

Respondi com um som que não me comprometia em nada. Dezenove-dezesseis — Reginald-Smyth — não estava bem. Ouvi falar que ele caíra em prantos na rua na primeira vez em que ouviu o escapamento de um carro estourar. Ele entendera muito rápido o funcionamento de uma máquina de lavar moderna e lavava compulsivamente seus lençóis. Simellia achava que poderia ter algo a ver com a culpa de sobrevivente se manifestando na preocupação de que os piolhos (há muito tempo mortos) que o atormentaram na Frente Ocidental o houvessem seguido para o futuro. De qualquer forma, eu não sabia se deveria sobrecarregá-lo com um terceiro rosto com o qual ele teria que ser educado. Mandei um e-mail para Simellia para perguntar sua opinião, e ela sugeriu que nos encontrássemos para um drinque pré-drinque para discutir a consumação dos drinques.

Na tarde seguinte, fui encontrá-la no bar que ela sugerira, uma taverna antiga perto do Ministério, apertada, bizarramente abafada e com paredes cobertas com couro. Era como estar no interior do cotovelo de um suéter com proteção de camurça. Só havia outro cliente, sentado no canto, colocando de forma lúgubre batatas fritas na boca. O cardápio de bebidas era uma lousa escrita à mão em cima do balcão. Apertando os olhos, vi que aparentemente minhas escolhas incluíam uma mmllmmT, uma suaauug e uma wwij.

— Pode me dar um copo de Guinness?

O jovem do outro lado do balcão, que secava um copo com grande teatralidade, me lançou um sorriso encorajador.

— É pra já.

Ele serviu a bebida como se fosse um figurante de *Casablanca*. *Você gosta mesmo do seu trabalho?*, quis perguntar a ele, mas, em vez disso, fui até uma mesa de canto e bebi a melhor Marmite que o estabelecimento tinha para oferecer.

Enquanto esperava, comecei a trabalhar num relatório informativo. As pontes precisavam preencher esses relatórios semanalmente, através dos seus supervisores, para o Controle. Havia outro protocolo para alertar o Controle sobre emergências de viagens no tempo, como os expatriados virando do avesso, mas havia uma quantidade tão grande de códigos e permissões envolvidos que Quentin simplesmente me disse para ligar caso Gore começasse a pular amarelinha entre as dimensões. Ele me deu o seu número de telefone pessoal, o que era tão não oficial que me deixou animada.

Relatório informativo: 1847
(Graham Gore, "Expedição Franklin")

Padrão [x]
Medidas especiais [ ]

Se esse relatório incluir dados de mais um expatriado, por favor, indique o expatriado

1645 (Thomas Cardingham, "Batalha de Naseby") [ ]
1665 (Margaret Kemble, "Grande Peste de Londres") [ ]
1793 (Anne Spencer, "Revolução Francesa") [ ]
1916 (Arthur Reginald-Smyth, "Batalha do Somme") [x]

Observações sobre fisiologia/aparência física do expatriado

Em exame atento, cora fácil. Isso não foi notado antes porque fala muito calmamente. De acordo com o relatório da semana passada, o rosto demonstra evidências de sono frágil ou insônia (olheiras, olhos inchados). Não come mais às pressas como se estivesse morrendo de fome no Ártico durante anos, embora ainda fique muito quieto e intenso com sobremesas. Não houve ganho de peso; eu gostaria de ter a oportunidade de discutir planos de nutrição com a equipe de Bem-estar. Não há mais desconforto com as roupas. Alguns machucados nos nós dos dedos e nas costas das mãos, que podem ser eczema ou talvez causados por lavagem excessiva das mãos; equipe de Bem-estar, por favor, abordar o tema de germes com ele de forma tranquilizadora.

Observações sobre o estado mental do expatriado

Calmo, agradável. Ajustando-se bem. Mostra leveza, humor. Disposto a fazer amizade com outros expatriados (sobretudo 1916). Relatório recente da equipe de Bem-estar (ver e-mail de 14 de abril) aparentemente sugere que o trabalho da ponte falhou em criar uma base para um trabalho terapêutico significativo. Gostaria de contestar com o argumento de que perguntar a 1847 sobre sua relação com a mãe quando ele esteve continuamente no mar desde os onze anos é uma forma improdutiva de começar. ** ATENÇÃO CONTROLE ** Sua memória de curto prazo mostrou sinais de dano ou deterioração, particularmente referente a informações transmitidas em sua chegada...

— Que retrato encantador de uma consciência — falou uma voz acima de mim.

— Simellia! Olá.

Simellia parecia, como sempre, chique. Ela com frequência usava blazers estruturados e saias em tons brilhantes, e sua paleta melhorava o cômodo. Era improvável que a chamassem de "senhorita". Ela provavelmente seria chamada de "senhora", se o rapaz do outro lado do balcão soubesse o que era bom para ele. Ela voltou com uma taça de vinho tinto gelado, que eu nem sabia que era uma bebida que você podia pedir de propósito.

— Você acha que o cara naquela mesa é um espião? — perguntei.

Simellia olhou para ele de relance.

— Não — respondeu. — É alcoólatra. Mas o atendente é.

— É mesmo? Você percebeu pela maneira como ele limpa superfícies como se fosse coreografado?

— É o avental. É a fantasia mais óbvia que já vi. Além disso, Ralph o treinou. Lá no Ministério da Defesa.

Engasguei com a bebida. Ralph, um ex-agente de campo sarcástico e abatido, era a ponte de quem eu menos gostava. De alguma forma, conseguiu que a única jovem mulher expatriada fosse designada a ele.

— Espera. Tá brincando?

— Não. Aparentemente, foi muito constrangedor quando Ralph veio aqui para tomar um galão de Merlot na hora do almoço e o viu. Ele faz parte da equipe de rastreamento da Defesa. Você sabe que eles não gostam muito do fato de que o Ministério é uma instituição separada. Acham que a porta temporal deveria ser responsabilidade deles.

— Perdoe a minha ignorância, Simellia, mas se você sabe que esse lugar é administrado por espiões, por que estamos bebendo aqui?

— Porque eu quero ver o que acontece.

— Ah. Uau.

— Agora beba a sua cerveja e pareça suspeita.

Dei uma risada, e o espião cuidadosamente não olhou ao redor.

— Tá bom — falei —, tá bom, deixa eu abrir o botão do meu colarinho. Que tal? Espera, vou me inclinar um pouco para a frente. Que *tal*?

— Ótimo. Você parece prestes a me vender revistas pornográficas escondidas no seu sobretudo, e olha que nem está usando um sobretudo.

Ela bebericou o vinho e ajustou o meu colarinho para formar um ângulo mais furtivo.

— Você sabe o que ele vai escrever sobre nós de qualquer forma — disse ela, calmamente —, não importa o que façamos ou como nos vistamos. "A mulher mestiça e a mulher negra que trabalham no Ministério."

Eu logo endireitei os ombros.

— Ah. Bem. É claro que tenho o privilégio de me passar por branca...

Fiz uma pausa. Eu sabia que as pessoas em geral gostavam de me dizer se concordavam com aquela afirmação ou não. Simellia, no entanto, esperou pelo fim da frase.

— ... então ele vai ter que escrever sobre o meu sobretudo pornográfico — falei, sem convicção. — Hã. O que você está achando do, hã... da coisa toda... Ele está bem, o seu expatriado?

— Ele usou a palavra "crioula" até eu mandar parar, mas não acho que teve a intenção expressa de ser ofensivo, se é o que quer saber. Como o seu expatriado está lidando com a notícia da sua miscigenação?

Tomei um gole grande da Guinness.

— Bem. Não está. Não contei a ele — respondi.

Simellia assentiu devagar, como se eu tivesse pedido para ela fazer uma conta de divisão complexa. Quando falou a seguir, pude ouvir a mudança suave no tom de conversa para o de uma conselheira profissional.

— Compreendo por que deixou a discussão de lado até agora — disse ela. — Mas não aconselho fazer isso por muito mais tempo. É psicologicamente importante, para ambos, que você seja capaz de viver a sua identidade, e que ele seja capaz de aceitá-la graciosamente e por completo. Nós não devemos nos ajustar a *eles*. Eles estão aqui para se ajustar ao *mundo*. Uma pessoa de cada vez. É assim que se faz.

— Se faz o quê?

— Um novo mundo.

Havia uma luz leve nos seus olhos, uma distância repentina no olhar. Caramba, pensei, ela acredita mesmo nisso.

Pessoalmente, eu achava que tinha ganhado o emprego como ponte porque era uma exceção, não uma regra. Se eu o tivesse conseguido ao celebrar minha marginalização, descascando as minhas camadas para mostrar o labirinto formado pelas veias, não teria ficado surpresa se o Ministério usasse o mapa contra mim depois. Nunca fale em um local de trabalho ou a um amante qualquer coisa que possa fazê-los terminar a relação antes que você esteja pronta para acabar com ela. Tento não dar muitas pistas de contexto no início e não gosto de chamar atenção a pequenos problemas. Por que eu iria querer apontar os lugares em que minha carne era mais macia, meus órgãos, mais vulneráveis? Se minha amiga branca chamasse sushi de "exótico", eu não poderia ficar feliz por ela estar comendo outra coisa além de carne vermelha sem tempero? Enfim, eu poderia ser um pouco exótica — o suficiente para abordar isso na minha avaliação anual se um aumento ou uma mudança de cargo estivessem em discussão.

O espião do outro lado do balcão, que estava conspicuamente verificando a caixa registradora e limpando copos já brilhantes, colocou uma música para tocar. Simellia se animou.

— Ei! "Electric Boogie"!

— O quê?

Ela riu. Simellia sorria o tempo inteiro, mas quase nunca ria, então me lembro claramente desse momento. De repente, vi o quanto a elegante e bastante eficiente funcionária pública era uma fachada — atrás da qual havia alguém que, talvez, tivesse muitas mensagens de texto de um irmão rebelde com quem ainda não havia lidado, alguém que tinha desistido de namorar pela quinta vez em cinco anos, alguém que precisava sufocar sua impaciência quando influenciadoras de produtos de beleza tentavam lhe explicar o milagre das propriedades hidratantes da manteiga de cacau. Antes, eu não tinha percebido que a outra Simellia estava ali, mas agora, sentia suas barricadas.

— Acho muito engraçado como alguém pode chegar à idade de titia sem saber o que é o "Electric Boogie" — disse ela. — Você não sabe fazer o *electric slide*?

— Como é? Que titia o quê. O protegido de Ralph me chamou de "senhorita".

— Levanta.

— O quê?

— Vou ensinar para você.

— Simellia. No meio do *bar*? O que o rapaz vai colocar no relatório para a Defesa?

— Ele vai colocar: "A mulher mestiça e a mulher negra que trabalham no Ministério." Confie em mim.

No final, decidimos que a primeira vez do capitão Reginald-Smyth num bar e a primeira reunião com outro expatriado já seriam complicadas o suficiente sem a adição de uma nova ponte. Então, na noite em que Gore saiu com os dois, eu estava sentada na cozinha amarela e cinza de amigos com uma garrafa de vinho de preço mediano. Passei a visita fingindo ser normal —

na verdade, era obrigada por contrato a fazer isso —, mas todo o meu ser ansiava por saber o que ele estava fazendo, o que via, o que perguntava. Quando queimei a língua com a pizza que meu amigo esquentara no forno, bizarramente imaginei que, em algum lugar, Gore havia queimado a língua em solidariedade simbiótica.

O Ministério fornecia sessões de terapia supostamente voluntárias para todas as pontes, já que nosso trabalho envolvia emoção e desgaste psicológico. Eu não fazia as sessões. Sentia que a conexão humana não deveria ser gerenciada de forma profissional ou que eu estava, de alguma maneira, qualificada para dor pessoal devido a uma história familiar de dor. O medo e a tragédia eram os papéis de parede da minha vida. Quando tinha doze anos, sentava-me certa vez à mesa de jantar com a minha mãe, descascando alho para ela. Minha mãe me contava sobre uma das irmãs, que era linda e se casou com um sujeito rico. Mataram ela, é claro — os guerrilheiros que pilharam Phnom Penh —, e minha mãe falou em voz alta, pensativa: *"Eu me pergunto se a estupraram antes de atirarem nela."* *Sim*, pensei aos doze anos, séria, *eu me pergunto isso também*. E eu sempre seria aquela menina de doze anos que se perguntava sobre a tia à mesa do jantar. Um sintoma subestimado do trauma hereditário é como é socialmente estranho conviver com ele.

Quando voltei para a casa, vi um maço de cigarros aberto na mesa de jantar e me sentei para fumar um, ouvindo minha mente balir. Gore retornou quando o cigarro estava mais ou menos na metade.

— Comandante Gore?

— Boa noite. Um cigarro para ajudar na digestão?

— Hum. Meus amigos não fumam e não sabem que voltei a fumar.

— Ah. Manterei seu segredo a salvo.

Ele falava com bastante clareza, um pouco mais alto do que o normal. Estava bêbado, mas escondia bem. Se eu não morasse com ele, se meu pagamento não dependesse de registrar cada movimento seu, eu poderia não ter notado.

Gore abriu a gaveta estreita que continha as bebidas. Elas chacoalharam de forma exuberante. O Ministério resistira em providenciá-las. Porém, como eu não cansava de dizer, Gore fizera parte da Marinha Real no auge dos anos das rações de rum e, com certeza, bebia.

Ele selecionou um uísque, foi até o congelador e aí parou.

— Vai se juntar a mim?

— Não, eu… Na verdade, sim, por favor.

Eu também estava bem bêbada, mas ele nunca havia me oferecido nada mais forte do que chá.

Gore foi até a mesa com dois copos gelados e a garrafa cheia, que colocou na minha frente. Passei os cigarros para ele, que logo acendeu um.

— Precisamos de um decantador. Me sinto um ébrio servindo direto da garrafa. Aqui.

— Obrigada. Você se divertiu?

— Sim. Gosto de Arthur.

— E da ponte dele?

— Também gosto dela. É uma crioula…

Eu me engasguei.

— Hã. Não usamos mais esse termo. Falamos "negro". Como um adjetivo. Você diria: "Ela é uma mulher negra."

— Isso parece bastante rude. Ou brusco, de alguma maneira. "Crioulo" é depreciativo?

— As pessoas vão pensar que você é racista.

— "Racista"?

— Ah. Hum. Que você tem preconceito com pessoas de outras raças.

Ele franziu o cenho.

— Mas toda raça não tem isso? — indagou. — Ao ser exposta, sobretudo, aos costumes e hábitos da própria raça sem estar familiarizada com os costumes das demais?

— Bem. Hoje em dia, nós tentamos ver além da raça de uma pessoa, para considerá-la apenas pelos seus méritos.

— Nós?

— O Ministério, por exemplo. O serviço público é um empregador de oportunidades iguais.

Ele murmurou *empregador de oportunidades iguais* para si mesmo, e corei tanto que senti a sensação se espalhando pelo meu esterno.

— Ela é uma médica. Da mente — disse ele. — Esqueci o termo…

— Psiquiatra? Psicoterapeuta?

— O último, acho... Mas ela falou que era a única pessoa da raça em todo o departamento. Não apenas a única ponte *negra*, como disse, mas a única... médica da mente... negra... no... esquadrão dos... médicos da mente.

— Ah, sim, o Doidos e Homicidas é superbranco. É claro que, na admissão, tem menos candidatos negros, você sabe, por razões estruturais, hã, isso começa na escola, e, hã, há barreiras no caminho desde o início, e aí, com o tempo, eles abandonam a escola, a faculdade... É um processo contínuo. Nós só começamos a pensar de verdade sobre isso faz cinquenta anos, mais ou menos, e cada geração parece achar que a última não fez o suficiente. É provável que vão nos considerar criminosos daqui a um século.

Tagarelei atabalhoadamente. Simellia parecia tão presente que poderia muito bem estar lá, supervisionando nossa conversa. Gore refletiu enquanto bebericava o uísque, e nada do que eu disse faria sentido para ele, mas eu queria que Simellia me desse nota alta pelo meu antirracismo (algo totalmente normal de querer e totalmente possível de se obter).

Gore encarou o copo, girando o pulso para fazer o cubo de gelo dar uma volta pelo perímetro.

— "Doidos e homicidas"? — falou, por fim.

Meus ombros relaxaram.

— Ah. É o apelido do Ministério para o Departamento de Ciência Comportamental.

Ele ergueu as sobrancelhas para o gelo no copo, jogando-o de um lado para outro. Peguei um segundo cigarro e ele o acendeu para mim com educação automática.

Por fim, falou:

— Quando era mais jovem, passei algum tempo no Esquadrão Preventivo. Eu deveria suprimir o tráfico de escravos da África Ocidental.

Ele tomou metade do uísque num só gole e baixou o copo.

— Estava pensando no *Rosa*. Foi capturado quando eu tinha... vinte e cinco. No dia de Natal, lembro bem. Estava navegando sob a bandeira espanhola, com aproximadamente trezentos... hum, *africanos* a bordo. Eu estava no *Despatch*, sob o comandante Daniell. Fomos até o porto de Barbados. Naquela época, eu era muito amigo do cirurgião-assistente, John Lancaster. Tínhamos a mesma idade, e ele era excelente companhia. Falava espanhol, o que nenhum dos outros oficiais fazia. Estava determinado a me fazer comer um coco. Você já comeu um coco?

— Já.

— Jamais vi uma fruta se esforçar tanto para não ser comida. Mas onde eu estava? Ah, sim. O comandante Daniell e o cirurgião-chefe desembarcaram em fevereiro, e me deixaram como subtenente, quando o caso do *Rosa* estava sendo julgado. John e eu tínhamos que subir a bordo para contar os crioul... os cativos. Eles receberam as provisões necessárias e foram confinados ao navio, junto com a tripulação do *Rosa*, pela duração da detenção. Portanto não podiam sair do navio, veja bem, e...

Ele parou, bebeu a outra metade do uísque e pegou a garrafa.

— Acho que o poder me subiu um pouco à cabeça. Nunca haviam me dado o comando de um navio antes, mesmo um atracado, mesmo que o capitão fosse retornar em pouco tempo. Ao lado desse poder estava o peso horrível da responsabilidade. Quando vi os cativos, reconheci que sua atracação era... inadequada. Eles com certeza haviam sofrido enormemente e estavam exaustos e doentes. Dois morreram desde a captura do *Rosa*. Mas meu principal pensamento foi: "*É melhor eu fazer a contagem deles direito.*" Ou talvez tenha pensado, por um instante: "*Pobres coitados.*" Mas havia mais obrigação do que compaixão cristã no meu coração. Não importa se via homens, ou mulheres, ou crianças...

Ele parou de falar.

— Você está pensando em Simellia — apontei.

— Já tive marinheiros negros sob meu comando. É diferente. Aqueles infelizes no porão... Não sei... Ela teria se comportado de forma tão agradável comigo se soubesse que olhei para eles e vi uma contagem a ser feita?

— Ela está familiarizada com a época.

Gore assentiu, de forma bastante melancólica, e levou o copo à boca outra vez. Dessa vez, ele não bebeu, mas olhou para mim sobre a borda.

— Espero que não se importe de eu fazer essa observação — disse ele. — Mas acho que estou certo ao afirmar que você não é de todo inglesa.

— Muito bem — falei, de forma tão neutra quanto possível. — O que me denunciou? O formato dos olhos?

— A cor da sua boca.

O gelo acertou o fundo do meu copo com uma batida frígida. Nunca tinha escutado aquela antes.

Ele não gostava da linguagem do século XXI. "Vitoriano" era seu grande inimigo descritivo, e, sendo justa, ouvi pessoas usando a palavra para descrever qualquer período entre 1710-1916. Mas muito do que eu considerava essencialmente "vitoriano" estava no seu futuro e, para ele, era enorme, desproporcional, grosseiro, desrespeitoso. Ele não entendia o meu uso do termo "música clássica", que, para ele, tinha algo a ver com o Classicismo formal e, para mim, significava que havia violinos. Ele odiava "teclar" como verbo, "sexo" como ato, "tomate" como ingrediente de salada. Certa tarde, ele voltou de uma caminhada e me perguntou, muito pensativo:

— Algumas jovens muito charmosas, lá no parque, dirigiram-se a mim de forma bastante ruidosa... o que significa o termo "coroa gostoso"?

Desnecessário dizer que ele me chamava de mestiça. Talvez seja desnecessário dizer que levei algum tempo para corrigi-lo. Eu mesma usei o termo, antes de aprender a não fazer isso. As pessoas esquecem como é recente a invenção do "inter-racial", e, quando entrei no Ministério, já não podia escrever nem esse termo. Devia escrever "pessoa com antecedentes étnicos mistos".

Levei um tempo para corrigi-lo porque não sabia o que aquilo significava para mim mesma. Pessoas "inter-raciais" tecnicamente não pertencem a nenhuma das suas ascendências, mas não necessariamente pertencem a um espaço "inter-racial" também: há muita flexibilidade no termo. Eu costumava pensar que toda pessoa inter-racial era uma ilha composta por uma população de um único habitante. Talvez seja porque a diáspora cambojana seja tão pequena aqui, ou talvez seja porque eu queria, de maneira intencional, ser uma exceção.

Graham usava outras palavras também, não exatamente erradas, mas não corretas, como "seu povo" ou "sua cultura". Quando falei, com a voz trêmula e tensa, que éramos do mesmo povo e da mesma cultura, ele respondeu, de forma suave:

— Mas eu não acho que somos.

E então vieram as buscas por imagens do Camboja, sobre comida, vestes e costumes. No início, tive que fazer isso por ele, porque Gore ainda não sabia como, e a linguagem da internet não estava do meu lado. *Exótico, amigável, conservador, resiliente*. A forma como ele formulava as perguntas também era imperfeita. Tive que corrigir "ancestral" por "avô", "sagrado" por "educado", "líderes tribais" por "fazendeiros". Em determinado momento, ele perguntou se poderia conhecer a minha família, os olhos cheios de curiosidade esperançosa. Aquilo era proibido, mas relutantemente mostrei a ele uma foto dos meus pais e da minha irmã no meu celular, a tela explodindo de rachaduras. Ele apontou para a minha irmã, sorrindo abertamente.

— Ah! Tem duas de você! — falou, com a voz tão cheia de deleite nu e cru que logo guardei o telefone.

Uma das muitas hipóteses que coagulava naqueles primeiros dias da viagem no tempo era que a linguagem informava a experiência — que não apenas descrevemos, mas criamos o nosso mundo através da linguagem, como Adão no Jardim do Éden dando nome aos bois ou sei lá o que acontece no Gênesis. No fundo, a teoria prometia que a matéria-prima do universo poderia ser moldada num lar oracional, habitado por uma família extensa de conceitos. Em retrospecto, poderíamos ter passado mais tempo explicando aos expatriados por que eles não podiam usar o que agora consideramos insultos preconceituosos. Alguns deles nunca entenderam isso de todo.

Os expatriados, perdidos como poeira no tempo narrativo, eram educados, sem dó, em descrição. De acordo com a hipótese, quanto mais exato fosse o vocabulário deles, mais provável que eles fossem se ajustar ao tempo. *Assimilar* foi a palavra que usamos, na verdade — eles iam se *assimilar* se dissessem "telefone" em vez de "aparelho profano" ou "carro" em vez de "carruagem sem cavalo" —, mas queríamos dizer *sobreviver*. Esperava-se que as pontes fossem dicionários do cotidiano. Para os expatriados, Simellia e eu éramos contextualmente tão incomuns que recebíamos mais perguntas ("Seu cérebro feminino não vai superaquecer?", Dezesseis-quarenta e cinco; "Quando se livrou das suas correntes para trocá-las por... como você chama... esse 'terninho'?", Dezessete-noventa-e-três). Ficava desconcertada com essa indulgência afetada em respeito a nosso sexo e a nossa pele. Não é que eu quisesse ser alguém como Ralph, não mais do que gostaria de desenvolver uma crosta, mas pensara com carinho que a autoridade seria um equalizador.

Duas vezes por semana, colocávamos os expatriados para sentarem-se numa sala com cadeiras confortáveis, uma mesa, uma tela e um bule de chá. O chá não era essencial para o experimento, mas eles ficavam mais inclinados a cooperar se recebessem um bom chá numa xícara de porcelana com pires — mesmo Dezesseis-quarenta-e-cinco e Dezesseis-sessenta-e-cinco, que não tinham o apetite manufaturado para isso. Era embaraçoso, algo para um cartum caricato da revista *Punch* sobre "britaneidade", mas funcionava.

A ponte se sentava atrás de um espelho bidirecional com os membros da equipe do Bem-estar fazendo o experimento. Ficávamos lá e observávamos enquanto imagens da vida no século XXI apareciam na tela em frente aos expatriados, que então descreviam em voz alta o que viam. Anacronismos, malapropismos e ignorância total seriam anotados, mas não repreendidos; era responsabilidade da ponte *corrigi-los ativamente* durante as rotinas diárias futuras.

Para início de conversa, o experimento linguístico tinha uma sensação apimentada, quase sensual. Há algo de vingativo em chegar a um acordo sobre uma interpretação. Defina sua narrativa como cânone e, de um jeito minúsculo, você retirou a sua morte do tempo, contanto que a narrativa seja lembrada por outra pessoa. Eu com certeza entendia melhor por que as pessoas se tornavam escritoras, e por que amantes ciumentos forçam tantas confissões falsas, e por que o currículo escolar de história britânica é da forma que é.

Porém, após aquelas primeiras sessões, o charme neonoir Voight-Kampff do experimento de linguagem se tornou cansativo e chato, tanto para a ponte quanto para o expatriado. Gore continuou participando. Ele começava descrevendo as imagens na tela através de caricaturas — o que uma sereia diria sobre uma cafeteria, por exemplo. Aquilo me encantava, e eu invejava a habilidade dele de jogar Imagem & Ação no laboratório. Eu tinha uma experiência limitada com o charme — aquela coisa cintilante e antiquada que aflige os excêntricos —, e minhas bruscas defesas contra atributos similares (flertes, civilidade, subserviência) não funcionavam, porque o charme de Gore não era direcionado. Era como tentar armazenar a neblina num pote. E ele seguia em frente: Ana Bolena comprando roupas em liquidação, um cavalo numa loja da Apple. Gore era engraçado, esse era o problema. Homens engraçados não fazem bem à saúde. Por favor, nos diga o que *você* vê, alguém da equipe de Bem-estar o persuadiria pelo microfone, e Gore esquentaria os seus vitorianismos até eu estar roendo as unhas.

Numa terça-feira pedante, ele foi colocado diante de uma tela que mostrava uma soldado loira franzindo o cenho e usando uniforme militar, carregando uma metralhadora e se ajoelhando na grama. Ele ficou quieto e a considerou por algum tempo enquanto bebericava o chá.

— Comandante Gore? — disse a operadora da equipe de Bem-estar.

Ele se virou para nós e suspirou.

— Uma mulher no seu ambiente de trabalho — respondeu.

A mulher riu, embora não devesse ter feito isso, e disfarçou o constrangimento ao erguer o polegar para mim. Só vi isso pelo rabo do olho porque estava tentando encontrar o olhar de Gore e lembrar se tinha dito para ele que o espelho era bidirecional.

Nos primeiros dois meses, eu o observei ser preenchido por atributos, como um daguerreótipo sendo revelado. Veja as manhãs de domingo, por exemplo. Num determinado domingo, eu me levantei antes das dez (coisa rara) e fui até a cozinha, desconcentrada demais pelo sol de primavera, doce como uma tangerina, para pensar em café da manhã. Ele entrou pela porta da sala enquanto eu encarava a chaleira com olhar vazio.

— Bom dia.

— Bom dia. Você foi dar um passeio?

— Não. Fui à igreja.

Eu me senti estranhamente envergonhada, como se ele tivesse acabado de me dizer que passava as manhãs de domingo num parquinho infantil. Ele sorriu para mim e falou:

— Notei o triste secularismo dessa época. Pode adotar uma expressão menos culpada.

Ele saía para dar longas caminhadas e voltava com desenhos de torres de energia e gasômetros desmantelados: tinta preta, exata e melancólica, com uma meticulosidade que reconheci dos seus desenhos arquivados de navios. Eu me perguntei se, para ele, aquelas eram gloriosas visões da indústria ou monstros de metal quebrados. Talvez ele não visse nada além de formatos. Gore me deu o melhor dos seus rascunhos do gasômetro, que pendurei no meu pequenino escritório.

Sob insistência da equipe de Bem-estar, o Ministério concedeu aos expatriados acesso às academias e piscinas dos funcionários. Gore foi fazer boxe, com frequência com Dezesseis-quarenta-e-cinco, o tenente Thomas Cardingham. Fiquei sabendo que um tonto bem-intencionado na equipe de Bem-estar tentara persuadi-los a entrar no grupo de esgrima (que continha um total de um membro, a saber, o próprio tonto), já que ambos eram familiarizados com combate com espadas. Cardingham, ao ser apresentado a um florete, riu tanto que seu nariz escorreu. Gore foi mais educado — a arma favorita dele era o charme —, mas me disseram que ele mencionou a Batalha de Navarino e algumas coisas bem gráficas sobre estripamento. Nenhum dos homens era esgrimista classicamente treinado. Eles sabiam apenas como matar alguém com uma espada. O tonto deixou o assunto de lado.

Gore não conseguia entender a existência simultânea de pilhas de carnes nos supermercados e nossa ansiedade sobre caçadas. Alguém na equipe de Bem-estar ensinou aos expatriados o termo *qualidade de vida* e, de alguma forma, reclamando de sua inabilidade de caçar e da escassez de um local para fazer isso, ele conseguiu manipular o termo de forma a obter uma arma de pressão.

Certa manhã, desci e descobri que ele tinha matado todos os esquilos do jardim. Ele os empilhou num moledro grotesco e peludo.

— *Cacete*, o que é isso?

— Não há necessidade desse palavreado. Eu ouvi você conversando com eles a respeito do jardim da maneira mais bruta possível, então pensei em despachá-los.

— Eles estão mortos!

— Claro que sim. Sou um excelente atirador. Como se sente em relação aos pombos?

— Deixe os pombos em paz!

— Como quiser. Quer ficar com eles? Poderiam dar um belo chapéu.

— Não!

Mais tarde, durante o jantar — algo que mal era identificável como carne, que ele havia feito na brasa até esturricar, acompanhado de vagem —, ele falou:

— Acho que a minha *qualidade de vida* melhoraria se tivéssemos um cachorro.

Não era permitido que os expatriados tivessem animais de estimação. Eles eram detidos pela generosidade do governo de Sua Majestade e não podiam assumir um fardo de cuidado. Havia também o desgaste da mobília e uma insinuação, jamais expressa na frente deles, de que poderiam morrer por causa de mutações e deixar o animal órfão.

— É uma casa pequena demais para um cachorro.

— Eles não são tão grandes — argumentou Gore, indicando com as mãos as dimensões de um cachorro enorme.

— Onde o bicho dormiria?

— No lugar em que se deitasse.

Eu sabia que ele tivera um cachorro na expedição, um labrador preto tão velho que uma certa quantidade de cartas de membros da outra expedição comentava sobre a decrepitude do animal. Ele deve ter morrido junto aos homens com quem servia. Com a intenção de sair de um terreno perigoso, falei:

— Gatos são menores.

— Não precisamos de um gato — disse ele. — Uma criaturazinha que dorme por horas e brinca com a presa? Já temos você.

A vagem quase foi aspirada pelo buraco errado. Ele me observou, me deixou marcar minha garganta trêmula com os dedos, gorgolejando vegetais, antes de me servir água.

Gore estava entediado, era bem claro. Apesar das comodidades e dos prazeres do século XXI, ele estava entediado. Recebera uma vida luxuosa, com tempo para ler, para perseguir pensamentos até seu final fantasmagórico, para aproveitar temporadas completas do Instituto Cinematográfico Britânico, para caminhar por quilômetros, para dominar sonatas e pintar o que havia no seu coração. Não era necessário trabalhar, trocar o suor da testa ou o chiado da mente por abrigo e comida. E, ainda assim, ele estava entediado por não ter propósito. Estava ficando enfadado de tudo. Tive medo de estar se entediando de mim.

Perto do final de maio, os expatriados foram chamados para exames de ressonância magnética. Pegamos o metrô até o Ministério.

A equipe médica me empurrou para dentro da sala de observação enquanto preparava Gore para o exame. Três homens já esperavam junto aos controles. Um era o técnico em radiologia que eu tinha visto pelo Ministério. Outro, alto, bronzeado e com cabelo grisalho, usava um uniforme militar com insígnias de brigadeiro.

O terceiro homem era o Secretário de Expatriação. Ele tinha uma presença tão discreta quanto a de uma salada e os belos pés de galinha de alguém que pode arcar com envelhecer de forma atraente. Ele não parecia alguém apropriado para o trabalho — não só o trabalho de Secretário de Expatriação, mas qualquer trabalho —, já que trabalhar não é muito chique. Eu imaginava que ele tivesse conseguido aquela posição porque o pai de alguém conhecia o pai de outra pessoa. Embora eu fosse uma ponte e, portanto, um membro-chave do projeto, mal tive contato com ele. Adela atuava como o poder de fato.

— Sr. Secretário — falei.

Ele me afogou em gentilezas. O Brigadeiro, que já estava sentado com as costas bem retas, deixou-as ainda mais retas.

— Ah — disse o Secretário. — Já se conhecem...?

— Senhora — falou o Brigadeiro. Ele tinha uma voz requintada de locutor que eu pensava ter saído de moda nos anos 1970. — Você é a ponte do comandante Gore?

— Sim, senhor.

— Parabéns pelo novo cargo. Onde trabalhava antes? Forças Especiais?

— Não, senhor. Operações de suporte.

— Ciência Comportamental?

— Idiomas.

— Vou observar a sua carreira com interesse — comentou o Brigadeiro.

Desgostei dele na mesma hora. Ele falou aquilo como se estivesse pensando no assunto.

Dentro do aparelho, Gore disse pelo intercomunicador:

— Isso aqui é como estar dentro do cano de uma arma.

— Apenas relaxe, senhor — respondeu o técnico.

— Estou deitado. Estou o mais relaxado possível. Consegue ler os meus pensamentos com essa máquina?

— Não, nem um pouco.

— Ah, nesse caso, estou muito relaxado. E posso garantir que estou pensando em coisas amigáveis em relação a você.

Depois de ter ouvido o zumbido agressivo dos ímãs, Gore foi até a sala de observação. O uniforme do Brigadeiro teve um efeito inacreditável e imediato. Gore ficou, de forma bastante fria, em posição de sentido.

— À vontade, comandante — falou o Brigadeiro. — Estou de saída.

— Senhor.

Até o Secretário relaxou quando o Brigadeiro foi embora.

— Deputação da Defesa — disse para mim de forma confidencial. — O irmão maior de olho no irmão menor, sabe como é.

— Posso confirmar que sou um milagre da medicina? — perguntou Gore.

— Receberemos os resultados daqui a uma semana, mais ou menos, mas não acho que terá problemas — respondeu o técnico. — Aqui. Não há anormalidades importantes que eu possa ver.

— Ah, vocês realmente não podem ler meus pensamentos...

— Desculpe desapontá-lo!

O próximo expatriado a ser examinado era Arthur Reginald-Smyth, que apareceu sem ponte e não parecia tão blasé; na verdade, ele estava verde. Era um homem alto, com cabelo cortado bem curto e um queixo bonito e sem barba. Teve que retirar um anel de sinete do dedo antes de se deitar e, assim que o fez, suas mãos começaram a tremer.

— Apenas relaxe, por favor, senhor — disse o técnico de radiologia. — Posso garantir que está em boas mãos.

Gore se inclinou sobre o técnico e falou no microfone:

— É bem divertido, Dezesseis, você vai receber um daguerreótipo dos seus pensamentos.

— Você não...

— Quarenta-e-sete? — indagou Reginald-Smyth, com a voz rouca e ansiosa. — É você? O que está fazendo aqui?

— Lendo seus pensamentos, camarada. Esse foi bem sórdido. Nunca vi obscenidades como estas. Bom Deus. *Quantas* colheres de açúcar você coloca no chá?

As mãos de Reginald-Smyth pararam de tremer.

— Alguém precisa enfiá-lo de volta num maldito barco — disse ele, quase entretido.

— Vamos começar agora, capitão — falou o técnico. — Talvez ache a máquina um pouco barulhenta...

— Ah!

— Está tudo bem, senhor.

— Ah, meu Deus!

— Que bom pensamento teve agora — disse Gore. — Algo sobre, hum, elefantes. Elefantes dançando valsa.

— Isso soa como o disparo de um maldito tanque!

— Que também pode ser o som de elefantes dançando valsa. Como nunca tive o prazer de encontrar esse animal, muito menos dançar com um deles, não posso confirmar.

Os punhos cerrados de Reginald-Smyth se desenrolaram com esforço.

— Não consigo imaginar você dançando — comentou ele, uma tentativa frágil de humor.

— De acordo com esse maravilhoso mapa que temos dos seus pensamentos, é exatamente isso que está imaginando.

— Ah, cale a boca.

— Nós não podemos ver nada do que você está pensando — disse o técnico, mas estava sorrindo.

— Diga isso ao Quarenta-e-sete — falou o capitão, e então soltou, firme e entre os dentes, quando o equipamento de ressonância magnética recomeçou o seu estrondo: — Jesus.

— Não precisamos ficar para os… resultados nem nada assim? — perguntei ao técnico.

— Ah, não, não é necessário.

— Se quiser ir para casa, posso voltar sozinho — disse Gore a mim.

— Ah. Então está bem.

Ele me lançou um sorriso largo e agradável, então deu tapinhas no ombro do técnico em radiologia e começou a acalmar Reginald-Smyth de novo. Havia um relaxamento nas suas maneiras, o desenrolar de uma flâmula que não percebi estar enroscada e dobrada. Mas é claro: ele era um oficial de um serviço para homens solteiros que passara a maior parte da vida no mar. Sentira falta da companhia de outros homens.

Atravessei a porta com o humor triste. Minha respiração estava curta. Meu estômago, oco, vazio. Sempre que eu pensava nele, sentia como se estivesse alongando excessivamente um músculo distendido, mas na minha mente.

Decidi que mandaria um e-mail para a equipe de Bem-estar e faria os arranjos para começar a terapia.

Mas não consegui escrever o e-mail. Meus dedos pareciam ter uma carga magnética que repeliam as teclas do laptop. Tomei um banho e esvaziei o lava-louça. Tentei ler. As palavras me escapavam.

No fim das contas, abri a última gaveta da minha mesa de cabeceira e peguei uma lata que um dia contivera uma caneta-tinteiro. Eu tinha uma boa porção de maconha e algumas sedas. Estripei um dos cigarros dele para usar o tabaco e enrolei um baseado frouxo e malfeito com meus dedos magneticamente repulsivos antes de ir me sentar na varanda dos fundos. Um pombo idiota andou de forma idiota pelos trevos.

— Oi, pombo. Você não sabe disso, mas eu salvei sua vida.

Coo, coo.

Ouvi a chave dele na porta.

— Olá.

— Oi. Tem um pombão aqui, nãotentaatirarnele.

— Tem alguma coisa errada com esse cigarro? O cheiro é estranho.

— Ah. Ahaha. Não. O capitão está bem?

— Ele passou por maus bocados, mas logo acabou. Tivemos que ajudar a srta. Kemble em seguida. Não sabíamos qual experiência vivida por ela poderia se comparar à de estar na máquina. Arthur pensou numa viagem dentro de uma diligência muito apertada. De qualquer forma, ela nos chamou de chagas da peste e disse que, no seu entendimento, o instrumento pintava imagens do cérebro usando o poder dos ímãs.

— Rá!

— Ela é muito excêntrica. Me lembra de você.

— Isso é bom?

Ele sorriu.

— Qual *é* o problema desse cigarro?

— Promete não contar a ninguém do Ministério?

— Ah. Tabaco *proibido*. Cheio de germes.

— É chamada de… bem, cannabis. Mas tem uma porção de nomes. Foi legalizada alguns anos atrás e saiu de moda.

— O que ela faz?

— Gostaria de provar?

Ele ergueu uma sobrancelha, mas veio se juntar a mim no alpendre. O pombo, que viu o que aconteceu com os esquilos, se mandou.

— Você precisa tragar. Da forma apropriada. Se ela te fizer tossir... aqui.

— Eca.

— Tenta de novo.

— Eca.

Ele me devolveu o baseado, os olhos marejados e se atrapalhou ao pegar os cigarros. O calor lânguido da primavera cobria o jardim. Fumamos juntos na luz que ia diminuindo. O pombo voltou e olhou para nós, para o caso de nossos ingredientes terem se transformado em alpiste.

— Como você chamaria a cor daquela ave? Lilás?

— Lilás?

— No... Ali. É lilás? Lavanda?

— O quê?

— O quê?

— O quê?

Encaramos um ao outro. Então nos aproximamos e começamos a rir sem parar.

Fui para dentro fazer um bule de chá. Ele encontrou um pacote de biscoitos de chocolate. Nós nos sentamos para dar cabo deles.

— Acho que deveríamos pegar um cachorro.

— Hum. Não.

— Deveríamos ter tido essa coisa na Marinha.

— Biscoitos de chocolate ou erva?

— Ambos. "Erva"? Parece muito extravagante. Como algo que as fadas colocam nos seus cachimbos.

— Se a Marinha Real tivesse uma ração de erva durante a Era de Navegação à Vela, sua jornada ártica teria acabado no Rio de Janeiro.

— Que bom!

Isso fez com que nós dois voltássemos a rir.

— Bem, fico feliz que encontrou *alguma coisa* no século XXI que aprova, comandante.

Ele sorriu, as covinhas fazendo curvas.

— Já que somos "colegas de apartamento" e também, espero, amigos, acho que você deveria me chamar de Graham.

— Quem é "Auntie"? — perguntou ele, na manhã seguinte. Ele tinha saído do banho descalço, com o cabelo ainda molhado: mais uma novidade. Seus cachos haviam voltado a crescer.

— Vou precisar de mais contexto.

— Depois que você retornou para casa ontem, o Brigadeiro voltou para ver Arthur. Eles tiveram uma conversa sobre televisão, que Arthur parece achar uma invenção maravilhosa. O Brigadeiro mencionou "a emissora Auntie".

— Ah. É um apelido *muito* antigo para a BBC. Não é usado desde os anos sessenta, eu acho. Os anos 1960, quero dizer. Que estranho. Ele me perguntou se eu fiz parte das Forças Especiais também. Não me lembro da última vez que ouvi alguém chamar o antiterrorismo de "Forças Especiais". Bem, talvez não seja tão estranho. Todas as altas patentes vivem no passado.

— Como sempre. Por que "Auntie"?

— A BBC era considerada bastante sóbria e extremamente benevolente. Você sabe, como uma "tia". Programas educacionais para a amada classe trabalhadora.

— Nos anos 1960? E era permitido fumar em ambientes fechados?

— Sim.

— Por que não fui levado para lá? As pessoas elegantes ainda usavam chapéus? Notei que apenas os muito religiosos parecem preservar esse decoro.

— Elegantes — murmurei. Peguei o meu celular, procurei no Google a imagem de uma moça numa minissaia dos anos 1960 e mostrei para ele. Graham corou, com o rosto impassível.

— Bem, isso não parece muito saudável — disse ele.

Mais tarde naquele dia, perguntou:

— Como é chamada aquela máquina portátil que projeta uma grade branca e transparente com informações?

— Transparente...? Não era um celular?

— Não. Tinha um formato bem diferente, e a projeção saía dela. Aqui. Fiz um desenho de memória.

— ... Não sei o que é isso. Onde viu?

— Do lado de fora do Ministério. Havia uma pessoa esperando na entrada dos funcionários e projetando isso no ar.

— É… Hum. Não sei o que é. Tem certeza de que foi isso que viu?
— Sim. Estava projetando.

Eu me inclinei para cima da mesa e olhei para o desenho dele, ou ao menos fingi. Na verdade, estava olhando para a curva dos seus cílios, seguindo para baixo conforme ele franzia a testa para o desenho.

III

Gore está deitado na sua cabine, olhando para as próprias mãos.

Debilidade, dissera Stanley. Bem, todos eles sabiam o que aquilo significava. *Escorbuto*. Homens partidos pela melancolia, sangrando pelo cabelo. Dentes soltos como pétalas de rosa. Chorando de saudade de casa — mais do que o normal. Dores nas articulações. Diziam que o cheiro de uma laranja poderia fazer com que um homem *debilitado* enlouquecesse. A palavra "mãe" é como uma lança nas costas. Velhas feridas reabertas.

Ele esticou bem os dedos, como se estivesse tentando alcançar uma oitava no forte-piano. Uma dor quente e sombria une as bandagens.

Essa velha ferida, antes curada, ele havia recebido na Austrália com o capitão Stokes. Uma arma explodira nas suas mãos. Eles remavam num rio no bote do capitão, mapeando o caminho. As cacatuas que tinham visto na outra margem eram tão grandes que pareciam nuvens, esvoaçando de árvore para árvore. Ele pegou a sua caçadeira e mirou usando o cano da arma.

— *Ave para jantar* — disse um dos homens.

— *Se Gore não errar* — argumentou Stokes.

— *Eu não erro.*

Depois disso, há um vazio na sua memória. Ele escutou um estampido. Estava certo de que viu uma ave caindo. E depois o céu, histericamente azul. Ele estava deitado de costas no chão do barco. Parecia que a sua cabeça doía, mas ele não tinha certeza. Sentia que estava molhada. Ele se sentou. Stokes ficou pálido, estendendo a mão trêmula para ele.

— *Matei a ave* — comentara Gore baixinho. Stokes começara a rir.

Ele sentia falta de Stokes. Sentia falta da Austrália. Gostaria de sentir o suor amniótico do interior do continente. Não conseguia nem evocar a memória de estar confortavelmente aquecido, muito menos morrendo de calor. Sente falta de coisas novas, frescas. Gostaria de ver uma árvore ou caminhar por um matagal. Até mesmo ter problemas digestivos acidentais por comer a fruta errada parece divertido em comparação a estar aqui. Não há nada aqui além da terra mais estéril e desolada possível. Supõe que gostaria de ver sua família também, em Nova Gales do Sul, mas não se prolonga nesse pensamento, da mesma forma que não examina a ferida na palma da mão.

Ele se mexe na cama apertada. Está mais magro esses dias. Seus ossos do quadril são verdadeiros feitos arquitetônicos. Seu esqueleto passou a ser visível por baixo da pele, fato que o desagrada, porque ele não gosta de pensar muito no seu corpo, para o caso de o corpo se lembrar dele e começar a fazer demandas. Mas ele sempre foi magro. Era inútil reclamar que Deus não achara apropriado fazê-lo no molde apolônico de James Fitzjames e James Fairholme.

Também era inútil reclamar a respeito dos parcos mantimentos do dia. Amanhã, ele tentaria encontrar uma caça melhor. Na última vez que estivera no norte, havia matado uma rena engatinhando no chão. O animal fora servido na ceia de Natal. Tinha vinte e seis anos na época. Robert McClure havia sido seu companheiro nessa expedição. Ainda era bonito, o Robbie. Mal começara a ficar com entradas. Aqueles grandes olhos azuis quando o capitão Back ergueu a taça para brindar aos amigos ausentes. Robbie, que nunca escrevia, que ouviria falar da expedição em jornais com meses de atraso em seja lá que estação canadense esquecida por Deus fora jogado. Amigos ausentes, de fato.

Sim, amanhã Gore caçaria novamente. Uma coisa que Deus lhe dera foi uma excelente mira. Ele é muito bom em matar coisas. Coisas e, às vezes, pessoas. Ele puxa o gatilho e sabe que é amado.

Capítulo Três

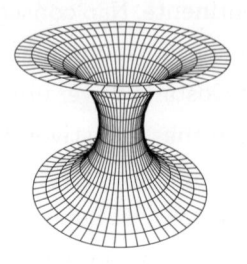

Cresci numa casa cheia de papelada. Meu quarto tinha um tapete itinerante de faturas e contendas de multas de estacionamento, algumas mais velhas do que eu. Havia documentos registrando assinaturas de revistas canceladas muito tempo atrás, fundos de poupança desde então drenados, relatórios escolares cheios de prazeres de se ter em sala de aula. Minha mãe, cidadã britânica, tinha um passaporte cambojano enfiado no fundo de uma cômoda. A foto mostrava uma jovem com cabelo preto cortado na forma de um lindo capacete. Nunca conheci aquela mulher, embora a minha mãe pensasse nela com pena e um pouco de desdém. Havia coisas que a jovem esquecera de fazer ou não pensara serem necessárias, e a minha mãe precisou conviver com os seus erros pelo resto da vida.

Minha família vivia dentro de provas da nossa existência como caranguejos em suas carapaças. Podia ser sufocante — literalmente: a poeira, o farfalhar seco no calor do verão. Mas ninguém ia nos dizer a que não tínhamos direito ou que deixamos de registrar algo. Não com as duplicatas, não com os *"seu supervisor está em cópia"*.

Crescer numa casa assim me deixou obcecada em arquivar coisas, o que me tornou uma ótima funcionária pública, e minha irmã, uma editora meticulosa. Eu adorava o mundo em formato redutível. Não havia uma pessoa minimamente especial que não pudesse ser encontrada numa nota de rodapé ou numa das minhas grandes pastas verdes. Com as mãos nos arquivos, tinha controle sobre o sistema. Não importava se era apenas um sistema de arquivamento. Era controle e era o que eu queria.

É de surpreender, portanto, que tivesse permitido que o desenho de Graham do dispositivo projetor entrasse nos meus arquivos como uma brincadeira, como uma moeda cunhada em 70 a.C. Achei que era uma forma de juvenília, desenhada nos seus primeiros anos como um homem moderno, algo para lembrar-lhe de um aniversário significativo da sua chegada aqui; e não, como aquilo demonstraria ser, um alerta de outra era.

No início do verão, Graham já era praticamente um nativo da época. Usava camisas de botão e raspava as suíças. Tinha um ciclo favorito na máquina de lavar. Na maioria das manhãs, ele levantava — horas antes de mim — e saía para correr. Às vezes, me acordava com o arfar pesado de fumante ao retornar para casa. Começou a me dar custódia sobre seus cigarros e impôs um banimento deles antes do jantar.

Em outras ocasiões, Graham parecia odiar o século XXI deliberadamente, como se a assimilação fosse uma forma de trair o seu passado. Eu ficava irritada e na defensiva quanto a isso; não conseguia saber exatamente por quê. Eu ouvia a maneira como falava com ele: *ajuste, razoável, cidadão, responsabilidade, valores*. Pensativo, ele jogava muita fumaça de cigarro na minha cara.

Eu não conseguia fazê-lo se interessar por filmes. Graham frequentemente caía no sono se tentássemos assistir a alguma coisa depois do jantar, podendo dormir vendo *Os irmãos cara de pau* tão facilmente quanto *O terceiro homem*. Depois, fiquei sabendo que a sua falta de interesse pelo cinema era tão desconcertante para os outros expatriados quanto era para mim. Todos eles consideravam o cinema a maior realização artística da minha era. (Algum tempo depois, Dezesseis-sessenta-e-cinco — Margaret Kemble — o persuadiria a assistir a *1917* com ela, e ele não conseguiria dormir de tão chocado. "Pobre Arthur", diria ele para mim. "Eu não fazia ideia.")

Ele era, no entanto, enamorado pelo conceito de música sem fim disseminada em qualquer cômodo. Foi assim que começou a aprender a digitar, catando milho com cuidado para escrever nomes de sinfonias e demorando um minuto inteiro para achar a letra M. Disse que, na própria época, caçara, ferira e preparara vigílias apenas por um murmúrio fragmentado de música interior, como Joana d'Arc com um Walkman; agora, pelo menos, podia tocar a música que sempre lembrava parcialmente.

Graham ouvia muito Bach, de que eu gostava, e Mozart, que eu tolerava. Gostava de Tchaikovsky, não tinha afeição por Elgar, ficava intrigado com Vaughan Williams e Purcell, mas não suportava Stravinsky. Como falhei com os filmes, tentei música pop. Testei algumas músicas do início do rock'n'roll, e ele deu de ombros; experimentei algumas baladas poderosas dos anos 1980, e ele foi irritantemente educado. Minhas tentativas de interessá-lo em música que não fosse orquestrada caía em ouvidos moucos até ele repentina, inexplicável e independentemente desenvolver um gosto por álbuns da Motown Records.

Uma vez por semana, os expatriados tinham sua empatia examinada; e as pontes, sua honestidade — ou assim dizia a piada. Outra hipótese sobre a viagem no tempo é que ela poderia reduzir a capacidade de uma pessoa de sentir compaixão. Removidos à força para uma nova época, conhecendo todos os lugares e os indivíduos neles como estrangeiros — isso levaria os expatriados a pensar de forma defensiva nas pessoas ao seu redor como "outros"; ainda pior, esses "outros" não poderiam ser processados psicologicamente porque o expatriado não havia experimentado uma passagem normativa do tempo histórico. A teoria da empatia se baseava na ciência do sono. Quando dormimos, entramos no vale abissal do REM e, por meio dos sonhos, processamos os eventos do dia. Mas pessoas com ciclos de sono interrompidos e não lineares — por exemplo, quem sofre de TEPT, cujo nível excessivamente alto de noradrenalina bloqueia os sonhos do nível REM — não conseguem entrar no sono profundo para processar as suas memórias, o que as enfraquece quimicamente, de forma que as lembranças de violência e medo não processadas vazavam para o mundo desperto. Assim como as condições contínuas corretas eram necessárias para se ter um bom sono, as condições contínuas corretas eram necessárias para se experimentar uma realidade temporal com o nível requerido de empatia.

Assim, semanalmente, os expatriados eram submetidos a testes pensados para desencadear empatia ou desgosto e eram analisados com atenção. Os primeiros testes foram conduzidos nas salas do laboratório, mas elas lembravam muito as alas hospitalares, e os expatriados sentiam uma ansiedade tão profunda que era difícil conseguir algum dado útil. Graham, por exemplo, pedia constantemente pausas para fumar — os batimentos cardíacos elevados — e tinha dificuldade para se concentrar nos testes — os olhos se movendo rapidamente. Uma vez, eu o encontrei sozinho na área de fumantes do quinto andar (uma sacada cheia de bosta de pombo incrustrada), metodicamente triturando o filtro de um cigarro finalizado. Eu o observei por um tempo, interessada na maneira que apenas os seus dedos se mexiam. A maioria das pessoas não para quieta, com movimento excedente, a não ser que esteja se concentrando, mas Graham só movia as partes que queria mover.

No final, convertemos uma das salas com painéis de madeira no Ministério numa "biblioteca" em que os testes poderiam ser conduzidos. O Secretário de Expatriação pagou do próprio bolso pela inclusão de dezenas de obras encadernadas em couro sobre a ciência e as viagens do Iluminismo nas prateleiras. Um dos administradores, que tinha um mestrado em história da arte, comprou algumas cópias emolduradas de Canaletto com o orçamento destinado à tecnologia, o que causou um breve desentendimento, mas o Secretário gostou delas também, então o imbróglio foi deixado de lado.

Depois disso, os "exames de empatia" mostraram resultados mais úteis, embora houvesse outros problemas. Um teste polêmico usava imagens de soldados da Primeira Guerra Mundial rendidos e destruídos por armas novas. A perturbação foi terrível. Dezenove-dezesseis precisou ser sedado. Os outros expatriados também ficaram horrorizados. Até mesmo Dezesseis-quarenta-e-cinco e Graham, que lutaram em batalhas de grande escala, ficaram estarrecidos pelo escopo ultramoderno do dano. Eles começaram a resistir psicologicamente aos exames, estragando nossos dados tão arduamente conquistados. Concordamos em não mostrar Hiroshima, Auschwitz e as Torres Gêmeas a eles até segunda ordem. O Controle prometeu providenciar um cronograma para essas revelações, mas isso nunca se concretizou.

Quanto aos "exames de honestidade" das pontes, eles pareciam saídos de um thriller de espionagem dos anos 1960 sobre a Guerra Fria. O teste envolvia um polígrafo e tudo o mais. Técnicos analisavam eletroencefalogramas com atenção e nos perguntavam como estávamos nos sentindo. Diferente da terapia paga pelo Ministério, essas seções eram obrigatórias. Nosso progresso era mapeado em relação a um enorme arquivo sustentado pelo Controle — embora ninguém soubesse onde ficavam os pontos de referência.

Adela estava sempre presente nos exames de honestidade, com frequência interferindo. Eu tinha a impressão de que a mulher recebia dos bastidores orientações que apenas ela podia ouvir, sendo a única entre nós consciente de estar num palco, tentando nos dizer repetidamente qual era o curso de ação correto.

Um dia, ela me perguntou:

— Como você descreveria o seu trabalho?

— Significativo — respondi prontamente. (Essa era uma pergunta comum.)

— Mais alguma coisa?

— Desafiador. Diferente.

— Mais alguma coisa?

— Hã. Às vezes, eu me sinto um pouco no escuro. Tipo... O que *vamos* fazer com as portas temporais, se elas funcionarem?

— Você diria que acha o seu trabalho erótico? — perguntou Adela.

O técnico arquejou e fez algumas anotações rápidas sobre o que quer que as minhas leituras tivessem acabado de demonstrar. Acho que ele não estava esperando a pergunta tanto quanto eu. Vi a mim mesma afundando de costas numa poça de lama escura.

— Não — respondi, com calma.

— Tem certeza?

— Não sei, senhora, tenho?

Adela sorriu com mais ou menos um terço da boca. Seu rosto tinha mudado de novo. Ela parecia angustiada e faminta, de um modo assustador, como se a pele estivesse presa por um prendedor de metal na parte de trás do crânio.

— Não. Você não tem — disse ela. — Não preciso olhar para a sua leitura para saber disso.

— Acho que depende do que quer dizer com "erótico".

— Não. Não depende. O que acha do comandante Gore?

— Acho que ele é um homem interessante.

Adela viu as leituras e aumentou a percentagem do seu sorriso.

— É o bastante. Pode soltá-la, Aaron.

Nem todas as partes do meu trabalho envolviam confronto. Analisar as proficiências de Graham com Quentin era divertido. Hoje, meu filho supercrescido disse a um homem num patinete eletrônico que ele conduzia o veículo de um covarde. Hoje, meu filho supercrescido arrancou seus headphones e me deu um relato tim-tim por tim-tim da abertura da tumba de Tutancâmon porque estava ouvindo um podcast sobre o Egito Antigo. Hoje, meu filho supercrescido colocou metal no micro-ondas *deliberadamente*, mesmo após eu dizer para *não* fazer isso, porque queria saber o que aconteceria. Nós ficávamos sentados no escritório, tentando decidir se as ações de Graham demonstravam alienação ou aclimatização. Com frequência, eu pensava que demonstravam que ele era Graham Gore. Comecei a pensar nele como um ponto de referência próprio, o que era perigoso. Adela vira algo em mim que eu não notara, ainda não, e, se tivesse ficado menos encantada com a minha própria leviandade, poderia ter me perguntado por que ela não estava tentando me impedir.

Dei a Quentin o desenho de Graham em uma das nossas reuniões periódicas. Pensei que ia achá-lo tão charmoso quanto eu.

— O que acha que ele viu de verdade? — perguntei. — Um console de videogame? Um estroboscópio? Eu apostaria num guarda-chuva portátil que abriu rápido demais e o assustou, por sinal.

Mas Quentin analisou o desenho boquiaberto — sua expressão ficando cada vez mais fúngica —, depois amassou-o e enfiou-o na manga. Ele bateu no teclado do desktop até, no outro lado do escritório, a beligerante impressora a laser ganhar vida. Ele me puxou para perto dela.

— Por que você está imprimindo a página da Wikipédia sobre... — Eu estiquei o pescoço. — ... o evento de Extinção do Cretáceo-Paleógeno?

— Porque essa impressora é barulhenta — sussurrou Quentin — e tenho quase certeza de que há escutas em todos os escritórios.

Sorri para ele.

— Tem certeza, Quentin?

A impressora ficou em silêncio. A boca de Quentin se contorceu.

— Certeza do quê? — disse ele, com uma leveza forçada.

Longe de pensar se deveria ter olhado para o desenho com mais cuidado, pensei sobre os sinais de fraqueza visíveis nos músculos faciais de Quentin. Por contrato, não poderíamos ser desligados do projeto de viagem no tempo;

poderíamos apenas, de forma um tanto misteriosa, ser "realocados" pelo Controle. Já vi pessoas sofrendo burnout — não com drama e desacato, mas com um desespero lúgubre de algo sendo preparado para ser dispensado — e já vi como essas chamas, se não forem contidas, se espalham para outras pessoas. Dei tapinhas no ombro de Quentin e disse a ele para ficar com o desenho se gostasse da ideia.

Graham continuou se aclimatizando com esse conceito que era eu. "Você parece ocupada", ele poderia dizer, quase timidamente, me observando digitar no notebook. Ou "Isso parece complicado", com um tom de provocação e tristeza ao mesmo tempo. Quase sempre, ele seguia com uma história que começava com "Quando eu estava na companhia do Capitão Sei-Lá-Das-Quantas a bordo do navio *Vocêjádeveterouvidoisso*". Não acho que estava se gabando, mas, sim, tentando encontrar uma maneira de se relacionar comigo, uma permutação da feminilidade, tornada assexuada pela autoridade. Cheguei à conclusão de que aquilo me incomodava e me deixava envergonhada, como se tivesse sido pega reclamando de que os homens na rua haviam parado de mexer comigo.

 O Ministério forneceu a casa em que morávamos, e não pagávamos aluguel nem contas. Eu finalmente tinha uma poupança que parecia poder sobreviver a uma emergência vital em vez de se desfazer frente a uma conta de dentista. Estava na faixa econômica que os meus pais tanto esperaram que eu entrasse, e tendo sido criada de forma tão frugal entre recibos que garantiam a troca de um produto em trinta dias, não tinha ideia do que fazer com o dinheiro. Então comprei uma bolsa costurada à mão no formato de uma galinha. Era o tipo de compra que o forçaria a reconhecer a minha feminilidade, coisa que, naquele momento, estava desesperada para que Graham visse.

 Mostrei a bolsa para ele, distraindo-o da sétima ou oitava releitura de *Rogue Male*.

— Olha só. Bolsa de galinha — falei.

— Vejo que até mesmo no futuro, as mulheres continuam fascinadas por acessórios pouco práticos.

— Não é pouco prático. É uma bolsa.

— Nada vai caber aí dentro. Não acho que ela conseguiria conter sequer este livro.

— Posso colocar um porta-moedas aqui. Olha.

Enfiei a mão dentro da galinha e tirei o porta-moedas que vinha com a bolsa. Tinha o formato de um pintinho amarelo. Ele sorriu.

— Mudei de ideia — falou. — Acho que a bolsa de galinha é muito interessante.

O que fazer com o dinheiro? As mídias sociais estavam cheias de histórias de mães com kits de costura em latas de biscoitos amanteigados, enchendo infâncias com o mal-estar da classe trabalhadora/imigrante relacionado aos biscoitos. Eu ria de todas elas, claro, porque eram direcionadas para pessoas como eu. Se virar com o dinheiro deixa de ser algo habitual e se torna uma questão de consciência. *Minha mãe foi faxineira*, eu dissera a Quentin, e eu nunca tive uma faxineira até Graham se recusar a passar um esfregão na casa e ter que pedir uma para Quentin, porque a minha própria mãe, *a minha própria mãe...!* Por que eu estava me sentindo culpada? Mágoa, suponho, por meus pais não terem tido uma vida mais fácil. Eu ficava pensando: preciso economizar. Achava que tudo seria tirado de mim. Mas não estava segura? Não era do Ministério?

Não demorou muito tempo para encontrarmos outro problema de aclimatização, que era o fato de que os expatriados também não faziam sentido uns para os outros. Dezenove-dezesseis era tão incompreensível para Dezesseis-quarenta-e-cinco quanto eu. Todo mundo estava remando na piscina solitária da própria era.

Ed — a ponte de Dezessete-noventa-e-três — sugeriu uma solução romântica: uma ou duas vezes por semana, os expatriados cozinhariam e comeriam juntos, temporariamente requisitando um dos refeitórios para esse propósito. Isso encorajaria a união. Ele citou ensaios sociológicos sobre restaurantes comunitários de imigrantes, tradições orais e banquetes antigos, a gênese do *Homo sapiens* como caçador-coletor, a criação dos restaurantes exclusivos para determinados grupos, que também funcionavam como um clube privado. Ele me mandou um e-mail com tantos anexos que imediatamente deletei a mensagem e pedi para Quentin me fazer um resumo. *As pessoas gostam de comer bons jantares, com frequência juntas*, ele me respondeu.

Fui a um dos primeiros jantares, a bolsa de galinha pendurada no ombro. As pontes tendem a não comer no refeitório do Ministério com a equipe administrativa e os técnicos da equipe de Bem-estar — os funcionários de escritório presencial —, e a hostilidade decorosa com que fui recebida pelos burocratas foi adorável. Quando entrei na cozinha, a primeira coisa que vi foi Graham se inclinando para acender um cigarro numa das bocas do fogão, os cachos perigosamente próximos do fogo. Tivemos que desligar os detectores de fumaça de todas as salas do Ministério usadas por Graham. Se ele não pudesse fumar, não colaboraria com qualquer que fosse o experimento a que estivesse alocado.

— Quarenta-e-sete! Cuidado com a cabeleira! Ou está tão desesperado assim para queimar como mártir?

Graham se ajeitou, o cigarro entre os lábios, e sorriu.

Diretamente sob o holofote do seu sorriso estava uma mulher pequena, que mal tinha um metro e meio, com talvez vinte e sete anos, e tão linda que a luz parecia obedecer a uma física única ao redor do seu corpo. Tinha cabelo ruivo-claro e usava um avental que dizia BEIJE A COZINHEIRA.

Eu me coloquei na sua linha de visão, e ele se iluminou ainda mais.

— Ah! Uma gata veio se juntar à nossa refeição. Já conhece Margaret Kemble? Sessenta-e-cinco, esta é a minha ponte.

Eu me virei. Dezesseis-sessenta-e-cinco — Margaret Kemble — me lançou um sorriso largo.

— Noite. Esse palerma mora com vosmecê? Sinto muito. Quer uma bebida?

Levei alguns segundos para compreender o seu sotaque; impossível de ser localizado, já que estava extinto fazia dois séculos.

— Hã, sim, por favor... — respondi.

— Ela vai adorar a iguaria — disse Graham. — Será como beber uma salada.

— Que grosseria! Vou cozinhar as suas orelhas. Tire esse dedo diabólico da boca e pegue um pouco de salsa.

— Ela não é um encanto? — perguntou Graham, batendo as cinzas do cigarro numa tigelinha e recebendo mais insultos arcaicos. ("Pateta! Parvo com cara de garça!") Ele ficara levemente corado. Ocorreu-me que ele poderia estar flertando com Margaret, de um jeito meio garotinho-puxando-as-marias-chiquinhas-de-uma-coleguinha. A compreensão veio como uma indigestão. Fiquei entre eles de novo.

— Você está ajudando? — indaguei a ele.

— Sim — respondeu Graham, ao mesmo tempo que Margaret gritou: "*Não.*"

Ela colocou um copo na minha frente: gelo, água, uma espécie de licor oleoso de frutas e, é claro, algumas guarnições comestíveis espalhafatosas. Pisquei para o copo e então para Margaret, que sorriu.

— É sabido que o milagre da água pura é comum para vosmecê — disse ela, num volume normal. — Mas eu ergo este recipiente com o hábito d'um dia santo, como merece tamanha pureza. É um milagre para mim.

— Ah, c-claro — falei, gaguejando. — Bem, é um milagre pra gente também. A ONU diz que estamos a três anos de distância da primeira guerra em larga escala por água. Hã, a "ONU" já foi explicada para vocês? Desculpe. Parece muito bom.

Margaret deu tapinhas na minha mão. As dela eram pequenas e bonitas. Nunca pensei em mãos como sendo bonitas antes. Meu cérebro lutava com o esforço de acomodar as diversas categorias de atratividade de Margaret, que eu começara a bloquear de Graham com os meus ombros.

— Beba o seu suco de torneira — disse ela, gentilmente. Às minhas costas, Graham riu.

— Você vai deixar o jantar com cheiro de cigarro — esbravejei contra ele.

— Ah, tudo bem. Eu fumo tanto que, na verdade, não consigo sentir o gosto de nada.

— Vou *triturar* vosmecê — disse Margaret. — Cala-te a boca e traz-me a salsa!

Graham falou "Hum!" e deu uma tragada forte no cigarro. Ele saiu com o ar expansivo de um homem que poderia pegar um pouco de salsa, não porque o mandaram fazer isso, mas porque talvez fosse uma coisa divertida para ser feita a caminho de seu próximo destino livre e despojado. Eu o observei se afastar.

— Você, hã, gosta de cozinhar? — perguntei a Margaret.

— Não — respondeu ela, dando de ombros ao ver a minha expressão. — Porém se renunciar a esse dever — falou —, ficaremos doentes. Quarenta-e-sete acha que o tabaco é uma erva. Mas as mulheres ficaram isoladas no fogão por séculos. Os homens precisam aprender.

— Ah — falei. — Bem. Estamos tentando.

— Minha ponte desgosta desses gracejos. Mas ele é um velho crocodilo ressecado.

Sorri para ela.

— Ralph? É, é uma descrição justa.

— Dele, aprendi deveras em linguagem, mas as lições são incômodas e difíceis de memorizar. O que é uma "feminista estraga-prazeres"?

— Hã...

— Teriam elas uma base? Talvez um uniforme? Se não, vou criar um. Ah, vosmecê ri! Mas não ficaríamos garbosas com botas altas e tabardos com bordados dizendo FEMINISTA ESTRAGA-PRAZERES? Transmite uma mensagem forte.

Ela assumiu uma expressão moderna, piadista, do tipo que você vê em especiais de comédia stand-up. Tive a sensação de que aprendera a fazer aquela expressão e via o Ministério e seus funcionários como uma plateia, o que sugeria um instinto para a camuflagem que eu não esperava. Tentei observá-la com mais atenção, mas o encanto dela ficava no caminho.

— Em verdade, há alguns prazeres que eu gostaria de estragar — disse Margaret. — Já conheceu o tenente Cardingham?

Ela apontou com o queixo para um canto. Graham, com um buquê de salsa murchando na mão, conversava com um homem bonito de mais ou menos trinta anos, com no máximo um metro e sessenta e cinco de altura, maçãs do rosto impressionantes e uma barba alourada baixa. Seu cabelo era longo e cacheado. Em deferência à moda contemporânea, ele o amarrara num coque, porém, mais do que qualquer outro expatriado que vi, Dezesseis-quarenta-e-cinco — Thomas Cardingham — parecia alguém recém-saído de uma viagem no tempo. O que quer que Graham estivesse dizendo para ele o agradou, porque Cardingham jogou a cabeça para trás e gargalhou de uma forma que abafou o som na sala.

— Eles são deveras chegados — falou Margaret baixinho —, mas o camarada não dirigirá a palavra a mim ou à srta. Spencer. Ele me chamou de vulgívaga, e a srta. Spencer, de mentecapta.

— Isso é ruim — respondi, incerta. (Depois, eu daria uma olhada no abrangente dicionário on-line do Ministério e descobriria "profissional do sexo" e "pessoa mentalmente desequilibrada".) — Ele é muito bonito, não?

— Sim, como um cogumelo venenoso.

As portas do refeitório se abriram de novo. Ergui o olhar, esperando ver Simellia com Dezenove-dezesseis, mas fiquei surpresa por ser o Brigadeiro.

Ele hesitou por um instante, analisando a equipe operacional fardada (e armada) que supervisionava o jantar, então assentiu rigidamente para ninguém em particular. Apesar de não estar usando uniforme, parecia formal de uma maneira estranha, como se fosse a única pessoa em fonte serifada. Era um espião muito menos convincente para a Defesa do que o rapaz no pub, e me percebi observando a protuberância denunciadora de uma pistola sob o blazer.

— Ele parece desconfiado — falei.

— Faminto — disse Margaret. — Homem incômodo! Às vezes, ele vem com o seu valete e comem juntos num canto.

O Brigadeiro se aproximou. Parecia mesmo faminto. Parecia comigo quando eu era uma estudante que não comia nada além de torrada com manteiga e maçãs. Ficou branco como cera de vela usada quando Margaret abriu o fogão para dar uma olhada melhor nas batatas assadas.

— O cheiro está maravilhoso — disse ele, devagar. — Ah... Dezesseis-sessenta-e-cinco? Meu... colega, Salese, vai se juntar a nós.

— Para mim, não faz diferença, senhor — respondeu Margaret —, embora tema que esse bacalhau vá ganhar pernas e sair andando antes que o meu "colega" volte com a minha salsa.

O Brigadeiro olhou para mim de cima a baixo, presumivelmente para o seu relatório.

— Sua galinha está bem? — perguntou ele.

Pigarreei. A bolsa de galinha estava ligeiramente boquiaberta por acomodar o livro que eu lia.

— Esses livros de capa dura são grandes demais — falei. — Eu poderia usá-lo para matar um texugo. O senhor... lê muito?

— Tenho alguns favoritos — respondeu o Brigadeiro. Ele agora observava Margaret empanar postas de bacalhau num prato de farinha, o que gerou um efeito nevoento surpreendente. — Elizabeth Bowen. Evelyn Waugh. Graham Greene.

— Os Ingleses Católicos?

Ele voltou a observar o meu rosto. Parecia intenso demais, e senti o seu olhar pinicar os meus poros.

— Suponho que fossem — disse o Brigadeiro. — Mas penso neles como escritores de guerra. É a minha especialidade. A guerra.

— Que... interessante — falei. — O senhor gosta de algum em particular? Escritor. Não conflito.

— Graham Greene — respondeu. — Ele escreveu um livro esplêndido em 1943 sobre o qual penso com frequência. Você já leu? *O Ministério do medo*.

Tivemos uma onda de calor infernal logo depois: quatro dias de quarenta e três graus Celsius, mais fresca e de menor duração do que a onda de calor do ano passado. Apesar disso, o meteorologista-chefe nos deu uma sentença de três meses de calor tropical, então o racionamento de água de verão foi restabelecido. Os banhos de banheira de Graham diminuíram para centímetros.

Como vivíamos numa casa que pertencia ao governo, também havia restrições sobre manter o ar-condicionado ligado. Graham se incomodou com isso, irritante e irritado.

— Você tem sorte de podermos ligar o ar-condicionado ainda, mesmo que por pouco tempo — falei.

— Mas por que o governo quer punir os próprios funcionários?

— Nós deveríamos estar buscando a neutralidade de carbono. Estamos longe pra caralho disso, como em tudo, mas parece que qualquer ajuda é válida.

— O quê?

— Esquece. Olha, é assim com *todas* as residências do governo. Prédios públicos têm limite automático de uso do ar-condicionado e de energia também.

— O quê? — repetiu ele, com a exasperação de alguém que não quer uma resposta e só está conversando para se distrair de pensamentos de autoesfolação.

Movimentar-se era um anátema. Eu dormia, na maior parte das noites, nua e encharcada de suor. O racionamento de água enfim forçou Graham a mudar para duchas de trinta segundos. Não o vi muito durante a onda de calor. Mantínhamos as portas dos quartos abertas com a intenção de deixar o ar circular — embora o ar permanecesse parado feito um cadáver executado — e falávamos debilmente sobre preparar uma salada um para o outro de nossos cômodos separados.

A essa altura, você já passou por ondas de calor e sabe que elas fazem o tempo se comportar como um relógio de Dalí. Eu estava sempre semiconsciente enquanto Graham tinha espasmos de insônia. Sei que frequentemente ele se deitava no carpete em vez de na cama, porque a sua voz vinha do nível do chão. Eu podia ouvi-lo rezando à noite. Aquilo era difícil, como sentir a língua dele no meu ouvido. Tínhamos conversas irregulares às três da manhã, em nossos momentos sobrepostos de despertar.

— O jardim está morto — dizia ele, de maneira irrelevante, depois de horas de silêncio sem brisa.

— Ele vai voltar.

— Consegue ver a lua?

— Sim. Ela está refletida no asfalto. Acho que o asfalto derreteu.

— Hoje a lua está bela.

— Nós fomos lá. Para a lua.

— Ah.

Na noite passada — a noite sangrenta, como a chamaram, porque muita gente teve sangramento no nariz —, a temperatura caiu rápido e senti a primeira brisa em quatro dias. Aquilo deve ter mexido com Graham também. Perto do pôr do sol, eu o ouvi dizendo:

— Minha Inglaterra não era assim.

Eu precisava distraí-lo. Qualquer melancolia que ele apresentasse seria problema meu. Na verdade, seria fracasso meu.

Nunca tive uma bicicleta que não fosse de segunda mão e estivesse caindo aos pedaços. Os freios eram mais uma busca ideológica do que um mecanismo. Então comprei uma bicicleta novinha em folha, fui andando nela da loja para casa e entrei com ela na cozinha. Graham estava à mesa, encarando, triste, os cigarros. Um teste de noção espacial parcialmente preenchido estava aberto junto ao seu cotovelo: a última linha de questionamento do Ministério para os expatriados.

Ele ergueu o olhar.

— Ah. Um velocípede.

— Uma bicicleta. São boas para dar voltas por aí. Não é linda?

— Parece um instrumento de tortura. Não eram populares na minha época. Pouco saudáveis, acho, não eram coisas que você gostaria de usar sobre paralelepípedos. Embora não tivéssemos essas... como essas coisas são chamadas?

— Pneus. São feitos de borracha e ficam cheios de ar, como um colchão. Pare de tocar o sininho.

— Você não vai ser atropelada por um carro?

— Bem, é um risco, ainda mais nessa cidade, mas eu posso ser atropelada mesmo andando a pé por aí.

— Já vi pessoas nessas coisas. Parecem muito perigosas.

Ele falou aquilo com interesse. Havia um brilho no seu olhar.

— O mais perto a que já cheguei de voar foi descendo uma ladeira numa bicicleta quando estava bêbada — falei.

— *Muito* perigoso.

— Quer tentar?

— Quero.

Comprei uma segunda bicicleta. As pernas dele eram maiores do que as minhas. Paguei por ela e deixei Quentin lidar com o reembolso.

Fomos até o parque certa tarde. Ele segurava o guidão com força e franziu o cenho quando a bicicleta cambaleou sobre o pavimento.

— É tão ruim quanto um cavalo.

— Sabe andar? De cavalo, quero dizer.

— Com uma cuidadosa negociação entre as espécies.

— Rá.

— Se eu quisesse que uma grande besta olhasse por cima de mim e pisasse no meu pé, teria me juntado ao Exército e feito amizade com alguns coronéis.

— Rá!

Fomos até a beirada de um declive leve. Era um dia de verão abafado. O céu parecia papel de seda e o parque estava desfalecido ao sol. Os insetos deixavam claras as suas opiniões.

— Certo. Então. Sei que isso parece contraintuitivo, mas você se equilibra e simplesmente... vai.

Ele subiu na bicicleta. Um pé se arrastou no pedal. Ele caiu.

— Ai.

— Não se preocupe com os pedais por enquanto. Concentre-se em se equilibrar. Você está no topo de uma colina, vê? Então, se deixar o impulso levar você...

Ele voltou a subir na bicicleta. Moveu-se mais ou menos um metro. E caiu.

— Ai. Pode montar na sua e dar uma demonstração de como isso deveria funcionar, por favor?

Passei a perna por cima da bicicleta. Desde que comecei a morar com Graham, passei a usar saias que iam até debaixo dos joelhos, então aquilo era uma performance.

— Que deselegante para uma dama.

— Não se preocupe, meu útero está bem preso.

Ele corou da testa à garganta, mas continuou, com a voz gentil de sempre:

— E poderia Ártemis ser tão gentil a ponto de demonstrar a montagem de seus cavalos?

Eu me afastei e desci a colina. Nem precisei usar os pedais. O vento quente soprava nos meus cabelos. Toquei de leve nos freios e fui parando aos poucos.

Atrás de mim, ouvi:

— Ah, *cace*... maldição.

Olhei. Ele tinha caído de novo.

Dei meia-volta com a bicicleta e fui até Graham. Ele estava deitado de costas, um dos braços jogado sobre os olhos.

— Olá.

— Gostaria de lembrar-lhe de que sou um oficial da Marinha Britânica.

— Você é um chorão, é isso que você é.

— Meu capitão me recomendou pela minha coragem em Aden.

— Um chorão caído na grama com os insetos.

— Você disse que crianças aprendem a andar nessa coisa?

— Sim. Criancinhas pequenas.

Ele tirou o braço de cima dos olhos e olhou para o céu.

— Sou velho demais para isso — murmurou.

Comecei a dar voltas lentas ao redor dele. Graham se apoiou nos cotovelos e me olhou de modo funesto.

— Você é um pouco irritante, não?

— Não, sou *muito* irritante. Olha só: êêêêêêêê...

Voltei a descer a colina. Às minhas costas, ele falou: "Hum!" Contei até cinco e sabia que tinha julgado corretamente. Nada o fazia se esforçar mais do que a sensação de ficar irritado. Ele simplesmente se recusava a ficar irritado. Aprenderia a andar de bicicleta para que pudesse voltar a ser "um homem de grande estabilidade de caráter" assim que possível.

Graham passou por mim com um "Rá!".

— Sim, muito bom — gritei para ele. — Agora você precisa apertar o freio. Aperte o freio! *Aperte o...!*

Alguns dias depois, quando o calor diminuiu para amenos vinte e nove graus, fomos de bicicleta para Westminster. Sugeri uma rota mais curta e fácil para um destino mais calmo, e ele disse "Por quê?", então fomos a Westminster. Ele quase foi atropelado duas vezes, o que o deixou de bom humor. Estava mesmo se tornando um nativo, se sabia como se virar no tráfego de Londres.

— O que vocês fizeram com o Tâmisa? — perguntou ele.

— Foram vocês, na verdade. Os Vitorianos. Despoluíram o rio e... o canalizaram, acho que é a palavra? Parabéns por perder o Grande Fedor de 1858.

— "Os Vitorianos." Sabe, a rainha Vitória ficou no trono por menos de um terço da minha vida.

— Mas foi um terço bem significativo. Foi por causa disso que você recebeu a sua missão. E aquele daguerreótipo em que você está bem gato.

— Presumo que por "gato" você esteja se referindo a como as minhas suíças eram bastas na época do retrato.

— "Gato" nesse contexto quer dizer... hã... fascinante.

— Sabe nadar?

— O quê?

— Se eu jogasse você no rio, seria considerado um assassinato?

Seguimos de bicicleta pelo rio, passamos pelo Globe e almoçamos no Anchor, um pub que permanecia no mesmo lugar desde 1616 e era um dos poucos lugares de Londres familiar a todos os expatriados. Tinha um pé-direito baixo, janelas de guilhotina vermelhas e vigas de madeira cor de café. Eu poderia chamá-lo de "quintessencial" sem me sentir muito ridícula.

Já coabitávamos havia cinco meses e nunca tínhamos estado num pub juntos. Não acho que ele tenha saído sozinho com uma mulher na própria época. Não sei nem mesmo se teve amigas. Ele achou tudo muito ousado e travesso, e não parava de sorrir para mim como se estivéssemos nos safando de uma pegadinha visionária.

— Contrabandistas costumavam beber aqui — disse ele. — No meu tempo.

— Turistas bebem aqui agora.

— Eu sou um turista?

— Suponho que sim, de certa forma. O que está achando da nossa bela cidade?

— Malvestida — respondeu o homem que usava uma calça e uma camisa num clima que requeria que tudo fosse micro ou mini.

Nós comemos fish'n'chips, outra grande tradição britânica que ele precedia por duas décadas.

— Na maior parte das vezes, não sei o que você quer dizer com "vitorianos" — dissera ele para mim, certa vez. — Não reconheço nada "vitoriano" nessa cidade. É como a Roma Antiga em sua forma mais orgiástica. Uma guerra lhe faria bem. — Ele parecera estar falando sério.

Comecei a contar a ele sobre a decepção da minha mãe quando ela chegou à Inglaterra e pediu peixe frito, esperando um peixe-cabeça-de-cobra frito na frigideira e recebendo um bacalhau oleoso num pacote engordurado.

— Eu simpatizo com ela — murmurou Graham. Usou a faca para analisar uma batata, cheio de desconfiança. Passei o ketchup para ele. — Havia uma estalagem perto de onde zarpamos chamada White Hart, onde o tenente Hodgson passou terrivelmente mal depois de comer mariscos.

— Prometo que ketchup não vai te dar intoxicação alimentar. Provavelmente os mariscos tinham cólera ou algo assim, o que não existe mais, e com certeza não em condimentos.

— Hum.

Comecei a digitar no meu telefone, que, por sinal, era um instrumento que ele detestava.

— Guarde essa máquina. Estamos almoçando.

— Estava procurando a White Hart, em Greenhithe. É chamada de Sir John Franklin agora.

Seus talheres tilintaram no prato.

— Ah. Desculpe. Não devia ter mencionado isso durante o almoço.

— Não há necessidade de pedir desculpas.

Graham baixou a faca e o garfo com cuidado e encarou o peixe.

— Vocês não podem trazê-los para cá... da forma que me trouxeram.

— Não. Não estava envolvida na parte tecnológica do projeto, mas me disseram que é impossível.

— Sim. Não era a minha intenção fazer você se repetir. — Ele já havia me perguntado duas vezes se podiam deixá-lo voltar ao mesmo ponto.

— Sei que sente... muito por eles.

— Eu me sinto responsável por eles. Era o oficial com a terceira maior patente após a morte de Sir John. E permaneci com ele por dois anos e meio. Eram homens decentes, que mereciam coisa melhor. Gostaria que pudesse tê-los conhecido.

— Sim. Eu também.

— Não consigo imaginar... que o que você disse aconteceu. Que eles abandonaram o navio e morreram de fome. Que deixavam os corpos onde eles caíam. Eu conhecia aqueles homens. Tinham boas almas.

Graham passou a mão na testa e então cobriu os olhos, a cabeça abaixada.

— Às vezes, quando vejo algo que me intriga, me imagino tentado explicar essa coisa para eles. Rádios, por exemplo. Acho que eles teriam gostado dos rádios. Ou feminismo. Teriam achado isso muito divertido também.

— Um uso estranho da palavra "divertido", mas tudo bem.

Ele desdobrou os braços para espetar as ervilhas com os dentes do garfo.

— Sua onda de calor — disse Graham.

— Não é a *minha* onda de calor. É uma responsabilidade global. Mas, sim. A onda de calor.

— Você disse que ela foi causada por emissões... históricas? Poluição?

— Sim. Combustíveis fósseis e coisas assim.

— Consegue voltar no tempo e impedir isso de acontecer?

As pontes deveriam fazer uma reunião de progresso dos seis meses com a Vice-secretária, mas Ralph convocou-a antes.

Adela fazia as reuniões com as pontes em uma sala à prova de som no fundo do Ministério. Ela sempre chegava primeiro e nós a encontrávamos sentada à ponta de uma longa mesa, como um manequim aguardando a dádiva de uma possessão demoníaca. Mas, dessa vez, cheguei quinze minutos adiantada e não a encontrei lá.

Segui pelo corredor até a copa mais próxima. Copas em áreas restritas são ridículas, por sinal. Toda a papelada que entra em áreas restritas deve ser analisada, o que significa que, se as pessoas colocam Post-its nos seus almoços, por exemplo, PERTENCE A SANDRA NÃO MEXER POR FAVOR, eles precisam receber o selo de *Não confidencial*. Os técnicos e administradores do projeto não conseguiriam nem abrir um clube de pingue-pongue sem a aprovação do Secretário — algo que eles fizeram, aliás, e do qual as pontes explicitamente não foram convidadas a participar.

Adela estava de pé diante da pia, anarquicamente desobedecendo o racionamento ao colocar os punhos sob a corrente de água fria. Não parecia bem, mas só Deus sabe como o seu cirurgião plástico pensava que ela deveria parecer.

— Senhora.

— Ah. Você chegou cedo. Isso é atípico da sua parte.

— Posso fazer uma pergunta sobre a porta temporal?

— Não.

— Se os expatriados sobreviverem, vamos experimentar o uso da viagem no tempo para mudar a história?

Adela desligou a água e então passou o dedão na torneira, fazendo barulho contra o metal.

— Você não compreende como a história funciona — respondeu ela. — A história não é uma série de causas e efeitos que podem ser mudados como os trens nos trilhos. É um acordo narrativo sobre o que aconteceu e o que está acontecendo. Fico impressionada por você estar trabalhando no serviço público há tanto tempo sem entender isso.

— Então não vamos voltar no tempo para estrangular o bebê Hitler.

— Você é uma menina estúpida.

— Sim, senhora.

— História é o que precisamos que aconteça. Você fala de mudar a história, mas está tentando mudar o futuro. É uma diferença semântica importante nesse campo.

As mãos de Adela já estavam secas quando ela me ofereceu esta esplêndida aula didática, mas amassou uma folha de papel-toalha e abriu o armário embaixo da pia para jogá-la no lixo. Ao fazer isso, revelou um monte de papéis, envolvidos em pastas burocráticas verdes, com selos pretos. Eu os reconheci porque aquelas eram as pastas que as pontes usavam para entregar os seus principais relatórios sobre os expatriados: as observações que nos disseram ser vitais. Os selos estavam intactos. Adela os jogou no lixo sem ler.

— Parabéns — disse ela para nós na reunião. — Todos os expatriados passaram seis meses sem morrer. Vou guardar o briefing para o final da sessão, pois vários de vocês me pediram para anexar Negócios Urgentes à agenda.

Adela falava conosco como se estivéssemos mijando profusamente em cima do tempo dela. Por que ela se candidatara à posição de Vice-secretária, ou como a conseguira, era um mistério. Ela não gostava do prestígio, como o Secretário, e parecia bizarramente sobrecarregada como chefe substituta de um projeto ainda no primeiro estágio.

Ed começou:

— Obrigado, Adela. Acho que deveríamos reconsiderar os objetivos para o ano pós-ponte. Compreendo que este ano se destina a dar aos expatriados as habilidades para viverem de forma independente nesta época, mas acho que eles se beneficiariam de um contato maior, estruturado...

— Certo — disse Adela. — Vamos voltar a esse assunto em três meses.

— Isso não nos dá muito...

— É a decisão do Secretário. Simellia?

— Gostaria de levantar uma questão sobre o que acredito ser um assunto profissional — disse Simellia. Adela também abalava Simellia, que não fez um único barulho ou movimento supérfluo, com a perspicácia de uma presa.

— Fale.

— Muitos dos dados reunidos dos expatriados está contribuindo diretamente para o projeto de viagem no tempo, mas eles estão contribuindo de forma significativa em outras áreas. Penso especificamente no projeto de História Britânica e análises do Departamento de Educação. Em suma,

estão trabalhando como consultores para os arquivistas, sobretudo Dezoito-
-quarenta-e-sete e Dezenove-dezesseis…

— Com licença — falou Ralph, alto. — Pedi para essa reunião acontecer antes do previsto porque tenho um problema *imediato*.

Tentei capturar o olhar de Simellia para revirar os meus, mas ela se calou. Ralph era a única ponte com que ela fazia isso. Simellia me disse certa vez que era porque não conseguia nem encontrar a energia para detestá-lo.

Ralph era outro agente de campo da velha guarda: um dinossauro, na verdade. Era rígido feito um trilho de trem e tinha uma boca fina e horrorosa no formato de uma arraia. Por alguma razão terrível, ele recebeu Margaret Kemble. Imagino que esperava uma garota das antigas que leria Donne para ele e lavaria as suas roupas.

— Eu me encontro numa situação com a qual sou *eminentemente* desqualificado para lidar — disse ele. — É sobre as… predileções… de Dezesseis-
-sessenta-e-cinco.

Graham já estava em casa de tarde. Ele tivera um "dia de folga", um termo revelador que reforçava o argumento de Simellia de que os expatriados estavam sendo usados como força de trabalho. Passara o dia no museu Tate Modern com os outros expatriados, tentando entender a arte contemporânea.

— Tenho algumas *perguntas* para você — disse ele, severamente, quando passei pela porta.

— Bem, eu tenho algumas perguntas para você.

— É?

— Sobre a srta. Kemble.

Seu rosto ficou sem expressão alguma.

— Sim?

— Bem — comecei —, você sabia que ela é lésbica?

— É melhor sentarmos para ter essa conversa, não? — disse Graham. — Meu Deus… Que dia de revelações estou tendo…

Ele preparou duas xícaras de chá. Um maço de cigarros caiu do armário onde mantínhamos os copos, e ele o enfiou no porta-pão.

— Lésbica — expliquei — é uma mulher que só sente atração por outras mulheres.

— Atração por…?

— Você sabe o que eu quero dizer. Vamos lá. Você trabalhou na Marinha, tenho certeza de que já topou com o conceito de… nem sei qual palavra vocês usavam… homossexualidade?

— Não…?

— Desejo romântico e carnal por membros do próprio sexo.

Graham baixou a sua xícara. Ele corou do jeito aquarelado que eu achava tão cativante e compreendi o que estava vendo: um homem solitário que tinha acabado de descobrir que a mulher com quem passava um bocado de tempo nunca estaria interessada nele. Franzi o cenho, e ele franziu o cenho, e logo estávamos os dois franzindo o cenho para os nossos chás.

— Acho que essa era dá importância demais a como as pessoas se comportam na vida privada — disse ele, muito friamente. — Quanto ao que você está se referindo, no que diz respeito à Marinha, isso era… bem… era punido de forma severa, se você fosse pego. Mas basear uma identidade a partir de um conjunto de hábitos não me parece sábio nem muito útil.

— Nós pensamos diferente hoje em dia.

— É evidente.

Pelo restante do dia, Graham me tratou como se a minha receita tivesse sido mudada e o meu sabor agora fosse desagradável. Ele andava inquieto pelos quartos, passando os dedos pela lombada dos livros. Eu deveria ter usado isso como um *momento de aprendizado* que aumentaria a *qualidade de vida* de Margaret Kemble, mas estava magoada de uma forma que não conseguia compreender.

Era a minha vez de cozinhar. Preparei o prato mais provável de matar simbolicamente uma criança vitoriana, com os ingredientes que tinha à mão, que era *mapo tofu* com uma quantidade beligerante de alho e *mala*. Isso provocou um efeito, embora não o quase fatal que eu queria. Graham sossegou e começou a tocar o lábio inferior, impressionado. Ele se serviu de mais um prato.

Depois, Graham pegou os cigarros do porta-pão e acendeu um, empurrando o maço para mim com as costas da mão. Eu o observei consumir metade de um cigarro em silêncio.

— Você me falou que Robert McClure descobriu a passagem Noroeste — falou, por fim.

— Sim. Você o conheceu. Da expedição do estreito Frozen, de Sir George Back.

— Uma expedição terrível. Sabia que tivemos que prender o *Terror* com correntes para evitar que o navio se desfizesse na jornada de volta? Os oficiais tiveram que ajudar a retirar a água do mar. Ninguém dormia mais de quatro horas por vez, e o navio berrava o tempo inteiro. Isso para não mencionar os dez meses presos no gelo…

— Eu sei.

— Hum. Bem. Quando aportamos em Lough Swilly… quase afundando… não encontraram acomodamentos temporários para todo mundo. Ele e eu tivemos que compartilhar um quarto. Não sei o quanto você sabe sobre Robbie…

— Cruel e oportunista. Ah, não faça essa cara. Registros históricos e tudo o mais. Ele quase matou a si mesmo e a todos os seus homens na expedição em que encontrou a passagem.

Graham soprou a fumaça pelo nariz de forma reflexiva.

— Compreendo — falou. — Não sei se o classificaria como "cruel", embora você não seja a primeira pessoa a chamá-lo assim. Ele era um disciplinador severo, é verdade. Guardava rancor. Mas era uma pessoa muito solitária. Um romântico também, o que tornava a sua solidão ainda pior.

— Ele foi procurar você duas vezes. Deve ter se sentido muito sozinho.

Graham chegara ao fim do cigarro, mas continuava mexendo nele, inquieto.

— Ele disse que nunca voltaria — falou. — Em Lough Swilly, ele… Eu acho que ele realmente imaginava que morreríamos lá, algo em que nunca acreditei e… bem. Ele se agarrava a mim. Toda noite. E chorava.

Ele apagou o cigarro e acrescentou, rapidamente:

— Embarquei no *Modeste* dois meses depois e nunca mais o vi. Então, quando você disse que ele foi me procurar…

Esperei. Distraído, ele encostou num dos cachos perto da orelha. Mas a sua cor estava bem fria. Pálida, até.

— Ele era muito solitário — repetiu Graham.

Não escrevi essa história no meu relatório semanal. Não sabia o que ela significava. Se ele estava me dando uma desculpa ou um exemplo.

Foi mais ou menos nessa época que diferentes partes do projeto começaram a me irritar individualmente, em conjunto e de forma aleatória.

Eu era um pouco assombrada — no nível de uma reclamação digestiva crônica, mas administrável — pela memória daqueles arquivos "vitais" na lata de lixo, os selos intactos. Mas Adela não deu novas ordens. As pontes continuavam entregando os seus relatórios, e os experimentos continuavam sendo feitos. Considerando a quantidade de horas que a coleta de dados tomava do nosso dia de trabalho, todos presumimos que o projeto de viagem no tempo estava funcionando de acordo com o propósito declarado. Todo dia eu precisava registrar os batimentos cardíacos de Graham, a sua pressão sanguínea, a sua temperatura; todo dia um registro escrito do que ele vestiu, do que comeu, quanto exercício fez; toda semana verificando o progresso de pontos importantes imaginários determinados pelo Controle: *uso de telefone*, *uso de transporte*, *uso de mídia* e a avaliação de quão prejudicial ou útil cada mídia foi; o tempo inteiro, os testes de correção de vocabulário e hábitos; observações novelescas sobre a sua personalidade e o seu temperamento. Parecia que o trabalho nunca tinha fim. Suponho que, se você acende a luz e esquenta a chaleira com energia vinda de uma usina nuclear, não passa muito tempo refletindo sobre o fato de que o átomo foi originalmente dividido para matar cidades.

Pouco tempo depois, recebi três e-mails em sequência: primeiro, da equipe de Bem-estar, indicando que havia irregularidades com os resultados de alguns exames médicos feitos nos expatriados; então um segundo e-mail do Secretário de Expatriação, negando a existência de irregularidades e exigindo que esquecêssemos o primeiro e-mail; e aí uma terceira mensagem, cheia de palavras rigorosas, lembrando a todos as consequências de quebrar o contrato da Lei de Segredos Oficiais no que dizia respeito ao nosso trabalho. Graham não exibiu nenhum comportamento mais excêntrico do que o normal, mas, como era um homem difícil de ler, eu não sabia se estava testemunhando uma série de eventos neurológicos. Ele havia ficado imóvel no jardim por duas horas, numa noite úmida e fétida, para atirar numa raposa, e arrancara um dos próprios dentes podres (ele me mostrou depois; tinha a cor de uma lápide, coberto por uma gelatina vermelha): aquilo era vitoriano ou "irregularidades"?

Liguei para o meu supervisor.

— Quentin. Levando em conta que você provavelmente não pode me contar que porra está acontecendo, que porra está acontecendo?

— Dezessete-noventa-e-três parou de aparecer nas varreduras.

— O quê?

— Você me ligou do seu telefone de trabalho?

— Eu... Sim? Esse é um assunto de trabalho, não?

Ele desligou.

Saí da cadeira e me sentei no chão, mordendo a pele ao redor da unha do polegar. Anne Spencer (Dezessete-noventa-e-três) fora pega em Paris. Seu marido, um francês, já tinha sido guilhotinado. Nas reuniões das pontes, Ed dizia que ela não estava respondendo bem à expatriação. Eu tinha entendido que isso significava que ela não estava mentalmente bem. Agora parecia que ele se referia aos efeitos físicos da viagem no tempo.

Abri os meus contatos no telefone de trabalho, escrevi o número pessoal de Quentin nas costas da mão e andei de bicicleta por uns oito quilômetros até uma cabine telefônica. Ela só aceitava pagamentos em cartão. Xinguei a cabine telefônica e pedalei por mais um quilômetro e meio até encontrar uma que ainda aceitasse moedas.

— Quentin. Estou num telefone público. Custa uma libra agora. Eu costumava ligar da escola para casa por vinte pence.

— Certo.

— Você precisa me dizer o que está acontecendo.

— Dezessete-noventa-e-três parou de aparecer em varreduras. Exames corporais. Detectores de metal e coisas assim. Colocamos ela para fazer outra ressonância magnética e os resultados estão vindo em branco.

— Não entendo.

— Nem a gente. Ela foi reconvocada ao Ministério. A ponte dela abdicou da posição.

— Isso tem algo a ver com o comandante Gore?

— Não sei. Espero que não. Preciso dizer que, na verdade, ele não é a coisa mais importante na minha mente agora. Escuta, ele mencionou mais alguma coisa sobre o aparelho que desenhou? Quem estava segurando? Qual a aparência da pessoa? O que estava encarando?

Eu mal tinha pensado no desenho desde que o passei adiante.

— Quentin, você não está falando daquele videogame metido à besta, está?

Isso foi um erro: uma pedra batendo no escalpo de uma avalanche, embora não soubesse disso ainda. Quentin engoliu em seco. Ele devia estar com o telefone pressionado na cara, porque o som foi alto e líquido, o tipo de barulho que alguém faz quando está tentando conter lágrimas.

— Você sequer entende... — disse ele, então se calou e vociferou: — Você ouviu um clique?

— Hum. Talvez seja o telefone público?

Outro ruído estressado e esofágico.

— Essa linha não é segura — disse Quentin. — Pelo amor de Deus. Desligue.

Espero que possa me perdoar. Não consegui levar ele a sério. Achava que os altos riscos desse projeto — a possibilidade de o universo comer o próprio rabo e nos engolir como sobremesa — o haviam deixado histérico, paranoico. Não precisava que ele me envolvesse numa teoria da conspiração. O fato de morar com um vitoriano oficial da Marinha já era impressionante o bastante para mim. Desliguei o telefone, ouvi as minhas moedas batendo em outras — a cabine telefônica estava em uso. Eu me perguntei para o que as outras pessoas a usavam. Um encontro adúltero, uma súplica sussurrada ao Centro de Valorização da Vida? Numa era de telefones celulares, havia poucas coisas que aquele bocal teria ouvido. Amor e términos. Ligações em pânico para serviços de emergência: *Por favor, por favor, não sei se ele está respirando. Não sei se ele vai sobreviver.*

IV

Faz frio no dia seguinte. É claro que faz. Estão no Ártico. Mas, às vezes, eles têm dias de sol gloriosos. As roupas são penduradas no cordame. Ao menos um homem a bordo do *Erebus* usa roupa de baixo vermelha de flanela. (Gore, seguindo o conselho de dez anos atrás de McClure, usa calções de couro por baixo da lã.)

Os dias ensolarados também incluem a cegueira causada pela neve, conforme os raios de sol refletem no gelo como uma adaga lançada. O vasto vazio da paisagem (tecnicamente uma paisagem marítima — já que estão presos no gelo à deriva) tornam os sons e os movimentos de viagem estranhos. Dar uma caminhada diária ao redor do navio é arriscar uma alucinação, ver hordas de assassinos e convidados fantasmas onde há apenas uma lata ou uma bota caída.

Hoje o dia está nublado e rabugento. Gore parte sozinho pelo mar congelado para a Terra do Rei Guilherme. Prefere isso a caçar acompanhado. Ele se torna, ao longo daquele território sagrado, um ponto móvel de músculos e tendões, quase sem pensar. Se vir uma caça, não entra novamente no seu corpo. Todas as reflexões são voltadas para a bala. Se alguém o acompanhasse, ele teria que se lembrar de que era completamente habitado por Graham Gore.

Certa vez, na expedição do estreito Frozen, de 1836, ele passou dez horas no gelo, com a esperança de pegar uma foca (elas tinham o hábito antidesportivo de afundar uma vez que eram mortas). Essa louca façanha de resistência lhe causou cegueira de neve, a única coisa que o persuadiu a retornar ao navio. Isso foi há dez anos, é claro. Está mais velho agora. Já esteve atrás de canhões em cercos a cidades, teve disenteria, sua coluna dói de manhã. Gore tende a voltar para o *Erebus* quando o seu corpo lembra-lhe de que eles são a mesma pessoa.

Na terra, atira em dois pares de perdizes, bolsas frouxas de penas que mal servem para engrossar uma sopa. Continua caminhando, com a intenção de encontrar a próxima colina, que sempre promete ser a mais alta até que ele a alcance. Nenhuma rena, nenhum boi-almiscarado. Nem mesmo lobos para avivar os seus estudos de história natural. Não consegue sentir os pés. Cada passo tem a pressão anormal de socos em sonhos. É perverso admitir, mas ele gosta. Vai pagar por isso mais tarde, inchando feito um cadáver afogado quando o congelamento começar.

É a sede que o faz voltar para casa. Ele fica sem água depois de poucas horas. Quando toma um gole de conhaque do frasco, o metal gelado remove um pedaço de pele. Ele tem sorte: é verão. Se tivesse tentado beber do recipiente de metal em janeiro, teria feito um buraco no lábio.

As ondas congeladas se empilham no litoral da Terra do Rei Guilherme como as paredes de um templo em ruínas. Ele tem que usar a picareta para descer pelo outro lado, lutando para encontrar pontos de apoio com os pés dormentes. Ele vira gravuras do Ártico na *Illustrated London News*. Plano. Um horizonte de lençol limpo sob um céu cinzento. Mas os mares do Norte são cheios de dentes. Têm diversas cristas de pressão e desvios traiçoeiros. Vai demorar mais de uma hora para chegar aos navios, embora a distância levasse talvez vinte minutos numa caminhada rápida por um gramado.

O céu desce à terra conforme ele avança arduamente entre os blocos de gelo. Há uma tempestade a caminho, retirando a visibilidade do ar.

Gore nota isso friamente. Ou ele vai conseguir voltar ao navio, ou não. Gostaria de sobreviver até poder tomar um pouco de chocolate quente, mas toma o cuidado de não visualizar o chocolate de forma muito indulgente. Fitzjames certa vez lhe perguntara como ele conseguia encarar riscos de vida e problemas menores com a mesma brandura, e ele deu de ombros.

— *Não fico de melhor humor ao criar catástrofes na minha mente, então não faço isso.*

— *Mas e quanto à esperança? Já esteve apaixonado, Graham?* — perguntou Fitzjames. — *Já viveu pela bênção de um belo sorriso?*

— *Ah, o amor, a grande catástrofe da vida.*

O vento sopra mais forte. A luz gélida machuca os seus olhos. Ele para de pensar no chocolate quente e determina um objetivo no seu cérebro. Um pé depois do outro. Passo, força. Passo, força.

Ele está nesse estado de consciência — ou melhor, inconsciência — quando vê uma figura escura agachada perto de um disco preto. O buraco de uma foca no gelo. A figura escura se move de leve. Um espreguiçar, talvez — sua energia é lânguida —, embora os seus olhos estejam longe demais para ter certeza. Ele mira a arma antes mesmo de sua mente perceber que está mirando.

A arma solta a bala com um latido sonoro. Ouve-se um grito no gelo. Um barulho partido. Terrível, terrivelmente humano.

Capítulo Quatro

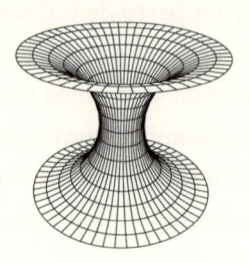

Mais ou menos no fim do verão, duas coisas importantes aconteceram.

A primeira coisa. Nós estávamos nas bicicletas, parados num sinal de trânsito, quando uma moto passou na rua na nossa frente, um borrão azul-escuro de metal. Estávamos voltando de uma exibição do Museu de História Natural. A moto foi a primeira coisa que o distraiu da teoria da evolução, sobre a qual ele dava opiniões bastante típicas do início do período vitoriano.

Ele falou:

— Ah, *aquela* é uma boa razão para se inventar o motor de combustão interna. Por que é tão mais rápida do que uma lambreta?

— Tipos diferentes de moto, imagino.

— E não está desrespeitando nenhuma lei?

— Não...

— Qual é a velocidade que consegue alcançar?

— Olha só. Você acabou de aprender a andar de bicicleta!

— Será que Belerofonte, ao ver Pégaso, disse: "Ah, não, obrigado, os cavalos terrestres serão suficientes?"

Mandei um e-mail a Quentin — *adivinha o que ele quer agora* —, mas a minha mensagem voltou. O endereço que se autocompletava sempre funcionou. Tentei diversas versões diferentes de e-mails do Ministério. Nenhum deles foi entregue.

Enquanto eu mordiscava a pele do dedão e relia a mensagem que não havia sido entregue, recebi uma ligação no meu telefone de trabalho de um número desconhecido. Todos os telefones conectados ao projeto eram privados ou protegidos, e de forma alguma poderia ser uma ligação de telemarketing ou até mesmo casual. Atendi. Do outro lado da linha, estava a Vice-secretária de Expatriação.

— Boa tarde — disse Adela.

Sua voz era tão silenciosa quanto um tecido. Ela me disse que o meu e-mail tinha sido encaminhado para aprovação do departamento financeiro, já que Quentin estava "indisponível" naquele momento.

— Onde ele...

— Está gostando do seu trabalho? — perguntou ela. Adela soava como se estivesse lendo de um teleprompter colocado um pouco além de uma distância confortável. Ocorreu-me que esta poderia ser uma ameaça oferecida com delicadeza. Murmurei que estava bastante feliz em ser parte do projeto.

Depois de desligar — um verniz de suor na palma da mão —, abri o meu laptop profissional. Em teoria, eu sabia que os meus e-mails estavam sendo monitorados, mas tinha mandado aquelas mensagens havia dez minutos, pelo amor de Deus. Deletei a inofensiva conta do Google que estava usando no Chrome, e depois deletei o navegador.

Não era o castigo que eu temia, mas, sim, o efeito incapacitante do castigo. Cada passo da minha carreira fora para que eu me tornasse a monitora, e não a monitorada. Não é como se eu não tivesse escrúpulos morais, mas sentia que havia algo de imaturo, de pouco pragmático, sobre levantar escrúpulos morais nas mandíbulas da máquina estatal. Então, no fundo da minha mente, uma ampulheta se virou.

A segunda coisa importante que aconteceu foi: as restrições de movimentação dos expatriados foram suspensas de forma condicional. Se eles pudessem passar por um exame, determinado pelo Controle, e demonstrar familiaridade suficiente com o século XXI, então teriam permissão de viajar pelo interior da Grã-Bretanha.

Outra hipótese da viagem no tempo dos primeiros dias do projeto era que as dimensões do tempo e do espaço eram conectadas, não de forma indissociável, mas como um sistema circulatório e linfático. Ambos eram necessários para o universo funcionar como um lugar hospitaleiro para a sobrevivência humana e ambos poderiam ser fatalmente danificados em determinados pontos enquanto o restante do "sistema" parecia funcionar. Precisávamos ver os expatriados se movendo para outros espaços geográficos sem atomizar o cenário (ou o cenário se atomizar ao redor deles) para saber com certeza se o século XXI aceitara a presença deles.

Os expatriados eram vistos ou como corpos estranhos contra os quais o universo poderia lançar um ataque de imunização, ou células que seriam reconhecidas e incorporadas pelos "sistemas" no corpo do mundo. Usamos, mais uma vez, a palavra *assimilação*, mas, em vez de *sobrevivência*, queríamos dizer uma espécie de sublimação, uma fronteira permeável entre o indivíduo e o mundo em que ele entrou. Pertencer a esse mundo, sugeria a hipótese, é ter interesse no status quo.

Então, eu estava preocupada com o desdém de Graham pelo século XXI, porque não importava que eu também me sentisse rejeitada por ele, eu estava nervosa de que o universo sentiria a picada atemporal do seu desprezo e o levasse embora. "*Minha Inglaterra não era assim*", ele me disse — mas aquela era a evolução natural da sua Inglaterra. *Eu* era a evolução natural. Eu era a lente de aumento dele, se ao menos Graham me erguesse diante de seus olhos e mirasse através de mim.

Graham me disse que, quando a suspensão condicional das restrições de movimentação foi anunciada aos expatriados, eles começaram a "abanar o rabo".

— Ah, é? Está insinuando que você estava isento de abanar o rabo?

— Eu me contive muito bem. Apenas dei um pulo e lambi *um pouco* o rosto do homem.

Ele pronunciou esse "pouco" com grande acidez. Meu nariz ficou dormente.

Persuadi Graham a usar o pequeno escritório, no qual eu costumava trabalhar, para estudar para o teste. O Ministério não dera indicação alguma de que formato a prova teria ou que tipo de perguntas seriam feitas ou que tarefas seriam pedidas. Achei que aquilo era injusto e comentei isso com ele.

— Ah, não é tão diferente dos exames para tenente. A pessoa tinha alguma ideia do que era esperado, a parte escrita era tolerável, mas a parte oral dependia do humor dos homens à sua frente...

— Você ficou nervoso?

— Não. Eu era presunçoso, se vocês ainda usam essa palavra. Não acho que você teria gostado muito de mim aos dezenove anos.

Estávamos tendo essa conversa no escritório. Era um cômodo apertado, voltado para o sul e abafado no calor de agosto. Devido à temperatura, ele enrolara as mangas da camisa, e a carga erótica dos seus antebraços nus estava me dando dor de cabeça. Havia duas marcas escuras na parte interna do seu braço esquerdo, e uma rede de cicatrizes rosadas na palma da mão esquerda. Ele preenchia o cômodo como um horizonte.

Aos trinta e sete, ele era só um pouco menos presunçoso do que aos dezenove, mas sabia esconder melhor. Fizera amizade com alguns instrutores de tiro e quartéis-mestres no Ministério, e de vez em quando ia até os estandes para irritar agentes de campo juniores ao superá-los na prática de tiro ao alvo. Na época do exame, ele também estava estudando o Código de Direção, determinado a subir numa motocicleta e fazer travessuras fora dos limites territoriais. Estava passando mais tempo no Ministério, se intrometendo na vida das pessoas para fazer perguntas daquele modo leve, impossível e imperturbável dele. Eu sentia o que creio que os pais sentem quando seus filhos começam a se afastar e dar respostas mal-educadas. Graham estava se movendo para fora do meu campo de observação, afastando-se de meu aconselhamento, adaptando-se a esse novo mundo plástico ao seu redor.

A luz do sol se tornou acerba. Ao meio-dia, ela brilhava verticalmente, de forma que, quando eu me aventurava na calçada, caminhava num mundo queimado sem sombras. Sentia falta delas e das longas chuvas inglesas.

Os expatriados ainda estavam com dificuldades. Graham entrou no modo de controle de crise, embora eu tenha certeza de que ele pensasse nisso como uma forma de manter o moral da tripulação. Com a permissão do Controle, e com uma ajuda da equipe de administração, ele organizou uma série de aulas-encontros. Nas noites de terça-feira, um membro do Ministério dava uma aula sobre cultura contemporânea britânica e aí todos comíamos sanduíches sem casca e bebíamos limonada e ponche de rum. Nas noites de quinta-feira, um dos expatriados fazia uma pequena apresentação sobre algum assunto que o interessasse e aí todos nós beliscávamos presunto em cubinhos com minigarfos e bebíamos cerveja choca e Coca-Cola morna.

Aquilo liberava Margaret de preparar toda a comida dos jantares em grupo, o que, por sinal, foi o que aconteceu.

Para resumir, as aulas do Ministério eram terríveis. O Controle distribuía uma série de apresentações escritas previamente que eram tão didáticas quanto opressivas. Eles me fizeram ler uma apresentação sobre culturalismo, os filhos da mãe, deixando espaços em branco para *inserir a sua própria experiência aqui*. Acrescentei a minha própria experiência de forma monótona, sem levantar os olhos da página, depois bebi duzentos e cinquenta mililitros de vinho branco de um gole só; Simellia gentilmente fez tim-tim com a sua taça cheia contra a minha vazia, o maxilar cerrado (pediram a ela para fazer uma palestra sobre migração de antigas colônias no pós-guerra e a geração Windrush). As aulas do Controle eram claramente sobre acertar a narrativa. Com a sua correção bastante editada e sua prepotência de voz calma, eles acabavam com a energia da sala. As ideias eram entidades friccionais e faccionais que murchavam ao serem fixadas em fluxogramas. As ideias precisam causar problemas antes de causar soluções.

Os expatriados se saíram muito melhor. Ao contrário do que aqueles de mente simplória entre nós acreditavam, eles não fizeram apresentações sobre as suas eras. Margaret, que respondera muito melhor do que Graham à magia do cinema, nos impressionou ao fazer uma apresentação de PowerPoint sobre por que Charlie Chaplin "parece um parvo, mas em verdade é um filósofo". Cardingham subiu ao pódio com a graça de um soldado, nos lançou um olhar de desprezo e, com uma linguagem ainda mais obscura que a de Margaret, fez um sumário sobre os assassinatos de Manson que, de alguma forma, também foi uma condenação tresloucada do vegetarianismo. (Sua ponte, Ivan, foi chamada para uma reunião de emergência no dia seguinte.)

A apresentação de Arthur Reginald-Smyth foi o assunto do Ministério. Reginald-Smyth estava na casa dos trinta anos e era muito bonito, de um jeito arrumado e limpo de anglo-saxão. Tinha mais de um metro e oitenta de altura, mas se comportava como se achasse que deveria ser menor. Ele possuía um leve problema de dicção, que atrapalhava os seus "Rs", motivo pelo qual a sua apresentação foi daquele jeito.

— Obrigado por virem — disse ele. — Temo que não seja um bom orador, de forma que não vou falar nessa noite.

Houve um silêncio envergonhado, e então:

— Que vergonha! — gritou Margaret. — Oras! Abobrinha, abobrinha! E diversas outras pragas!

Eu me encolhi, mas Reginald-Smyth sorriu e fez uma espécie de gesto com os dedos, um ator ruim se preparando ostensivamente para a próxima fala. Houve um punhado de risadas quando o público percebeu que não estávamos prestes a ver um homem indisposto se humilhar ao fugir de sua obrigação. Como era estranho que não houvesse me ocorrido que os expatriados poderiam ser amigos uns dos outros, independentemente do que eu estava fazendo.

— Hã, Simellia — disse Reginald-Smyth —, você poderia...?

Simellia estava encostada na parede, perto da porta que levava à sala das apresentações. Ela abriu a porta com um empurrãozinho divertido do quadril, esticou as mãos e puxou algo. Era um teclado Casio sobre rodas. Outro murmúrio impressionado e apreciativo percorreu o auditório. Ela ajudou Arthur a levar o instrumento até o palco.

— Hã, Quarenta-e-sete — disse Reginald-Smyth.

Graham se levantou e caminhou com indiferença estudada até o palco. Ele segurava o que a princípio pensei ser um florete, mas era, na verdade, a sua flauta. Deu um salto ágil para o lado de Reginald-Smyth, que estava corando e se esforçando para não morrer.

— Vamos oferecer a vocês *eine kleine* de, hã, "discoteca".

— Nós ensaiamos um pouco — falou Graham —, mas não copiosamente, eu diria.

— Estaríamos contando uma mentira e tanto se disséssemos que treinamos "copiosamente" — comentou Reginald-Smyth.

— É mesmo. Ou, de fato, "bem".

— Sim. Não ensaiamos bem ou muito. Somos relativamente horríveis.

— Exato — confirmou Graham, de forma solene. — Que Deus tenha pena de todos.

Eles começaram a tocar uma música dançante de marinheiros, que ouvi Graham ensaiando de vez em quando de manhã, mais ou menos na hora que ele achava que eu deveria sair da cama (eu não saía), mas, depois de algumas notas, a música se transformou numa canção dos Jackson 5. Eles eram muito bons.

— Abobrinha! — gritou Margaret de novo, e todos deram mais risadas. Senti, no chão, uma dúzia de pés começando a bater.

Simellia se sentou no assento ao meu lado.

— Oi — sussurrou ela.

— Oi. Você não vai me chamar pra dançar, né?

— Bem, agora que mencionou...

Na verdade, havia alguns membros da equipe operacional e administrativa pulando na frente do palco, pessoas muito jovens selecionadas de Oxford e Cambridge e que pularam da graduação direto para o Ministério. Eu me perguntava o quanto os seus NDAs eram assustadores. Um deles parecia ter ouvido falar em "dançar de forma exuberante" e tentava fazer uma mímica interpretativa disso.

Simellia, em todos os outros assuntos, uma mulher contida, não conseguia ficar parada durante uma música. Ela dançava com os ombros na cadeira. Olhei para ela de soslaio.

— Você ficou sabendo dessa apresentação? — perguntei aos sussurros.

— Só no último minuto. Eles ensaiavam em segredo num escritório extra que temos. Foram me procurar ontem, depois de eu falar com o meu supervisor, pedindo ajuda para arrumar tudo.

— Hum.

— Eles provavelmente pediram a minha ajuda em vez da sua porque ambos me conhecem, e a situação não é um reflexo do seu relacionamento com Dezoito-quarenta-e-sete — disse Simellia, que, além de estar no ritmo da dança, também entrou no ritmo da análise psicológica.

— Aham.

— Vocês deviam nos visitar. Podemos jogar jogos de tabuleiro.

— Você *não* quer jogar nenhum jogo de tabuleiro comigo. Eu acabo com qualquer Natal com *War*. Júlio Cerquem-Na, é como a minha família me chama. Não existe um único jogo de tabuleiro do qual eu não consiga tirar toda a graça.

— Será que *devemos* dançar? — perguntou Simellia, que esteve observando a pista de dança improvisada durante essa confissão íntima e vulnerável.

— Não.

— Vamos. Vai ser bom para o Arthur.

— *Não.* Ah, meu *Deus.*

Simellia me puxou pelos cotovelos na direção de onde a equipe administrativa estava dançando e começou a se remexer de uma maneira que só posso descrever como mãe-legal-num-show.

— É isso aí, meninas! — gritou Ivan, ganhando presença indelével na minha lista negra.

Eu olhei ao redor, porque não havia nada naquele auditório para olhar que não estivesse, infelizmente, dentro do auditório, o que significava que eu ainda estava no auditório. Estava no campo de visão de Graham e queria ser engolida viva por um tubarão.

— Opa, quem é aquele ali? — falei, desesperada.

Simellia deu um passo ultrajante e tortuoso para seguir o meu olhar.

— Você não conheceu o Salese?

— Não. E se conheci... Cuidado com os meus pés!... Não me lembro.

A pessoa a quem eu me referia estava à espreita no outro lado do auditório, com cabelo da cor da terra molhada sob o luar e uma expressão fechada e infeliz. Acho que, mesmo se começássemos a sugar o sangue uns dos outros e entoássemos "Ave, Satã", Salese não pareceria mais reprovador. O Brigadeiro estava ao lado dele. Os dois conversavam, as cabeças próximas. Era como se estivessem numa bolha invisível de tristeza que bloqueava a pequena festividade do local.

— Eles me deixam triste — murmurou Simellia.

— Eles me dão nos nervos.

— É, isso também.

Cada apresentação tinha meia hora, então o pesadelo acabou antes de eu começar a me perguntar se deveria sugerir a coreografia do *electric slide*.

— Muito bem — falou Simellia. — Quase pareceu que você estava prestes a se divertir.

— Na maioria dos casos, Simellia, eu me rendo ao seu bom julgamento, mas em relação a qualquer coisa com ritmo, você parece achar que estamos num musical.

— Não há revolução sem alegria — disse Simellia.

Ela voltara à voz reflexiva de conselheira e parecia prestes a transmitir uma lição de vida. Eu imaginei quantas vezes ela aconselhara os adolescentes radicalizados no Doidos e Homicidas a manterem uma lista de coisas pelas quais eram gratos, embora eu reconhecesse esse pensamento como maldoso.

— Ah, não sei, não — falei. — Eu perguntaria a Dezessete-noventa-e-três sobre revoluções e suas alegrias. De qualquer forma, que revolução? A gente trabalha para o governo.

Graham e Reginald-Smyth haviam descido do palco e estavam bem na periferia da nossa conversa.

— Boa palestra — falei. — Diferente.

— Vocês foram ótimos — disse Simellia.

— Obrigado — murmurou Reginald-Smyth. — Ah, hã, o bom e velho balançar do esqueleto foi muito apreciado.

— Sim, *balançar*... Eu também chamaria assim — disse Simellia.

Inclinei-me de leve para o lado para dar um soco em suas costelas.

— O Camboja é o dono do recorde mundial de gente dançando o Madison, segundo o Guinness. Quer dizer, eu não estava lá. Mas vou reivindicar isso — falei.

— Muito bom saber — disse Reginald-Smyth. — O que é o Madison?

— O que é o Guinness? — perguntou Graham.

— O Madison é um tipo de dança. Ficou muito popular no Camboja nos anos 1960 e nunca deixou de ser popular. Bem, exceto durante… Enfim, meus pais dançaram um bocado o Madison no casamento deles, ou ao menos foi o que me disseram. Minha mãe é uma excelente dançarina. Quando era pequena, queria aprender dança folclórica tradicional, mas foi mandada para um *lycée* em Phnom Penh e não havia essa dança no currículo, *quelle surprise*.

— Um *lycée*? — repetiu Reginald-Smyth educadamente. Durante o meu discurso, ele pareceu mais à deriva do que Graham deve ter ficado como marinheiro de carreira ao longo de toda a vida.

— Uma escola francesa. O Camboja costumava ser um protetorado francês. Meu avô era político e queria que ela fosse *évoluée*. Evoluída. Para o sistema francês.

Nem o vitoriano nem o eduardiano pareceram surpresos com isso, mas Simellia respirou fundo pelo nariz.

Graham e Reginald-Smyth se afastaram para receber os merecidos parabéns do restante do auditório. Simellia falou:

— Minha mãe também adorava uma festa. Ela costumava organizar o baile de Páscoa para a nossa igreja. — Ela se virou para encarar o relógio no fundo do auditório, então não pude ver a sua expressão, mas ouvi a maneira como sua voz estremeceu no tempo passado. — *Évoluée* — murmurou. — Lembre-me de te emprestar os meus livros do Frantz Fanon.

— Não vou fazer isso. Outra filha de imigrantes boazinha cuja mãe gostava de uma festa, hein? Esse país tem uma fábrica de pessoas assim ou o quê?

— Bem, nós temos a doença da filha mais velha — respondeu Simellia, voltando-se para mim. — Meus irmãos seguiram direções diferentes. Meu irmão trabalha com música, e a minha irmã faz bolos chiques. Eles me chamam de Polícia. Toda vez que ligo para o meu irmão, ele fala: "Bom dia, agente." Quando era um pouco mais novo, costumava me chamar de "Meganha", mas parou quando ameacei contar ao produtor dele que ele estudou em escola particular.

Ri e deixei Simellia me dar o braço. Eu estava pensando: dois irmãos, mãe morta, nenhuma menção ao pai ainda. Coloque isso no arquivo e não se esqueça. E estava pensando: por que sempre são as filhas mais velhas?

Eu nunca havia lido Fanon, embora não ache que teria entendido. Eu não entendia que o meu sistema de valores — minha grande herança — era um sistema, e não um ponto distante numa linha neutra e empírica que representava o *progresso*. As coisas foram mais fáceis para mim do que para a minha mãe; as coisas foram mais fáceis para mim do que para o meu pai; minhas drogas eram melhores, meus bens eram abundantes, meus direitos eram garantidos. Isso não era *progresso*? Eu lutava com a mesma perplexidade em relação à *história*, que ainda entendia em termos rígidos e narrativamente lineares. Devia ter escutado com mais cuidado o que Adela falou sobre a história. Sei que ela teria dito o mesmo.

Fui com Graham para o seu teste de aclimatização, na esperança de encontrar Quentin, cujo telefone não funcionava mais. Nós dois nos tornamos ciclistas habituais, mas, naquele dia, pegamos o metrô, imaginando que iríamos suar menos. Como fomos tolos e ingênuos. O metrô era uma sauna em agosto. Para o exame, ele teve que usar um terno (estilo anos 1960, de ajuste fino, dolorosamente bonito). Graham estava sofrendo.

— Se eu morrer, você me enterra no mar?

— Prometo. No mar da Irlanda? No canal? No Atlântico?

— No Ártico — disse ele, sentimental. — Pelo menos, é frio lá.

— Tire o paletó.

— Acredite quando digo que você não quer que eu tire o paletó.

Desejei-lhe sorte na entrada dos funcionários e o observei passar um lenço pelo cabelo suado. Fui até o escritório de Quentin, mas estava vazio. Não havia nem mesmo um carregador de laptop. Coloquei a cabeça pela porta de aquário de outro supervisor (um antigo membro do serviço de Inteligência, designado à equipe de Thomas Cardingham).

— Sadavir!

— Ei! Como você está? Ouvi dizer que o seu expatriado vai fazer o exame hoje.

— É! Ele está... confiante, acho.

— Parece que ele está se ajustando bem. De uma forma idiossincrática, mas bem.

— Ele matou todos os esquilos do jardim. E não vê TV.

— Que filho da mãe arrogante.

— Rá!

— Poderia ser pior. O maior interesse do nosso garoto é Minecraft e profissionais do sexo. Tem sido um saco colocar isso no orçamento.

— Ah, sim, consigo imaginar. Quentin está pegando no meu pé para estimular o Dezoito-quarenta-e-sete a diminuir os cigarros.

— Como está o Quentin? Ouvi dizer que ele foi transferido.

— Foi isso o que aconteceu?

Sadavir franziu o cenho e se levantou. Por um instante, achei que ele ia me dar uma bronca por ter perdido o contato do meu supervisor — o que com certeza era culpa do meu supervisor, não minha —, mas notei que ele direcionava o cenho franzido para uma região acima do meu ombro. Eu me virei.

— Espero não estar atrapalhando vocês.

O Brigadeiro estava parado à porta, acompanhado por Salese.

— Podemos ajudá-lo, senhor? — perguntou Sadavir, dando um passo para ficar à minha frente.

— Estou procurando a Vice-secretária. Ouvi falar de alguns problemas com um dos seus viajantes livres.

— Está se referindo aos expatriados?

— Sim — respondeu Salese, rápido —, é isso. A gente quer dar uma palavrinha com ela.

— Gostaríamos de falar com ela — disse o Brigadeiro.

Tentei captar o olhar de Sadavir, mas ele observava o Brigadeiro e Salese.

— Espero que entenda por que estou pedindo isso, senhor — falou ele —, mas posso ver algum documento de identificação?

O Brigadeiro retirou um cartão de identidade do Ministério do bolso e o entregou para Sadavir. Ele parecia pior do que da última vez que eu o vira: tinha o aspecto inefável de alguém que precisa ferver a água no fogão para tomar banho, algo que com certeza era incompatível com a sua patente. Ele percebeu que eu o observava, então baixei os olhos.

Sadavir devolveu o cartão de identificação.

— A Vice-secretária Adela está numa reunião com o Controle — disse ele, cuidadosamente —, de forma que ninguém sabe onde ela está exatamente. Mas, sim, a reunião é sobre Dezessete-noventa-e-três provando que a hipótese do espaço-tempo é correta. Aparentemente, o século XXI a está rejeitando. Isso *estava* nos relatórios da Defesa, senhor — acrescentou, em tom reprovador.

— Ah, não é o século, é a alma — disse o Brigadeiro. — O "aqui" e "ali" dela não têm consistência ou continência, e ela está começando a escapar do tempo. O processo é incomumente acelerado em Dezessete-noventa-e-três. Ela nem mesmo tenta se conformar com o seu "ali". Porque está de luto, e o luto sempre vai fazer alguém escapar do tempo.

Sadavir pareceu preocupado.

— É nisso que a Defesa acredita? — disse ele. — Já contou à Vice-secretária?

— Temo que só conheci o Secretário — falou o Brigadeiro. — Mas gostaria muito de conhecer a Vice-secretária Adela.

Ele olhou para mim de novo, frio e curioso. Eu sentia uma infantilidade nele — não um espírito brincalhão ou uma jovialidade, pois não tinha nenhuma das duas coisas —, devido à qualidade do seu foco, que era tão intenso quanto o de uma criança mexendo de forma desapaixonada nos membros de um animal de estimação, para ver o quanto eles se dobravam antes de quebrar.

Fui para casa e, ao chegar, conferi os meus e-mails. Assim como o teste de direção — ou o exame para tenente —, os resultados do exame de aclimatização eram entregues imediatamente. Graham passara.

Fui de bicicleta até o mercado chique para comprar uma garrafa de champanhe, parando na volta para tomar um sorvete de casquinha. Sentei-me em um banco para lamber o creme em espiral até ficar achatado e pensei no Brigadeiro. Senti que ele era um homem com experiência em bivaques; havia algo de perturbadoramente improvisado tanto nele quanto em Salese, como se tivessem sido jogados atrás das linhas inimigas e estivessem imitando familiaridade enquanto esperavam pelo momento certo para começar a cortar gargantas.

Apesar dos jantares em grupo, apesar dos exames de empatia e de linguagem e do alegre apartamentozinho com Ed, a mais feliz e jovem das pontes, o Ministério mais ou menos concordava que Anne Spencer — Dezessete-noventa-e-três — fora um experimento falho e que provavelmente estava morrendo. Seus exames de ressonância magnética em branco era um dos muitos exemplos que Ed melancolicamente dera sobre o seu corpo estar falhando a ser registrado por tecnologia moderna antes de ser rebaixado. Ela era invisível a todas as coisas que faziam registros e gravações, menos o olho nu. A afirmação do Brigadeiro de que esta invisibilidade tinha origem interna e não externa era interessante. Poderia trazer uma nova faceta para políticas identitárias: "De que tempo você é?" "Você é multitemporal ou está presa numa distorção do tempo?" Ou talvez um descompasso de experiências internas e externas do tempo fosse mais como ter células cancerígenas. "Você ainda tem tempo?", poderíamos perguntar, no sentido de "Você acha que vai sobreviver?".

Terminei o meu sorvete e observei a tarde passar. O sol começou a desaparecer do céu e a brisa cobriu o ar. Quando voltei de bicicleta para casa, Graham já tinha chegado. Ele tinha diversas fôrmas de gelo nas mãos e estava levando-as lá para cima.

— Parabéns.
— Obrigado!
— Comprei isso para celebrarmos.
— Que gentileza.
— Para onde está levando essas fôrmas de gelo?
— Vou tomar o banho mais frio que a tecnologia moderna permitir.
— Se eu colocar essa garrafa no congelador por quinze minutos, quer tomar uma taça na banheira? Posso deixar ao lado da porta.

— Você é terrivelmente decadente. Sim, por favor. Também vou fumar meio maço de cigarros, acho. Um depois do outro.

— Eles te deram um sermão, então?

— Aparentemente, posso me passar por um excêntrico. Sugeri que em um lugar como a Escócia, Arthur e eu simplesmente seríamos considerados ingleses. Um dos homens da banca era escocês, e acho que gostou disso.

Quando levei a taça para ele — guardando o restante da garrafa para o jantar — pude ouvir Graham cantando "I Love to Steal Awhile Away", parando de vez em quando para tragar o cigarro. A água batia nas laterais da banheira. Ele começou a cantarolar e, presumivelmente, se ensaboar. Deslizei em silêncio para o chão e encostei a cabeça na parede. Eu não ia me consultar com um terapeuta do Ministério. Sabia que deveria e sabia que não iria.

Na semana seguinte, recebemos Margaret e o capitão Reginald-Smyth para jantar. Graham decidiu fazer espaguete à bolonhesa, que ambos concordamos ser fácil, agradável e moderno.

Com a exceção das rações navais distribuídas durante as expedições de descoberta, esquentadas em fogueiras e valorizadas mais por suas calorias do que pelo sabor, Graham nunca tinha sequer requentado uma panela de sopa antes de chegar ao século XXI. Nos navios havia cozinheiros e comissários de oficiais; em casa, nas poucas ocasiões em que estava em casa, havia mulheres. Ainda assim, ele gostava de cozinhar tanto quanto não gostava de ver televisão, de mandar mensagens pelo celular ou de usar desodorante ("Eu tomo banho *todo dia*", dissera com a dignidade ferida). Hoje, ele cantarolava com um senso de ocupação que mal escondia o nervosismo. Ele queimou as cebolas e automaticamente procurou pelos cigarros. Eu os escondi — não queria cinzas nas minhas almôndegas —, e ele me acusou de estar "agindo como uma babá", uma frase que achei muito alarmante, porque com certeza não a ensinei para ele. Onde Graham tinha aprendido aquilo?

A campainha tocou enquanto o molho engrossava. Ele me entregou a colher de pau e foi atender a porta.

— Olá, Dezesseis, olá, Sessenta-e-cinco. Sejam bem-vindos.

— Quarenta-e-sete! — exclamou Margaret. — Foi uma aventura e tanto. Eu vim pra cá de "ônibus".

— Boa noite, Quarenta-e-sete — disse Reginald-Smyth. — O cheiro está ótimo.

— Gentileza sua. Acho que terei que deixar os dois muito bêbados. Não sou um cozinheiro tão bom.

Ele os levou para a cozinha.

Margaret usava calça boca de sino azul-celeste de cintura alta e uma blusa branca com renda. Ela parecia uma deusa da discoteca, uma mistura surpreendente, visto que ela era apenas um pouco mais velha do que o piano, isso para não falar do sintetizador.

— Olá — falei, impressionada.

— Olá — disse ela, com o seu sotaque impossível de localizar, e avançou para os meus braços. Margaret sorriu para mim, e devo ter engolido em seco alto o suficiente para a minha garganta fazer barulho na sua orelha, porque ela falou: — Estou enganada? Já vi pessoas se saudando assim. Embora o Quarenta-e-sete não me permita.

— Não, não, tudo bem. Fique à vontade para permanecer aqui. Vou receber esse abraço no lugar dele.

Reginald-Smyth ("Me chame de Arthur") renunciou ao abraço e apertou a minha mão com timidez.

— É realmente bom vê-la — murmurou ele, pronunciando a palavra "realmente" mais como "uealmente". Vi Graham suprimir um sorrisinho.

Coloquei a colher de pau de volta na panela e falei:

— Querem um martíni? É a única bebida que sei preparar. Essa é uma casa de classe.

— "Classe"? — perguntou Margaret.

— "Bela e nobre", aqui usado ironicamente — falou Arthur. — Como é de esperar de qualquer casa que abrigue o Quarenta-e-sete.

— É provável que eu fique fluente depois de um martíni de "classe".

— Gostei da sua calça — falei para Margaret.

— Muito obrigada! Eu gosto do zíper... Vê? — Ela abriu o zíper dos bolsos. — O tempo que eu poderia ter economizado me amarrando em espartilhos se eu tivesse um único zíper... Vosmecês tinham zíperes?

— Não — respondeu Graham.

— Não, mas eles começaram a ser usados no meu tempo.
— São uma invenção divina.
— Um pouco... perigosos, às vezes — disse Arthur, com cuidado. — Depende do lugar em que são instalados. — Ele olhou para Graham, e os dois sorriram timidamente um para o outro.

Graham esqueceu de colocar o espaguete para cozinhar, e Margaret começou a soluçar depois do primeiro gole de martíni. Os homens fumavam como chaminés na nossa cozinha apertada, e eu tinha esquecido de lavar os pratos que combinavam. Ainda assim, aquela pequena festa foi bastante agradável. Abri uma garrafa de vinho (Margaret não conseguiu terminar o drinque) e brindamos à única coisa que todos concordávamos ser boa na Grã-Bretanha do século XXI: música no momento em que você quisesse.

Eles eram amigos, percebi — não por acidente, mas amigos de verdade. Margaret tinha tentado fazer amizade com Anne Spencer, mas havia sido frustrada pela sua relutância e pelo que Margaret chamava de suas "aflições". Margaret odiava Cardingham, e Arthur logo se referiu a ele como "um camarada difícil". Fiquei interessada por aquilo, visto que Graham com frequência praticava boxe com ele.

— Ele é um palerma com cabeça de glande — disse Margaret.
— Muito informativo — falou Graham. — Mas ele está tão encalhado aqui quanto todos nós.
— Não sei, Quarenta-e-sete — comentou Arthur. — Particularmente, não desejo passar a minha vida náufraga na companhia dele.
— Pois ele deveria ser devolvido ao esterco de onde foi tirado. Como o suporta, Gray?
— Desenvolve-se muita paciência no mar.
— Você faz parecer que a Marinha é como o sacerdócio — disse Arthur.
— Hum.

Arthur estava feliz e corado. Era um daqueles raros extrovertidos com todos os atributos de um introvertido, tirando o fato de gostar de estar entre pessoas. Ele também tinha o dom da gentileza, uma das virtudes mais raras de qualquer gênero, sobretudo para o tipo de homem que Arthur deveria ser. Eu arranquei um pouco de biografia dele: uma escola particular de média qualidade; estudo de literatura clássica em Oxford, onde ele se divertiu muito e foi reprovado nos exames; mudança de curso para medicina.

— Falhei nisso também — disse ele.

— Não era bom com intestinos ondulantes e coisas assim? — perguntei.

— Não, eu tinha as qualificações. Mas não gostava dos outros camaradas. Uns brutos. Essa profissão endurece o coração dos homens, ou era o que fazia na minha época. Eles se sentiam muito superiores. Você não pode ser superior em relação à dor de outros indivíduos. Desisti depois de alguns anos. Recomecei no Raj, um colega de escola do meu pai me arranjou o emprego. Supervisionei a construção de ferrovias desnecessárias, que não beneficiariam ninguém além da companhia. Coisa horrível. Fui transferido para o escritório de Londres mais ou menos seis meses antes de a Alemanha invadir a Bélgica.

Vi a sobrancelha de Graham se curvar de maneira maliciosa enquanto ele fazia as contas.

— Você se tornou capitão *extremamente* rápido, Dezesseis. Encontrou o seu talento?

Arthur fez careta. Vi a mão dele tremer por um instante e então ele engoliu tudo que havia na taça em um só gole.

— A promoção era… rápida… na guerra — respondeu logo.

Ele acrescentou que provavelmente seria feliz como professor ou vigário, mas que vinha de uma família em que este era uma piada e aquele era uma vergonha. Arquivei esses desejos como "paternidade profissionalizada"; alguns dias depois, dando uma boa caminhada em Bloomsbury na hora do almoço com Simellia, ela descreveu Arthur como uma pessoa com um "senso moral profundo do seu dever de cuidar" e me senti envergonhada pela minha crueldade distraída em relação a alguém de quem gostava.

Margaret, por sinal, escutava os homens conversando sobre as suas carreiras com uma urgência saturada que apenas eu notei. Na sua época, ela dormia no quarto ao lado do cômodo em que nasceu. Achava que a Escócia era um lugar remoto e semibárbaro. Quando começamos a falar sobre o meu trabalho como tradutora no Camboja, senti a atenção dela me cobrindo como uma toalha. Pode ser que eu tenha falado um pouco demais.

Não consigo me lembrar de como surgiu o tópico da maconha — provavelmente foi durante um dos vigorosos debates sobre no que o século XXI de fato havia melhorado e no que, na opinião dos expatriados, possuía pontos positivos e negativos. Logo, estava passando o meu dichavador e as minhas sedas para Graham (que era muito melhor em enrolar baseados do que eu).

Encontrar Margaret me deixava desperta e receptiva. As frases tinham mais peso. Mantinha um catálogo parcialmente consciente de para onde os homens estavam olhando. Já vi as pessoas lidando com isso de formas diferentes. E por "isso", quero dizer poder. Quero dizer magnetismo. Tento assimilá-lo. Em vinte minutos, Margaret e eu estamos planejando uma noite só das garotas no Soho, o que me fez ter que explicar a história do Soho, o conceito de balada, o gênero R'n'B, a boate R'n'She e dançar. Não frequentava uma balada desde que era assistente no Departamento de Idiomas. Mas não importava.

— Sei um pouco de pavana e giga... mas se o lugar só tem mulheres...
— Não precisa se preocupar com isso. Você só tem meio que... se jogar. E se balançar.
— Eu gostaria de ser "jogada" — disse ela, melancolicamente.
— Aqui. Vou te ensinar o *electric slide*.
— Isso parece bastante divertido — falou Arthur. — Como é o nome? O *eletrical slide*... — Ele estava se balançando e o seu rotacismo estranhamente sedutor havia se intensificado. Graham estalou os dedos.
— Não as encoraje, Dezesseis. Vou abrir outra garrafa de vinho.
— Já cansei de polca. Quero aprender o *eletrical slide*.
— Que tipo de dança é a polca? — perguntou Margaret, sem fôlego, no meio do passo.
— Peça ao Quarenta-e-sete para te ensinar. Acho que é da época dele.
— Não sofrerei pressão para dançar, muito obrigado — falou Graham, deslizando para a esquerda com a garrafa de vinho.
— Ei! Vosmecê *sabe* dançar!
— Estes assuntos ficam entre mim e Deus — disse ele, com a voz grave.
— Ah, não me olhe assim, Sessenta-e-cinco. Arthur, pode, por favor, ensinar a polca a ela, se conseguir ficar parado?

Arthur se levantou e fizemos uma espécie de troca enlouquecida, campal e reverente de Margaret entre nós, mas assim que ela estava nos braços de Arthur, comecei a rir sem parar. Margaret mal alcançava os seus ombros.

— Ah... ah, meu Deus... você parece uma bela girafa... com um coelhinho como esposa... ahahaha... meu Deus.

— Tome-a para dançar, Quarenta-e-sete.

— Como é?

— Aqui.

— Eu não danço. Escolhi tocar flauta *especialmente* para que ninguém me pedisse isso.

— Neste tempo, os músicos vêm dentro de caixas de música, e não há mais necessidade de a banda manter o ritmo — falou Margaret. — Ou vosmecê m'ensina a dançar polca ou vou pisar nos seus dedos.

— Acho que o "feminismo" subiu à sua cabeça. Ai!

— Me concede esta dança? — perguntou Arthur para mim.

Graham nunca, nem mesmo ao puxar a minha cadeira em restaurantes ou ao me entregar pratos na cozinha, tocou deliberadamente em mim. Era estranho vê-lo lidando com Margaret. Meu coração cambaleava de uma forma que parecia inextricável de um *bom momento*. Eu me aproximei de Arthur.

— Vou ensinar um pouco de swing para você — falei. — Tive um ex-namorado terrível que gostava muito de *lindy hop*, e ele costumava me arrastar para aulas com ele, então tenho que repassar o talento adiante, como uma maldição.

— Entendi ao menos metade dessas palavras. Conheci homens assim. Que lideram outros em danças festivas.

Olhei para Arthur pensativamente. Nossos olhares se cruzaram por acidente algumas vezes naquela noite. Pensando agora, cada vez que aquilo tinha acontecido, era porque os nossos olhares estavam pousados em Graham.

No outro canto da cozinha, o ouvi falando:

— Sua *outra* esquerda.

— Ora, vamos! Por que não me ensina de forma mais comedida?

— Por que fica tentando liderar a dança? Não, Sessenta-e-cinco, sua *outra* outra esquerda.

— Vosmecê é um professor terrível.

— Eu não danço. Ai!

Arthur, por outro lado, dançava lindamente. Ele me inclinou e eu dobrei feito um junco. Ele me girou e eu fui, com satisfação, girada.

— Ora, capitão. Você sabe ser moderno e descolado.

— Minha querida, nós inventamos o "moderno" e o "descolado".

Algo deve ter surgido no nosso movimento ou na música que desencadeou uma memória das trincheiras — ou outra coisa, uma agonia em Arthur que não estava relacionada ao breve corredor sangrento da guerra. Já tínhamos terminado o baseado há tempo suficiente para que não pudesse ter sido a vertigem ou a náusea de uma reação ruim. O que quer que fosse, a sensação o dominou por completo. Sem qualquer aviso, ele ficou pálido, e senti o suor frio se transferindo da palma da sua mão para a minha cintura.

— Arthur? — chamei.

Ao mesmo tempo, Graham disse:

— Dezesseis?

Arthur passou a mão trêmula na testa. Sua respiração estava acelerada.

— Ah... Per... doem-me... mm...

— Está quente demais aqui — falou Graham. Ele retirou Arthur dos meus braços e o guiou pela porta da cozinha. — Vamos nos sentar lá fora e fumar um cigarro. Preciso descansar os pés. Maggie os achatou.

Arthur respirava de uma maneira que podia ser uma risada. Seus ombros estavam tensos e parecia nervoso sob o aperto cuidadoso de Graham, e então, de repente, ele caiu em cima do amigo, o rosto voltado para a orelha de Graham.

— A privação do tabaco é muito perigosa — falou Graham.

— Me... des...

— Cuidado onde pisa.

Senti a mão de Margaret agarrar-se à minha. Graham me lançou um olhar — na verdade, um Olhar —, e o peso dessa troca fez o meu coração pular. Perguntei a Margaret se ela havia sido apresentada ao fenômeno da maquiagem moderna e a levei para o meu quarto.

Assim que ela entrou, comecei a fazer uma lista das evidências de falta de beleza. Havia uma cadeira cujo assento estava cheio de roupas sujas demais para serem colocadas no armário, mas limpas demais para serem colocadas no cesto. Dois copos d'água e uma caneca haviam brotado na minha mesa de cabeceira. A poeira se acumulava nos rodapés e nos veios da cômoda. Quando uma mulher é impossivelmente atraente como Margaret, a mediocridade lançada por uma mulher como eu agita-se ao seu redor como uma revoada de pombos. Ou assim eu pensava na época. Para falar a verdade, fiquei impressionada com a beleza dela. Senti uma angústia complicada quando vi seus dedinhos de meia pisando no tapete.

Margaret não parecia consciente de nenhuma dessas preocupações. Ela nem olhava para si mesma no espelho. Me lançou um sorriso interessado quando peguei um dos meus batons.

— Ah! Que tipo de material faz essa cor?

— Não tenho ideia.

— Acho que nunca vi uma cor assim. Deveras impressionante.

— Sim. Não sei bem por que tenho um batom azul. Aqui, tente esse rosa. Ele não combina comigo, me faz parecer um pouco verde.

— Vai combinar com as minhas pústulas — falou ela, triste. (Margaret tinha uma pequena constelação de acne na testa e nas bochechas. Ela fazia a acne parecer charmosa.)

— Ah. Bem, temos uma base para isso. Olha...

Eu tinha parado de usar a base — na época, estava pensando na maneira em como o meu rosto poderia ser recebido por um vitoriano que não aprovava o uso de cosméticos —, mas demonstrei o uso da minha única base. Margaret ficou impressionada com a suavidade da sua aplicação e pela fidelidade do tom. Com a base, ela desenhou uma flecha na bochecha. Na sua pele clara, a maquiagem parecia argila. Começamos a rir.

Aos poucos, a bebida e a maconha tomaram conta de nós. Levamos a conversa para a posição horizontal, ambas lutando com a capacidade de articulação e a retidão. Deitamos lado a lado na cama, tontas e lânguidas. Eu tinha uma sensação obscura de que ganhara alguma coisa, mas se era de Margaret, de Graham ou de mim mesma, eu não tinha certeza.

— Você é bonita — falei.

— *Vosmecê* é "bonita".

— Estou um pouco cansada.

— Hum. Você é amante de Graham?

— Mmf. Não. Meu Deus. Não. Só a ponte dele.

— Ah — disse ela, e caiu no sono.

Comecei a cochilar. Não sei quanto tempo se passou, mas acordei quando ouvi a voz dele.

— ... dar uma olhada na Maggie e na bichana.

A porta do meu quarto rangeu.

— Sua ponte é muito gentil. Estranha, no entanto, para uma ponte.
— Ela é uma mulher estranha. Ah.
— Hum. Deixe-as em paz, Gray. Pobrezinhas.
— A degeneração desta época. Elas nem mesmo soltaram os cabelos.

A porta se fechou e voltei a cochilar. Margaret roncava baixinho, como um filhote sendo apertado. A porta foi reaberta e eu recuperei uma vaga consciência. Senti uma onda de vento frio e depois um calor gentil. Ele estendera um cobertor sobre nós.

Na manhã seguinte, Margaret e eu acordamos sem voz. Descemos juntas para tomar chá com torradas. Quando chegamos à cozinha, descobrimos que os homens haviam limpado tudo.

O outono se instalou como uma incrustação decorativa. As árvores murcharam e as folhas caíram. Nuvens de chumbo esmaltaram o céu, e o vento aumentou por toda a cidade.

Graham e Arthur decidiram ir para a Escócia para a temporada de caça a cervos — em parte para experimentar um voo doméstico. Eles voaram até Aberdeen, observados pelo Ministério. Eram seguidos como sombras por agentes de campo, mas, assim que a dupla chegou à cidadezinha nas Highlands em que ia ficar, o Ministério teve que chamar as sombras de volta. A cidade era o tipo de lugar tranquilo, com os habitantes muito unidos, que desconfiavam de pessoas suspeitas sem nenhum propósito óbvio.

Todos os expatriados tinham telefones, pagos (e grampeados) pelo Ministério. Graham tinha mudado de celular três vezes durante os sete meses em que passou no século XXI. Portanto, não fiquei surpresa quando, mais ou menos meia hora depois de o avião deles ter pousado, recebi uma ligação do telefone de Arthur.

— Oi, Arthur!
— Sou eu. Dezesseis está agarrado a uma parede.
— Ah! Oi. Como foi o seu primeiro voo?
— Foi algo ao mesmo tempo extraordinário e terrivelmente mundano. Embora Arthur e eu quase tenhamos quebrado as mãos um do outro durante a decolagem.
— Rá! Os seus ouvidos estalaram?

— Sim! Muito estranho. Mas o avião nos levou acima das nuvens! Elas estavam abaixo de nós feito um colchão. Quase pareciam sólidas.

— Uma curiosidade engraçada: uma nuvem média pesa quinhentas e cinquenta e uma toneladas.

— Esta *é* uma curiosidade engraçada.

— Não tiveram problema nenhum no aeroporto?

— A máquina que lê corpos parou de funcionar quando passei por ela.

— Lê...? Ah, o detector de metais. Ele não funcionou?

— Um funcionário do aeroporto precisou me manipular para garantir que eu não estava carregando armas. Na frente de todos! Minha honra foi impugnada.

— Meu Deus! Agora você está arruinado.

— Ninguém nunca me aceitará como esposa.

— Sinto muito por isso.

— De alguma forma, superarei essa situação estoicamente. Agora, preciso ir, porque, se não fumar um cigarro logo, vou morder uma parede.

Depois do telefonema, liguei o meu notebook para dar uma olhada no canal de comunicação da Equipe: eu, Quentin, Controle, a equipe de Bem-estar e a equipe administrativa responsável pelo expatriado Dezoito-quarenta-e-sete. Os agentes de campo já tinham preenchido um alerta sobre o detector de metais falhando ao tentar "ler" Graham. *Recomenda-se o retorno dos expatriados à base*, um dos agentes escreveu. Pensei no sorriso juvenil no rosto de Graham quando ele voltou para casa após passar no exame, sua cantoria alegre no banho. Digitei depressa.

A correção excessiva por cautela será tão prejudicial para a sua adaptação quanto forçá-lo a voltar para casa. Sua "legibilidade" não tem sido, até o presente momento, motivo de preocupação.

Então, numa conversa privada com Quentin: *ele passou nos scanners da entrada da equipe administrativa sem problema, né? na maioria das vzs.*

O status de Quentin era invisível. Já estava assim havia algum tempo.

No canal principal, um membro da equipe de Bem-estar de Graham concordava comigo. *A média de "legibilidade" dele é de 86% e permaneceu assim desde que começamos a fazer as leituras. De longe, a mais alta entre os expatriados. Não queremos arriscar a alienação dele e impactar essa média.*

As leituras começaram a ser registradas duas semanas atrás, digitou o agente.

Diversas pessoas começaram a digitar, mas pararam quando Adela — cujo status também era invisível — postou:

DE ACORDO COM O SEU RELATÓRIO 1916 SEGUIU 1847 E FICOU TEMPORARIAMENTE ILEGÍVEL, POSTERIORMENTE LEGÍVEL. ISSO SUGERE TENTATIVAS DELIberadas *para testar legibilidade. Não interferir. Os expatriados serão monitorados ao retornarem.*

A conversa acabou ali. Adela era capaz de vociferar até calar todo mundo mesmo numa reunião via mensagens de texto.
— Obrigada — falei em voz alta. E fechei o laptop com violência.
Depois disso, andei pela casa como um balão sem propósito. Era verdade que eu não tinha propósito: meu trabalho de um ano como ponte era observá-lo, e ele não estava lá para ser observado.
Entrei no quarto de Graham. Ele era um homem organizado, acostumado ao limite de espaço de uma cabine marítima, e não havia muita coisa para ser vista. Sentei-me na beirada do colchão. Era uma cama de casal, e eu sabia, de conversas passadas, que ele dormia feito um galho caído numa das extremidades, acostumado como estava aos catres dos navios. Não vasculhei suas gavetas em busca do diário nem de esboços nem enfiei o rosto nas suas roupas. Agi como se estivesse sendo observada por uma plateia invisível, que buscava por sintomas de mania.

Alguns dias após ele e Arthur viajarem, Simellia me fez uma visita surpresa. Ela veio após a formação de um novo grupo de trabalho, envolvendo todos no projeto, sobre "legibilidade" e os conceitos do Brigadeiro de "aqui" e "ali".
Este foi um desenvolvimento de tal importância que o Secretário foi forçado a presidir um grupo de trabalho, anunciando (com o rosto e a voz sem

expressão) que, embora o trabalho das pontes não fosse mudar, a equipe de Bem-estar faria "alguns testes" nos expatriados, monitorando "sinais vitais e respostas" sob "condições normais e estressantes". "Parece um pouco o MK-
-Ultra", falei. "Sem precedência na história do mundo, et cetera", respondeu ele para o ar à esquerda do meu rosto.

— Ah, Simellia, oi.

— Olá. Espero não estar incomodando. Queria ver como você estava depois da transferência do Quentin.

— Sim, claro... Entre...

Coloquei a chaleira no fogo e enrolei para pegar os biscoitos. O ar ao nosso redor estalava de expectativa. Falei:

— Não acredito que estamos lidando com a longa e sombria viagem temporal da alma, ou o que quer que a Defesa pense que "ali" é. Uma mudança e tanto do Doidos e Homicidas, hein?

— Nós tentamos não usar esse apelido no departamento.

Fiz uma careta. Ela acrescentou, de forma gentil:

— Você sabe como é. Tenho certeza de que está cansada de pessoas fazendo piadas sobre o Google Tradutor.

— Suponho que sim. O chá pode ser forte?

— Sim, obrigada. Estou certa ao pensar que o seu avô era um governador nas selvas do Camboja ou algo assim?

Deixei escapar uma sílaba de surpresa, que foi engolida pelo som da chaleira. Estava sempre no alerta laranja, no mínimo, quando me perguntavam sobre as minhas origens sem nenhuma especificidade taxonômica. Nunca sabia o que as pessoas esperavam fazer com aquilo. Minha irmã descrevia essas interações como "microagressões", como se não falasse da sua origem cambojana em qualquer oportunidade que tivesse. Provavelmente o seu último ensaio, publicado numa revista on-line na semana passada, sobre o horror psicológico de se passar por branca, era o culpado pela pergunta de Simellia. Minha irmã e eu compartilhávamos o mesmo sobrenome composto, eurasiano e bizarro, então era fácil que nos conectassem uma à outra. Eu, às vezes, me perguntava se ela decidira ter neuroses paternas com o nosso avô cambojano, há muito morto, porque o nosso pai era um sujeito branco calmo e legal que gostava de tirar sonecas à tarde, fazer longas listas e a curadoria de conjuntos completos de coisas (selos, DVDs, canetas-tinteiro de edição limitada): não era alguém com quem você poderia ter um complexo psicológico interessante e publicável.

— Hã, meu avô era governador de Siem Reap até ser dispensado em 1955 — falei. — Imagino que existam muitas selvas na província. Rá, mas se você sabe disso, aposto que sabe o que aconteceu com ele.

— Desapareceu.

— Hum.

Senti o olhar dela pelo meu cabelo.

— Sei que esse é um assunto bizarro para mencionar — disse Simellia.

— É bem estranho.

— É só que... dado o seu histórico familiar, acho que fiquei um pouco surpresa pela sua escolha de carreira. Seu tempo no Departamento de Idiomas... é tudo um pouco, devo dizer, pós-colonial. Você está esperando que a porta temporal...

— Adela disse que não podemos mudar o passado, só o futuro.

— É só uma frase de efeito. Mudar o passado *é* mudar o futuro. Ela só quer dizer que o passado existe da maneira que diz que existe. Você conseguiu fazer com que o seu comandante parasse de me chamar de crioula, por sinal?

Ela sorria enquanto falava, mas, como Simellia sorria com frequência, mesmo quando estava com raiva, eu me encolhi espiritualmente.

— Sinto muito.

— Pelo quê?

Achei que seria insensível dizer "Pela existência do racismo". Eu fiz "hum", "hã" e por fim falei:

— Se serve de consolo, ele me perguntou, com a cara mais limpa do mundo, sobre ser "mestiça".

— Isso é um consolo? Sem açúcar, por favor.

Coloquei os saquinhos de chá no aparador. Uma camada de espuma se espalhou pela minha caneca.

— Compreendo — falei, devagar — que este projeto seja mais complicado para você do que para qualquer outra pessoa...

— Pode parar com essa cara de culpada — disse Simellia, ainda sorrindo, embora o seu sorriso parecesse cada vez mais operado por guinchos dentro do seu crânio. — Meu Deus, o treinamento contra o preconceito do Ministério tem muito a responder — comentou. — Não quero te assustar com essa informação, mas, acredite ou não, eu já sei que sou negra. Você não precisa ficar toda cheia de dedos para falar comigo.

Coloquei o chá em frente a ela.

— Desculpe se falei algo que te magoou — falei.

— Você não me magoou. Só está me entediando.

— Ok.

— "Ok". Aposto que você teve um Tumblr.

Aquilo me fez rir, mesmo que de nervoso. O sorriso de Simellia relaxou um pouco.

— Não falei? — disse ela. — Aposto que você fez uma lista de leitura sobre o Vidas Negras Importam.

Eu me sentei. Tinha, na verdade, compartilhado a lista de leituras de outra pessoa, mas eu preferiria lamber os germes do chão a admitir aquilo.

— Simellia, aconteceu alguma coisa? — perguntei.

Ela ajustou os ombros. Parecia desconfortável na própria roupa imaculada.

— Sim — falou, por fim. — Você se lembra quando disse ao Secretário que achava todo o monitoramento proposto de "legibilidade" um pouco MK-Ultra? Isso me fez pensar a respeito do que estamos fazendo com os expatriados. Sou uma profissional da saúde. Deveria ser guiada por um código de ética.

— E quanto ao resto de nós?

Ela não tinha tocado no chá.

— O que *tem* o resto de vocês? — indagou Simellia.

— Olá, polícia.

— Pare com isso — falou ela, de forma muito mais agressiva do que jamais se dirigira a mim. — Leve as coisas a sério por um instante.

Eu me irritei; não de forma visível e legível, mas dentro de mim senti os espinhos surgindo. Eu deveria ter parado a conversa ali. Espinhos sob a pele, aquele formigamento interno de raiva... Eu odiava estar em desvantagem e nunca tinha sido boa em demonstrar isso com graça.

— Não vou insultar você com aforismos sobre omeletes e ovos quebrados — falei. — Mas você concordou com esse trabalho. Achou, tanto quanto eu, que o que estávamos fazendo era algo que ia mudar o mundo. Era o que você queria, lembra? Acha que o mundo muda com perguntas educadas? Ou acha que precisa haver um risco?

Ela respirou fundo. Todas as emoções que eu em geral via ela transformar em profissionalismo estavam se agitando no seu rosto.

— Eu vim aqui — disse ela — porque você... porque... porque achei que você fosse entender. Não vê? Ser o experimento. Ser a pioneira que quebra parâmetros. A *primeira*. Existem outros cambojanos na equipe principal? Ou sequer outra pessoa do Sudeste Asiático? Posso lhe dizer exatamente quantas pessoas negras há, e cabem nos dedos de uma só mão.

Eu me recostei na cadeira. Ela não estava me dando bronca e, ainda assim, me senti repreendida. Ela me fazia lembrar da minha irmã, às vezes.

— Simellia — falei —, eu não sou uma vítima. Não dou às pessoas uma desculpa para me fazerem de vítima. E aconselharia você a não dar essa oportunidade a elas também.

Simellia me encarou. A emoção no seu rosto desapareceu, a água descendo por um ralo. Ela se levantou.

— Obrigada pelo chá — agradeceu friamente.

Deixei-a ir sem me despedir e fiquei no poço de silêncio que se seguiu ao barulho da porta batendo. Aquela foi uma das minhas primeiras lições sobre como criar o futuro: segundo a segundo, você fecha as portas da possibilidade às suas costas.

V

— Seus pés estão inchados — observa Goodsir.

Gore está de volta à ala medicinal do *Erebus*. Stanley rasga as suas mangas e grita por água quente. A queimadura de Gore não chega nem perto do pior ferimento causado por gelo que a tripulação já viu — não é nem mesmo o pior ferimento que Gore teve —, mas o pânico de Stanley é intensificado pelo relato que Gore acabou de dar.

— Você tem certeza de que o matou? — pergunta o segundo-tenente Le Vesconte. Ele é um veterano da Guerra do Ópio, tranquilo e soldadesco, e, como todos os homens soldadescos, dado à ternura quanto o assunto envolve derramamento de sangue.

Com o mesmo tom seco, Goodsir responde:

— O sr. Gore nunca erra.

Gore sente-se grato pela calma irônica do cirurgião-assistente. Goodsir é amigo dele, até onde um comandante e um cirurgião menor podem ser amigos. Não, isso não é justo, eles *são* amigos. Goodsir é um cientista de carreira. Se houvesse figos a bordo, ele não os trocaria pelas dragonas douradas nos ombros de Gore.

— Achei que era uma foca — diz Gore. — Pobre diabo. Corri até ele no instante em que o ouvi gritar.

— Ele estava completamente morto? — indaga Le Vesconte. Ele soa como se alguém tivesse esfolado a sua voz.

— Sim. Mande dois homens até o corpo — diz Gore. — Levem tabaco. Facas de aço se pudermos abrir mão de algumas. Algo que a gente possa deixar para ficar claro que não desejamos fazer mais mal. Não mexam no cadáver de maneira alguma.

— Fico hesitante de armar essas pessoas, Graham — murmura Le Vesconte. — Sob as atuais circunstâncias.

— Tabaco, então. Sr. Goodsir?

— Senhor?

— Posso andar com os pés assim?

Goodsir avalia os pés de Gore. Pega a sola inchada de um dos pés dele e a esfrega rapidamente.

— Sei que não importa o que eu diga — fala ele. — Você vai andar de qualquer maneira.

— Muito bem.

Gore começa a enfiar os pés nas botas. Suas luvas estão ao lado da coxa, sobre a mesa. Há uma crosta amarronzada nelas. O esquimó sangrara profusamente, e o sangue atravessara as peles que vestia. Quando Gore o alcançou, seus olhos já estavam nebulosos.

— Eu atirei no coração dele, Harry — diz Gore, vagamente. Goodsir não responde, mas aperta o braço de Gore. Por quê? Gore verifica o seu mecanismo interno como faria com um cronômetro. Há um sentimento emergindo na base das suas costelas? Ele precisa ser reconfortado?

Lá em cima, a vigília começa a pisar forte e gritar. Um som ritmado de botas na escada. Alguém viu um grupo de esquimós se movendo na direção dos navios.

Capítulo Cinco

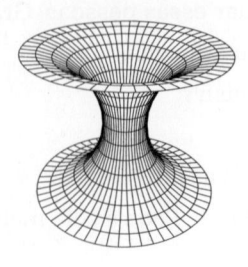

Em setembro, me vi em Pimlico, num banco com Margaret Kemble. O ar era cortado pelo frio do outono como uma dobradiça de ferro. Pardais voavam ao longo do meio-fio, valsando com as folhas amarelas. Margaret e eu usávamos cachecóis de lã escocesa fina com estampas xadrez, trazidos das Highlands por Arthur e Graham. De vez em quando, Margaret esticava as pernas para admirar as novas botas. Ela estava vestida como uma vaqueira do Sul dos Estados Unidos, os cabelos loiro-avermelhados caindo sobre o colarinho. Havia um vão de um palmo entre o cachecol e as lapelas que deixava o decote à mostra. Margaret tinha seios grandes, e menciono isso apenas porque ela ainda não havia se acostumado a se vestir sem um espartilho, e eles tinham a tendência de chamar a atenção. Tinham uma elevação surpreendente — pareciam querer ter uma conversa —, e, lá no fundo do decote, havia uns poucos pontos de acne, que lembravam (charmosamente) migalhas de biscoito cor-de-rosa. A pele dela era muito clara e brilhante, como uma maquiagem cara. Falo tudo isso porque acho que muitas vezes escritores homens são ridicularizados pelas suas longas descrições de seios femininos, mas acho que alguns provocam essas observações, até mesmo em mim.

Ela faria o exame de aclimatização novamente na semana seguinte. Eu estava a ajudando a revisar a matéria.

— Em quem você acha que vai votar nas próximas eleições?

— O discurso de todos os homens é baseado em mentiras e conveniências mesquinhas. Prefiro votar num cachorro louco.

— Você vai se encrencar com essa resposta, mas vou permitir. Você tem namorado?

— Não. Se eu gostar da pessoa fazendo a pergunta e ela for bem-apessoada, posso perguntar se ela "tem" uma "namorada"?

— Pode.

— Vosmecê "tem" uma "namorada"?

— Pare de gargalhar, sua mulher terrível. Você está no Facebook?

— "Facebook" é para pessoas que querem ficar com a mente cheia de aveia mole e soro de leite. Quando o ano da ponte acabar, vou entrar no "Instagram".

— Ah, meu Deus. Maggie, *não* entre no Instagram.

— Lá vem o Dezesseis!

Arthur caminhava pela rua, inclinado de leve contra um vento inexistente. Estava usando um paletó de tweed e parecia pertencer a um museu, mas Pimlico também era assim. Não o via desde que os homens retornaram da Escócia e perguntei se tinha gostado da viagem. Ele corou e murmurou:

— Ah, foi... ótima. Simplesmente... maravilhosa. De verdade.

Ele se sentou ao meu lado, os olhos no chão. Margaret se inclinou acima do meu colo e falou:

— Dezesseis, vosmecê "tem" um "namorado"? Posso "adicionar" ele no "Facebook"?

Enquanto Arthur corava ainda mais e murmurava alguma coisa sobre não implicar com ele, Margaret olhou para mim e perguntou:

— Como me saí?

— Ótima. Você é uma mulher muito moderna. Por sinal, seu cotovelo está na minha virilha. Não me importo, mas você deveria me pagar uma bebida primeiro.

— Comportem-se, as duas. Antes que Quarenta-e-sete chegue aqui. Vocês sabem que serão repreendidas.

— Lá está ele. Com a gangrena do traseiro do próprio diabo.

— Ah, Cardingham? — perguntei, cerrando os olhos.

Graham vestia a sua roupa de couro de motociclista. Na primeira vez que ele me mostrou a vestimenta — girando os ombros na jaqueta, para que o couro cedesse —, pensei estar tento uma reação alérgica, porque a minha língua ficou pesada e os meus dedos começaram a formigar. Olhei para Arthur. Ele também parecia alérgico ao couro.

— Olá — disse Graham. — Vocês cometeram um roubo juntos? Estão parecendo muito culpados.

— E vosmecê parece um sapo que mergulhou em tinta — falou Margaret, a única de nós indiferente com a visão do vitoriano coberto de couro.

— É bom ver você também, Sessenta-e-cinco. Thomas, você se lembra da minha ponte. Não sei se foram apresentados formalmente...

— Madame — disse Cardingham, e a palavra carregava uma conotação tão forte de *vaca* que me distraí de Graham, e Arthur e Graham, e Graham e Margaret.

— Hum. É bom conhecê-lo, tenente Cardingham.

As feições de Cardingham se azedaram. Ocorreu-me que Arthur (que era gay ou bissexual, e fora marginalizado durante a sua própria época) e Graham (um explorador cuja vida exigia flexibilidade e tolerância) me prepararam mal para como uma "figura histórica" masculina poderia reagir a mim. Cardingham estava indignado. Achava que eu deveria me postar abaixo das suas botas e ter vergonha de encará-lo nos olhos. Onde Margaret ganhara terreno inefável, ele perdera. Queimava com a raiva de uma criança cujos brinquedos haviam sido escondidos.

— O comandante Gore muito falou de vossa mercê. Vossa mercê me parece astuta, senhora.

Ou ele disse *puta*? Eu não tinha certeza. Seu sotaque parecia terrivelmente deliberado. Ao meu lado, as mãozinhas delicadas de Margaret se fecharam em punhos.

Quando eu tinha oito anos, desenvolvi uma consciência aguçada do mundo não humano. *Mai*, Papai, Irmã, Casa, Escola, Professora, Banho, Prato, Cadeira, Giz de Cera, Vestido: essas coisas não eram, como eu pensava até então, as bases do universo, mas entidades distintas num mundo que dividíamos com minhocas, ratos, pardais, tatuzinhos-de-jardim, esquilos, mariposas, pombos, gatos, aranhas. Eu tinha uma sensação horrível de lutar por espaço. Eles estavam em todo lugar, os não humanos. Saíam debaixo das coisas e das sombras, ficavam mais altos do que eu conseguia ver nas árvores e mais fundo do que eu conseguia penetrar no solo. Eles poderiam estar num cômodo comigo e eu nem saberia, mas eles teriam consciência da minha presença. Um senso de ocupação grande e terrível florescia ao meu redor. Eu não sabia como processá-lo. Desenvolvi um pavor horrível por aranhas.

Na época, meus pais estavam tentando persuadir a minha irmã de cinco anos a superar o seu medo do escuro, que ela expressava através de choramingos. Eu não. Eu gritava e entrava em pânico. Subia em coisas, derrubava livros e vasos, soluçando histericamente. Às vezes, não havia sequer uma aranha, apenas a ideia de uma aranha.

Minha mãe, que testemunhara horrores que mudavam a maneira como gritos soavam, primeiro lidou com os ataques de pânico ficando com raiva de mim. Apenas agora, como adulta, posso ver que ela tinha raiva porque eu a assustava. A coisa continuava acontecendo, e ela tentou consertar, mas só piorou. Veja bem, minha mãe pensou que podia matar as aranhas que me assustavam e provar como um ser humano era invulnerável diante de um inseto — mas havia sido criada no budismo, e era gentil com os animais, mesmo os nojentos. Ela tentava matá-las de um jeito atrapalhado e só conseguia machucar as aranhas, que então fugiam meio mutiladas, causando mais soluços meus. E então minha mãe começava a chorar também, porque não queria matar a aranha, não de verdade. Ela não queria matar nada.

Meu pai encontrou uma solução excêntrica. Na primavera do ano em que completei oito anos, uma aranha grande, do tamanho de uma moeda de cinquenta pence, tinha feito uma teia no nosso jardim, na frente de um arbusto. Eu odiava aquela aranha. Nem pisava mais no gramado depois que descobri que ela estava lá.

— O que foi? — perguntou o meu pai para mim. — Não quer conhecer a Sra. Pernas?

— Ela está sem pernas? — falou a minha mãe, exasperada. — O que fez com ela? Tentou esmagá-la?

— Sra. Pernas — esclareceu o meu pai, cujo rosto formou uma expressão frenética. — A imponente senhora que vive no arbusto. Cuidando da sua despensa.

— Ela tem uma licença agora, Jesus amado — murmurou a minha mãe.
— Logo vai ter uma chave de fenda e vai construir uma casa. Vou ter que ligar para o conselho de permissão de construções.

Meu pai não se intimidou. Estava certo de que a apresentação dele ia ganhar da apresentação da minha mãe, o que é pelo menos metade de uma criação bem-sucedida de filhos. Ele descreveu a Sra. Pernas como uma velha solteirona, bastante respeitada pelo restante dos insetos — embora não fosse tecnicamente um inseto, acrescentou de forma pedante —, uma aranha esforçada, artesã, especialista na técnica de matar. Ele me convidou a ver o desmembramento de uma mosca irritante e antissocial de uma distância segura, mas com muitos comentários.

Funcionou. A Sra. Pernas deixou de ser não humana para se tornar quase humana: não uma humana terrivelmente agradável, claro, mas uma mulher abastada e habilidosa.

— Olhe — disse o meu pai —, percebe como ela está esperando no canto? Você não consegue ver, mas ela está lixando as unhas. Já fez o trabalho árduo de criar a teia, passou quatro anos na faculdade de arquitetura para aprender isso, e agora tudo que tem que fazer é se sentar e esperar a presa vir até ela.

Levei as lições da paciente Sra. Pernas para a minha vida adulta. Eu quase nunca me apressava, era indiferente à rotina. Mas ficava de olho nas coisas e mantinha muitos segredos. Quando, no Ministério, me vi profissionalmente isolada por um tempo — com Adela ausente, Quentin desaparecido, Simellia fria nos corredores e o Controle focado nos exames de "legibilidade" feitos pela equipe de Bem-estar —, afundei-me na minha teia. Algo havia mudado em algum lugar, algo estava errado, mas como eu não sabia o quê, teria que esperar.

Embora Quentin tivesse desertado, ou talvez estivesse morto, continuei preenchendo os relatórios com ele em cópia. Escrevia para ele: e-mails, textos, chats do Teams, mensagens de voz. Sabia que elas estavam sendo observadas; na verdade, contava com isso, porque queria que o Ministério pensasse em mim como uma pessoa aberta, carinhosa e inocente. Deixei as mensagens reverberarem com intimidades: nada muito pessoal, apenas fofocas que corriam no refeitório e comentários sobre o que eu estava lendo.

Tudo isso valeu a pena no início de outono. Quando desci para tomar café certa manhã, encontrei Graham ao balcão com um dicionário e uma lata de whey, fazendo uma interpretação do rótulo.

— Minotauro morde seda — disse ele.

— Hã. Bom dia?

Ele ergueu um cartão retangular: um cartão-postal violentamente prosaico com uma foto do Palácio de Buckingham, que podia ter sido tirada em qualquer momento dos últimos cinquenta anos e era vendida em quase todas as lojas da área metropolitana.

— É o que está escrito atrás disso — disse ele. — Um código, talvez? É assim que cartas de amor funcionam nessa era? Preciso defender a sua honra? Bom dia, por sinal.

Quentin se arriscou bastante com aquele cartão-postal, incluindo o fato de que eu saberia que aquele verso truncado na parte de trás do cartão se referia a um local específico disponível apenas num app que atribuía três palavras a cada metro quadrado da Terra. Ficava no parque: um descampado aberto para o céu e para o transeunte.

Não havia hora ou data. Fui para o parque depois do trabalho, para as caminhadas que eu fazia após checar os e-mails, as quais descrevia com frequência para Quentin nas minhas mensagens não respondidas. Pude vê-lo a metros de distância. Ele parecia tão mundano. Usava um boné de beisebol e a mera normalidade da visão deixou os meus olhos mudos. Uma tática inteligente, se esconder à vista de todos.

— Quentin. Belas roupas. Por que você não me liga mais?

— É confidencial — respondeu ele.

— Como está?

— Estou sendo vigiado.

— Ah? Nesse instante? Valeu pelo aviso, porra.

— Não. Mas. Onde durmo. Aonde vou. Tenho autorizações limitadas. O Ministério…

Ele se calou. Mais de perto, pude sentir o cheiro de hálito azedo e o odor alcalino de algum tipo de medicamento para a pele. Ele falava olhando para a minha clavícula. Claramente, Quentin não estava bem, ou assim pensei. Amoleci.

— Quentin. Está tudo certo? Precisa de alguma ajuda?

— Posso confiar em você? — desabafou.

Soube então que ele estava doente e que as pressões cumulativas do projeto de viagem no tempo haviam acabado com ele. Quentin, o ex-agente de campo, nunca perguntaria se poderia confiar em mim, porque sabia que eu poderia mentir. Eu tinha que acalmá-lo, tranquilizá-lo, então assumi o papel que sabia que era mais confortável para mim: Simellia já tinha até me dado as falas.

— Sim, claro que pode. Também estou preocupada com o projeto. Você leu o meu arquivo. Deve ter presumido que sei como é ser pioneiro. O *experimento*.

Uma aurora de esperança no rosto dele. Quentin assentiu, os olhos no horizonte distante onde ocorreu o genocídio. Como as pessoas me veem de forma estranha.

— Você se lembra do desenho que me deu? — perguntou ele.

— Sim — falei, de forma neutra, dessa vez.

— Acho que é uma arma. Acho que é uma arma que não existe ainda, só que está aqui. E... tenho quase certeza de que já vi o que ela faz. Ela é... Porra, é horrível.

Peguei a mão dele, de uma forma que torcia para que Quentin achasse reconfortante, mas também de uma forma que eu poderia sutilmente deslizar dois dedos pela manga da roupa. Seu pulso estava acelerado.

— Isso é preocupante — falei, devagar.

Ele puxou a mão de volta.

— Sei que não acredita em mim — disse, devagar. — Eu também não acreditaria. Mas posso provar. Esse projeto não tem como intuito o avanço científico. E, sim, uma arma.

A ideia de que o Ministério estava operando às claras era simplesmente ridícula para mim — o progresso não é alcançado seguindo as regras —, mas me ocorreu que Quentin era um risco para a conjuntura ponte-expatriado porque ou ele era um delator, ou era paranoico e delirante. De qualquer forma, sendo o meu supervisor, eu tinha a sensação de que Quentin era como um cupim na minha arca. Se estivesse certo e denunciasse o projeto, então eu estaria entre os escoriados e punidos, e as minhas opções seriam reduzidas a girar no circuito das chicotadas. Se estivesse errado, bem, eu teria deixado um louco escapar, e duvido que haveria promoções no horizonte por isso.

— Olhe — falei para ele —, as pontes são fundamentais para o projeto, e eu sou a que tem o expatriado mais bem ajustado. Eles não podem fazer nada comigo. Traga alguma prova para mim, que eu darei prosseguimento a partir daí.

Esqueci de contar o final da história da aranha. Comecei a visitar a Sra. Pernas. Na época, lia *Alice no País das Maravilhas* e saía para declamar para ela, tropeçando nas sinistras canções de Lewis Carroll. Eu gostava da dignidade com que a Sra. Pernas parecia me ouvir, sua quietude angelical entre as telas de teias. E então — tão rápido que eu só conseguia me expressar em consoantes plosivas (kkkkk! bbbbb!) — ela saía do seu canto para pegar uma mosca presa. Eu fechava o livro e a observava trabalhar.

Cheguei ao lamento da Falsa Tartaruga durante a temporada de borboletas. Um aglomerado de pupas nos galhos da roseira amarela do meu pai se dividiu para revelar asas. Conforme as borboletas secavam e se alongavam, notei a exuberância grotesca do seu colorido. Borboletas chamavam tanta atenção. Uma aranha só quer comer.

Estiquei a mão e peguei uma borboleta meio finalizada. Parecia quase peluda, as escamas microscópicas, com horas de vida, desintegraram sob os meus dedos. Um puxão, um movimento e eu a joguei nas teias. Ela lutou por muito tempo antes de a Sra. Pernas ter terminado.

Eu contava essa história quando estava bêbada, para amigos em jantares sossegados ou para os homens que ancoravam no meu porto nos anos antes de eu conhecer Graham. Eles sempre pensavam que era uma história sobre a minha brutalidade infantil. Quem dá uma borboleta para uma aranha? Mas sempre pensei que a história era sobre outra coisa. É claro que ainda temia aranhas. Eu tinha oito anos. A Sra. Pernas possuía uma dúzia de olhos e sugava a vitalidade de criaturas vivas. Sim, eu ainda temia aranhas. Simplesmente tinha encontrado a única maneira que a minha mente infantil concebera de aplacar o medo. Juntar-me a ela. Avançar. E trabalhar.

O outono se estabeleceu. Os dias ficaram mofados e úmidos, como algo perdido no fundo da geladeira. Não importava o tempo, havia poças de chuva salobra espalhadas pelas calçadas.

No início de outubro, Margaret pegou uma gripe.

No período de mais de trezentos e cinquenta anos, a gripe comum havia sofrido mutações. O corpo de Margaret foi pego de surpresa, e ela adoeceu gravemente. Foi levada das acomodações da sua ponte para uma ala do Ministério.

Adela convocou uma reunião de emergência na sala de reuniões de sempre.

— Precisamos infectar todos — disse Ralph. — Peça para Dezesseis-sessenta-e-cinco espirrar em cima deles e então os mantenham sob observação no Ministério.

— Isso pode matar o Dezesseis — falou Ivan, que era a ponte de Cardingham e cuja voz estava carregada com uma sugestão de que isso não seria de todo o mal.

— A única vez em que eles ficaram nas alas do Ministério foi depois do processo de extradição traumático — argumentou Simellia. — Isso pode desencadear sentimentos ruins.

— Ah, *desencadear sentimentos ruins* — falou Ralph. — E nós não queremos isso.

— Não, não queremos, Ralph. Queremos que eles permaneçam mental e fisicamente robustos, tanto quanto possível. É o seu trabalho garantir isso.

Foi uma reunião turbulenta. Nada expõe as fendas de um grupo mais rápido do que o tenso mundo do cuidado. Mais do que a morte, o cuidado revela muito sobre uma personalidade para ser discutido de forma neutra. Vacinas, cuidados paliativos, capacidade de consentir com os tratamentos, o que constitui uma doença séria, o uso e abuso de um sistema financiado pelos impostos: tente abordar isso num jantar e observe o animal de carga abrir caminho pela própria pele.

Sugeri que, para garantir a Margaret que ela *sairia* da enfermaria e não seria empurrada para trás pelo sistema de extradição, poderíamos providenciar que os outros expatriados fizessem videochamadas e falassem com ela.

— Sim — disse Simellia, de forma distante. — Posso organizar isso.

— Ah, eu não quis sugerir que *você* deveria…

— Obrigada, Simellia — agradeceu Adela, de forma cansada. — Se não temos mais nenhum assunto a tratar, gostaria de fazer as minhas recomendações ao Secretário…

Adela seguia a escola de cuidado de "nunca fui ao médico na vida porque não sou frouxa" e nada mudou. Se os expatriados estivessem perigosamente doentes, eles seriam levados para a enfermaria e dane-se a possibilidade de trazer traumas à tona; se eles conseguissem se recompor e lidar com a doença em casa, era isso que deveriam fazer.

Simellia organizou uma chamada em vídeo em grupo para o leito de Margaret, negociando com a equipe de Bem-estar como se estivessem tratando de reféns. Nós quatro tentamos consolar uma Margaret chateada e desorientada pelo Zoom. (Os expatriados ficaram desapontados com o quanto o programa era ruim; eles não esperavam lags, falta de definição ou problemas de som no admirável futuro novo.)

— Eles me espetaram com agulhas! Temo que seja assim que hei de perecer... não foram essas as mesmas ferramentas com as quais fomos atormentados a princípio?

Ela levantou os braços brancos, chacoalhando com cateteres intravenosos. Arthur e Graham estremeceram.

— Eu me lembro dessas — disse Arthur, rouco. — Mas tinha esquecido até agora... Quarenta-e-sete, você...?

— Sim.

— Essa enfermaria... Maggie, pode girar a câmera? Bom Deus. Eu estive nessa enfermaria?

Graham não respondeu, mas ficou muito pálido. Simellia olhou para mim, e, por um instante, estávamos unidas mais uma vez, trocando olhares numa sala. Então, ela virou o rosto de volta e começou a discutir rapidamente sobre um cronograma de ligações com o membro local da equipe de Bem-estar, que desfocou o fundo assim que recuperou o controle do laptop.

Margaret passou apenas seis dias no Ministério até ficar bem o suficiente para ser liberada. Aqueles seis dias foram amargamente ansiosos, e eu deixei as minhas cutículas parecendo ração de cachorro de tanto roê-las. Mas, assim que ela saiu, me senti tola pela falta de fé na medicina moderna. Foi só uma gripe, disse a mim mesma. É claro que ela ia se recuperar de uma gripe.

Arthur foi o próximo a pegar a doença, mas a sua proximidade temporal com as gripes contemporâneas significava que ele foi capaz de permanecer com Simellia durante o período de sofrimento. Pouco depois, eu fiquei gripada.

— Não chegue perto de mim — avisei a Graham.

— Eu estou bem — disse ele, distraído. — Um pouco de catarro em tempo ameno? Eu fiquei cego com as neves do norte ermo. Não tenho medo de uma tossezinha.

Eu funguei com tristeza através de uma máscara, uma ressaca da pandemia do coronavírus de alguns anos antes. Estava tentando preparar *borbor*, mas fiquei exausta com o mero ato de medir o arroz.

— Deixe que eu faço isso — disse ele.

Através do catarro e de olhos tão ardidos quanto ovos apimentados, dei-lhe instruções de como cozinhar *borbor*, que eu não parava de chamar de canja. Chamei o *youtiao* de *cha kway*, e a cebolinha de alho-poró, porque estava doente demais para me lembrar de qual idioma eu deveria estar usando. Deixei-o fervendo a refeição e, apesar das minhas instruções idiossincráticas, Graham produziu algo comestível. Ele levou o prato para o meu quarto.

— Você está decente?

— Nunca, literalmente. *Kkuugh*.

— Poderia... tentar ficar decente?

— Você não vai conseguir ver nada, se é isso que o preocupa. *Hkk. Gggh.* Ah, isso parece bom. Obrigada.

— De nada.

— Você parece tenso. Primeira vez no quarto de uma mulher?

— Eu tenho irmãs. Tinha. O que é isso?

— Secador de cabelo. *Hnnghh. Kkkgh.* Eca. Desculpe. Isso lança ar quente direto na sua cabeça.

— Que útil. O que é isso?

— Meu despertador. Toca música cantada por pássaros de manhã. *Hkk.* Essa meia-lua se acende para parecer a aurora, para que eu não acorde no escuro.

— Que invenção inteligente. O que são essas coisas?

— Pílulas anticoncepcionais.

— Anti...?

— Eu tomo uma ao dia para evitar a gravidez. *Ggggh.* Não que esteja fazendo sexo.

Ele logo largou as pílulas, corando, e murmurou:

— "Fazendo" "sexo", que termo asqueroso. Espero nunca ouvir isso outra vez.

Por mais ou menos um dia, as coisas voltaram a ficar ruins e desconfortáveis entre nós. A relação de Graham com a sexualidade era um mistério. Eu não fazia ideia se ele já tinha tido uma vida sexual ou se queria uma. O máximo que o psicanalista do Ministério conseguiu arrancar dele sobre a relativa turbulência e ganância sexual no século XXI foi que ele as achava terrivelmente século XVIII. Eu tinha uma cópia dos seus exames médicos da extração, e ele não testara positivo ou fora tratado por nenhuma DST. Dada a predominância da prostituição na Inglaterra vitoriana, a inexistência de uma barreira anticoncepcional confiável naquela era e o fato de ele ser um marinheiro, é de imaginar que ou ele era virgem ou bastante sortudo. No entanto, eu conhecia o suficiente da sua biografia para saber que Graham era muito, muito sortudo.

Ele inevitavelmente pegou a minha gripe.

Fui alertada pela primeira vez ao ouvir o estalo abafado da cama dele às dez da manhã: horário em que ele já estaria de pé havia muitas horas. Bati na porta, recebi um ataque de tosse em resposta e abri.

— Não estou vestido — gritou ele, sentando-se.

— Você está perfeitamente coberto — falei, o que era uma mentira. O decote em V da camiseta que ele usava (era a primeira vez que eu o via usando uma camiseta) ia até um ponto chato do esterno, revelando pelos pretos enrolados como uma página de pontos de interrogação pelo peito.

— Você não parece bem.

— Não conte ao Ministério.

— Se piorar...

— Eu estou bem. Só preciso de um dia ou dois para imitar você e permanecer indolente.

— Não me venha com gracinhas enquanto está acamado desse jeito.

Estiquei a mão, e ele puxou os cobertores até o pescoço, numa paródia de castidade.

— Vou checar a sua temperatura — falei, e coloquei a palma da mão na testa dele antes que ele pudesse escapar do meu toque. Graham olhou para mim, cauteloso, vigilante, e visivelmente tentou prever o meu próximo movimento.

A pele dele estava bastante quente ao toque.

— Você tem uma febre alta — falei, puxando a mão de volta. O suor dele brilhou na minha palma.

— Eu estou bem. De verdade.

— Vou ligar para...

— *Não*.

— ... Maggie e Arthur. Eles já tiveram essa gripe. Podem conseguir avaliar se a sua situação está muito ruim.

Margaret e Arthur chegaram em meia hora.

— Quarenta-e-sete! — berrou Margaret, se jogando para cima da cama. — Vosmecê parece horrível. Valha-me Deus, teu catre está ensopado!

— Ele está com uma temperatura altíssima. Olhe. Sinta a testa dele.

— Dezesseis, tire essas mulheres de cima de mim — disse Graham, um pouco desesperado.

— Podem fazer um chá, talvez? — sugeriu Arthur.

Margaret e eu nos afastamos. Ela repuxava as mangas.

— Ah, que monstruoso! O rosto dele é como lençóis sujos.

— Ainda posso *ouvir* você.

— Vosmecê precisa remover estas vestimentas desprezíveis — disse Margaret para Arthur. — Com uma faca, caso ele resista. Seus vapores hão de piorar a enfermidade.

Fomos lá para baixo. Margaret sugeriu que uma maçã seria um bom sustento (palavras dela), então liguei a chaleira e comecei a cortar uma maçã. Margaret me disse que as maçãs modernas eram ao mesmo tempo sem graça e desagradavelmente ácidas, e comecei a explicar para ela a agricultura intensiva. No quarto, conseguíamos escutar os homens conversando baixo.

Ouvimos o som de passos pesados e então o estrondo doméstico de água: Arthur, presumivelmente, estava preparando um banho. Mais vozes baixas, dessa vez um ricochetear rápido que sugeria uma discussão. Então, de repente, Arthur falou, ou melhor gritou:

— Você mal consegue se sentar direito. Não vou deixá-lo para que se afogue. Pelo amor de Deus, Gray... — E então ele falou mais alguma coisa rápida e baixa. Não consegui distinguir as palavras, mas ergui as sobrancelhas em simpatia ao reconhecer a melodia da súplica.

As vozes pararam por alguns minutos. Margaret e eu trocamos olhares. Então ouvimos um barulho oco, que soava bastante com alguém sendo jogado numa banheira. Margaret sorriu. Lá em cima, escutei alguém dizendo, de forma petulante:

— Posso lavar o meu *próprio* cabelo, obrigado.

— Talvez devêssemos comer essa maçã e cortar outra para ele — sugeri.

— Ou vai ficar marrom.

Margaret mordeu um pedaço. Seus dentes eram alinhados e brancos. Eu me perguntei o que ela usava para limpá-los no século XVII que os deixava com uma aparência tão perolada. Ela engoliu e o pilar branco que era a sua garganta se contraiu de forma graciosa. Fiquei confusa e fui preparar o chá.

— Estou indo a muitas "exibições" da temporada no Instituto Cinematográfico Britânico — anunciou Margaret às minhas costas.

— É mesmo? O que estão passando?

— Filmes da terra da Coreia — disse ela. — Colocam o roteiro em inglês na base da tela para que possamos acompanhar a trama. Vi muitos romances.

— Você já assistiu a coisas da Hollywood antiga? Acho que ia gostar muito.

— O que é "Hollywood"?

Sorri. Era tão difícil não tratar os expatriados como tábulas rasas em que eu poderia escrever as minhas opiniões. Compreendia o adágio "conhecimento é poder" sempre que olhava para o rosto de Margaret, a sedutora cor de pêssego da sua boca e a acne brilhando com uma novidade não publicada. Havia algo assustadoramente *jovem* em todos eles, uma escassez de contexto cultural que parecia adolescente, e eu não sabia se a minha fascinação por isso era maternal ou predatória. Sempre que dava um livro a Graham, eu tentava desviá-lo para uma história que contei a mim mesma durante toda a minha vida.

Margaret apoiou o queixo na mão e perguntou:

— *Carol* é um filme de "Hollywood"? Eu o achei deveras prazeroso.

Ela piscou para mim, e eu pisquei de volta. Ela era simplesmente charmosa demais; não piscar não era uma opção. Quando estava sozinha comigo, Margaret modulava a voz para um tom um pouco mais grave do que quando estava entre os homens. Mesmo para ela, a feminilidade era um hábito difícil de largar — por segurança, por camuflagem. Eu sabia disso. Às vezes, sob a língua, eu sentia os pontos de exclamação que colocava no meu discurso, demarcando as sentenças que eu não me importava em serem separadas de minha agência, contanto que eu tivesse a garantia de que seria protegida do resultado.

Graham foi inflexível sobre não informar sobre a doença ao Ministério. Foi o mais perto que chegou de suplicar. Eu pensava muito naquilo. Gostava de vê-lo suplicando para mim.

Com remédios caseiros, ele levou uma semana e meia para voltar à saúde plena. Nesse período, Arthur, Margaret e eu o enchemos de cuidados e demos nos nervos dele. Graham não gostava de ser tocado ou paparicado e, depois dos primeiros dias, ficava tenso de irritação quando tentávamos. Arthur e eu levávamos para o lado pessoal (Arthur, certa vez, quase foi reduzido às lágrimas), mas Margaret não, de forma que era a única que conseguia escapar incólume ao forçá-lo a aceitar ajuda.

Apesar de achar bem interessantes os apelos de Graham por segredo, ao não reportar uma mudança significativa em sua saúde física ou meu encontro com Quentin, eu estava me arriscando com o Ministério. Evitei ir lá por algumas semanas, torcendo para me misturar ao fundo bege da burocracia geral. No final da convalescença de Graham, a Vice-secretária me mandou um e-mail avisando que eu receberia um novo supervisor, e achei que tinha escapado.

Peguei o metrô. As ruas eram atacadas pela cacofonia da chuva constante — o suficiente para que os locais começassem a se preparar para uma inundação.

Adela estava sentada à antiga escrivaninha de Quentin, as mãos perfeitamente cruzadas sobre uma pequena pilha de documentos, com o ar de uma boneca de corda prestes a ser colocada em movimento. Era visível que estivera esperando por mim, e o seu comportamento sugeria que eu tinha perdido a minha deixa.

— Adela. É bom ver você.
— Sente-se, por favor.
— Hã. Obrigada. Quando vou conhecer o meu novo supervisor?
— Eu sou a sua nova supervisora.

Olhei para ela. Devo ter parecido uma bola de boliche errática, porque Adela acrescentou:

— À luz da deserção de Quentin, o Secretário e eu consideramos mais sábio que você e Dezoito-quarenta-e-sete ficassem mais próximos ao Controle.

O céu da minha boca ficou seco de repente. Eu descolei a língua como se fosse um pedaço de charque.

— Como assim "deserção"?

— Ele tentou fazer contato não autorizado com o homem que alega ter o posto de brigadeiro. Algo a ver com um desenho irrelevante de Dezoito--quarenta-e-sete.

O tempo passou muito rápido para mim, e então bem devagar. Tanto o pânico quanto o luto distorcem a maneira como o tempo interno funciona; eu só pude me perguntar se valeria a pena discutir isso com a equipe de Bem-estar.

— Você sabe que eu dei o desenho a Quentin.

— Sim. Também sei que você se encontrou com ele. — Ela não parecia irritada. Nem mesmo ansiosa. Mas deixou a sentença pairar no ar para que eu pudesse pegá-la.

— Veja bem — falei —, acho que Quentin está... um pouco paranoico. Tenho tentado mostrar a ele que sou digna de confiança. Não quero que ele se revolte e conte segredos e coloque em perigo o projeto ou Gra... Dezoito--quarenta-e-sete. Você disse que ele está passando coisas para a Defesa através do Brigadeiro?

— O homem que parece ter o posto de brigadeiro, sim. E o seu associado, Salese.

— O que "parece ter o posto de brigadeiro" significa?

— Ele é um espião. Não da Defesa. Significa que ele não trabalha, de forma alguma, para o governo britânico nem nunca trabalhou. Ele trabalha para um dos nossos aliados... tecnicamente um aliado... com certeza não um país que esperássemos que mandasse agentes de inteligência para os nossos territórios estrangeiros. Sabíamos desde o início, mas pensei... quer dizer, o Secretário, a Defesa e eu pensamos... que seria prudente monitorá--lo e estabelecer os parâmetros da missão dele antes de alertá-los, para que pudéssemos conter qualquer consequência. Infelizmente, desde então, ele desapareceu. Assim como, ao que parece, Quentin. Você estava trabalhando com um traidor e ajudando um sabotador. Mas é... uma boa ponte.

Mesmo isso, Adela disse com a calma de uma muralha. Senti a retribuição cuidadosamente retida e fiquei grata pela sua contenção. A maneira que ela observou a minha reação me lembrou da forma intensa que o Brigadeiro me encarara. Como se os dois estivessem checando o local exato da minha jugular.

— Deus do céu — murmurei, erguendo o dedão até a boca para arrancar a pele.

— Não faça isso! — disse Adela, bruscamente. Dei um pulinho na minha cadeira. Ela fez uma careta e fechou as mãos em punhos, de forma que os nós dos dedos incharam até ficarem como bolas de gude. — Você precisa parar com esse hábito — declarou ela. — É um cacoete perigoso.

Talvez você esteja com raiva por eu ter sido tão inexperiente. Você acha que teria agarrado a alavanca aqui, colocado o bonde para correr sobre os trilhos vazios em vez de na direção da fileira de prisioneiros amarrados. Você me pergunta por que não fiquei mais desconfiada. Mas é claro que fiquei desconfiada. Adela era astuta, elusiva... A sua própria face era inconsistente. Suas razões eram ruins, veladas. Mas, de qualquer forma, não estou descrevendo qualquer gerente? Quem confia no seu local de trabalho? Quem acha que o seu trabalho está fazendo a coisa certa? Eles nos mandam beber o veneno de um frasco com uma etiqueta que diz "prestígio" e nós desenvolvemos uma alta tolerância para o amargor. Eu teria ficado mais assustada se a pressão diminuísse, como um gato caseiro impressionado por uma chuva repentina.

Noites tingidas de azul-marinho envolviam os dias tristes e cada vez mais curtos como um curativo. Finas capilaridades de inverno serpenteavam pelo ar outonal.

Como Graham vivia comigo — e representava os parâmetros da minha vida —, parei de pensar nele como um homem que deveria estar morto. Ele era real para mim. E me causou um sério problema. Pouco depois da reunião que tive com Adela, ele colocou Arthur no assento traseiro da motocicleta e os dois passaram o dia no campo, além das fronteiras, colhendo abrunho para fazer gim e chafurdando na lama, enquanto eu passava o dia em pânico, pensando que o Brigadeiro iria encontrá-los. Adela me deu uma reprimenda por não garantir que ele tivesse requerido permissão para sair. Seu tom era indistinguível do de uma mãe lembrando a uma criança pequena, que acabara de ser picada por uma abelha, que tinha avisado para não mexer nas flores.

Dei a bronca mais esganiçada da história em Graham. Ele mal prestou atenção. Queria entender como era possível que o Ministério soubesse que ele tinha cruzado as fronteiras ou até mesmo onde estava, e fiquei muda.

— Não se preocupe com isso — murmurei.

— Eu não estava preocupado, mas vou ficar de agora em diante — falou.

A vida é uma série de portas batendo. Tomamos decisões irrevogáveis todos os dias. Um atraso de doze segundos, ou algo que não deveria ser dito, e de repente sua vida está seguindo um novo caminho. Eu me pergunto como o inverno do ano da ponte teria sido se eu não tivesse afastado Simellia ou se tivesse sido menos cética em relação a Quentin. Mal me atrevo a pensar nas maneiras que mudei Graham, forçando-o a seguir caminhos estranhos enquanto pronunciava uma nova palavra ou um conceito com significado acidentalmente edênico.

É impossível tornar a vida à prova de traumas e é impossível tornar os seus relacionamentos à prova de danos. Você tem que aceitar que vai causar estragos a si mesmo e aos outros. Mas também pode foder com tudo, muito mal, e não aprender nada com isso a não ser que você fodeu com tudo. O mesmo vale para a opressão. Você não ganha nenhum conhecimento especial ao ser marginalizado. Mas ganha algo ao sair da própria dor e examinar os andaimes da sua opressão. Vai encontrar as partes fracas, as coisas que pode chutar. Quando olho para mim mesma durante o ano de ponte, vejo que pensava estar fazendo algo construtivo, escapando da exploração ao me tornar excepcional. Na verdade, o que eu fazia era fechar os olhos e cantar *lá, lá, lá* para a escuridão que se avolumava, como se a escuridão que se avolumava se importasse com o fato de eu não poder enxergá-la.

Certa noite, no início de novembro, voltei para casa e me deparei com os deliciosos cheiros misturados de comida e tabaco. Graham estava sentado à mesa de jantar com um cigarro entre os lábios, digitando num notebook. Ele não precisava mais de vários minutos para encontrar a letra M, mas digitava apenas com os indicadores, catando milho.

— Olá. O cheiro está bom. O que é?
— Olá. É caldo para *pho*.
— *Phở*.
— Fô.
— Quase lá.

Graham havia desenvolvido um interesse pela culinária do Sudeste Asiático. Ele me fazia perguntas sobre o que a minha mãe cozinhava, levando tigelas de melamina até minha boca para verificar os sabores. Às vezes, eu via a mesma concentração no rosto dele de quando ele desenhava os formatos alienígenas das torres de transmissão. Ele absorveu anedotas sobre as minhas refeições de infância como se pudessem contribuir para o retrato de uma mulher inteira. Ignorou o fato de que a maioria dos pratos que eu cozinhava era frango desfiado com arroz. Eu podia falar sobre gengibre-tailandês, e Graham acharia isso muito profundo.

Dei uma olhada na panela.

— Deveria estar fervendo?
— Ah, não. Pode diminuir o fogo, por favor?
— Pronto. O que está fazendo?
— Uma espécie de exame para a Escola Naval — respondeu ele, hesitante.
— Ah — falei, igualmente hesitante, e mexi o caldo.

No final do ano de ponte, os expatriados teriam que começar o próximo estágio de assimilação: precisariam arranjar empregos. Graham queria voltar para a Marinha, apesar de sua modernização irreconhecível. Eu queria que ele fizesse algo que não exigisse que passasse meses, talvez anos, no mar. Era cedo demais, disse a mim mesma. Não importava o que Adela falasse, ele não estava pronto, mal saíra de Londres, quanto mais da terra firme. Mas queria que Graham ficasse por outras razões também. Era humilhante saber isso sobre mim e não dizer nada diante da sua placidez implacável.

Fui dar uma olhada na tela e fiquei chocada. No laptop, havia um trecho que não era do teste de proficiência da Marinha (apesar do que a barra de endereço dizia), mas de um dos exames para agente de campo. Eu o reconheci: tinha falhado duas vezes nele durante o meu tempo no Departamento de Idiomas.

Ocorreu-me que um agente de campo que não era lido por scanners, que poderia passar sem ser detectado pela tecnologia moderna, seria uma dádiva. Pensei nas estranhas folgas que ele recebera, em como era bem-vindo em estandes de tiro, a liberdade que lhe deram para andar por aí no Ministério, perguntando às pessoas o que elas faziam, e por quê, e como.

Não percebi que estava caindo para trás de horror até ver que a parede tinha se tornado o teto.

— Ei... o que aconteceu...?

Ele me pegou e foi imediatamente o máximo que já tinha me tocado. Minhas unhas afundaram na lã da manga do casaco dele.

— Nada... um pouco tonta...

— Sente-se.

— Não. Não precisa. Está tudo bem. Eu estou bem.

Eu não estava bem. Tão perto assim, eu podia sentir o cheiro da pele dele, mesmo com a fumaça do cigarro. Seu toque apertado se afrouxou. As mãos passaram pelas minhas costas, mais leves do que libélulas sobre a água.

— As cinzas do cigarro vão acabar caindo em você — murmurou Graham.

— Apague isso.

Uma das mãos se abriu entre as minhas omoplatas. A outra dispensou o cigarro.

— Consegue ficar de pé? — perguntou ele.

— Sim.

— Poderia então... recolher as garras?

— Ah. Desculpe.

— Tudo bem.

Também foi o máximo que eu já o havia tocado, e me perguntei se Graham notara, se estava medindo toques do mesmo jeito que eu.

No fundo, o laptop estava fornecendo uma trilha sonora inapropriada (Motown outra vez). Ele seguiu para a próxima faixa, que era o cover dos Beatles para "You've Really Got a Hold on Me". Comecei a rir: em parte porque era a música mais ridícula para tocar naquele momento e em parte porque parecia essencialmente vitoriano que ele odiasse os Beatles, e ele realmente odiava.

— Ah, são aqueles malsonantes — disse Graham, largando as mãos.

Ri de novo. Queria pensar em qualquer coisa que não fosse Graham como agente de campo para o Ministério.

— Eles são bons! Essa versão é melhor do que a original. Melhor para dançar.

Ele ergueu uma sobrancelha.

— É impossível dançar com esses uivos terríveis.

— Não é, não. Aqui.

Coloquei a mão no ombro dele. O corpo inteiro de Graham hesitou, como um pedaço de papel sendo levantado de repente pelo vento. Então, passou. Ele pegou a minha outra mão e tocou na minha cintura com uma incerteza de partir o coração.

— Viu?

— Isso não é dançar. É... se balançar.

— E mesmo assim você está fora do ritmo.

Ele suspirou. Meu Deus, Graham era um dançarino terrível. Duro e sem ritmo. Vítimas de enforcamento se mexiam com mais energia. Nunca na minha vida quis alguém tanto quanto o queria.

Nós nos balançamos pela cozinha e ele me girou, errando cada batida na canção. Quando me puxou de volta, me segurou com mais firmeza. A ponta dos seus dedos tocou de leve a minha lombar. Pude ver os anéis verdes dos seus olhos, vívidos e estranhos como a aurora boreal.

— Você é músico. Como pode não ter um senso de ritmo?

— Você é um instrumento maior do que uma flauta.

— Aposto que fala isso para todas as garotas.

Ele me puxou de repente e meu coração foi parar na boca. Fiz um barulho. Na verdade, falei "epa". Mais tarde, naquela noite, eu me veria deitada na cama com os punhos cerrados nas têmporas, pensando amargamente *na porra daquele "epa"*.

Graham estava tão perto que eu não conseguia distinguir os traços individuais do seu rosto — apenas a curva da sua boca, suavizada por um sorrisinho. Ele baixou a cabeça, e senti a sua respiração agitar os cabelos perto da minha orelha.

— Comporte-se — falou. — Ou vou colocá-la no caldo.

E então me largou.

O Natal estava chegando da forma como chega em Londres: com chuva fraca, vento fraco e o encurtamento dos horizontes. A cidade parecia pintada por um impressionista menor. As coisas morriam da maneira de sempre: as plantas, a luz do sol.

Eu estava no Ministério quando recebemos o alerta climático, revisando os protocolos de pornografia atribuídos a Graham com a equipe de Bem-estar. Todos tínhamos acesso ao histórico de buscas de internet dos expatriados. Arthur buscava tantas coisas no Google ("macarena", "pubs", "clubbing", "ballroom", "vogue", "dança vogue", "madonna", "poppers", "beijo grego") que Simellia foi encaminhada à delegação do Ministério do Interior para orientação sobre Adaptação à Vida no Reino Unido. Margaret procurava mulheres peladas quase tanto quanto Cardingham, mas ela também olhava muitas mulheres vestidas. Ela passou duas semanas como "Swiftie", mas ficou sem energia pela velocidade com que o discurso mudava e pelo seu desinteresse geral por música, para o grande alívio de Ralph. Ela descobriu torrents de filmes com uma rapidez alarmante.

A razão pela qual Graham era de interesse especial para a equipe de Bem-estar era porque ele descobrira que o notebook à sua disposição estava sendo vigiado pelo Ministério. Eu aguardava com uma mistura de pavor e curiosidade pela sua primeira busca pornográfica. Fomos avisados que ela chegaria e tínhamos materiais da equipe de Bem-estar para lidar com isso. Era um relatório horrível. Precisávamos notificar o Controle imediatamente se o material contivesse crianças, animais ou cadáveres, mas fomos lembrados de que todos os expatriados, com a exceção de Arthur, vinham de épocas nas quais a idade de consentimento era de doze anos e casamentos aos quinze não eram raros. Pornografia violenta não era algo considerado problemático (a cláusula Cardingham), mas precisava ser relatada juntamente com os relatórios comportamentais e avaliações psicológicas comuns. Não tínhamos a opção de censurar o conteúdo da sua navegação pornográfica — isso anulava o propósito de monitorá-los —, mas o Ministério nos assegurou de que haveria sempre conselheiros psicológicos disponíveis, caso víssemos algo que considerássemos perturbador.

Quando Graham ficou on-line, como ele não costumava dizer, e aprendeu a digitar no teclado com a elegância e velocidade de um anfíbio queimado quase até a morte, imaginei o que poderia aparecer nos meus relatórios para o Ministério sobre o histórico de buscas — *bustos, espartilhos, meias-calças* — e morri de vergonha. Ficava doente com a expectativa de descobrir que ele era sexualmente transviado de alguma forma, ou pior, que só tinha interesse em loiras pueris. Algumas das suas primeiras buscas foram charmosamente típicas de donas de casa: *Receitas mais difíceis; Como fazer suflê de queijo; O que é missô?; Onde comprar missô?; Há quanto tempo o Japão se abriu para a Europa?* Um dia depois de eu ler esse relatório, recebi outra lista que continha os seguintes termos de busca:

Olá, gata horrível; Você vê tudo que eu vejo?; Ou lê a minha mente em busca de ingredientes de receitas?; Pode trazer leite de coco para casa?

O tempo indicado nesses itens de busca sugeria que ele levou seis minutos inteiros para digitar, mas não enfraquecia a sensação de que ele atacava a minha rainha com o seu peão. Sim: na noite em que vi as buscas pela primeira vez, comprei missô na mercearia a caminho de casa, a cabeça vazia que nem um melão oco. Estava tão acostumada ao missô como conceito culinário que não notei a minha cesta de compras sendo influenciada pelo subconsciente; apenas Graham, impressionado com o Oriente, percebeu.

Quando voltei para casa, ele me perguntou:

— E então? Trouxe o leite de coco?

E sorriu com candura quando a vergonha me fez ajustar a coluna. Nunca mais comi missô sem sentir o gosto do fracasso.

O psicólogo com quem Graham se tratava — ou melhor, cujas perguntas aturava — era freudiano. Eu achava aquilo charmoso e sempre fiz um esforço para me vestir bem nas reuniões com ele, pois imaginava que tinha todo tipo de ideias doidas sobre mulheres e esperava que me diagnosticasse como uma sádica sexual ou algo chique assim.

— A repressão agora pode causar sérios danos — disse ele. — Mais do que uma alienação defensiva, pode inibir a habilidade de Dezoito-quarenta-e-sete de formar relacionamentos significativos nessa era.

— Ok, mas ele sabe que estamos de olho.

— Talvez você não tenha apresentado a ele as janelas anônimas?

— Claro que apresentei. Mas ainda podemos vê-las.

— Ele não precisa saber disso. Para ser franco, estou preocupado com o fato de que os métodos dele para expressar suas necessidades sejam *tão* controlados. Isso sugere um trauma profundo em algum lugar do passado, enterrado em algum ponto que não pode ser tratado. Eu gostaria de repassar os pontos principais da biografia dele...

Pensei na Batalha de Navarino — Graham teria dezoito anos na época e testemunhado visões interessantes, como canhões desmembrando corpos de marinheiros pendurados no cordame — e então pensei em perder uma vida inteira, e casa, e família em menos de um minuto, e então pensei na minha mãe. A repressão pode ser uma ferramenta útil para alimentar a sua família, mandar os filhos para a escola, *apesar de...*

— Já discutimos esse material — falei ao mesmo tempo em que um dos funcionários enfiava a cabeça pela porta e dizia com alegria:

— Alerta climático!

— Como assim?

— Tem uma tempestade a caminho.

— Merda. Achei que tínhamos ao menos até terça?

— Estão dizendo que está chegando agora. É melhor voltar para casa logo ou daqui a pouco você não consegue mais. Como vai para casa?

— De bicicleta.

— Ai. Eu não faria isso, se fosse você.

Você não se torna um ciclista habitual em Londres sem desenvolver uma carapaça de "os haters que se fodam", então voltei para casa de bicicleta mesmo assim. Conforme o funcionário previu, foi um erro. O vento me balançava como um besouro dentro de uma caixa de fósforos. Depois de acertar um sem-número de superfícies, incluindo o asfalto, comecei a caminhar, empurrando a bicicleta para casa.

Já estava completamente escuro e começava a chover quando ainda faltavam uns três quilômetros para chegar em casa. As trovoadas soavam. O grande armário de talheres no céu caíra da parede.

Nossa rua estava nos estágios iniciais de enchente quando cheguei lá. Um leito de rio animado, aplaudindo com gotas de chuva, substituiu a estrada. Eu conseguia distinguir o brilho nauseante das jaquetas de segurança. Ouvi gritos, alguns deles alegres. O conselho já havia entregado os sacos de areia — enviados por caminhões com rodas tão grandes que pareciam piadas de mau gosto — e as pessoas estavam fazendo barricadas domésticas. Espírito de blitz, era assim que os jornais chamavam esse tipo de coisa, como se a catástrofe climática ou a Blitz fosse um feriado nacional. A propósito, foi com essa alegria estoica que apresentamos a Segunda Guerra Mundial aos expatriados: Arthur ficara tão angustiado por termos passado por aquilo uma segunda vez que pareceu a maneira mais gentil de fazer isso. Enfatizamos o heroísmo desconexo de Dunquerque, a abnegação dos anfitriões evacuados e, é claro, o espírito de Blitz. Ainda assim, não contamos a eles sobre os campos de concentração.

Alguém no meio do caminho, dando direções, tinha uma lanterna poderosa. Segui como uma sereia mal-humorada na direção da luz. Só estava me aproximando dessa pessoa para levar uma bronca por andar de bicicleta e me senti ainda pior. Fiquei impressionada quando ouvi:

— Ah! Pobre gata escaldada.

— Graham?!

Ele sorriu para mim de seu halo particular.

— Olá — falou. — Ouvi o aviso de tempestade no rádio e achei melhor fazer alguma coisa.

— "Fazer alguma coisa"?

— Onde devo colocar esses sacos, sr. Gore? — perguntou alguém no caminhão.

Graham nadou até a pessoa. Eu o segui; devagar, prejudicada pela bicicleta.

— Onde você conseguiu todo esse equipamento? — gritei para ele.

— Como é?

— A jaqueta de segurança? Essa porcaria de lanterna?

— Fantástica, não é? As barreiras precisam ter pelo menos um metro, Anton.

— Não tenho sacos suficientes para isso.

— Cadê o motorista? Vou ter uma conversa com ele...

— Graham — falei. Ele se virou e sorriu para mim novamente, o galanteio no automático.

— É melhor você entrar — disse Graham. — Ou pode pegar um "resfriado" com essas roupas molhadas.

Ele seguiu na direção do caminhão. A bicicleta e eu fomos atrás. Eu me sentia feito uma bússola passando por uma mudança repentina no norte magnético.

— Graham. Esse equipamento é do Ministério? Por que tem isso tudo? *Como* tem isso tudo? Porque sei muito bem que não lhe atribuíram essas coisas.

— Achei que poderia ser útil — respondeu ele. Foi toda a explicação que recebi, porque, naquele momento, um cano deve ter estourado e a rua se tornou um toboágua.

Passamos pela tempestade com danos mínimos à vizinhança. Foi a primeira vez que percebi que morávamos numa *vizinhança*, não apenas numa casa do Ministério. Graham notara a *vizinhança* antes de mim: ele conhecia o nome de diversas pessoas na rua, nossos *vizinhos*. Conversava com eles, o que eu achava ser algo anormal. Com isso e a quantidade de itens do Ministério que não deveriam pertencer a Graham que vi ao redor da casa, cheguei à conclusão de que não estava observando Graham tão atentamente quanto deveria — ou melhor, estivera prestando atenção aos seus efeitos, e não às suas ações.

Quando Graham ainda era uma teoria para mim e eu o pesquisava como um homem morto, encontrei um blog de um historiador famoso, especializado na expedição Franklin. Um post falava sobre um cronômetro desaparecido, um Arnold 294, que fora listado como "perdido nas regiões árticas com o *Erebus*" em registros navais, apesar de ter sido usado pela última vez no *Beagle*, na costa da Austrália em 1837. Eu sabia o histórico de serviço de Graham de cor, então sabia que ele fora primeiro-tenente do *Beagle* antes de ser solicitado para o *Erebus*. O historiador chega à mesma conclusão: o tenente (como era então) Gore era a razão do Arnold 294 ter desaparecido no norte.

Relatórios devem ter sido perdidos, sugeria o historiador, porque seria muito estranho que o tenente Gore tivesse mantido o cronômetro. Logo no início da nossa coabitação, perguntei a Graham sobre essa discrepância e ele deu um sorriso encantador.

— Ah — falou —, aquele era um cronômetro excelente.

— Então você pediu permissão para ficar com ele ou o quê? Como funcionava?

— Bem, gata maliciosa — falou Graham —, já que insiste tanto, eu *usei a minha iniciativa.*

Ri tanto que esqueci de insistir no assunto. Devia ter aprendido a minha lição com essa conversa, mas, aparentemente, ninguém na vida de Graham aprendeu, incluindo seus capitães. As pessoas gostavam dele e então imaginavam que Graham concordava com elas — todas as pessoas agradáveis sabem ser um espelho lisonjeiro —, e ele conseguia se transformar num homem de cera perfeito (lembro-me, mais uma vez, do capitão Fitzjames descrevendo-o como *um excelente oficial com o mais manso dos temperamentos*). Tinha uma vaga impressão de que a sua sensação de pertencimento era condicional, e que era mais apropriado do que conveniente para ele estar aliado à Marinha ou ao Império ou ao Ministério, mas não pensei muito mais nisso. Graham era um aliado de si próprio, era pragmático e parecia gostar de mim. Era o suficiente.

Eu ia visitar os meus pais para a folga de uma semana de Natal: o único feriado garantido para as pontes. Os expatriados, com exceção da pobre Anne Spencer, estavam indo para um chalé na costa de Kent, com alguns membros da equipe de Bem-estar para supervisionar as festividades. Para mim, parecia um trabalho social que logo se tornaria um evento apocalíptico, mas Graham visualizava a casa de campo na frente do mar da mesma maneira que um homem que tinha passado por um abatedouro visualizava um banho quente.

— Vai ser bom ver uma lareira com fogo. Paredes feitas de tijolos — disse ele.

— Quando os homens eram homens de verdade, hein? Do que esta casa é feita, então?

— Canos de plástico e madeira.

Poucos dias antes de nos separarmos, convidamos Margaret e Arthur para um jantar. Ele preparou um risoto extravagante com frutos do mar, que pedia tanto vinho espumante quanto conhaque, quando Arthur chegou.

— Oi, Arthur!

— Olá, minha querida. Trouxe um pedido de desculpas líquido para você.

Ele me entregou uma garrafa com um líquido da cor de ameixa.

— Gim de abrunho?

— Vodca de abrunho! Nunca bebi vodca antes. Achei que poderia ser um experimento interessante… Eu *sinto muito* por Quarenta-e-sete e eu colocarmos você em apuros quando fomos colher flores. Eu não fazia ideia de que tínhamos cruzado as fronteiras. Só subi no veículo e o deixei dirigir.

Murmurei alguma coisa vaga e conciliadora, mas, por sorte, Arthur não chegava a ser tão curioso quanto Graham sobre os motivos de o Ministério ser capaz de rastreá-los até o metro quadrado em que estavam; acho que Arthur estava mais envergonhado por ele e Simellia nunca nos receberem para jantar, algo que provavelmente não aconteceria mesmo.

Margaret chegou e ficou conversando comigo na porta. Ela vestia, com a sua excentricidade de sempre, uma calça flare de veludo roxo e um suéter de caxemira bordado com um pato de aparência raivosa.

— Prometa que não vai me repreender — sussurrou ela, passando o braço pela minha cintura.

— Não prometo nada. O que você fez?

— Eu coloquei o "Tinder" no meu "telefone".

— Maggie! Você *acabou* de passar no exame de aclimatização.

Margaret me mostrou o celular. Havia um adesivo holográfico levemente desgastado na parte de trás, de algum programa infantil voltado para adultos maconheiros. Era engraçado viver num mundo onde ela sabia o que aquilo era, e eu não.

— Sou ajuizada o suficiente p'ra escrever cartas de amor — argumentou ela. — Sempre fui ajuizada. Isso não é nada além de uma nova mídia.

— Qual foi a história que o Ministério deu a você? Que foi terminar os estudos na Suíça e que agora não faz nada da vida?

— Sim. Explorei as montanhas com o meu *dirndl* e cantei com os pássaros e as ovelhas. Agora, os miasmas da cidade me destruíram e sou um ovo mexido numa casca de mulher.

— Certo, parece plausível. Deixa eu ver o seu perfil, então. Hum. Bem. Essa é uma boa foto. Bem… direta.

— Ao menos prometa que não vai mencionar isso aos homens. Vosmecê sabe bem como aqueles parvos gostam de reclamar.

Eu a levei para a cozinha, ainda conversando. Margaret não estava ansiosa pelo Natal que passaria com Cardingham.

— Talvez uma doença o acometa antes de sairmos da cidade. Ou um "carro" quebre as pernas dele. Ou...

— Isso não é lá muito cristão da sua parte, Sessenta-e-cinco — disse Graham, com a voz grave, entregando-lhe uma taça de vinho espumante.

— Percebi que vosmecê não se ofereceu para compartilhar um quarto com ele.

— Bem, Arthur e eu compartilhamos um quarto na Escócia. Já sei que os roncos dele são toleráveis.

Arthur ficou rosa de surpresa e pigarreou.

— Camaradas, trouxe comigo um aparelho incrível. Acho que vão achá-lo muito interessante.

Ele mexeu na sacola. Tirou de lá duas peças de algo que parecia eletrônico, de um jeito meio anos 1980, e as conectou. Um zumbido sem fio preencheu a cozinha.

— É um teremim? — perguntei.

— Uma adaptação — respondeu Arthur, com orgulho. — Pode passar a mão perto dele?

Balancei a mão pelos sensores do aparelho. Ele guinchou tristemente.

— Sessenta-e-cinco, tente você agora.

Margaret colocou a mão na área sensorial do teremim. Nada. Estiquei o braço e gentilmente coloquei a minha mão sobre a dela. O instrumento sibilou. Tirei a mão e ele parou.

— Pois bem, Sessenta-e-cinco... diga a ele que está aqui.

Margaret jogou os cabelos por sobre o ombro e olhou feio para o teremim. Depois de alguns segundos, sua mão tremeu, e o aparelho grunhiu.

— Não consigo tocá-lo tão bem — disse ela, afastando a mão. — Toda vez que procuro o meu "aqui", acabo voltando ao meu "ali".

Arthur passou a mão no espaço sensorial do instrumento. O teremim gaguejou entre o silêncio e a música.

— Vocês estão controlando se o teremim consegue senti-los? — perguntei, impressionada.

— Sim! Não é fácil. Como Maggie disse, é complicado manter o seu "aqui" e "ali" alinhados.

— Como sabem controlar isso?

Margaret e Arthur trocaram olhares.

— É... difícil de explicar — respondeu Arthur. — Não sabíamos que podíamos sentir isso até chegarmos aqui.

Graham se aproximou e ficou entre nós. Passou os dedos no ar acima da máquina, como se os mergulhasse num riacho. O instrumento fez um som, mas depois ficou em silêncio.

— Existe algum sistema nesses barulhos? — perguntou ele.

— É só a escala maior de dó — murmurou Arthur. — Começa na esquerda.

Graham esticou ambas as mãos e fez uma careta de concentração. Afastou os dedos e mordeu o lábio inferior. Então, de forma abrupta e cacarejante, surgiram as notas iniciais de "Greensleeves". Começamos a rir quando ele nos lançou um dos seus raros e potentes sorrisos cheios de covinhas.

Peguei o trem até a casa da minha família. O cinza vago dos longos subúrbios londrinos deu lugar ao verde domado e às vias de mão dupla, a intermináveis mercadinhos nas imediações das estações e a pontes para cidades sem grandeza. O horizonte se abreviou. Então eu estava em casa, e a sensação de estar ali se apoderou de mim.

Minha irmã chegou antes de mim e me saudou na porta com o cenho franzido e os punhos ensaboados.

— O fogão de acampamento está vazando óleo por toda parte e estou tentando limpar — disse ela, explicando. — Me dê a sua bolsa. Você parece exausta.

— Oi. É bom te ver também.

Na véspera de Natal, minha família comia *yao hon*, um cozido cambojano. Mantemos o cozido aquecido na mesa com o uso de um fogão de acampamento; os discos de papel de arroz para o *yao hon* são amolecidos com água morna, o que mais de um convidado já confundiu com uma tigela para lavar as mãos. Pude ouvir os meus pais discutindo na sala de jantar sobre os restos do fogão de acampamento.

— Oi, pai; oi, *mai* — falei, e houve apenas o mínimo de modulação na briga enquanto eles vinham até o corredor para me abraçar.

Havia mais pilhas de coisas pela casa. A papelada começou a se reproduzir em cativeiro. Embalagens plásticas de delivery cobriam superfícies completamente desordenadas, junto a álcool em gel, elásticos, abridores de garrafa e Post-its com hieróglifos parentais. Minha irmã foi lá para cima e largou a minha bolsa no quarto. Ouvi a queda de uma torre de papel.

— Como vai a espionagem? — perguntou o meu pai jovialmente.

Vacilei antes de me lembrar: durante a ascensão ao projeto de viagem no tempo, o Ministério criou uma vaga falsa para mim no Idiomas, como tradutora de um projeto ultrassecreto. Minha família presumiu que eu tinha sido promovida ao papel de Miss Moneypenny.

— Vai bem — respondi. — Grampeando o telefone de inocentes e coisas assim. Limpando a arma na mesa de trabalho.

— Eles te deram uma arma? — perguntou a minha mãe, em choque. — Armas são perigosas, não sabe?

— É brincadeira, *mai*. Só estou tirando sarro de vocês.

— Tem sarro na sua arma? É por isso que tem que limpá-la?

— *Mai* — disse a minha irmã, cansada. — Está tudo bem. Ela só não é muito engraçada.

— Ok — falou a minha mãe filosoficamente.

Minha irmã estava rabugenta porque, mais ou menos dez dias antes, nós brigamos da maneira breve, mas explosiva, que nos era costumeira. Ela havia publicado, numa revista on-line famosa, uma história baseada num episódio da nossa infância, quando a nossa mãe acidentalmente soltou o freio de mão do nosso carro estacionado e acabou batendo no Ford Astra de um vizinho. Os vizinhos saíram para repreender e ameaçar a minha mãe de maneiras cada vez mais racistas: *perigosa, irresponsável, essa mulher idiota não consegue me entender, o que você está falando, sotaque, balbucios, talvez seja diferente lá de onde você vem, mas aqui nós temos valores*. Minha mãe ficou nervosa e o seu inglês deteriorou, o que não a ajudou nem um pouco. Quando a minha irmã e eu corremos para a porta para ver o que estava acontecendo, comecei a chorar — eu tinha nove ou dez anos —, e os vizinhos falaram que ela me beliscara para que chorasse, para ganhar a simpatia deles. Eles continuaram assim até que o meu pai, um homem branco, viesse andando pela rua, voltando do trabalho. De repente, eles ficaram felizes em recuar e ver a papelada do seguro.

Eu odiava aquela lembrança, e já a tinha colocado num cofre e o escondido atrás de uma parede de tijolos havia muitos anos, e fiquei horrorizada ao vê-la em palavras, todas as nossas feridas abertas para aquele mundo cruel. Telefonei para a minha irmã.

— Você ficou doida? — gritei. — Acha que a nossa mãe é tema para a sua carreira de escritora? Como pode ser tão egoísta?

Minha irmã entrou num modo de defesa agressivo. Blá-blá-blá escrevo o que quiser blá-blá-blá verdade radical nua e crua blá-blá-blá vingança de registrar blá-blá-blá dar voz às nossas narrativas.

— Você a humilhou — rosnei. — Humilhou todos nós.

Ela desligou. Aquela era a primeira vez em que falávamos pessoalmente.

Minha irmã sustentava que o seu trabalho era uma espécie de reivindicação, uma prática de ocupação de espaço em protesto contra uma infância passada em lugares apertados. Que tudo o que ela dizia era a verdade, como se a Verdade fosse uma espécie de purificador que transformava lama e plasma em água limpa através de uma aplicação criteriosa. Eu não sabia quem lia o que escrevia, a não ser pessoas que já concordavam com ela. Para mim, parecia que minha irmã tinha escolhido pendurar um alvo nos nossos pescoços. Eu não entendia como alguém poderia encontrar poder numa demonstração de vulnerabilidade. O poder era influência, era dinheiro, era a pessoa que segurava a arma.

Conforme eu observava a minha família dar início ao complicado processo de ressuscitar o fogão de acampamento, tive uma sensação de frio terrível, como se uma parede houvesse caído e deixado o cômodo exposto à noite de dezembro. Talvez eu *devesse* ter uma arma? O Brigadeiro com certeza tinha uma, talvez até Salese, e agora eu sabia que eles eram ameaças — ou ao menos, completamente desautorizados. O que o Brigadeiro aprendera em seu acesso ao Ministério? Ele sabia onde a minha família morava? Minha mãe, que presenciara horror suficiente para seis vidas? Meu pai, tão temeroso em relação a conflitos que guardava multas de estacionamento com décadas de idade? Minha irmã, que pensava ser corajosa e achava que a rendição envergonharia o animal dominante? Eu estava a salvo? Eu não era do Ministério?

Os expatriados me mandaram mensagens durante a folga de Natal. Arthur me enviou diversas mensagens que insistia em escrever como telegramas (47 + BRIAN NA FLAUTA + VIOLÃO PONTO WOT A RACKET PONTO PARAMOS DE TENTAR CAYLEE PONTO ERRO ÓBVIO PONTO ABSOLUTAMENTE FANTÁSTICO FIM DA MENSAGEM) e fotos divertidas e fora de foco das variadas companhias. Margaret quase nunca enviava mensagens, mas me mandou fotos estranhas e sedutoras de coisas que a interessavam: o brilho da luz do fogo numa árvore quebrada, uma tigela de laranjas, um espelho manchado com um reflexo da lua.

Recebi apenas uma mensagem de Graham, que ligara o telefone apenas para aquela ocasião.

Cara gata horrenda,
Como não estou acostumado e não tenho prática com essa máquina, serei breve. Estamos tendo um feriado esplêndido e um tanto pagão. Eu forcei meus companheiros a comparecerem ao culto da meia-noite de hoje. 65 não consegue se comportar. 16 e eu assumimos a preparação dos acompanhamentos, mas não nos atrevemos a tocar na ave. Vou telefonar no dia de Natal, para me assegurar de que você está inteira. Levei meia hora para escrever essa missiva.
Do seu amigo afetuoso,
G.G.

Ele só ligou no final da tarde. Eu tinha passado o dia num estupor alimentar, brincando com um lindo pingente de ouro no formato de uma galinha logo abaixo das minhas clavículas. Era o presente de Natal dele. O bilhete que acompanhava o pingente dizia, na sua letra cursiva rebuscada, que era um colar de galinha, amigo da bolsa de galinha. Dei a ele um cachecol de seda e um exemplar de *O espião que saiu do frio*, já que ele estava na sua vigésima releitura de *Rogue Male*.

— Feliz Natal!

— Feliz Natal. Você soa um tanto desfalecida. Acordei você?

— Não, não. Sempre passo o Natal um pouco em coma. Obrigada pelo lindo colar.

— De nada.

— Gosto da forma como a galinha parece correr.

— Ela está a caminho de uma reunião importante, como você com frequência parece estar.

Ouvi o raspão suave de um isqueiro, papel estalando com fogo e então ele tragando.

— Você está do lado de fora? Consigo ouvi-lo fumando.

— Ah, é mesmo? Desculpe, é muita grosseria da minha parte. Mas, por favor, não me obrigue a apagar esse cigarro.

— Nem sonharia com isso. Parece que você deu conta de usar o telefone, então.

Escutei ele tragando de novo.

— Com certeza é menos complicado do que lidar com você pessoalmente — disse Graham, de forma amável.

— Ah, é mesmo?

— Quando você está diante de mim com a sua... a sua... boquinha engraçada.

Isso espantou a nós dois, que caímos em silêncio. Ele pigarreou e falou:

— Bem. Foi um prazer... conversar com você. Embora pareça que até isso eu consigo fazer errado.

— Ah, não, você... Quer dizer, eu... Isso é... Hã... Você está se divertindo?

— Estou. E você?

Soltei a respiração, aliviada e desapontada.

— Sim, surpreendentemente. É bem mais divertido discutir com a minha família em pessoa do que na minha cabeça. Ah...

Ele exalou rápido.

— Ah — disse Graham. — Não fique constrangida. Todo mundo aqui perdeu a família. Nós criamos uma nova por meio de gambiarras. É quase como Natal no salão dos oficiais.

— Isso é... bom.

— Que tipo de pessoas eles são? A sua família?

— Ah, muito comuns.

— Tenho certeza de que não é verdade. Gostaria que me contasse mais sobre o povo da sua mãe. Eles têm tradições especiais durante o Natal?

— Bem, eles são budistas. Então, não.

— Ah. Bem. A casa da sua família continua sendo a casa em que você cresceu?

— Sim, nós nos mudamos para cá quando eu tinha oito anos, e eles moram aqui desde então.

— Você deve ter sido uma garotinha estranha.

— Como se atreve?

— Consigo ouvir na sua voz que está sorrindo — disse Graham. — Como é aí?

— Estamos perto de uma floresta. Mais ou menos a um quilômetro e meio de um lindo lago em que eu costumava remar durante o verão. Várias gerações de gansos me odeiam.

Depois de alguns segundos de silêncio no outro lado da linha, pensei que a ligação tinha caído, mas ele falou:

— Estou sorrindo também.

— Ah, é? Meus ouvidos não são tão bons quanto os seus, não consigo escutar.

— Vou me esforçar para sorrir mais alto. — Graham parou e bufou baixinho ao telefone, um ruído entre um suspiro e uma risada. — Sabe, quando não consigo vê-la, fico com medo de tê-la imaginado. E eu...

Meu coração acelerou. Ele tossiu de forma não natural e pareceu reconsiderar o fio da meada.

— Diga-me como foi crescer aí.

— Bem — falei —, o que você quer saber?

— Qualquer coisa. Tudo.

Toda vez que eu contava algo para Graham — sobre mim mesma, sobre a minha família, sobre a minha experiência no mundo que compartilhávamos —, eu tentava ocupar um espaço na cabeça dele. Eu tinha ideias sobre como devia ocupar a sua imaginação. Contava a ele apenas o que queria que soubesse e acreditasse sobre mim. Mas, depois, eu às vezes me sentia mal, como se estivesse empanturrada de doces ou tonta de vinho. Parecia uma indulgência irresponsável: ter o apetite para admitir, com certeza, o que eu era e o que não era.

O grande projeto do Império era separar em categorias: propriedade e dono, colonizador e colonizado, *évolué* e bárbaro, meu e seu. Eu herdei essas taxonomias. Era por isso, acho, que liguei o foda-se quanto à minha identidade étnica o máximo possível. Eles ainda estão no comando, e mesmo quando "eles" dizem *marginalizados* em vez de *mongoloides*, ainda entendem que somos um problema a ser resolvido. Quando seria a minha vez de deter o poder sobre as recompensas e punições? Minha irmã tinha conversas grandiosas sobre desfazer o sistema de recompensas e punições por completo, mas o resultado disso era ficar chateada o tempo inteiro, escrever tuítes entusiasmados sobre autores estreantes de minorias que nunca pareciam publicar um segundo livro assim que o ciclo de publicidade acabava e sobre não ser paga o suficiente.

Lealdade e obediência são fomentadas por histórias. O Ministério e os seus satélites eram compostos por pessoas que acreditavam que fumariam um último cigarro vistoso sob a mira de uma arma. A verdade era que estávamos presos à ideia de que as ordens eram boas e que o trabalho era bom. *Mantenha a calma* é apenas mais uma ordem, como *Atire nele* ou *Delete o resto*. Nós continuamos em frente. A maioria de nós imploraria por uma bala gentil. Graham, acho, era uma das poucas pessoas que já conheci que conseguiriam encarar a morte com aquele cigarro desafiador, e parte disso era porque ele era um fumante nervoso.

Talvez eu estivesse cansada de histórias, de contá-las e de ouvi-las. Achava que o sonho era ser pós: pós-moderna, pós-capitã, pós-racial. Todo mundo queria conversar comigo sobre o Camboja, e eu não tinha nada a ensinar a eles sobre o país. Se você aprender alguma coisa sobre o Camboja nesse relato, a culpa é sua. Quando Graham ainda estava na minha vida, eu me olhava bastante no espelho, tentando me ver como uma estranha. Tinha uma relação não internalizada com o meu rosto. Não era incomum eu olhar para o meu rosto e pensar: *O que diabos é isso?* Ficava entediada de não ter a mesma aparência de com quem eu estava — esse não é o objetivo de ser multirracial? Ah, Inglaterra, Inglaterra! A coisa que você faz de melhor é contar uma história sobre si mesma. Graham Gore foi para o Ártico acreditando que uma morte nobre é possível por causa de todas as histórias e então se tornou uma história. Ah, Inglaterra, você queria criar histórias sobre mim.

Quando fui ao Ministério pela primeira vez e me fizeram ter uma reunião com o RH, uma mulher passou o dedo pela coluna com o meu histórico familiar. "Como foi crescer com isso?", perguntou ela. Ela queria dizer tudo: piadas com Pol Pot Noodle no primeiro encontro, os ataques de choro da minha tia, uma estupa sem cinzas, Gary Glitter, agente laranja, nós amávamos

Angkor Wat, mudança de regime, não saber onde os corpos estavam, princesa Diana, minas terrestres, o passaporte na gaveta da minha mãe, os pesadelos da minha mãe, porra de japinha, você não parece, *dragon ladies*, porra de árabe, Tuol Sleng foi uma escola, Saloth Sar foi um professor, as medalhas do meu avô, o pelotão de fuzilamento, as mãos trêmulas do meu tio, está na minha lista de lugares para visitar antes de morrer, *Brother Number One*, eu gosto de latinas, os campos da morte, *Os gritos do silêncio* (1984), Angelina Jolie, não quis dizer camaronesa? não quis dizer vietnamita? pode repetir o seu nome, por favor?

Eu pensei um pouco.

— Não sei — respondi. — Como é crescer sem isso?

VI

Os líderes do grupo — um homem velho e dois caçadores mais novos — pediram permissão para subir a bordo do *Erebus*. Ao menos, era verdade até onde qualquer um podia entender. A expedição Franklin não tinha um intérprete, e coube ao capitão Crozier, do *Terror*, traduzir. Ele não fala o mesmo dialeto desses esquimós, e se aventura em fragmentos de vocabulário compartilhado.

Um grupo de dez nativos sobe a bordo. Eles não agem da forma que os nativos costumam agir: curiosos, controlados, vagando pelo navio, provocando os homens, fazendo mímicas para iniciar o comércio. Eles se reúnem no convés e escutam com o rosto impassível enquanto Crozier se atrapalha lugubremente com desculpas. Gillies e Des Voeux colocaram oferendas de agulhas, tabaco, espelhos e botões aos seus pés. Nenhuma faca.

Por fim, Crozier volta ao comando do *Erebus*, que paira num aglomerado de gelo complementar.

— Gore — diz ele, com a voz baixa.

— Senhor.

— A esposa do homem quer ver você.

— A esposa...?

— Do homem. Ele era casado. — Crozier levanta os gentis olhos cinzentos. Aço na íris. — Sem filhos, pode ficar aliviado em ouvir.

Gore obedientemente prossegue.

A esposa — a viúva — está na frente do grupo. É uma mulher pequena. Cabelos pretos. Pele marrom, luminosa e limpa. As bochechas vívidas pelas lágrimas da noite anterior. Os olhos estão secos e os cílios são retos, para baixo, dando-lhe um estranho efeito velado. Sua boca é linda, uma cor de que Gore vai se lembrar e tentar denominar por muito tempo depois. Ela o encara. É um olhar que o coloca contra o horizonte: não insignificante, mas algo que poderia ser esmagado com o polegar.

— Desculpe — diz Gore, em inglês, porque esqueceu de perguntar a Crozier como falar isso na língua dela. A mulher olha para ele.

Ele deveria se ajoelhar. Oferecer a garganta para ela. Ou talvez devesse oferecer a mão dele, para substituir as mãos do seu marido. Uma breve selvageria bate no interior de seu crânio. Talvez, depois de uma vida sem casa fixa, arranjando famílias improvisadas em vários salões de oficiais, matando e fixando terra em mapas, Deus o tivesse mandado para a costa por essa mulher. Anos do seu dedo no gatilho para compreender a expressão dela.

— Desculpe — repete ele. A mulher olha para Graham. Depois que o grupo vai embora, levando consigo as oferendas, o olhar vai permanecer no corpo dele. Quando Graham está se lavando em sua cabine naquela noite, ele sente o olhar debaixo da camisa, crescendo na pele.

Capítulo Seis

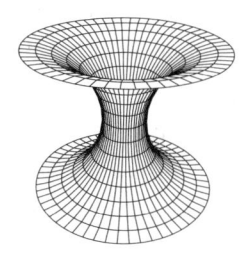

Voltei para casa no ano-novo. Alguma coisa havia mudado no apertado cenário da residência. Os quartos pareciam conectados onde antes eram apenas contíguos. Graham sorria para mim de vez em quando, um sorriso vago e confuso, como se fosse uma função que ele precisasse completar, mas cuja origem tinha esquecido. Certa tarde, na cozinha, ele me pegou pelos ombros e me moveu para que pudesse alcançar os copos. Graham me tocava tão raramente que poderia muito bem ter enrolado os meus cabelos no punho e os cortado com uma tesoura de costura. Senti-o em mim durante toda a tarde.

Este vago aumento de agradabilidade era uma resposta típica de Graham à intensa pressão interna. O Ministério, à luz dos seus repetidos pedidos para retornar à Marinha Real, estava admitindo-o no programa de treinamento de agente de campo sob supervisão severa. Cardingham, um soldado de carreira, também estava treinando para o campo. Tivemos que criar identidades e histórias para ambos, gerando um sem-número de arquivos falsos de dar dor de cabeça. Cardingham foi forçado a refazer o exame de aclimatização. Toda a configuração foi um meio-termo tenso com a Defesa, os detalhes ainda sendo remendados e colados, mesmo enquanto eram anunciado às pontes.

— É melhor continuarmos a trabalhar de perto com Dezoito-quarenta-
-e-sete — falou Adela —; visto que ele provavelmente vai sobreviver ao ano.

— Então ele vai permanecer em Londres?

— Vai ter que viver de forma independente, claro. Fora da acomodação da ponte.

— Mas ele vai ficar.

Eu devia ter desenvolvido um zumbido de tanto escutar os sinais de alerta. Por que o Ministério estava tão interessado em tornar Graham e Cardingham agentes de campo? Por que não gastavam a mesma energia em Margaret e Arthur? Mas tudo que ouvi foi que Graham ia ficar. Fiquei tão emocionada que arranquei um pedaço de pele do meu polegar com as unhas pinçadas.

— Isso ainda é um cacoete — disse Adela, mas fez um movimento de aparelho de DVD com a boca e o queixo, que provavelmente era um sorriso.

No cerne de todas as hipóteses de viagem no tempo estava a questão: como você avalia uma pessoa? Graham tirou notas bem altas em testes de noção espacial e foi bem em testes de interpretação de texto. Ele era, de acordo com o seu psicólogo, perigosamente reprimido; mas de acordo com os examinadores de aclimatização, também era sociável e confiante. Era o mais velho de cinco filhos, após a morte do irmão primogênito no mar. Estava dois centímetros e meio abaixo da média de altura, embora, na sua época original, estivesse cinco centímetros acima. Tinha olhos cor de avelã, cabelos cheios, escuros e encaracolados, e um nariz notável. Tinha trinta e sete anos e permanecera com essa idade nos últimos duzentos anos. Minha expectativa é a de que, quando eu terminar este relato, você tenha uma imagem clara de Graham, o suficiente para fazer um pastiche dele e prevê-lo. Essa ideia me agrada. Preciso que ele esteja vivo para outra pessoa.

Durante o ano da ponte, juntei tantas informações estatísticas sobre Graham que poderia ter programado uma inteligência artificial convincente de Graham Gore. De vez em quando, sonhava com coisas assim. Minhas mãos envolvidas em carne feita de silicone. Mantendo-o num lugar em que sempre poderia vê-lo, conservando-o limpo, enfiada até os cotovelos nas suas placas-mães. Os sonhos sempre ficavam rançosos quando tentava imitar a voz de Graham, porque eu sonharia com ele frio e bélico, dizendo insultos e dando tiros, um inglês de Oxford com um toque de sal marinho, e ele não era assim. Aquilo fazia parte de como ele era, mas não tudo.

Eu tinha *acesso ao seu arquivo*, como costumamos dizer. Ter *acesso a um arquivo* de alguém é uma experiência simultaneamente erótica e sufocante.

Quando você estuda uma pessoa, da maneira como estudei Graham, você entra num estado pornográfico de fuga. Tudo que deveria ser íntimo se torna molecular. O corpo da pessoa, o qual você nunca tocou, deita-se na parte de trás das suas pálpebras todas as noites. Você começa a conhecê-la, exceto que o tempo sempre te deixa um segundo antes, e assim você precisa conhecê-la melhor, melhor e melhor, perseguindo-a pelo tempo, no limite em que a vida dela conhece o futuro, e você precisa fazer isso, trezentos e sessenta graus do que ela vê e sente, ou o seu arquivo fica incompleto. Quem ela amava antes de você? Quem mais a machucou? O que vai causar o dano mais útil?

Eu era obcecada por Graham. Vejo isso agora. Estava fazendo o meu trabalho e amava o meu trabalho. Entende o que quero dizer?

— Vou a uma festa com a Maggie — anunciei certa tarde. Graham e eu estávamos na cozinha. Ele folheava um livro de receitas. Havia uma prateleira com livros de receitas na cozinha. Eu nunca usei nenhum deles.

— Pois bem. Não sei se deveria alertá-la sobre a sua má influência ou alertar você sobre a dela.

— Talvez você possa nos dar a sua bênção para nos comportarmos mal.

— Eu me recuso. Como se pronuncia essa palavra, por favor?

— Sujuão. Ah. Graham, você *sabe* que não consegue comer comida apimentada.

— Admiráveis fronteiras novas. Você pode fingir simpatia enquanto eu morro da "doença do explorador".

— A...?

— Indigestão.

Margaret, única entre os expatriados, tentara desenvolver um círculo de amigos fora do Ministério, formado em sua maioria por pessoas que ela conhecia através de aplicativos de que eu nunca tinha ouvido falar, como Lex, Zoe e por aí vai. O Ministério havia desencorajado isso, a princípio de forma sutil e depois abertamente. Margaret era um risco muito grande: soava bizarra demais e não parava de falar. Além disso, fazia amizades com lésbicas anarquistas contra o status quo (o que quer que ela ou as amigas pensassem que essas palavras significavam) com uma frequência suspeita. Margaret estava sob vigilância severa e compassiva da equipe de Bem-estar.

Ralph ainda era a sua ponte, mas ele a achava tão desafiadora que discretamente sugeri a Adela que eu poderia colaborar no monitoramento de Margaret. Fiz isso em parte porque queria impressioná-la. Desde a nossa conversa sobre Quentin, ela me protegia debaixo da sua asa blindada. Foi algo que me abriu os olhos. Eu ansiava pela sua maneira de parecer tão resistente a ponto de não deixar nenhuma vulnerabilidade óbvia. Talvez não seja surpreendente para uma mulher cujo trauma da mãe moldou tanto o seu interior, mas eu desenvolvi uma verdadeira ligação com minha intensa chefe.

De qualquer forma, Margaret gostava de mim. Ela poderia me convidar para me juntar a ela e Arthur — que ela adorava e atormentava afetuosamente — para uma visita a uma galeria de arte ou um jogo de minigolfe enquanto Graham estivesse no Ministério, preparando-se para o treinamento de campo. (Arthur adorava minigolfe e, durante o ano de expatriado, escreveu uma série muito engraçada de críticas mascaradas de testes de assimilação dos minigolfes de Londres. Não acho que Arthur compreendesse os termos kitsch ou brega, mas os minigolfes o maravilhavam. Eu uma vez o vi se desdobrar em risadas, com lágrimas nas bochechas, porque uma bola tinha que ser colocada numa roda-gigante em miniatura e ir até o topo para cair no buraco.)

Margaret ia ao cinema duas vezes por semana, religiosamente. Ia a casas de espetáculo procurando novas obsessões. Talvez tenha sido a última pessoa de Londres a ler de forma ávida a *Time Out*. Ela frequentemente me convidava para eventos. Nem sempre — Margaret também gostava de ser uma mulher explorando a cidade sozinha —; ela não teve muitas oportunidades para viver de forma imprevisível no século XVII. Mas poderíamos sair juntas para ver uma banda punk de riot grrrl, pois ela estava trocando mensagens com a baterista, e aí, eu, funcionária do Ministério, teria que supervisionar as duas durante o jantar (Margaret era louca por pizzas com sabores que não faziam sentido); então ela poderia ver que a baterista e eu estávamos a uma frase malcriada de entrar numa briga sobre políticas que ela não entendia. Margaret daria boa-noite e me levaria para um passeio onde apontaria para letreiros de néon e vitrines luxuosas e lojas vendendo *boba tea*, e perguntaria, com alegria, para mim: Como?, mas também Por quê? Ela era trabalho e brincadeira para mim. Eu gostava de Margaret. Ficar com ela me fazia querer atravessar a faixa de pedestres sem olhar para os lados, esse tipo de coisa. Eu achava tudo mais divertido do que era, et cetera.

Planejamos a nossa noitada com precisão militar. Ela me mandou uma dúzia de fotos de roupas diferentes. Tinha aprendido a gramática da selfie no espelho. Olha só esse cropped!!!!!!!!, escrevi em resposta, embora tenha removido cada ponto de exclamação e deixado somente um antes de enviar a mensagem.

Combinamos de encontrar Arthur e Graham para tomar um drinque em Dalston primeiro: uma situação tão século XXI que me senti imensamente orgulhosa do progresso deles. Margaret e Arthur já bebiam quando chegamos. Os dois tinham pedido coquetéis com aparência idiota.

— Eu tentei impedi-la... — começou Arthur.

— Olha aqui! Este é conhecido como "Sex on the Beach"! A beldade do balcão tomou tanto cuidado na sua feitura que devo assumir ser uma poção para invocar o seu nome.

— Bem — falei, me sentando —, é feito com suco de cranberry, o que em teoria é bom para cistite, que é o que você vai conseguir se fizer sexo numa praia na Inglaterra.

— "Cistite"? — perguntou Margaret. — Quarenta-e-sete! Sente-se! Pare de massagear as suas têmporas com essa expressão desgostosa.

— Todos são tão cruéis comigo — disse Graham, sem expressão —, mesmo eu sendo muito bonito, corajoso e nunca tendo feito nada de errado. Sessenta-e-cinco, cadê o restante das suas roupas?

— Foram banidas. Minha melhor armadura é quando estou completamente nua.

Comecei a rir, uma risada real, feliz e nada glamourosa. Como em geral ocorre com risadas verdadeiras, ela provocou sorrisos nos demais. Margaret se inclinou na minha direção, sorrindo, e vi Graham olhar para Arthur e revirar os olhos. Foi um instante entre instantes, mas todos estavam presos nele, capturados numa alegria pequena e fácil. Eu volto sem parar a essa memória. É uma prova, veja bem. Nem tudo que eu fiz foi errado.

A transformação de Graham de placa de petri para jaleco de laboratório foi marcada por uma pequena e emocionante cerimônia que requeria fardas militares formais, além de vinte e seis novos agentes que estavam se formando, vindos do Exército, da Força Aérea, da polícia e do serviço público. No dia da cerimônia, o céu era de um cerúleo nítido, e a grama exibia uma geada prateada. Toda a cidade parecia a criação extravagante de um confeiteiro, em particular no pátio de Westminster, onde os recrutas estavam enfileirados. Ao nosso redor, os prédios se erguiam e se inclinavam. Uma brisa soprava pelo local, deixando as suas cores claras e puras.

Ao comando vociferado de um homem usando dragonas, a procissão se deslocou, e vi Graham — a luz reluzindo na aba polida do seu quepe — de pé, atento como um gato se esticando para alcançar uma prateleira — seus quadris magros e seu sorrisinho — *lá está ele* — o magnífico mastro principal que era o seu nariz — *lá está ele* — eu o vi se destacando ao sol — a espada na cintura, os sapatos engraxados — *lá está ele, lá está ele*. Gostaria de poder contar a você a sensação de vê-lo. Ele sempre viveu dentro de mim, anos antes de eu conhecê-lo. Fui treinada para amá-lo.

— Não se mexa — sussurrou uma voz familiar às minhas costas.

Eu levei um susto tão grande que minhas omoplatas quase bateram uma na outra. E também corei. Rapsódias internas fazem as pessoas manterem a cabeça numa posição estranha. Eu provavelmente estava dando bandeira.

— Eu mandei não se mexer.

— Eu não me mexi — falei, com raiva. — Caramba.

— Silêncio!

— Quentin — murmurei —, onde caralhos você estava?

— *Shh*.

Isso não veio de trás de mim, mas do meu lado: uma mulher mais ou menos da minha idade, com um casaco muito mais caro e um estranho cabelo loiro-esverdeado. Todos na multidão prestavam atenção na cerimônia, os rostos voltados para a frente.

— Coloque as mãos para trás — sussurrou Quentin na minha nuca. Ele tinha se aproximado. Estava agitado, encostando em mim, como costuma acontecer com pessoas em multidões. Era autêntico o suficiente para ser incômodo.

— Certo.

— Pegue isso. Cuidado. *Não* perca.

Ele colocou o que parecia um pedaço de cartão na palma da minha mão. A beirada espetou a minha linha da vida. Eu o passei pelos quadris e tentei dar um golpe de caratê discreto para enfiá-lo na minha bolsa. O cartão custou a entrar.

— Por que a sua bolsa tem formato de galinha?

— Nem começa.

Eu empurrei e enfiei o cartão na bolsa de galinha. Pobre bolsa de galinha. Parecia mais um kebab quando acabei.

Outra mudança imperceptível — facilmente confundida com alguém se aproximando para ter uma visão melhor —, e Quentin estava do meu lado. Sua bochecha estava manchada com o que presumi serem marcas de psoríase, e o queixo estava com uma barba grisalha irregular, estranha e de aparência não muito orgânica.

— Você parece... cansado — murmurei.

— Não tente falar com o canto da boca, como está fazendo. É óbvio demais.

— Hum?

— Simplesmente se vire e fale comigo. Como se eu fosse um estranho na multidão. Abaixe os ombros. Pareça mais relaxada. Essa coisa na minha cara engana os softwares de reconhecimento.

— Ah.

Eu inclinei a cabeça para ele, educada como uma cacatua. Torcia para que parecesse realista.

— Quentin — falei baixinho. — O que está acontecendo? Gengis Khan passou pela porta temporal vindo do passado ou algo assim?

— Não do passado. Não acho que seja do passado. O que disseram para você sobre a porta temporal?

— Até onde eu me lembro: "Não é da sua conta."

Eu me virei para olhar para ele. Quentin sorria: um sorriso real e triste, que enrugava os seus olhos. Então houve um barulho como o de um osso partindo e a cabeça dele se inclinou.

— Quentin? — murmurei.

Ele caiu para a frente, e eu o peguei de forma instintiva. Ao meu lado, a mulher com o cabelo esverdeado começou a gritar, uma única palavra, como um alarme de incêndio quebrado:

— Tiro! Tiro! Tiro!

O sangue jorrava da têmpora de Quentin, brilhantemente carmesim. Alguém me empurrou, e eu o larguei. Ele escorregou e o seu corpo desapareceu como se estivesse submergindo. Gritos se ergueram ao meu redor. Se você já esteve no meio de uma multidão aterrorizada, não vai esquecer jamais. Pessoas sentindo terror de verdade gritam de uma forma longa, horizontal e estranhamente monótona.

Outro empurrão e eu estava cambaleando para o lado. Meu tornozelo torceu e agarrei o par de ombros mais próximo para me equilibrar. A multidão se movia na direção dos portões. Corpos acertavam as minhas costelas. Recebi uma cotovelada na barriga e arfei. Todo mundo estava correndo agachado, cobrindo a cabeça. Eu me ajeitei, limpei algo vermelho da bochecha, e me arrastei para a frente.

O tempo se dilatou. Havia sirenes e luzes azuis que pareciam ter surgido instantaneamente, mas não me persuadiram a largar um poste de amarração por horas e horas (descobriu-se que demorou um pouco menos de um minuto). Eu tinha colocado os meus stilettos pretos para a cerimônia e um dos saltos havia quebrado. Eu estava desequilibrada, numa farsa criada por mim.

— Pode me contar o que viu? — perguntou um uniforme à minha frente. Segurança doméstica, acho. A polícia da polícia.

— Deve ter sido um franco-atirador — balbuciei.

— Como?

— Franco-atirador — repeti, com dificuldade. Era quase impossível me entender porque os meus dentes batiam muito.

— Você viu o franco-atirador?

— Não. Ângulo.

A mulher de uniforme se virou.

— Alguém pode trazer um cobertor para essa moça, por favor? — gritou ela para os paramédicos. Ela se voltou para mim e disse: — Quer se sentar um pouco, senhora?

Pensei em Quentin morrendo. Será que o meu pé torceu no pulso ossudo dele? Mordi a parte de dentro da minha bochecha e senti gosto de sangue.

— Não. Obrigada — falei. — Acho que era um franco-atirador no telhado. Baseado no ângulo da entrada. Eu estava de pé na Seção A.

Eu coloquei tudo isso para fora, e ela me ela me reavaliou friamente.

— Você é amiga ou parente?

— Sou do Ministério.

Atrás do ombro dela, vi Graham se aproximando, o rosto sem expressão. Um policial se meteu no seu caminho e tentou impedi-lo; ele simplesmente deu a volta. Quando chegou a mim, colocou a mão no meu ombro e me puxou para um abraço.

— Você está machucada? — perguntou Graham, sem rodeios.

— Não.

— Com licença, senhor, apenas pessoal autori…

— Me dê a sua bolsa — disse ele.

Entreguei a bolsa de galinha para Graham, que passou a alça pelo torso. A galinha se empoleirou absurdamente na cintura dele. Ele olhou para mim de cima a baixo, então ficou de joelhos e pegou o meu tornozelo.

— Seu sapato.

— Quebrou.

— Tire esse que eu quebro o outro salto. Ou você vai cair.

— Senhor… — disse a mulher de uniforme, fervorosamente. Nós a ignoramos. Tirei o sapato e coloquei o meu pé enfiado na meia-calça na coxa dele. Graham quebrou o salto e guiou o meu pé de volta ao sapato. No topo da sua cabeça, havia uma área menor do que a base de uma garrafa de vinho, em que os seus cachos pretos rebeldes começavam a rarear. Quando Graham olhou para mim, fiquei impressionada pela crueza dos seus pés de galinha. Fiquei enervada ao ver como era humano o corpo que ele habitava.

— Meu herói — murmurei.

Ele sorriu com frieza.

— Não desta vez — falou.

Quentin morreu no local, me disseram, embora eu soubesse disso desde o momento em que o segurei; ele tinha o peso frouxo de algo abandonado. Pelo menos, a morte foi instantânea.

Fui a última pessoa a falar com Quentin antes de ser morto, de forma que fui interrogada por horas com o aval da polícia e do Ministério. Graham foi enviado para casa com supervisão.

Graham levou a minha bolsa consigo. Não pensei em pegá-la porque estava ocupada demais puxando da memória o rosto de Quentin ao cair. Presumi que o item que Quentin enfiara nas minhas mãos surgiria no interrogatório, até que um dos policiais mencionou um defeito no circuito interno de câmeras e que todo o pátio não tinha sido monitorado durante a cerimônia. Não falei nada. Já tinha o bastante para pensar. A forma bela como o sangue jorra de um ferimento na cabeça. A maneira como Quentin cheirava, assombrosamente, a perfume.

Quando cheguei em casa, estava exausta. Tinha suado de estresse e o cheiro azedo vazava pela minha jaqueta. O fio de ambas as pernas de minha meia-calça, aparentemente em sintonia com o restante do meu humor, puxou. Fechei a porta, e Graham saiu da cozinha, perseguido por lufadas de molho de tomate cozido lentamente, alho e vinagre balsâmico.

— Olá. Está com fome? — perguntou ele, baixinho.

Eu me debulhei em lágrimas. Parecia uma reação apropriada. Fui para o chão, muito devagar, os joelhos primeiro, e chorei.

— Ah — disse Graham.

Ele ficou do meu lado por alguns segundos e então se abaixou sem jeito.

— Cigarro?

Graham não esperou por uma resposta, apenas acendeu dois entre os lábios e depois ergueu o meu queixo e colocou um na minha boca. Ele se apoiou na parede do corredor e nós fumamos, eu chorando, ele em silêncio.

Limpei o nariz na manga da minha jaqueta — ele não teceu comentários — e falei:

— Você já viu gente morrer.

— Sim.

— Em batalhas?

— Ou depois. Em longas viagens também, mas... imagino que esteja me perguntando sobre mortes violentas.

— Eu deveria me sentir como se tivesse vomitado, mas para dentro?

Ele procurou algum lugar para bater as cinzas. A bolsa de galinha estava perto da porta — ele deve tê-la deixado ali, esperando pela minha atenção — e Graham esticou uma perna para pescar a alça e trazê-la mais para perto.

— Muito vívido — disse ele, abrindo a galinha. — Não, você não está reagindo de forma errada ou histérica. É compreensível que se sinta perturbada, sobretudo se nunca testemunhou uma morte repentina antes.

— Ele simplesmente... Se foi... Num minuto estava olhando para mim... E aí...

— Hum. Posso usar isso?

Ele apontava para uma pasta reciclável de documentos, deformada por ter sido enfiada na bolsa de galinha, que fechava com abas de papelão. Seu aviso de NÃO DOBRAR estava amassado em poesia críptica. Quando assenti distraidamente, ele arrancou uma grande tira da aba e fez um cinzeirinho, bem a tempo.

— Aqui — disse ele, mostrando-o para mim como um homem que tentava alimentar um gato com um petisco, mas eu olhava para a pasta de documentos. Havia uma pasta de papel pardo lá dentro, cheia de documentos. — Vai queimar a sua saia — disse ele, puxando o cigarro dos meus lábios.

Eu não estava ouvindo. Estava olhando para a pasta. Era um relatório de incidente, datado de dezoito meses antes do projeto de viagem no tempo começar. Quando abri a pasta e retirei os documentos, encontrei um "distúrbio" detalhado num centro de juventude fechado no sul de Londres. Cinco adolescentes locais. Estavam participando de *atividades suspeitas*: drogas leves, breakdance e um boom box no salão principal. Eles tinham quebrado uma janela e invadido o local porque o centro de juventude estava fechado havia seis meses. Vizinhos denunciaram música alta e risadas, então um raio de luz azul e gritos. A polícia acabou entrando no local para lidar com *violência de gangues.*

De acordo com o relatório, o que a polícia encontrou foram corpos serrados, com ferimentos enormes e bizarros, e um portal azul e brilhante. O portal era gerado por uma espécie de máquina, que era visível através dele. A polícia presumiu que algo envolvendo Terrorismo com T maiúsculo acontecera ali, e chamou a MI5, que mandou agentes de campo. Um oficial corajoso enfiou a mão no portal e pegou a máquina, que eles devem ter pensado ser uma arma. O portal se fechou imediatamente, como um nó desfeito por um puxão criterioso numa corda. Foi assim, aprendi, que o Ministério recebeu o poder da viagem no tempo. Não através de uma invenção, mas através da tradição britânica de "achado não é roubado".

No final do relatório, havia um adendo escrito à mão.

O agente de campo Quentin Carroll fez diversas reclamações sobre o descarte dos corpos dos menores mortos. Recomenda-se mantê-lo sob vigilância.

Eu ri miseravelmente. Quentin estava certo. Que maneira de provar um ponto.

O Ministério deu início a uma investigação interna. O Ministério estava cooperando com serviços de inteligência. O Ministério encorajou os funcionários afetados a buscar ajuda com os conselheiros ministeriais.

Uma das coisas da qual abrimos mão ao fazer parte do projeto de viagem no tempo — além de férias remuneradas anuais e escolha de acomodação — foi participar de sindicatos. O Ministério não reconhecia nenhum dos sindicatos existentes. Havia algum truque semântico que significava que não éramos tecnicamente gerentes, de forma que não poderíamos integrar o FDA, e, como a viagem no tempo fora estabelecida havia pouco e era uma indústria secreta demais, não poderíamos nos juntar ao PCS. Como ministério, éramos pequenos e fazíamos contato visual consistentemente com a maioria dos nossos colegas. Nossas vidas pessoais eram as nossas vidas profissionais. Éramos aquela coisa horrível: uma *família*. Uma pessoa não se sindicaliza numa família, porque a quem ela faria demandas?

Foi ruim, no entanto, depois de Quentin. Eu não tinha ninguém com quem conversar que não estivesse colocando as minhas palavras num documento. Então escrevi relatório atrás de relatório, aturei interrogatório atrás de interrogatório, com o meu coração transparente e cinzento, como neblina úmida.

Adela me chamou para o quartel-general quatro dias após a morte de Quentin. Ela falou comigo com uma nova intimidade, o que não significava que falava comigo com afeto.

— Colocaremos seguranças vinte e quatro horas por dia nas casas das pontes — disse ela. — Estamos revogando os privilégios de movimentação dos expatriados...

— Não.

— Sim. Ainda estamos trabalhando para descobrir que relação Quentin tinha com o Brigadeiro e Salese, mas, até fazermos isso, devemos supor que os expatriados estão em perigo. Você precisa ficar de olho no Dezoito--quarenta-e-sete.

A voz de Adela se contraiu na última frase. Ela limpou os olhos, concentrada naquele que funcionava, observou o meu rosto de cima a baixo para ver se eu tinha notado e continuou:

— Nossa prioridade é proteger os expatriados e a porta do tempo. O portal foi levado a um local seguro. Sugiro que refaça o Teste de Aptidão Física para então melhorarmos os seus pontos de raciocínio lateral…

— Eu fui reprovada nos meus exames de campo duas vezes — falei devagar, mas o meu dedo já estava se dobrando ao redor de um gatilho invisível.

— Você vai melhorar. Não tem escolha. Estamos em guerra — disse Adela.

— Sempre há uma guerra — falei.

A geada virou chuva. Dias cinzentos e gelados ocuparam a cidade. Entre as tempestades taciturnas e as poças das ruas reticulares, senti como se estivesse para sempre numa boca cheia de saliva e cavidades atoladas. Eu estava apática com o meu trabalho. As circunstâncias pressionavam a minha mente com força, e agora eu me via em parte mergulhada na depressão. Estava, sim, deprimida — até chegaria a sugerir que sofria de TSPT —, embora, como não podia ser dispensada ou dividir a minha carga de trabalho, não havia muito sentido em reconhecer isso.

Na manhã de um fim de semana, desci às 11h30, tendo acordado às oito e encarado o teto por horas. Não tinha me vestido nem tomado banho. Comprei pacotes da mesma camiseta de algodão extragrande que me servia como camisola e roupa durante todo o dia. Com o tempo, o toque gélido do algodão solto em segmentos salientes do meu corpo passaria a lembrar miséria. Mesmo agora, se passo de raspão a parte de dentro do pulso nos seios, sinto uma infelicidade abrupta.

Pensei que teria a energia para executar todas as ações necessárias para fazer uma xícara de chá, mas fiquei surpresa ao lembrar quantas eram: ferver a água, pegar a caneca, cheirar o leite, escolher o chá, segurar a colher. Servi um copo d'água e me sentei à mesa da cozinha, olhando para o jardim ensopado.

Lá em cima, Graham estava trabalhando num arranjo para a sua flauta, mas parou ao me ouvir e desceu.

— Bom… dia — disse ele com cuidado.

— Hum.

— Comeu alguma coisa?

— Não.

— Está se sentindo mal?

— Acho que sim.

Ele parou ao lado do balcão. Esperei que ele corrigisse o meu "Acho que sim" para "Suponho que sim", uma das palavras que ele mais usava no seu vocabulário, mas, em vez disso, falou:

— Como assim?

— Só isso. Não estou me sentindo bem. Não é contagioso nem nada do tipo. Se é o que te preocupa.

— Não é.

Mais tarde, naquele dia, ele voltou de qualquer que fosse a tarefa que tinha ido fazer e me entregou um pequeno frasco de plástico.

— O que é isso?

— Comprimidos de vitamina D. Acho que deveria tomá-los.

— Ah. Obrigada.

— De nada. Você deveria se vestir agora. São três da tarde.

— Mais algumas horas e estarei vestida de forma apropriada para a cama.

Graham olhou para mim, sua expressão branda e ilegível como sempre. Se eu tivesse espaço para me desesperar, meu desejo por ele e a sua fria falta de desejo teriam acionado — como o sangue seguindo um corte — o desespero, mas eu estava no limite e não podia me sentir pior. Fiquei deitada no meu próprio corpo como um banco de areia miserável, e ele subiu para praticar flauta com um bom humor planejado de dó menor.

Nem mesmo o provoquei por sua obsessão por vitaminas. Graham era viciado em vitaminas: sua mania teve início ao descobrir o que causava o escorbuto e como ursinhos de vitamina C podiam ser fofos e divertidos. Eu já vivia com ele havia meses até descobrir que a sua tendência para dar sorrisinhos charmosos e enervantes não era só porque ele era um homem contido, charmoso e enervante, mas também porque ele era um pouco inseguro sobre um dente que perdeu para o escorbuto, cujo substituto brilhava como uma moeda prateada num crematório.

Dois dias depois, fiz o truque de ficar acamada por horas de novo, dessa vez observando o tempo passar no meu relógio digital até chegar o meio-

-dia. Assim que o relógio exibiu 12h, como se estivesse esperando por aquilo acontecer, Graham gritou do pé da escada:

— Vem dar uma corrida.

— Você ainda não foi correr?

— Não.

Deitei-me e cochilei por cerca de quinze minutos. Acordei ao som dele falando "Vamos!" na porta do meu quarto. Ele falava de forma vívida e clara — não indelicadamente, mas sem muita gentileza ou indulgência. Imaginei que ele falasse com a tripulação do navio *Erebus* assim. Estava talvez a dois tons de distância de uma reprimenda.

Eu me arrastei para fora da cama e saí para correr com ele. Foi muito prazeroso, coisa que reconheci de má vontade. Segui a um passo infeliz, no entanto, e quando alcançamos o final da nossa rota, ele mal havia suado ao me acompanhar. Tive quase certeza de que Graham estava treinando para o Teste de Aptidão Física também.

Conforme janeiro avançava aos tropeços, eu caí na letargia, e ele cuidou de mim. Era função minha cuidar e tomar conta dele. Graham não fora forçado a fazer uma viagem no tempo e no espaço para bancar a babá de uma funcionária pública deprimida. Ainda assim, lá estávamos nós, e eu não conseguia encontrar a energia para remediar a situação. Comecei a odiar tudo: a casa, o meu trabalho, o fedor oleoso do meu cabelo sujo.

Certa tarde, fiz um tour rápido pelo patamar da escada e o banheiro, e então voltei para a cama. Fiquei lá por tempo suficiente para minha boca aberta deixar uma forma oval molhada no travesseiro. Ele bateu na porta do meu quarto. Rolei para ficar de rosto para cima.

— Oi?

Ele abriu a porta.

— Já salguei as berinjelas. Acho que o jantar vai ficar pronto em quarenta e cinco minutos.

— Não estou com fome, de verdade. Mas obrigada. Desculpe por te obrigar a cozinhar.

— Não fui "obrigado" a fazer nada. Você precisa comer.

— Não estou com fome.

Ele se inclinou no batente da porta. Não havia expressão no seu rosto: apenas os traços dele, bem definidos.

— Sei que gatos, culturalmente, gostam de passar boa parte do dia na cama. Talvez os sonhos dos gatos sejam mais dramáticos do que os dos humanos. Como nunca consigo me lembrar dos meus, não posso comparar. Eu decerto não quero interferir no seu trabalho ou o seu ocupado cronograma de sonecas. Mas você vai descer para fazer as refeições.

— Eu não...

— Isso não foi um pedido.

Eu então pisquei devagar, descobrindo que preferia a parte da piscada em que os meus olhos ficavam fechados e os mantive assim. Ouvi o chão ranger de leve, e ele deve ter chegado perto de mim, porque o cheiro dele me fez sofrer: tabaco, sabonete, lã cálida pelo aquecedor, o aroma suave de folhas da sua pele. Quando abri os olhos, Graham estava ajoelhado à minha cama, seu rosto perto do meu. Encarei o arco dos seus lábios.

— Acho que seria melhor — disse ele — se você não envergonhasse a nós dois ao me forçar a arrastá-la até a cozinha.

A boca de Graham me deixou vulnerável. Senti uma vergonha nova, que foi mais eficaz do que qualquer outra emoção que vivenciei por semanas. Desci para jantar.

Ele ligou o rádio para quebrar o silêncio que havia se juntado a nós na mesa de jantar. Um apresentador descrevia de forma seca os incêndios na Austrália. Eu digo "Austrália" com uma não especificidade cavalheiresca porque boa parte do país pegava fogo. Graham se aprumou quando um jornalista entrevistou um cidadão de Goulburn, na Nova Gales do Sul, que xingou o seu primeiro-ministro com tantas metáforas que chegou a soar homérico. Centenas de pessoas foram *deslocadas internamente* pelos incêndios, e o ar estava envenenado com a fumaça. Pressionei as pontas do garfo na língua e esperei para ouvir o que Graham diria sobre esse novo exemplo de clima terrível. Mas tudo que ele disse foi:

— Já estive em Goulburn. Foi para lá que a minha família se mudou.

Eu pensava em Quentin o tempo inteiro. Seria correto dizer que eu estava bloqueada por Quentin: não o homem, mas o cadáver e a sua criação. Às vezes, eu sabia que tinha falhado com ele e, outras vezes, sabia que tinha pisado na bola e falhado comigo mesma. Eu sentia falta dele, estava de luto por ele; e odiava ele e a irrevocabilidade da sua morte.

Margaret e Arthur me visitaram durante a minha depressão. No começo, eles eram doces e agradáveis, parados ao lado da minha cama, mas fiquei tão aborrecida que eles logo pararam com isso. Em teoria, estavam na nossa casa para visitar Graham. A regularidade das visitas era tanta que passei a acreditar que Graham tinha um cronograma.

Arthur era gentil, não importava o quanto o meu comportamento fosse ruim. Ele tinha descoberto o Scrabble e às vezes trazia o jogo consigo — a escrota competitiva dentro de mim conseguia evitar a melancolia por mais ou menos meia hora.

— Simellia adora esse jogo — disse ele certa vez. — Ela me apresentou a tantos jogos "de tabuleiro". Organizou até um clube de jogos na universidade, não é divertido?

— Hum.

— Mas os antigos amigos dela deixaram o país ou começaram a ter filhos, de forma que a turma de jogos "de tabuleiro" não existe mais. Ela diz que o nosso próximo passo são jogos de "arcade". Por um tempo terrivelmente longo, pensei que ela se referia aos Jogos de Arcádia. Talvez vocês tivessem descoberto o texto perdido da *Comédia* de Aristóteles e houvessem usado as suas excelentes máquinas para resgatar as páginas e escrever essa teoria.

— Não.

— Ela diz que vamos jogar *Space Invaders*.

— Ah. Que bom.

Ele sorriu gentilmente para mim.

— Tive um tenente — disse Arthur — que se sentava no nosso abrigo mordendo o lápis e marcando a métrica no seu caderno. Com os morteiros zunindo sobre as nossas cabeças. Falei a ele: "Owen, meu camarada, como pode pensar em poesia numa hora dessas? Esses malditos troqueus e dáctilos e por aí vai, quando os alemães estão tentando transformá-lo em carne moída?" E ele me falou que a poesia era a única coisa que ainda fazia sentido para ele. E que, se escutasse com atenção, ainda poderia ouvir os pássaros cantando.

Ele se mexeu. Estávamos sentados à mesa da cozinha, sozinhos por breves quinze minutos enquanto Graham ia até a loja da esquina para comprar mais leite para o chá.

— Você acha que sou ridículo — disse ele, com a mesma voz gentil.

— Não, Arthur, eu...

— Não a culpo. Também acho que sou ridículo. Mas estou tentando muito ser feliz. Embora seja bastante difícil enxergar o que Owen enxergava. Ele não enxergou por muito mais tempo depois que eu... hã... fui embora. A batalha do Marne, você sabe. Este anel é dele. Ele me deu depois...

Ouvimos a chave de Graham na porta. Arthur olhou com muita atenção para as letras dele.

— Quarenta-e-sete — falou —, você acha que "zigbo" é uma palavra?

Nas suas visitas, Margaret era um pouco mais direta.

— Vosmecê cheira como a peste — disse ela no meio de uma conversa. — Já tomou banho?

Ou:

— Se precisa dormir, deve bancar a boa anfitriã e me dar permissão para me juntar a vosmecê. Levante-se!

Num sábado, comemos uma caixa de bombons inteira na cama, assistindo a *Os Simpsons* no meu laptop. Margaret adorava *Os Simpsons*. Achava que era muito melhor do que qualquer educação cultural que o Ministério pudesse oferecer.

Na própria era, Margaret estivera sob a proteção do irmão mais velho, um comerciante de tecidos chamado Henry Kemble, a quem ela amava profundamente. Era solteira, embora tivesse tido casos com outras mulheres (que as pessoas da casa, e algumas das mulheres, confundiam com amizades). Ela ajudava a esposa do irmão a cuidar da casa, e o irmão, das finanças. Mas depois da morte prematura de Kemble, causada pela gripe, sua estrela se apagou. Ela se tornou uma pedra no sapato, um buraco na estrada. Ela se tornou, daquela forma lenta e doméstica, odiada.

Quando o Ministério viajou no tempo para pegá-la, encontraram Margaret trancada num cômodo apertado no sótão com um penico e um ninho de trapos como cama. Estava se recuperando da peste bubônica. Até onde puderam entender, sua cunhada mandara uma criada da copa entregar comida na porta até a menina também ser acometida pela pestilência. A doença aniquilou toda a casa, com exceção de Margaret, em três dias. Margaret, faminta e assustada, tentara sair pela janela, mas os vizinhos jogaram pedras e garrafas quebradas nela. Sua casa era uma casa tomada pela peste, e ninguém tinha a permissão para sair de lá. Ela havia capturado e comido pardais. Bebera água da chuva. E então, quando recebeu uma segunda chance, Margaret agarrou a espada e saiu cantando.

Simellia veio me visitar uma vez. Àquela altura, o golfo de experiências entre nós tinha a profundeza de um universo, mas ela apareceu mesmo assim. Colocou a água para esquentar e fez o chá. E mexeu muito nos saquinhos de chá, acho que porque não suportava olhar para a minha cara.

— Não quero te assustar com essa informação — falei —, mas sei que estou traumatizada. Não precisa ficar com vergonha disso.

Simellia sorriu friamente para mim, como sempre insondável.

— Sua aparência está terrível — disse ela.

— A sua também.

Era verdade. A Simellia chique não existia mais. Ela usava leggings que estavam largas na parte de trás dos joelhos e um casaco de moletom tão qualquer coisa que eu não conseguia me concentrar na cor dele. Era como se ela tivesse esquecido o seu senso de si mesma num armário qualquer.

— Quer conversar sobre isso? — perguntou ela.

— Está falando sério?

— Sim. Sou uma profissional treinada de saúde mental.

— Médico, cura-te a ti mesmo.

Simellia me ofereceu o chá na minha própria caneca: Alice espiando o Gato de Cheshire. Ela deve ter se lembrado da última vez. Aquilo me fez sentir alguma coisa, mas era algo muito distante para que eu pudesse reconhecer.

— Por que está aqui, Simellia?

Ela levou algum tempo para responder.

— Tem alguma coisa que você queira falar? Qualquer coisa mesmo?

Coloquei o dedo no chá. Estava quente demais para beber, escaldante. Deixei o dedo lá por alguns segundos.

— O Controle sabia sobre o Brigadeiro — falei. — Contaram isso para você? Que foram eles que o deixaram entrar? Mantenha seus inimigos mais perto et cetera e tal.

— Você quer conversar sobre ele? — perguntou Simellia baixinho. — Coisas que pode ter falado para ele?

Eu estava no fundo do quarto cinzento do subsolo do meu crânio. Não observava o rosto dela ou ouvia a sua voz quando fez a pergunta. Não cheguei a notar que ela não falava comigo da maneira que os psiquiatras falam; falava comigo como alguém desesperada para conversar. Mas não percebi o que ela tentava arrancar de mim. Respondi que não e ficamos em silêncio, observando o meu chá esfriar, até ela se lembrar de que tinha uma coisa que precisava fazer em outro lugar e ir embora.

Cedo numa noite de sábado, quando o céu parecia a parte de baixo de um barco cheio de água do mar e o frio era malicioso e constante, Graham falhou ao preparar um bolo. Ouvi seus barulhos domésticos e a porta do forno sendo fechada. Meia hora depois, ele bateu à minha porta.

— Bem — anunciou ele —, eu arruinei um bolo.

Sua expressão era de irritação, o que era raro. Ele tentava se livrar dela, mas ela continuava voltando para o seu rosto, tão rebelde quanto os seus cabelos. Não sei por quê, mas aquilo me animou um pouco. Ele tinha uma garrafa de vinho e duas taças nas mãos.

— Quer beber um pouco?

— Pode ser, então. O que aconteceu com o bolo?

— Está mole. E não está no formato de bolo.

— E em que formato está?

— No formato de uma poça.

Ele se sentou no chão e se encostou na cômoda, servindo as duas taças de vinho.

— Ao fracasso.

— Ao fracasso!

— Tenho um respeito renovado pelo cozinheiro do *Erebus*, o sr. Wall, que conseguia preparar pudins de Natal em condições muito menos tranquilas.

— Tenho certeza de que não está tão terrível quanto diz.

— Está bem pior. Estou tentando ser charmosamente autodepreciativo, mas estou muito incomodado.

— Dá para ver. Você não costuma passar muito tempo no chão do meu quarto.

— Hum. Suponho que haja outros cômodos na casa nos quais poderíamos nos sentar direito e beber, mas notei que você quase nunca se aventura além da escada hoje em dia.

— Poderíamos ir para o seu quarto.

— Com certeza, não. Você vai destruir a minha reputação impecável.

— Ninguém vai nos ver.

— Deus vai — disse ele, de forma severa.

— Você acredita mesmo em Deus? — perguntei, sem esperar uma resposta. Ele mexeu os ombros contra a madeira.

— Que pergunta peculiar. É claro que acredito.

— No céu e no inferno e em tudo mais?

— Da vida eterna, eu não sei. Compreendo que está na moda, na sua era, supor que não exista nada a não ser esquecimentos após a morte.

— Não está na "moda". É só que um monte de gente não vê nenhuma razão para acreditar nisso. Parece um conto de fadas.

Ele deu de ombros.

— A crença tem muito pouco a ver com a razão. Por que exigir mapas de um território não explorado?

Eu não tinha uma resposta para isso, então bebi um pouco de vinho. O gosto era ruim, como mastigar gerânios. De uma maneira fraca, meu cérebro conectou ação e consequência: ele tinha trazido um vinho "tônico", já que me considerava indisposta, e bebia comigo para que eu não percebesse o quanto estava mal. Tenho certeza de que se ele pudesse ter obtido láudano, o teria feito.

— Lembre-me da religião em que você foi criada — disse Graham.

A neutralidade desse pedido, vinda de um homem que até pouco tempo usava "pagão" como uma forma genuína de descrever alguém, me fez perceber que ele era um verdadeiro aprendiz do Ministério. Colocaram-no para aprender sobre preconceitos e sensibilidade.

— Por quê? — perguntei.

— Estou curioso. Você mencionou que há uma forma de, como posso colocar, moralidade reflexiva?

— Hã?

— Uma ação cruel será paga com crueldade; um ato gentil, com gentileza.

— Ah. Carma. Sim. Funciona por vidas. Se você for um imprestável nessa vida, vai voltar como uma lesma.

Ele deu um gole no seu vinho e mal fez careta.

— Isso parece cruel — disse.

Eu me irritei, apesar de tudo.

— Eu não acho. Ações têm consequências. Cada pequena decisão que você toma, cada escolha de expressão, afeta alguém. Estamos todos conectados. Arthur parou de frequentar a igreja, sabe. Ele não viu Deus nas trincheiras. Você ainda tem fé num Deus que deixou a Frente Ocidental acontecer? Ou Auschwitz?

— Sim. Não estou dizendo que gosto disso ou que entendo. Deus é um capitão em cujas ordens devo confiar. Ele conhece esse navio melhor do que eu.

— O mundo é um navio?

— Tudo é um navio. Esta casinha é um navio.

Ele era bom: deixou a voz suave e agradável para me acalmar e não cair numa discussão. Sempre funcionava. Sorrimos sem jeito um para o outro. E então ele perguntou:

— O que é "Auschwitz"?

Pensei: *Ah, merda*. Que coisa idiota para dizer, depois do meu discursinho sobre consequências.

Depois de ele se retirar, adormeci outra vez, uma soneca causada pela exaustão súbita que eu sentia quando me imaginava fazendo algo mais trabalhoso do que rolar na cama. Dormi por horas. Quando acordei, minha saliva tinha a consistência podre de tofu velho. Era quase meia-noite. Eu me arrastei para a cozinha, em busca de um copo d'água.

Graham estava sentado à mesa de jantar, curvado sobre o notebook como uma raiz de planta envasada. Havia um cigarro entre os seus lábios, e dois outros amassados no cinzeiro. Ele olhou para mim quando entrei. Sua expressão era de um vazio profundo.

— Você está acordado até tarde — coaxei, procurando um copo. — O qu...

— Você não me contou sobre o Holocausto.

A água da pia transbordou do copo e molhou o meu pulso.

— Bem — falei, devagar —, o Ministério pensou que poderia ser prejudicial para o seu ajuste...

— Pedi para a máquina procurar a palavra que você usou.
— Auschwitz.
— Havia fotografias…
Ele parou de falar. Engoli meio copo d'água e o observei. O que eu tinha confundido com uma expressão impassível no seu rosto era na verdade um horror completo. Ele devia estar olhando para aquela tela havia horas.
— Crianças — disse ele.
— Sim.
— Pilhas de sapatos.
— Sim.
Graham apagou o cigarro.
— Como isso pode ter acontecido? — perguntou.
Balancei a cabeça.
— As pessoas sabem — murmurei —, e então escolhem não saber. O que aconteceu com os escravos libertados?
— Perdão?
— Os escravos que vocês libertaram. Do *Rosa*. E de outros navios.
— Ah. Bom, depende. Alguns se juntaram à Marinha Real ou aos regimentos. Ou foram deslocados para lugares nas Índias Ocidentais…
— Deslocados.
— Sim.
— Colocados para trabalhar, você quer dizer.
— O que está insinuando? — perguntou Graham, esticando a mão para pegar mais um cigarro. Mesmo de onde eu estava na cozinha escura, pude ver que o maço estava vazio. Ele o apertou, aparentemente sem pensar no que fazia.
— Muitos morreram nas viagens de volta, não? Ou enquanto eram mantidos nos navios, esperando que os seus casos fossem ouvidos. Você mesmo disse…
— Sei o que eu disse.
Ele se levantou e fechou o notebook. Cada movimento era lento, calmo, comedido. Não bateu nem passou de raspão em nada. Nós poderíamos estar tendo uma conversa sobre que marca de pão comprar.
— O Esquadrão Preventivo foi concebido como um serviço moral à humanidade — disse ele com a voz baixa. — Considerar as suas ações com-

paráveis ao que foi feito em Auschwitz. É impossível. Se acredita nisso, como suporta viver nessa casa comigo?

— Não falei que elas eram *comparáveis*.

— Decerto.

— Estou tentando dizer que você estava seguindo o que pensou serem boas ordens.

Graham me encarou. Seus olhos estavam sem brilho. Ele me deu as costas sem dizer nada, destrancou a porta dos fundos e foi para o jardim colorido pela meia-noite. O ar frio soprou nas minhas pernas. Fui até o batente e olhei para ele, tremendo no gélido vento do inverno. Graham estava de pé no meio do gramado, os braços cruzados, encarando o céu.

Quando eu ainda era uma adolescente, construindo a minha personalidade a partir dos filmes, livros e músicas que mais tarde tentei dar a Graham, o principal monge de um dos maiores *wats* do Camboja anunciou que não podia descartar a hipótese de que as vítimas do Khmer Vermelho não fossem o último elo de uma corrente cármica de causa e efeito. Se eles tivessem se comportado de forma íntegra nas vidas passadas, talvez não tivessem que se deitar em valas comuns no fim desta vida.

Minha mãe nunca mais voltou ao templo depois disso. Mantinha as flores e as frutas no santuário da nossa casa, mas ele se tornou um lugar em que ela colocava os pensamentos para secar. Todas as suas honras, ela oferecia ao seu novo país, que lhe dizia que ela era bem-vinda contanto que trabalhasse. Nos termos cármicos de causa e efeito, isso era muito mais palatável.

Quanto a mim, eu era inexperiente com a juventude e pronta para me comprometer com a obsessão. Peguei o meu primeiro livro sobre a era de ouro da exploração polar e me debrucei sobre ele. Passei a acreditar na possibilidade de morte heroica e, a partir disso, foi fácil acreditar no heroísmo. O heroísmo lançava as bases para a retidão, e a retidão me oferecia coerência. Se eu tivesse ficado obcecada por punk rock, talvez houvesse me tornado uma mulher diferente. Mas não fiquei.

Uma das primeiras comparações que fizemos quanto ao projeto da ponte era com o trabalho do Kindertransport. Ninguém — nem mesmo Ralph, cujo pai veio no Kindertransport — mencionou que, apesar de resgatarmos crianças, nos recusamos a aceitar os seus pais. Graham sabia, ao fim de sua extensa pesquisa no Google, o que tinha acontecido aos pais delas. Classificamos o Kindertransport como um ato de heroísmo, um exemplo coerente da caridade e do antifascismo intrínseco da Inglaterra. Não é de todo uma inverdade: aqueles órfãos eram muitas vezes gratos, e alguns conseguiram prosperar.

Você acha que fui desajeitada. Acha que eu poderia ter lidado melhor com aquilo. Com certeza tem razão. Foi um *momento de aprendizado* em que eu pisei na bola; pior ainda, foi um momento que criei, e as minhas ações tinham consequências. Mas o que eu poderia ter dito? Que o Holocausto foi um dos momentos mais terríveis e vergonhosos da humanidade e que poderia ter sido evitado? Tudo que já existiu poderia ter sido evitado, e nada foi. A única coisa que você é capaz de corrigir é o futuro. Acredite em mim quando digo que a viagem no tempo me ensinou isso.

Na manhã seguinte, ele me trouxe uma flor floco-de-neve num copo de vidro e colocou-a na minha mesa.

— A primeira da estação — disse Graham. — Do jardim.

Toquei na sua cabeça cabisbaixa e branca.

— Você está aqui há quase um ano, então — falei.

— Sim.

— Estou feliz que você verá este jardim na primavera, antes de se mudar.

Graham tocou o lugar da flor em que eu tinha colocado os meus dedos.

— Sim — disse ele, e não havia, como era muito comum, nada na sua voz.

Entramos na estação chuvosa. Um grande lápis de grafite inscrevia a jornada diagonal da água no ar.

Em fevereiro, houve outra tempestade violenta, mas o pior dela caiu no sudoeste da Inglaterra. Ele não gostou do que aconteceu em Devon. Graham nascera lá, tinha boas memórias do local.

Nossa casinha aguentou. Ele ia de cômodo em cômodo, olhando pelas janelas. Quando entrou no escritório, onde eu estava encurvada como um camarão cozido em frente ao computador, Graham disse:

— Vou falar uma coisa. O sistema de esgoto da sua era é um milagre da engenharia.

— Só tem canos do século XIX aqui.

— Só tem canos do século XIX aqui — disse ele, gesticulando para si mesmo. Eu sorri de leve.

Meu e-mail fez um som de censura. Era de Adela, que tinha me colocado em cópia oculta. Era uma mensagem pequena. Adela tinha um talento verdadeiro para resumir a apoplexia em algumas linhas.

— Más notícias? — perguntou ele. Eu tossi.

Anne Spencer havia sido morta a tiros ao tentar escapar da enfermaria do Ministério. Ela quase conseguira fugir. No final, tinha parado de aparecer em câmeras do circuito interno de monitoramento.

O e-mail nos dizia que a morte dela seria divulgada aos expatriados como suicídio. "Isso é extremamente importante", escrevera Adela, o texto sublinhado com uma linha dupla.

O funeral foi estranho, estéril. Aconteceu numa capela do Ministério, a primeira vez que percebi que tínhamos uma. O caixão estava fechado, e ninguém, exceto os expatriados, se aproximou dele. A cerimônia teve o ar de um procedimento administrativo, exceto pelo hino — "Bless the Lord, My Soul" — no arranjo de Jacques Berthier. Foi deliciosa e chocantemente triste. Não consegui erguer a cabeça quando tudo começou. O som do tenor claro e agradável de Arthur e a voz suave e acobreada de Graham harmonizando-se em cada verso encheram os meus pulmões como uma torrente.

Depois fui me sentar num pequeno pátio adjacente à capela. O lugar estava encharcado e cheirava a lama. Mesmo assim, acomodei-me na pedra de um canteiro de flores, deixando o frio atravessar meu casaco preto.

— Importa-se de me juntar a você?

— Ah. Arthur. Não, de modo algum. Receio que esteja um pouco molhado.

Arthur sorriu e se acomodou ao meu lado, esticando as longas pernas. Torcendo o anel de sinete no dedo — um cacoete tão óbvio quanto o meu hábito de roer as cutículas —, ele murmurou:

— Nós não a conhecíamos tão bem. Gostaria que tivéssemos conhecido.

— Hum.

— Talvez ela não tivesse se sentido tão... só.

Não falei nada, porque não havia nada que eu pudesse dizer que não fosse uma mentira. Encostei os nós dos dedos nas costas da mão de Arthur, que segurou a minha. Ele disse:

— Quando cheguei aqui, depois de superado o choque, pensei que tinha entrado numa espécie de Purgatório. Uma segunda chance, sabe? Você não pode imaginar como era ser um homem com… com as minhas convicções, na minha época. Agora parece que tenho outra oportunidade numa era que melhor me convém. Mas, sabe, pode ser solitário, miserável e horrível se apaixonar por alguém que não pode ou não quer retribuir o seu amor. Talvez eles resolvam isso daqui a duzentos anos. Talvez venham nos buscar e assim saberemos que chegamos ao Paraíso. Você e Graham são amantes?

Minha mão se contraiu na dele.

— Não.

Olhei para Arthur. Quero dizer que realmente olhei para ele: para o seu rosto bonito e triste, para a vulnerabilidade flamulando ali a meio-mastro.

— Vocês são? — perguntei.

— Sobre o que os dois estão conversando?

Nós nos viramos para olhar para a porta. Graham estava parado ali, congelado no ato de acender um cigarro. Eu não tinha ideia do quanto ele ouvira.

— Estamos tramando — disse Arthur, apertando a minha mão e soltando-a. — Vamos tentar inventar algum pecado realmente original.

Graham soprou uma nuvem de fumaça na nossa direção.

— Entendi — falou ele. — Vou deixar uma vela acesa na janela para quando você voltar para casa.

As histórias mais difíceis sobre o Khmer Vermelho são aquelas que pairam no *quase* e no *talvez*. Ela quase conseguiu, mas a disenteria a levou no final. Ele talvez esteja enterrado numa vala comum em Choeung Ek, então é lá que prestaremos as nossas condolências. Ele quase caminhou até a Tailândia, mas os guerrilheiros o encontraram na floresta. Ela talvez tenha visto o filho pequeno uma última vez antes de ser levada.

Anne Spencer quase conseguiu sair da enfermaria. Depois de eu ler o e-mail, um terror antigo e exuberante tomou conta de mim. Em parte, era o terror que crescera junto com os meus ossos, sabendo que só existia porque a minha mãe *quase* não escapara; não sei quando você deixa de sentir a necessidade de correr, geração após geração, ao nascer depois disso.

Mas também era um terror humano, maravilhoso e simples. Aquele em que a morte chega muito perto e você de repente se lembra de como é uma dádiva insana estar vivo e do quanto gostaria de permanecer vivo mesmo quando a morte está rindo à sua janela, rindo no seu espelho.

O circuito interno de monitoramento do Ministério estava isento das leis do Escritório do Comissário de Informação. Eu não poderia acessar as imagens sem solicitar permissão em nome da equipe de pontes, o que significaria que todos, do Secretário até os membros mais baixos do Ministério, me veriam remexendo os dados digitais. Mas eu tinha autorização para requisitar um registro das permissões solicitadas, concedidas e negadas; falhas técnicas reportadas; fitas apagadas após os trinta dias exigidos e fitas arquivadas; e assim por diante. Joguei um verde para tentar obter a papelada.

Encontrei, no hardware do circuito interno de monitoramento, meia dúzia de faturas de serviços prestados nas semanas que antecederam a morte de Anne Spencer. Aparentemente, levou um tempo para as pessoas perceberem que a pobre mulher havia conseguido ficar invisível para as câmeras de vigilância e presumiram que o sistema estava com defeito.

Também intrigantes foram os arquivos de manutenção do circuito interno que deveria estar monitorando o pátio no dia em que Quentin foi morto. O sistema fora desligado quando a energia foi redirecionada de forma automática. Esse reencaminhamento era um procedimento de emergência padrão em edifícios de alta segurança. Simplificando, se um item ou uma pessoa muito importante eram mantidos a sete chaves eletrônicas e as chaves falhassem, o edifício automaticamente redirecionava a energia de sistemas não essenciais (como as câmeras de um pátio público) até o gerador reserva começar a funcionar. Era um sistema antiquado e charmoso que se mostrava bizarramente eficaz, já que era difícil de hackear com malware contemporâneo.

O estranho foi que não consegui achar um registro correspondente de violação ou falha. O reencaminhamento "automático" fora introduzido de maneira manual.

Apresentei uma solicitação de acesso para um histórico de solicitações de acesso. Encontrei um registo de acessos externos ao sistema de reencaminhamento, embaralhados para proteger a identidade de quem o acessara. Nome de usuário, nível de autorização, autoridade e permissões: era tudo uma confusão. Mas havia um registro digital do scanner CMOS: o verificador de impressões digitais.

Peguei-o e coloquei-o no banco de dados do Ministério.

O resultado apareceu.

Li o meu próprio nome.

Por alguns momentos, tive a sensação de deixar o meu corpo. Quando voltei, massageava o peito com a palma da mão, no local onde o meu batimento cardíaco acelerado tamborilava na pele.

Eu estava sendo incriminada e, de todas as coisas que aquilo parecia, *injusto* estava no topo da lista. Eu ainda nem sabia quem diabos era o Brigadeiro ou o que ele queria, e ninguém parecia inclinado a me dizer, mesmo que o cérebro de Quentin tenha espirrado na minha cara.

Mandei um e-mail para Adela e perguntei se poderíamos nos encontrar para um "relatório de progresso", um termo tão genérico que ela não seria capaz de preparar uma saída. Enquanto quebrava as unhas no teclado, considerei como seria fácil se eu tivesse uma arma e uma visão clara do Brigadeiro. Quanto mais intensamente eu pensava nisso, mais grosso se tornava o calo na minha mente. Sim, refleti, através de uma placa de pensamentos mortos. Se eu tivesse uma arma, poderia dar um jeito em tudo.

Fiquei em êxtase por puro despeito. Isso se manifestou inicialmente no gesto de me sentar à mesa da cozinha, comendo um pote inteiro de cebolas em conserva com um par de hashis. Eu precisava de vinagre. Depois de me provocar cólicas estomacais, vomitei e fui dar uma corrida pós-vômito.

Quando voltei, tomei um banho agressivo, pintando as paredes do banheiro com água e sabão. Eu queria morder um trem, ou talvez foder um. Queria espancar a mim mesma até sangrar na câmara mortuária da pirâmide de Gizé. Como isso era proibido pelas leis humanas e pelo Ministério, decidi que o melhor seria ir ao pub.

— Graham — falei ao meu infeliz colega de apartamento, que havia comprado as cebolas em conserva.

— Sim?

— Quer conhecer alguns dos meus amigos?

Graham me deu um dos seus raros e encantadores sorrisos cheios de covinhas.

— Quero. Eu não sabia como perguntar — disse ele.

— Ah, é?

— Sim. — Ele pareceu prestes a começar uma explicação, mas se interrompeu. O esforço o fez corar um pouco. Ele se contentou com uma empertigada. — Você conhece os meus, afinal.

— Você só tem dois.

—Três — falou Graham agradavelmente. — Nós somos amigos.

Organizei uma social num pub perto de onde eu morava antes do ano da ponte e convidei meia dúzia dos meus amigos mais próximos. "Amigos mais próximos", naquele estágio do ano da ponte, era um termo um pouco impróprio, porque eu não via a maioria deles fazia meses. Como disse em muitas mensagens de texto para eles: Estou ocupada demais com o trabalho.

Falei no chat em grupo: Meu colega de apartamento é um britânico pomposo clássico e um pouco estranho. Ele era da Marinha. Eu esperava que aquilo resolvesse tudo. Mas ele apareceu na sua moto e estacionou-a junto à fileira de lambretas e bicicletas. Observei-o tirar o capacete, encostar-se na moto, acender um cigarro e fumar, pensativo, olhando para o céu, a jaqueta de couro brilhando e os cachos desgrenhados. Eu não sabia como explicá-lo para ninguém, muito menos para mim mesma.

O pub ficava em frente a uma lanchonete de kebab, que servia chá e café e era frequentado pelo contingente de entregadores do Uber Eats e do Deliveroo do leste de Londres — daí a infinidade de bicicletas e lambretas. Todos pareciam se conhecer e muitas vezes podiam ser encontrados dividindo porções de doner'n'chips enquanto se apoiavam nos seus veículos.

— Olá, Graham.

Ele apagou o cigarro e me ofereceu um sorriso cauteloso.

— Olá — respondeu. — Devemos entrar? O que diabos são esses gritos?

— Ah. É noite de karaokê.

Dentro do pub, uma mulher pequena como um rato ambicioso estava no palco improvisado, balbuciando docemente "The Best", de Tina Turner.

Meus amigos estavam sentados a uma mesa distante o suficiente da carnificina do karaokê para que pudessem conversar. Eles se viraram como um bando de papagaios numa árvore quando me viram chegando.

— Então *você* é o famoso colega de apartamento — disse um deles. — Ouvimos muito a seu respeito.

— Alguma coisa foi boa? — perguntou Graham.

— Nem uma palavra.

— Ah, estou *aliviado*. Eu não gostaria que ela contasse mentiras por minha causa.

Flexionei as omoplatas, forçando a saída da tensão. Ele era um anacronismo, um quebra-cabeça, um provocador, um problema, mas era, acima de tudo, um homem charmoso. Caras desse tipo se sentem à vontade em qualquer século.

Tudo correu bem. Meus amigos pareceram gostar dele, e acho que Graham gostou dos meus amigos. Graham era bom em evitar perguntas que não queria responder e tinha talento para o humor excêntrico que os distraía das lacunas que deixava.

As horas passaram voando.

Quando me vi pensando em tomar um gin martíni, num estabelecimento onde o vinho da casa se chamava Mesa e vinha em caixas de papelão, sabia que era hora de ir para casa. Fui cambaleando até o bar, onde Graham conversava com um dos meus amigos sobre as suas tatuagens.

— O que essa daqui diz? — perguntou Graham.

— "Todo amor é um exercício de despersonalização." Deleuze. Escrevi a minha tese de doutorado sobre ele.

— Que interessante. E o que é isso? Um pequeno caranguejo?

— Sim. Fiz essa depois de tomar ácido em Dungeness. Vi um caranguejo na praia e pensei que era Deus.

— Fantástico.

— Graham. É melhor irmos — falei, estendendo a mão. Eu estava bêbada, é claro. Minha palma cobriu vários centímetros das suas costelas. Ele olhou para mim.

— Sim — respondeu. Graham se moveu de tal maneira que se endireitou, mas não se esquivou, e a minha mão suou sobre o suéter dele.

Nós nos despedimos e fomos para a rua, que brilhava sob o papel machê de sódio dos postes. Havia alguns entregadores tomando chá e comendo de caixas de isopor. Só os vi quando quase demos um encontrão neles: o Brigadeiro e Salese.

Parei de repente. Minhas botas escorregaram na calçada, e Graham agarrou o meu braço para me firmar. Eu tremia. Ele apoiou a mão entre as minhas omoplatas.

— Consegui — disse Salese, com um estranho aparelho nas mãos. — Ele é um viajante livre.

O dispositivo parecia uma bússola com pretensão de se tornar um detector de metais e projetava uma grade branca e fina, na qual tremeluziam vários símbolos. Era, sem dúvida alguma, a coisa do desenho de Graham: não uma arma, afinal, mas algum tipo de dispositivo de monitoramento. *Que maravilha*, pensei num tom monótono. O fantasma de uma cebola em conserva subiu pela minha garganta.

— Boa noite, comandante Gore — disse o Brigadeiro.

— Senhor.

— Lamento abordá-lo desta forma. Mas preciso que venha conosco.

— Posso perguntar por quê?

— Receio que não.

— Minha ponte?

— Se vier conosco, não precisaremos machucá-la.

Graham não gostou disso.

— Não creio que me juntarei a vocês — disse. — E não creio que vão machucá-la tampouco. Peço que se afastem agora.

— A leitura dela tá estranha — disse Salese repentinamente, semicerrando os olhos para o dispositivo. — Tempo-anômala. Grava um nulo.

— Ah, pois bem — suspirou o Brigadeiro, e tirou da jaqueta o que era indubitavelmente uma arma.

Graham agarrou o meu pulso e me afastou bem a tempo quando uma luz azul atingiu a calçada onde eu estava. O tiro fez um *whump* e abriu um buraco no pavimento. Gritei e ataquei Salese, cravando as unhas naquele rosto frio. Salese também berrou.

— *Puso!* — vociferou ele. Houve um som desagradável quando a máquina de projeção caiu no chão. — *Puso, puso!*

Posso não ter entendido a palavra, mas sei quando estou sendo chamada de puta.

— *Sake*, Sal — retrucou o Brigadeiro, libertando-se de seu sotaque BBC.

Então Graham o segurou pelo braço, e ouvi um estalo desagradável e biológico. Salese soltou um rosnado agudo. Acertei com força o globo ocular dele. Salese soltou um gritinho agudo.

Graham havia derrubado o Brigadeiro, mas ele apontava a arma outra vez.

— Corra — disse Graham com calma.

Corri. Atrás de mim, ouvi outro *whump*.

Na lanchonete de kebab, os entregadores se agitavam. Parei perto da moto de Graham. Ele abriu a traseira, colocou rapidamente um capacete sobressalente na minha cabeça — grande demais, destinado a Arthur — e me arrastou pelo colarinho até o assento.

— Segure firme! — gritou ele de dentro do seu capacete.

Houve um terceiro *whump* e uma torrente de xingamentos numa panóplia de idiomas. Passei os braços em volta da cintura de Graham e gritei feito uma assombração enquanto a moto acelerava. Ao nosso redor, como um enxame de vespas de metal enfurecidas, os entregadores também aceleravam os seus veículos. Saímos uivando pela rua.

— Qual é o deles? — Ouvi o Brigadeiro berrar.

Nós fomos embora.

Eu nunca tinha andado na garupa de uma moto antes e não estava em boas condições mentais para que fosse a minha primeira vez. Tudo era rápido e barulhento demais. Eu caía no choro sempre que Graham fazia uma curva, a estrada subindo e ameaçando os meus joelhos. Ele acelerou pela cidade, ultrapassando sinais vermelhos.

O clamor da noite de sexta-feira diminuiu. As luzes da rua passavam com menos frequência e as árvores começaram a se inclinar no horizonte. Estávamos entrando no bairro em que morávamos.

Ele diminuiu a velocidade o suficiente para que fosse possível me ouvir hiperventilando e estacionou perto de casa. Saiu de cima da moto e gentilmente me ajudou a descer, me manuseando com desenvoltura como se eu fosse as compras semanais.

— Acho que eles são do futuro — falei, engasgando.

— Sim, presumi isso — disse Graham, não de forma grosseira.

Graham me conduziu até a entrada. Lá dentro, me joguei no chão e encostei na porta, ofegando de uma maneira que provocou um gemido constante no fundo da minha garganta. Ele começou a tirar o capacete, a jaqueta e o cachecol de aviador com toda a calma.

— Você está bem — falou, numa voz baixa e tranquilizante, removendo o meu capacete, o que deixou o meu cabelo meio bagunçado. — Você está bem — repetiu, desabotoando o meu casaco.

Sacudi os ombros e deixei a peça de roupa cair no chão.

— Eles tentaram nos matar — falei, com a voz esganiçada.

— Sim — disse ele, tranquilamente. — Você deveria entrar em contato com o Ministério. Aqui. Tem um grampo saindo da sua cabeça.

Graham estendeu a mão e senti os seus dedos nos meus cabelos, desembaraçando suavemente uma mecha. Seu rosto estava frio de concentração. Agarrei a cabeça dele com ambas as mãos e puxei-o para baixo para beijá-lo.

Todo o seu corpo ficou rígido. Ele se afastou de mim em todos os pontos, exceto a boca, que ficou imóvel com o choque. Por alguns segundos, senti-o tremer como se estivesse carregado de um magnetismo oposto. Então, de repente, foi como se uma corda tivesse se rompido. Ele se apertou contra mim. Pousou os punhos em cada lado da minha cabeça e empurrou-me com tanta força que deslizei alguns centímetros porta acima.

Objetivamente falando, foi um beijo ruim. Nossos dentes se chocaram de um jeito dolorido. Ele machucou o meu lábio inferior. Arranhei a bainha do seu suéter e os meus dedos roçaram a pele nua. Graham arquejou, e isso pareceu assustá-lo, porque saiu de repente de cima de mim, tropeçando para trás até se ver contra a parede. Pousou num globo de luz creme que atravessava o vidro da porta. Ele me encarou, com os olhos arregalados, os cabelos desgrenhados, a boca e o queixo úmidos.

Nós nos entreolhamos.

— Graham.

— Não — disse ele. Pela primeira vez naquela noite, havia pânico na sua voz.

Dei um passo na sua direção, e ele falou, com mais urgência:

— *Não.*

Parei. Ele arfava tanto quanto eu. Foi como se o horror da última meia hora tivesse acabado de alcançá-lo ou que aquela não tivesse sido a *única coisa* que o horrorizou... mas interrompi esse pensamento.

— Sinto muito — disse Graham, estendendo o braço.

Achei que pegaria a minha mão ou tocaria no meu rosto, mas ele estava me oferecendo o grampo de cabelo. Tirei-o de suas mãos. Estava quente com o calor da minha cabeça, com o calor dos seus dedos. Eu ainda encarava o grampo quando Graham passou por mim e fugiu para o quarto. Eu o ouvi trancar a porta, o que ele nunca fazia. Teria achado cômico se não tivesse sido tão doloroso.

VII

Algumas semanas após o incidente, Gore lidera um pequeno grupo de homens e dois oficiais do navio congelado terra adentro. Eles marcham através do gelo por vinte e cinco quilômetros e chegam ao cabo Felix.

O grupo fez caçadas excepcionalmente ruins, obtendo pouquíssimas centenas de quilos de carne. Todas as presas são entregues à mesa comum, embora o caçador possa manter a cabeça e o coração da caça maior. Gore compartilha o seu primeiro coração (caribu) com Goodsir, que agradece por meio de uma palestra improvisada sobre animálculos parasitas que atacam mamíferos de sangue quente. "*Você quer dizer as flechas do Cupido?*", um solteirão inveterado pergunta a outro. Mas Goodsir tem apenas vinte e sete anos e ainda se casará, assim que publicar os seus artigos sobre as espécies de insetos do Ártico e fizer seu nome.

O acampamento do cabo Felix foi criado como um observatório magnético e uma base para grupos de caça quando as jornadas diárias do navio em busca de caça não são mais viáveis. A viagem de ida e volta aos navios esgota a todos, com exceção dos caçadores mais determinados, e é possível reconhecer os caçadores mais determinados pelos rostos desfigurados. Gore não tem mais certeza de qual é a sua aparência e gosta disso. Talvez o congelamento lhe tire um centímetro do nariz.

O tenente Hodgson, do *Terror*, é o principal oficial de magnetismo da base. Hodgson é charmoso como um cachorro de colo e corajoso como um terrier, mas é jovem e não um cientista. Sua presença no acampamento é um sinal preocupante. Isso sugere que Crozier — um cientista talentoso e membro da Royal Society — enviou o seu tenente mais inexperiente porque não dá valor ao trabalho que está sendo feito aqui. Isso pode até sugerir que Crozier não espera que o trabalho de campo chegue algum dia à Inglaterra.

Em maio deste ano, Gore liderou um grupo até o túmulo de John Ross para depositar uma nota do falecido Sir John Franklin, destinada ao Almirantado por intermédio de comerciantes de peles itinerantes ou cartógrafos da Marinha Real. Agora, à medida que o reconhecimento (ninguém ousa dizer "resgate") não se materializa — à medida que fica mais claro que nenhum caçador da Hudson's Bay Company encontrou o moledro e a mensagem —, uma letargia melancólica, permeada pela fome, domina o grupo. É preciso todo o seu carisma, seu bom ânimo e a presença não expressa do açoite para que Gore mantenha o acampamento do cabo Felix animado, funcionando e responsivo.

As manhãs são as piores. Os sacos de dormir de pele de foca congelam durante a noite e depois, à luz do amanhecer, a geada evapora, condensa no teto de lona e pinga sobre as suas cabeças. Todas as roupas ficam quilos mais pesadas, porque os homens suam na lã e não conseguem secá-la.

Não, os horários de refeição são os piores. Eles colocam coisas frias na boca e o frio percorre os seus estômagos. O acampamento estava com pouco combustível espiritual, e Gore deu aos homens a escolha entre não beber grogue ou comer as rações frias. Todos escolheram o grogue: Jack sempre foi um marinheiro beberrão. Mas a água também precisava ser derretida, e eles sentem ainda mais sede do que fome ou cansaço. Teve que impedir que mais de um homem comesse neve e queimasse a garganta. Des Voeux e o sargento da Marinha Bryant mataram uma lebre há dois dias e se ajoelharam para beber o sangue que saía da ferida.

Não, o pior é que não há esquimós. Este é o terreno de caça sazonal deles. No ano passado, eles subiram a bordo dos navios para trocar carne e peles de foca por facas e madeira. Deram tapinhas nos rostos dos marinheiros e resistiram alegremente à conversão ao cristianismo (o Inferno parecia delicioso demais: uma terra de calor eterno). Este ano, os nativos não estão em lugar algum. Eles saltaram para o céu, afundaram na terra.

Gore acha que os seus dedos de atirar podem ter se tornado inúteis. Estão inchados, com um brilho branco esmaltado. Ele leva mais tempo do que gostaria para calçar as luvas porque não consegue sentir o que está fazendo. Ainda assim, já lidou com coisas piores. Vai esperar mais uma semana, a menos que os dedos comecem a escurecer. Ele ainda quer caçar um boi.

Quando acontece, acontece muito rápido. Mais tarde, ele dificilmente conseguirá encontrar as palavras para descrever.

— O... relâmpago, eu pensei que fosse um relâmpago. Então aquele... portal de luz azul.

O horizonte se divide como uma junta. Uma fenda azul brilhante no mundo. Ele levanta a arma. Ele se perguntará, daqui a algum tempo, o que teria acontecido se não tivesse feito isso, se tivesse conhecido o seu futuro de outra maneira.

Capítulo Sete

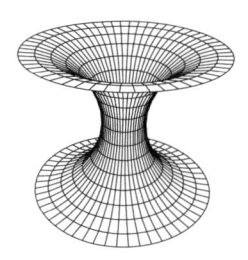

Coloquei a ponta do polegar no lábio e o apertei. Puxei o dedo de volta. Encarei-o. Nenhum sangue, embora parecesse que deveria haver. Nem mesmo a sensação de queimação. O beijo desapareceu com o amanhecer.
— Não faça isso — murmurou Adela.
— Eu não estava roendo.
Ela produziu um barulho conciliatório com a garganta, do tipo que alguém faz com gatos velhos e maltrapilhos que estão tentando subir a escada. Foi o mais próximo que ela chegou da gentileza, e isso me derrubou, literalmente. Apoiei a testa nos joelhos.

Eu estava sentada num colchão horrível e fino num esconderijo do Ministério. Depois de ouvir a porta de Graham ser trancada, estremeci em silêncio encostada à parede até que alguns poucos neurônios formaram um comitê para me lembrar de que o homem que a minha chefe identificou como espião havia tentado nos assassinar à luz da noite, usando uma arma futurística que colocou em perspectiva a dica enigmática do falecido Quentin sobre "não ser do passado".

Liguei para Adela, que atendeu imediatamente e interveio para consertar as coisas. A noite foi fervilhante. Houve certa confusão logística: furgões com janelas escuras, veículos de disfarce e até mesmo uma breve, mas impressionante, estrada subterrânea. Fui informada de que as outras pontes e expatriados também estavam sendo transferidos para esconderijos secretos, em locais consideravelmente piores do que as nossas residências originais. Graham e eu fomos colocados num apartamento em ruínas no sótão de um antigo prédio do governo, sufocado por todos os lados pela cidade. O belo parque onde eu o ensinei a andar de bicicleta ficou para trás. A janela do meu quarto dava para uma selva de chaminés e ventiladores, tornando-se prateados à luz proléptica do amanhecer. Eu ouvia algo pingando e sabia, com resignação, que, enquanto morasse ali, sempre ouviria algo pingando. A adrenalina havia passado, e eu estava me sentindo exausta até os ossos.

O quarto de Graham ficava ao lado do meu, acessado através de um longo corredor que tinha a energia de um hospício abandonado. Na nossa antiga casa, ele fora posto num furgão separado com a moto e uma bolsa de roupas. Graham olhou para mim uma vez, um olhar rápido para verificar se estavam lidando comigo, e então não foi capaz de me encarar outra vez. Quando entrou no carro, vi como ele era franzino, como era bem mais baixo do que os soldados pesadões enviados para a minha agora ex-vizinhança. De alguma forma, Graham havia sido diminuído; parecia manter o seu charme protegido junto ao corpo, como um braço quebrado. Eu não o via desde que fomos levados para o esconderijo.

Adela tentou abrir a gaveta de cima da mesinha de cabeceira, mas era velha e ficou presa. Ela insistiu e abriu a gaveta com muito mais paciência do que eu já a vira demonstrar.

— Você treinou com uma Walther? — perguntou.

Virei a cabeça, sobre os joelhos, para olhar. Ela segurava uma arma. Notei aquilo com a mesma resignação com que notei a goteira.

— Quando fui reprovada nos testes de campo, usava uma Walther, sim.

— Essa arma é sua agora.

— Ah. Legal.

— Vou guardar na gaveta de cima.

— Ok.

— Mas primeiro gostaria de ver você retirando e recolocando o pente — disse Adela, passando-me a pistola.

Tinha o peso de uma arma, nem mais pesada nem mais leve do que eu esperava.

— Não faço isso há um tempo — falei, mas completei a tarefa mesmo assim.

Adela assentiu e tirou a arma das minhas mãos para colocá-la na gaveta. Meus pensamentos dispararam devagar; eletricidade atravessando o lodo.

— Senhora. O Brigadeiro. Acho que ele é do futuro.

— Sim.

Eu não sabia o que fazer, então levantei o rosto para deixá-lo cair nas minhas mãos: um desejo infantil de apagar os problemas fechando os olhos.

— Como assim "sim"? Você sabia? O Ministério sabia?

— Conversaremos sobre isso depois de amanhã — disse ela. — Vou mandar um carro. Você receberá uma ligação de um número privado para avisar quando ele estiver chegando...

— Depois de amanhã? Após quase levar um tiro? Por que não amanhã? Por que não agora?

— Porque sim — retrucou Adela, tão depressa que ela não poderia ter tido a intenção de dizer isso. Ela inspirou ruidosamente e o seu rosto estranho tremeu. — Você precisa descansar — acrescentou, de forma mais neutra.

— Sim, *mai*.

Ficamos sentadas num silêncio caótico.

— Uma piada — murmurei. — Significa "mãe" em khmer.

Ela balançou para trás como se eu tivesse cuspido nela, depois levantou-se sem falar nada e saiu do quarto.

Dormi de forma profunda e breve, um mergulho rápido numa piscina de REM. Não sei como as pessoas dormem depois que alguém tenta matá-las, então presumi que isso estava dentro dos limites da normalidade. Quando acordei, já era de tarde, e Graham havia sumido. O apartamento continha a sua ausência como um buraco na terra.

Recarreguei a Walther, enfiei-a no bolso do casaco e sentei-me à janela com moldura rebuscada do meu quarto, como uma gárgula, olhando a vista.

A área parecia hostil ao envolvimento humano. Havia pouco espaço para pedestres e carros de mais. Todas as curvas davam para o olhar vazio dos edifícios de concreto ou vidro. Era o tipo de área que deixa os pombos extraordinariamente feios. Mas estava lotada de gente, vivendo umas em cima das outras, trabalhando umas em torno das outras, algumas de terno e outras de uniforme. Entendi por que o Ministério pensava que estaríamos escondidos ali. Havia tantas pessoas infelizes que uma arma não seria suficiente. Você teria que lançar uma bomba para garantir que eu seria a triste alma correta a morrer.

Eu sabia que ele estava de volta quando o encorpado perfume esmeralda de tabaco preencheu o corredor. Algo se contraiu no meu peito: se era um músculo ou um nervo, eu não tinha certeza, mas doeu.

Graham estava sentado à mesa da cozinha, olhando para o nada. Vi o *Rogue Male* aberto perto do cinzeiro. A coisa no meu peito doeu mais uma vez quando percebi que ele devia ter agarrado o livro durante a nossa saída de casa. Quando entrei, ele não moveu nada além do olhar, que se ergueu como um chicote.

— Onde você foi? — perguntei bruscamente.

— Saí de bicicleta.

— Não sei se isso é algum tipo de reação ao choque ou se você é apenas completamente maluco, mas está ciente de que duas pessoas do futuro tentaram sequestrar você e me matar ontem?

— Não me passou despercebido.

— E aí você fez um passeio sozinho?

Ele ao menos pareceu envergonhado, embora a expressão estivesse parcialmente oculta pela mão que segurava o cigarro.

— Eu precisava pensar — disse Graham com cuidado. — E não penso tão bem quando estou parado.

Dei quatro passos trêmulos e rígidos como os de uma cegonha para ficar na frente dele. Seu olhar vacilou outra vez. Eu tremia furiosamente. Meus joelhos saltavam como um par de sapos encaixotados. Falei:

— Quase fomos assassinados a sangue-frio na rua, e você está agindo de forma estranha porque se arrepende de ter me beijado. É isso mesmo? Eu entendi certo?

Graham pigarreou sem jeito e bateu o cigarro sem olhar, errando o cinzeiro.

— Acho que, na verdade, você me beijou — comentou.

— Tanto faz. Você está prestes a me dizer que foi um erro terrível, que não deveria ter acontecido et cetera.

Ele tragou com força, de modo que a ponta do cigarro se iluminou como um sinal de alerta, depois pegou o maço em busca de outro. Usou o cigarro aceso para acender o próximo e trocou-os taciturnamente. Por fim, ele disse:

— Não deveria ter acontecido. E sinto muito pela maneira como aconteceu.

— Certo.

— Você está brava.

— Não diga. É humilhante ser tratada como uma criança depois de ter sido beijada como uma…

— Por favor…

Ele corou e soprou um longo jato de fumaça na minha direção. Por fim, Graham murmurou:

— Tenho *tentado* cortejar você.

Pisquei.

— O quê?

Ele franziu a testa para mim por cima do cigarro.

— Evidentemente, não fui bem-sucedido nesta tarefa. Não tenho muita experiência em namoro.

— Eu não entendo.

— Preciso dizer que eu também não. Não entendo o que você quer nem o que qualquer mulher desta época quer. Não sei o que tenho a lhe oferecer. Você é perfeitamente independente. Ocupa-se de forma quase violenta com a própria carreira. Mas, bem, pensei, você *come* tudo que eu preparo… então talvez…

— Você estava planejando me alimentar até eu… o quê?

Graham franziu a testa mais um pouco. Parecia estar passando por um mau momento.

— Eu esperava que pudesse me explicar. Se me achava adequado.

— Adequado para o quê? — perguntei, exasperada.

— Bom, pensei, talvez… não sei. Na minha época, as coisas progrediam de maneira bem diferente. Eu não sabia o que você queria.

Fiquei boquiaberta.

— Graham. Não quero insistir nessa história, mas eu beijei você. Com muito entusiasmo. Isso talvez não seja uma minúscula indicação sobre o que eu quero?

— Estávamos bêbados, e você sentia medo. Tomei proveito da sua reação, e o tempo que levei para me controlar...

— Nesta era, você não precisa sair por aí se controlando se algo estiver sendo entregue a você de mão beijada...

— Eu não sou *desta* época! — gritou ele. Aquela foi uma das poucas vezes que o ouvi levantar a voz. Graham se inclinou para a frente, gesticulando agitadamente com o cigarro. — Entenda que, no que me diz respeito, você teria todo o direito de me atacar ou de me expulsar de casa ou de desaparecer sem deixar rastros...

— Bem, não quero fazer nada disso. E com certeza não queria que você se trancasse no quarto. Que diabos? O que estava fazendo lá?

— Rezando.

— Você só pode estar de brincadeira comigo.

Ele se inclinou para trás. Parecia muito vermelho, mas controlou a voz, e a mão que segurava o cigarro escondeu a metade inferior do rosto.

— Bem, sim, estou "brincando" um pouco — murmurou ele.

Nós nos entreolhamos. O cômodo caiu num silêncio envergonhado depois da nossa explosão conjunta. Com a voz mais estável que consegui, falei:

— Diga-me o que você quer. Não o que pode, ou poderia acontecer, ou poderia dar errado. Agora mesmo. O que você quer?

Observei a fumaça dando voltas no ar. Ele respirou lenta e profundamente, como um homem se preparando para pular do parapeito de uma janela.

— Você pode tirar o seu pulôver? — perguntou.

Tirei o suéter de lã pela cabeça. A gola era estreita e, ao sair, desarrumou o meu coque improvisado. Senti meus cabelos caírem devagar ao redor do pescoço.

— Sua gade.

Era uma camiseta. Tirei-a também e a deixei cair no chão.

Graham pigarreou nervosamente e falou:

— Seu, hã... — E apontou para o meu sutiã com a mão livre.

Tirei o sutiã.

Ele só se moveu para tragar o cigarro. Sua cabeça estava envolta em fumaça. Eu percebi que os olhos estavam brilhantes e febris.

— Eu me perguntava... — murmurou ele.

— Sim?

— Se eles seriam da mesma cor da sua boca.

— Eles?

Graham se inclinou para a frente e rapidamente beliscou um dos meus mamilos com força, entre os nós dos dedos médio e indicador. Fiz um barulho como um canário sendo esbofeteado.

Ele se recostou e deu outra tragada no cigarro, olhando de maneira pensativa. Os dedos que me beliscaram tremeram quase imperceptivelmente.

— Tire a camisa — falei.

Ele ergueu as sobrancelhas e, por um momento, pensei que fosse recusar. Mas então Graham colocou o cigarro entre os lábios e começou a desabotoar a camisa de sarja. Ele deixou que deslizasse pelos seus ombros sem olhar para mim.

— Apague o cigarro.

Ele o enterrou no cinzeiro.

— Levante-se.

Eu falava muito baixinho. Dei esta última instrução num volume que eu mesma mal consegui escutar. Mas Graham ficou de pé. Estava perto de mim. Não precisava esticar o braço para tocá-lo, o que foi a próxima coisa que fiz. Coloquei a mão no meio do seu peito. Ele olhava para mim com a mesma expressão suave e educadamente engajada que sempre exibia — como se aquele momento não fosse mais importante do que qualquer outro saído do bolso do nosso ano —, mas o seu coração o entregou. Sob a minha mão, ele palpitava.

Graham tinha um cúmulo-nimbo de cachos pretos no peito. Passei as mãos pelas suas costas, claras como pedras esbranquiçadas, salpicadas de pintas marrons. Esfreguei os polegares nos seus mamilos, e ele engoliu em seco.

— Tudo bem?

— Sim.

Movi as mãos e apertei os músculos das suas costas, as omoplatas.

— Posso tocar em você? — perguntou ele. — Do jeito que você... assim...

— Como...?

— Por toda parte.

— Sim. Por favor.

Ele passou as pontas dos dedos pelos meus braços e acariciou o meu pescoço. Seu toque era frustrantemente leve. Deixou os dedos descansarem nas minhas clavículas. Nós nos entreolhamos. Graham moveu as mãos para baixo, de repente, para os meus seios. Foi um movimento tão brusco — típico de um homem que queria muito tocar os meus seios — que segurei uma risada, depois sorri, e Graham se iluminou com um sorriso tão repentino quanto o sol de inverno. Parecia aliviado.

— Isso é...?

— Por favor, apenas... me beije.

Ele me puxou.

Foi um beijo bem melhor do que da última vez. Agarrei-me a ele enquanto cata-ventos giravam no meu crânio. Sua pele estava quente.

Ele me beijou com tanta força e tempestuosidade que me levou para o outro lado da cozinha. Bati na geladeira, e ele se afastou de mim, respirando de maneira instável.

— Ai. Frio.

— Desculpe.

— Não peça desculpas. Me dê outro beijo.

Ele começou a me beijar, mas depois parou para fazer um barulhinho agudo quando deslizei os meus polegares sob a sua cintura e os curvei.

— Devemos ir para outro lugar? — perguntou.

— Sim.

Ele não se moveu, no entanto. Eu começava a tremer de necessidade, o que era emocionante e constrangedor. E também porque a geladeira estava nas minhas costas.

— Você pode ter algumas... expectativas — murmurou ele.

— Hum?

— Que eu não... que tenho pouca experiência em satisfazer. Como eu... Como os homens do meu tempo...

— Você está preocupado em não me fazer gozar.

— Minha nossa.

— É isso?

— Sim. É assim que você chamaria? "Me fazer gozar..."

— Meu Deus — sussurrei, porque só de ouvi-lo dizer isso de forma experimental, como um exercício de vocabulário numa língua estrangeira, já era algo muito difícil de lidar. — Sim. Não se preocupe. Vou te ensinar.

— Eu adoraria — disse ele sério, e cobri o rosto.

— Me leva para a cama, então.

Graham literalmente me pegou no colo e me carregou pelo nosso apartamento sombrio. Escolheu o meu quarto e me colocou na cama como um pacote pronto para ser enviado.

— Você tem um corpo muito moderno — disse ele.

— O que isso significa? — Fui arrasada por explosões e mais explosões de pequenas convulsões. Eu me perguntei se estava visivelmente tremendo.

— Posso ver como todas as suas partes se encaixam.

Ele não se explicou, apenas deixou a cabeça cair no meu peito. Senti o toque áspero da sua língua e depois a ponta dos dentes nos meus mamilos. Ele enfiou o rosto no meu pescoço e encontrou um lugar onde a pele fluía com nervos. Sua cabeça estava pesada e quente.

— Quero "fazer você gozar" — murmurou ele, e foi emocionante, mesmo com as aspas em volta.

— Vai ter que molhar um pouco o rosto.

Ele riu e corou bastante. Até os seus ombros esquentaram sob as minhas mãos.

— Ah, *entendi*.

Tirou a minha saia, a meia-calça e a calcinha com alguns movimentos precisos.

— Mostre-me o lugar.

— Aqui.

— Mostre-me como. Devagar.

Ele desceu por vontade própria. Enrosquei as mãos nos seus cabelos. Ele trabalhava bem tanto seguindo o instinto quanto as instruções. Aprendia rápido. *Um excelente oficial com o mais manso dos temperamentos.*

Graham levantou a cabeça para me dizer algo. Eu não estava em condições de ouvir. Empurrei-o de volta e o senti rir novamente. Ele continuou com firmeza e seriedade, até as minhas coxas começarem a tremer. Quando gozei, minhas costas arquearam para fora da cama. Puxei os cabelos dele, acho, e fiz bastante barulho, acho, embora os detalhes sejam confusos.

Ele me segurou suavemente e esperou que os tremores passassem. Quando me viu reorientar o olhar, esfregou o rosto na minha barriga, molhando-a.

— Isso foi... muito bom.

— Fico feliz em ouvir isso.

— O que você disse quando estava...?

— Disse que você tem gosto do mar. — Graham sorriu para mim e depois acrescentou: — Pude sentir você.

— É?

— É possível fazer você se sentir assim quando eu... quando estiver com você?

— Hum... "estiver" comigo.

— Não seja insolente — disse ele, e beliscou um dos meus mamilos. Eu engasguei e o puxei pelos braços.

— É possível. Nem sempre funciona.

— O que precisa ser feito para que funcione?

— Para começar, você precisará tirar o restante das roupas.

Graham revirou os olhos e começou a mexer, com uma das mãos, no botão e no zíper da braguilha.

— Não olhe — murmurou.

— Eu quero ver.

Ele se inclinou e me beijou de forma que não consegui levantar a cabeça. A cama balançou sob o movimento de Graham tirando a calça.

Estiquei o braço para baixo, me atrapalhando um pouco, porque ele ainda não me deixava erguer a cabeça para olhar direito, e envolvi-o com a minha mão. Graham gemeu antes que pudesse fechar a boca.

— Você vai...

— Sim...

— Lá...

— Isso é... sim...?

Ele começou devagar, observando o meu rosto. Era como se estivesse usando uma máquina em mim e testando a sua eficácia de acordo com a minha reação. O fato de a máquina ser o seu corpo não parecia mexer com ele. Mas inclinei os quadris e comecei a acompanhá-lo, a encontrá-lo. Sua expressão ficou tensa.

— Por favor...

— Isso... assim... você quer isso...
— Quero...
— Você... pensou nisso... me diga...
— Sim... eu queria... ver você... ceder...

Ele me mordeu com força no ombro, e algum outro ruído animal escapou de mim. Graham começou a enfiar os polegares em lugares sensíveis enquanto se movia dentro de mim. Resisti insistentemente à pressão. Uma certa dor arrepiante, que vivia no meu corpo como outro corpo, despertou e abriu a sua longa série de afluentes através das minhas costelas. Ele colocou os lábios no meu ouvido:

— Eu costumava... ouvir você... se revirando... à noite. Não conseguia... dormir... seu corpo... a uma parede de distância...
— Você queria... fazer... isso... comigo...
— Sim...
— Diga-me... o que você fez...

No calor úmido entre nós, no meio de solavancos e suspiros, ele começou a me contar sobre aquelas noites, quando Deus e o mundo pareciam distantes, e eu parecia tão perigosamente perto, e nem orar, ou recitar os Artigos de Guerra, ou fechar os olhos com força impedia a sua mente de pensar em mim, e ele tinha que fazer consigo mesmo a única coisa em que conseguia pensar para ajudá-lo a dormir.

Graham disse suavemente, como se tivesse sido surpreendido por uma súbita rajada de chuva:

— Ah, meu Deus.

Mais tarde examinei o meu corpo e vi uma linha de finas luas crescentes onde ele havia cravado as unhas, coradas da mesma cor da minha boca.

Depois, deitamo-nos de lado, um de frente para o outro. O desajeitado barulho metálico dos radiadores anunciava a chegada do aquecimento central. Estava muito escuro — o sol já havia se dissolvido, e eu ainda não tinha acendido o abajur —, mas achei que os seus olhos brilhavam.

— Bem — disse ele —, isso foi interessante.
— Rá!
— Pode acender o abajur, por favor?
— Sim... Pronto. Olá. Então você é muito... falante.

Suas orelhas, agora visíveis, ficaram vermelhas.

— Sim, bem — murmurou Graham. — Você faz barulhos terríveis. Como uma gata de rua.

— Você não pareceu se incomodar.

— É uma maneira divertida de ficar surdo. Posso fumar?

— Só se me der um cigarro também.

— Uma troca justa. O maço está no bolso...

Estendi a mão e peguei os cigarros e o isqueiro da calça jogada. Ele acendeu dois e me entregou um.

— Graham, posso fazer uma pergunta?

— Pode. Eu me reservo o direito de não respondê-la.

— Você... hum. Estou tentando pensar numa maneira de colocar isso sutilmente. Quando disse que não tinha muita experiência em cortejar...

— Não tenho.

— Você não me pareceu... inexperiente.

Ele encolheu os ombros e recostou-se nos travesseiros, batendo as cinzas na caneca na mesa de cabeceira. Vasculhei os escassos suprimentos da minha diplomacia.

— O que você costumava fazer quando, hã, se interessava por uma mulher?

— Eu suava frio e me enfiava no navio mais próximo.

— Você era... Quero dizer, havia alguém...?

Graham continuou a fumar reflexivamente. Então falou:

— Você deve entender que, na minha época, um homem teria que ser um vilão e um canalha para fazer... qualquer uma dessas coisas... com uma mulher que desejasse cortejar.

— Você é um vilão e um canalha?

Ele ergueu as sobrancelhas.

— Estou magoado por ter que perguntar.

— *Havia* alguém?

— Não de uma forma que pudesse manchar qualquer uma das nossas reputações.

—Ah. Certo. Quem?

Dei uma tragada irritadiça no cigarro. Meu coração despencou cinco centímetros dentro do peito, ou pelo menos foi a sensação.

— Simplesmente não progrediu tanto...

— Qual era o nome dela? — falei, mais alto do que seria capaz de suportar quando me lembrasse dessa conversa mais tarde.

Graham franziu a testa para mim. Por fim, respondeu:

— Sarah. Por favor, não se sinta obrigada a me oferecer os nomes de nenhum dos seus fantasmas. Eu não quero saber.

Com cautela, ele me ofereceu a caneca. Eu fumava o cigarro com tanta força que havia um verme de cinzas pendurado nele. Bati, e o verme caiu na espuma fina de chá velho que ainda estava no fundo do recipiente. Esses detalhes eram grandes e terríveis para mim. Perguntei:

— Vocês dois nunca...?

— Bichana. Por favor.

— Você está se esforçando *muito* para se esquivar da pergunta...

— Porque isso está deixando você chateada. Não, nunca. No máximo, posso ter beijado a mão dela, e mesmo isso teria sido um tanto vertiginoso e imprudente.

Eu odiei ouvir aquilo. Falei:

— Você me parece alguém que fez bem mais do que isso.

— Que observação ameaçadora.

— Então?

— Suponho que sim. Não com... mulheres que teria desejado cortejar. Minha experiência com mulheres em geral é limitada.

Eu estava quase no filtro e minha garganta doía.

— E com homens? — indaguei, mais porque quis ser chata do que por ter notado a sua sintaxe cuidadosa.

Para a minha surpresa, Graham ficou quieto novamente e olhou para a ponta do cigarro. Por fim, falou:

— Bem. Um é muito solitário no mar.

— O que *isso* significa?

— Chega — disse Graham, subitamente ríspido.

Ele jogou a guimba na caneca e arrancou a minha guimba, úmida com o suor dos meus dedos, da minha mão. Pude ver na dinâmica dos seus movimentos que ele estava a um passo de sair da cama, sair do quarto, fingir que nada daquilo tinha acontecido; mas então voltou de súbito na minha direção, me pegou pelos ombros e puxou a minha cabeça para o seu peito.

— Coloque os braços em volta de mim — instruiu.

Graham me segurou com firmeza. Meu nariz estava esmagado no peito dele, e os cachos pretos do seu esterno faziam cócegas. Ele cheirava, de modo atraente, a suor. Dobrei o braço que não estava esmagado entre nós nas costas dele.

— Não estou tentando esconder segredos de você — disse Graham com calma. — É que... esses assuntos... Tentei separá-los do restante da minha vida. Se eu tivesse me casado, imagino que teria mantido a ficção de uma vida perfeitamente casta, pelo menos para não humilhar a minha esposa. Você não aprenderá nada de especial ou importante a meu respeito ao me fazer perguntas que só podem machucá-la.

— Na época em que estamos, acho que chamaríamos isso de "desonestidade".

— Na minha época, talvez fosse considerado uma gentileza.

Passei as pontas dos dedos pelo lugar pálido e curvo entre as suas omoplatas. Eu podia sentir, sob a pele, o fragmento dentado do microchip que o Ministério implantara assim que ele chegou, o que lhes permitia monitorar os seus movimentos com uma precisão que Graham considerara tão inexplicável.

— Talvez tenha razão — falei.

Eu o beijei. Os axiomas nos fazem selar todo tipo de coisa com beijos. Votos. Envelopes. Destinos. Mas os pais nem sempre dizem aos filhos o que significam os insultos e os palavrões, para a proteção deles. Achei que seria melhor, por enquanto, não mencionar o microchip. Para dizer a verdade, tentei não pensar muito nele.

Na manhã seguinte, quando acordei, estava sozinha na cama. Fiquei ali, sentindo-me desolada e com pena de mim mesma, até ouvir uma batida suave na porta.

— Você está acordada?

— Ah. Oi. Sim.

— Gostaria de uma xícara de chá?

— Sim. Obrigada.

Ele trouxe o chá e colocou-o na mesa de cabeceira, em vez de se aproximar da cama e entregá-lo para mim. Eu me endireitei. Estava nua debaixo dos lençóis. Ele não se moveu para me tocar, mas também não saiu do quarto nem desviou o olhar.

— Adela vai mandar um carro do Ministério. Tenho que me vestir...
— Se preferir não viajar sozinha, posso ir com você.
— Tudo bem, obrigada. Ela e eu precisamos conversar.

Graham assentiu. Ele parecia constrangido. Fiquei comovida ao pensar se ele alguma vez já tivera um "dia seguinte" ou se estava improvisando ação e reação, preso entre as expectativas da sua época e da minha. Se você está surpreso por, logo depois de um agente secreto tentar me matar, eu estar me perguntando se o homem com quem transei gostava *mesmo* de mim, lembre-se de que estar apaixonado é uma forma de traumatismo craniano. Eu tinha uma concussão de amor por ele. Inclinei a cabeça para receber a porrada.

Não fui tão tola a ponto de imaginar que a Vice-secretária de Expatriação havia se tornado minha supervisora porque gostava de mim. Adela tinha um plano, e esse plano envolvia Graham. Sua orientação brusca, com demarcações estranhas, mas forçosamente indicadas, sugeria que ela queria uma representante no local de trabalho, uma afilhada profissional. Parecia que queria que eu fosse a supervisora de Graham, e que Graham fosse... o quê?

Cheguei ao Ministério suada e sem energia. Foi mais um dia desagradável como uma dor de dente, sendo quase impossível qualificar o seu embotamento cromático como "cinza".

Adela sentava-se à mesa, com uma das mãos sobre a outra. Estava tão bem posada que me perguntei a qual meme fazia referência. Ela não olhou para mim, mas através de mim. Em vez da sua habitual irritação, falou com timidez fria. Agiu como se eu fosse uma ex que ela não via há muito tempo, noiva de uma mulher bem mais jovem.

— Senhora. O Brigadeiro. Ele matou Quentin?
— As investigações estão em andamento.
— Por que o Brigadeiro quer o comandante Gore?
— Ele quer ir para casa.
— Hã?

A porta do tempo, explicou Adela, sustentava um número limitado do que o Brigadeiro chamava de "viajantes livres". Foi por isso que o Ministério perdeu dois dos sete expatriados originais: não havia capacidade suficiente para serem transportados ao longo do tempo; era como se tivessem tentado respirar através de máscaras de oxigênio depois de outras pessoas terem esgotado o tanque. Mas era possível abrir um espaço no portal — reabastecer o tanque, por assim dizer — pegando um viajante livre "fora do tempo", ou seja, matando-o.

— Como o Ministério sabe disso? — perguntei.

— Essa informação foi extraída pelos agentes da Inteligência.

— Tortura.

— Você sabe que não usamos essa palavra.

— Isso significa que há outros "viajantes livres" do futuro por aí — falei.

— Se você encontrou um para torturar.

Adela me lançou um sorriso horrível.

— Ah, sim — disse ela. — Não só o Brigadeiro e Salese, quero dizer. Eles já conhecem as capacidades operacionais do portal. Foi feito na época deles. Aliás, aqueles dois não se prepararam para uma estadia longa no século XXI. Acredito que faziam parte de uma campanha de assassinato relâmpago.

Arranquei um bife do polegar com os dentes.

— O Brigadeiro usou a minha impressão digital para acessar e desativar o circuito interno de monitoramento do Parry Yard — falei. — É por isso que não há imagens do assassinato de Quentin.

O único olho dela entrou em foco como uma câmera.

— Foi uma violação grave — disse ela, devagar. — Uma que eu não tinha previsto. Vou lidar com isso. Inscrevi você num curso de atualização em armas de fogo. Como medida preventiva. Você deve ser capaz de aumentar a sua pontuação rapidamente. Afinal, ainda tem a sua percepção de profundidade.

Aquela foi uma piada macabra, e até Adela pareceu ter percebido. Ela levou a mão ao tapa-olho. Olhei para a sua mão esbelta, as veias estreitas. A mão parecia mais velha que o rosto: cerca de uma década mais velha, na verdade. Ela notou que eu observava.

— Botox — disse ela secamente. — Minha mandíbula foi raspada. Plástica no nariz, isso já tem alguns anos. Ajeitei as olheiras e as bochechas. Este também não é o formato natural do meu olho. As sobrancelhas são de micropigmentação.

— Ah. Sempre presumi que fosse algo reconstrutivo, e não cosmético. Não que seja da minha conta. Todo mundo deveria ter liberdade de fazer o que quiser com o próprio rosto.

Seja lá qual fosse o teste, eu falhei nele. A face de Adela ficou enevoada de decepção.

— Cuidarei pessoalmente da violação do circuito interno de monitoramento — disse ela. — Até que eu diminua o status de segurança, todas as equipes de expatriados e pontes ficarão confinadas em seus esconderijos. As viagens de ida e vinda para o Ministério devem ser realizadas em veículos do Ministério com segurança armada. Qualquer comunicação ou movimentação entre os esconderijos precisa da aprovação de ambas as metades do Controle.

Ela me lançou um olhar quase maternal e acrescentou:

— Embora, como a sua supervisora, os seus pedidos só precisam ser assinados por mim. Não se preocupe com o Secretário.

Um carro do Ministério me levou de volta para minha nova e horrível casa. Ouvi Graham gritar "Quais são as suas ordens?" antes mesmo de eu tirar o casaco. Esfreguei o rosto, incomodada com a sua rara urgência.

— Nenhuma. Esperar pacientemente. Estamos confinados em casa, exceto para assuntos do Ministério.

— Impossível. Você está em perigo!

— Sim. Vou fazer um curso de atualização em armas de fogo. Eles sabem, Graham. Sempre souberam. Estavam tentando ficar de olho nele.

Eu me joguei no sofá. Graham veio se sentar ao meu lado, deixando um espaço cuidadoso de meio metro entre nós.

— Estou relutante em fazer-lhe a minha próxima pergunta — disse ele —, já que parece relativamente trivial. Mas...

Esperei. Ele suspirou.

— Bem. Há algum tempo, perguntei a Maggie sobre "namoro". — (Ele pronunciou aquilo da mesma maneira desdenhosa que uma vez pronunciara "colega de apartamento".)

— Você perguntou à lésbica do século XVII sobre o namoro moderno.

— Sim. Estou ciente da ironia da situação.

— Uau. O que Maggie disse?

— Bem, ela riu de mim por algum tempo. Porém. Meu entendimento de "namoro" — disse ele — é que é como experimentar roupas até encontrar uma que fique bem, mas as roupas são pessoas.

— Essa é uma maneira bastante grosseira de colocar as coisas, mas acho que sim.

— O que acontece se o ajuste estiver errado?

— Bem. As pessoas se separam. Elas param de se ver. E recomeçam com outro indivíduo.

— E se o ajuste estiver certo?

— Depende do que as pessoas envolvidas querem, acho.

— Em que ponto isso é discutido?

— Bem... não há um prazo definido. Você apenas sente. Mesmo quando digo isso, posso ver o quanto o namoro moderno deve parecer confuso. Mas, em teoria, proporciona mais sensação de liberdade e escolha pessoal. Ninguém precisa se comprometer com nada que não queira.

Graham passou as mãos pelos cabelos. Os cachos se achataram e saltaram para trás. Fiquei dominada pelo desejo de tocá-lo. Então foi um choque, o equivalente psíquico de morder um osso, quando ele disse, bem baixinho:

— Quero tocar em você.

— Meu Deus — falei, e atravessei o sofá.

Além do curso de atualização em armas de fogo, Adela também insistiu que eu me inscrevesse em aulas sobre combate desarmado, cifras básicas e uma atualização em relações internacionais para a minha "região de especialização", que todos os agentes eram obrigados a fazer a cada quatro meses, a menos que estivessem em campo. Graham e Cardingham também receberam direitos especiais de movimentação e transporte para continuarem o seu treinamento de campo no Ministério. Arthur e Margaret não gozavam do mesmo nível de liberdade. Fiquei aliviada. Meu trabalho com Adela significava que eu logo receberia acesso aos seus esconderijos, mas queria que ambos estivessem em segurança até eu ter os recursos mentais para planejar os próximos passos. Num jogo de xadrez, raciocinei, não se avança com todos os peões e queimando as torres. Essa analogia diz tudo o que você precisa saber sobre o nível de distanciamento despersonalizado de que desfrutei após a minha tentativa de assassinato.

Participei de treinos no estande de tiro com Adela. Havia um placar não oficial pregado na parede. Era atualizado toda semana e não pude deixar de notar que "G. Gore" estava sempre entre os quatro primeiros, subindo e descendo em relação às pontuações de dois agentes de campo e de um dos quartéis-mestres. Era inevitável que Adela e eu esbarrássemos com ele no meio do nosso projeto. E, decerto, numa quarta-feira amena, lá estavam Graham e Thomas Cardingham.

— Malditas armas lazarentas — disse Cardingham (em voz bem alta: ele usava protetores de ouvido). — Melhor quebrar um homem com a minha vara do que abatê-lo com este braço de escorbuto.

— Você é um péssimo perdedor, Thomas — retrucou Graham. Fiquei surpresa por ele não ter repreendido Cardingham. Talvez fosse assim que os homens conversassem entre si quando as mulheres não estavam ouvindo.

— Ora, senhor, com um mosquete em mãos, vossa mercê me acharia um inimigo formidável.

— Você vai cair do placar. Ah, exceto que não entrou no placar esta semana. Ou na semana passada, pelo que me lembro.

— Sim, minhas mãos não são afeitas a peças tão diminutas. Porventura vossa mercê esteja mais familiarizada com o tamanho. Eu deveria perguntar à tua ponte.

Com isso, Graham corou. Ele respondeu, friamente:

— Meça as suas palavras, tenente.

Cardingham se acalmou e franziu a testa com um constrangimento infantil.

— Olá — falei, porque queria ver o que aconteceria.

Os homens se viraram.

— Fomos agraciados com a vossa presença — disse Cardingham com cruel ironia, e curvou-se. — A senhorita estava há meros segundos em nossas línguas. Com todo o meu respeito ao bom comandante, vossa mercê está sempre na língua dele.

— Espero que ele tenha coisas boas a dizer — murmurei, olhando para Graham. Mas Graham parecia não ter me ouvido. Ele encarava Adela, confuso. Olhei para ela e fiquei perplexa ao ver uma súbita suavidade em seu rosto. Embora, conhecendo Adela, talvez fossem os preenchimentos de silicone derretendo. — Essa é Adela. Hã. Minha supervisora. Adela, é claro que você conhece o comandante Gore... e provavelmente o tenente Cardingham...

— Sim — disse Adela com voz rouca. — Estou ciente deles.

— É uma honra ser digno da sua atenção — disse Graham educadamente. — Vai se juntar a nós?

— Não — respondeu Adela. Sua voz estava grossa. A palidez tomou conta das suas bochechas. — Infelizmente, preciso ir... mas espero que a sua pontuação melhore em vinte...

— Sim, senhora — falei, por falta de alguma coisa para dizer.

Adela assentiu, seu olhar repousando entre nós três. Então ela murmurou algo parecido com um "bom-dia" e se foi.

— Ela é *muito* loira — sussurrou Graham. Ele parecia confuso, como se tivessem acabado de lhe dar um ovo e mandado chocá-lo.

— Loira falsa. Acho que seu cabelo natural é bastante escuro, o que explicaria a textura desgrenhada.

— As mulheres desta época têm o mesmo molde — disse Cardingham. — Talvez sejam os "produtos químicos" n'água. Ouvi dizer que os poderes dominantes injetam venenos para emascular os homens e pacificar os fracos. Talvez clonem as mulheres.

— Vocês dois não estão treinando para ingressar no programa de agente de campo? Você faz parte do poder dominante agora, tenente — falei com doçura.

Olhei para Graham e fiquei surpresa e chateada quando ele não disse nada.

Mas, na maior parte do tempo, Graham e eu ficávamos trancafiados juntos. O estado de emergência que selou as nossas portas também teve o efeito de truncar os nossos pensamentos e entrelaçar-nos com uma intensidade que nunca tinha experimentado antes. Tudo o que tínhamos era um ao outro e os quartos em que nos acomodávamos.

No final de fevereiro, chegando com a brusquidão de um homem entrando atrasado num teatro lotado, houve uma tarde de luz intensa e calor. Era como se uma toalha molhada tivesse sido tirada do céu. Fiquei no telhado entre as saídas de ar e ergui o rosto.

— Sim — falei, no tom monótono da loucura. — Ahaha. Sim.

— O verão começa em fevereiro agora? — perguntou ele, parando ao meu lado.

— Não. Temos dias quentes fora de época. Exceto que acontecem com tanta frequência que são praticamente sazonais. Você se lembra do aquecimento global?

— Uma febre da terra.

— Hum.

— Você parece muito satisfeita com isso.

— Terrível, não é? — murmurei. — Não, não estou feliz com a crise climática. Mas odeio muito o inverno.

— Mas parece também mais animada — disse Graham.

— É?

— Vamos voltar para dentro? — sugeriu ele, do jeito vago como falava quando estava prestes a colocar as mãos por baixo da minha blusa.

Houve algumas coisas sobre dormir com um oficial da marinha vitoriana que não me surpreenderam, e houve coisas que me arrebataram. Ele continuava tentando tocar os limites das permissões, mas os meus parâmetros eram muito mais amplos que os dele. Não tive o mesmo sentimento de vergonha, mas acho que também nunca tive o mesmo sentimento de santidade.

Algumas coisas poderiam ter sido ele ou poderiam ter sido a época nele. Graham não iria para a cama comigo se estivéssemos chapados ou bêbados (me tornei abstêmia). Não me batia, mesmo quando eu implorava, mesmo sabendo que ele queria — por vários motivos, sou boa em avaliar isso —, e superou o seu desejo de impor mãos fortes sobre mim de maneiras interessantes: jogos estranhos com tigelas de leite e pressão do polegar nas minhas cavidades. Ele não parecia querer o seu corpo envolvido no sexo. Sempre me despia primeiro e depois a si mesmo. Não me deixou chupá-lo por semanas depois que começamos a dormir juntos, e, mesmo assim, tive que fazer isso com as luzes apagadas, fungando como um tamanduá atrevido.

— *Você não deveria* — sussurrava Graham, ambas as mãos na minha nuca.

Ele gostava de beijar mais do que qualquer pessoa que eu já tivesse beijado; não como um precursor de outros atos, mas como um ato em si. Ele me beijava até a minha boca queimar. Ele prendia os meus pulsos para que eu não pudesse levar as minhas mãos para passear abaixo da sua cintura e me beijava até que eu estivesse vibrando de necessidade. Passei a conhecer bem a sua boca. Tinha uma relação calorosa com os seus ombros, o seu pescoço, o seu peito, os seus braços, as suas panturrilhas bem torneadas e os seus pés (sentiam muitas cócegas). Mas ele era tímido em relação a todo o restante e cauteloso como um gato de rua.

Fiquei enlouquecida com o seu corpo em contextos não sexuais. Se a camisa dele se levantasse e a calça se arrastasse quando ele tentava alcançar uma prateleira alta, revelando uma lua crescente no osso do quadril, meu coração ia à boca de forma que eu quase poderia mastigá-lo. O sinal na garganta dele me fez escrever poesia. Observá-lo procurar os cigarros nos bolsos era uma experiência incrível. Por outro lado, Graham gostava de me ver tomar banho, e eu simplesmente deixava. Ele fumava enquanto observava e eu saía do banheiro com o cabelo molhado e fedendo a tabaco.

Eu sabia quando ele estava gozando, porque Graham gostava de falar comigo quando estava dentro de mim, mas não fazia mais barulho do que um gemido abafado quando chegava ao clímax, e assim o volume diminuía quanto mais perto ele estava de gozar. Graham fazia perguntas — como eu me sentia, o que eu queria, como eu queria — pelo puro prazer de me ouvir responder.

E depois, breves meias horas de paz. Segurando-me nos braços, como as estrofes de um poema. Sorrindo para mim, como se dissesse: *"Bem, não está feliz por nós dois termos sobrevivido a isso?"* Observando o sol se pôr por cima do meu ombro, acariciando a minha bochecha com as costas da mão. Suas lindas covinhas, porque ele sorria tanto, porque acho que sempre sentiu que estávamos tão divididos pela paixão quanto pelo decoro, e ele ficava mais feliz quando estávamos quietos e sossegados.

Tudo isso se desenrolou no que agora posso chamar das nossas últimas semanas. No contexto da ação deste relato, essas memórias pouco significam. Depois da primeira vez em que Graham e eu fomos para a cama juntos, elas são todas simbolicamente uma coisa só. Eu poderia ter escrito para você sem incluí-las; afinal, as coisas que acontecem entre amantes ficam perdidas para a história de qualquer maneira. Mas escrevi porque preciso que você seja testemunha disso. Ele esteve aqui, junto, com e dentro do meu corpo. Ele vive em mim como um trauma. Ao se apaixonar um dia, você será, pelo resto da vida, uma pessoa que esteve apaixonada.

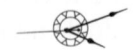

Março chegou, suave e em tons pastel. O ar parecia lavado. A novidade polida da primavera dava aos telhados e ao mobiliário urbano um brilho amigável. Eu estava com raiva, todos os dias, com medo da morte nas mãos de uma explosão de luz azul, e também nutria uma alegria frágil. Foi desorientador. Às vezes, eu me sentava na cama e olhava para Graham, no seu sono silencioso e quente como carvão, nas primeiras horas da manhã, e tinha vontade de lambê-lo inteiro. Queria colocá-lo num pingente perto do meu coração. Queria ser promovida rápido o suficiente para ter sempre poder de fogo para protegê-lo e ser sênior o bastante para impedi-lo de partir, mas não gostava de pensar muito naquilo.

Uma noite, ele fez um *yao hon* impressionante e depois tentou comê-lo com garfo e faca.

— Escuta. Está uma delícia, mas não posso elogiá-lo se você for cutucar os enroladinhos com talheres.

— O que diabos está fazendo com essa inocente folha de alface?

— O que eu deveria fazer. Largue o garfo, pelo amor de Deus. É como assistir à Inquisição Espanhola usando esmagadores de polegares.

— Seu jeito de comer parece muito confuso. Olhe. Lá se vai o seu camarão. Adeus, camarão.

— Sim, bom, também é o jeito *correto*. Qual de nós "não é inteiramente inglesa" aqui, hein?

— Qual de nós sabe cozinhar? — respondeu ele.

Depois comecei a lavar a louça, mas ele pigarreou e disse:

— Achei que poderíamos sair. De bicicleta. Traga uma garrafa de quentão.

— Não temos mais permissão para fazer esse tipo de coisa.

Graham pegou a minha mão, mesmo ensaboada, beijou uma bolha no meu dedo e falou:

— Às vezes, acordo no meio da noite porque você está rangendo os dentes com muita força. Prefiro quebrar uma regra a deixar você quebrar os seus pobres molares. Vamos. Vamos pedalar "a todo vapor".

Eu sorri. Graham era um oficial da Era da Navegação à vela que tinha acabado de testemunhar a ascensão dos navios movidos a vapor. De todas as expressões idiomáticas que ele absolutamente detestava, "a todo vapor" estava no topo. Ao usá-la, suspeitei que tentava me seduzir. Inclusive, suas próximas palavras foram:

— Além disso, há algo especial que quero mostrar a você.

Adoro me sentir especial. É claro que eu estava interessada o suficiente para quebrar uma regra.

Eu não usava a bicicleta desde que tínhamos chegado ao novo esconderijo e fiquei eletrizada com a sensação de liberdade que ela me proporcionou: movimento, na direção que eu escolhia, a partir do esforço contente do meu corpo. Depois de meia hora pedalando pela ciclovia, a cidade recuou e as ruas escureceram. Logo estávamos tendo que seguir por vias residenciais mal iluminadas, onde as casas eram ocupadas e dormiam. Depois chegamos a caminhos azul-escuros cercados por árvores, o chão sob os pés, rústico, com seixos. A luz da minha bicicleta ricocheteou nas costas dele.

— Para onde estamos indo? — perguntei.

— Chegaremos a um grande descampado. Muito em breve.

Quando chegamos ao descampado, tratava-se de uma linha de escuridão rabiscada na escuridão mais profunda. Paramos com as bicicletas na ofegante terra molhada.

— Ali — disse ele.

— Hum?

— Estrelas.

Pisquei para Graham e então olhei para cima. Era verdade. Longe da musselina suja da poluição luminosa de Londres, na noite fresca de março, o céu estava cheio de estrelas. Voltei-me para ele. À medida que me adaptei à escuridão, pude ver que olhava para cima.

— Sem um sextante, não consigo com exatidão — falou. — Mas queria poder me orientar.

— Para que, se Londres inundar quando as calotas polares derreterem, você possa navegar para águas mais seguras?

— Para que eu saiba onde estava quando conheci você.

Sempre pensei na alegria como uma coisa berrante e extravagante, que lançava a respiração para o céu como uma bola. Em vez disso, ela me roubou a fala e o fôlego. Fiquei presa no lugar pela alegria e não sabia o que fazer.

— Venha aqui — disse Graham suavemente, e me puxou para os seus braços.

Pressionei o rosto no pescoço dele. Meu corpo faiscou e eu não conseguia movê-lo, exceto para me inclinar na direção de Graham. Eu estava cheia de felicidade, tão enorme e aterrorizante que era como se eu tivesse cometido um crime para consegui-la. Ninguém me dera permissão para me sentir daquela maneira, e pensei que talvez não fosse permitido. Ele passou os dedos pelos meus cabelos, e fiquei assustada de felicidade, angustiada por ela. Não havia como alguém sentir tanta alegria sem saber que acabaria perdendo-a.

VIII

Abril de 1848. O comandante Gore desapareceu — dado como morto — há oito meses. A *coisa* está prestes a começar. Ele não vê nada da *coisa*. Em vez disso, imagina a *coisa*. Lê livros sobre a *coisa*, publicados décadas, séculos depois de a *coisa* acontecer. Ele pega as imagens horríveis evocadas por estudiosos e amadores e conta uma história.

As tripulações do *Erebus* e do *Terror* enfrentam dificuldades no inverno de 1847. Seu melhor caçador está morto — não que haja muito a ser caçado. Uma única tempestade no gelo destrói outro grupo de caça composto por dois oficiais e três homens, cujos corpos nunca são encontrados. Outros sucumbem às garras do clima, ao escorbuto, à loucura. Os homens morrem de fome e deliram, sonhando com comida. Não há carvão suficiente para aquecer os navios nem velas para iluminar o inverno ártico. Os ousados aventureiros da Franklin ficam horas no escuro, com frio e fome demais para se mexerem, enquanto a escuridão parece papelão encharcado de nanquim pressionado nas escotilhas. Os navios cheiram a carniça.

Chega a primavera. A essa altura, nove oficiais e quinze homens estão mortos: a maior taxa de mortalidade de uma expedição polar em centenas de anos. Crozier, cuja alma mal habita o seu corpo descamado e enrugado, ordena que os navios sejam abandonados. A expedição de Franklin — em 1848, ainda, "a expedição de Franklin" e não "a expedição perdida de Franklin" — vai marchar mil e trezentos quilômetros com provisões com duração de apenas metade disso, e esperará que, na jornada para o sul, encontre caça e mar aberto.

Eles prendem os botes baleeiros a lâminas e os enchem com o que imaginam que vão precisar. Tendas, é claro; os sacos de dormir feitos de pele de foca e veado; as provisões, que são em sua maioria enlatados; uma roupa de baixo extra por homem; armas, para caçar. Outras coisas também. Empilham os botes com sabonetes, livros, castiçais, diários e louças. Eles têm medo de que essas coisas possam ser necessárias. Eles têm medo de tudo, então não deixam nada para trás. Suas costas ficam machucadas com o peso dos barcos. Suas articulações estalam. Eles morrem centímetro por centímetro.

Eles puxam os barcos.

Os oficiais ficam ao lado dos homens. Até Crozier e Fitzjames puxam os barcos. Os homens estão fracos demais para fazer isso sozinhos. Não há beleza, não depois dos primeiros oitenta quilômetros. Apenas corpos doloridos, congelamento e disenteria. Cada um dos cirurgiões sobreviventes recebe um guarda da Marinha, para manter os marinheiros desesperados longe dos baús de remédios. Os guardas têm ordens de atirar sem alerta. Goodsir é, por um tempo, um dos cirurgiões sobreviventes, mas não resiste a uma infecção dentária e morre com o sangue envenenado. Ele tem sorte: é enterrado.

Eles puxam os barcos.

Eles começam enterrando os mortos em covas rasas e, mais adiante, empilham pedras sobre os cadáveres em marcos improvisados, mas logo há mortos de mais. Eles deixam os corpos onde caem.

Eles puxam os barcos.

Eles abandonam latas vazias, bugigangas, roupas. Deixam bizarros oásis de desordem, a civilização na sua forma larval. A noção de *expedição*, de *Inglaterra*, se dissipa. Eles colocam um pé na frente do outro e equilibram a mente na cabeça.

Eles puxam.

A paisagem parece algo suspenso em vidro. É como caminhar por uma ilusão perfeita e terrível. O cansaço é onipresente, Deus dos ossos e dos nervos.

Gore lê que cerca de trinta sobreviventes de mais de cem chegam ao acampamento final. "Enseada Starvation", ou a Enseada da Inanição, como os exploradores posteriores o chamam. Eles ainda estarão a centenas de quilômetros do posto avançado europeu mais próximo.

Gore sonha com os amigos. Ele vê Le Vesconte caído na lona de uma tenda desabada.

— Henry — diz ele no sonho.

Le Vesconte não responde. Ele não tem pernas e falta-lhe metade da pélvis. O osso do quadril atravessa a carne rasgada como as amuradas de um naufrágio. O osso não é branco, mas marfim e salpicado de cinza. A boca de Le Vesconte está frouxa e escancarada. A fruta roxo-escura que é a sua língua pende dos lábios. Seus olhos estão brancos e viscosos. Eles rolaram para trás.

Gore sonha que vê o tenente Little, do *Terror*, rastejando em direção ao corpo. O sangue escorre lentamente pelo rosto de Little. Seus olhos estão nublados. Gore entende, no sonho, que Little não consegue mais enxergar gente, apenas carne.

— Edward, me escute — diz Gore. Pequenos sons nas pedras. — Edward. Isso foi um homem. Não é comida.

Testemunhos remanescentes sugerem que os inuítes tentaram ajudar. Porém, mais de uma centena de europeus mal preparados, já praticamente mortos, numa terra onde os inuítes viviam num nível de estrita subsistência, num ano em que o verão nunca chegou, eram almas de mais para serem salvas. A expedição de Franklin não fora convidada para o Ártico. Por que insistiram em levar os seus corpos para tão longe da terra natal? Essa é a resposta racional.

Gore tem outras ideias. Ele pensa no rosto da mulher cujo marido matou. Acorda com gosto de carne morta na boca. Foi graças ao amor de Deus, ou à vingança d'Ele, que sobreviveu desta maneira impossível, e agora tem que se lembrar de todos eles e dela também. Ele não será responsável por outra morte, por mais um amigo perdido. Gore sonha com a determinação amarga de um homem que deve chegar ao acampamento antes de escurecer.

Capítulo Oito

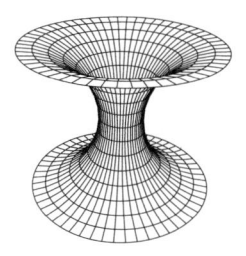

Os dias oscilavam entre chuvas catastróficas e calor fora de estação, dias escuros e claros tão nítidos quanto um tabuleiro de xadrez. Brincávamos de domesticidade, reorganizando a nossa estranha nova casa em torno dos pertences que o Ministério havia pensado em recolher da antiga.

O Ministério, entretanto, entrou em lockdown. A equipe administrativa iniciou o complicado processo cheio de bugs de transferência de dados e informações confidenciais para um servidor seguro. As comunicações internas estavam uma zona. E-mails devolvidos ou enviados com duplicatas histéricas. Os celulares com tela azul. Até nossos cartões-chave pararam de funcionar direito. Simellia ficou presa num vestíbulo misterioso porque o seu cartão-chave fez a fechadura derreter quando ela o encostou no painel, banhando-a com uma chuva terrível de faíscas verdes e grossas e fazendo disparar os alarmes.

Eu estava no prédio naquele momento, a caminho de uma reunião com Adela. O alarme era curiosamente anasalado, como uma queixa no limite da articulação verbal. Gente do departamento de operações e manutenção passou cambaleando por mim, e eu os segui. Quando chegamos à porta derretida, pude ouvir Simellia recitando em voz alta o solilóquio da coroa oca de *Ricardo II*, do outro lado, batendo ritmicamente na porta com os pentâmetros iâmbicos.

— Estamos te ouvindo! — falei. — Nós vamos tirar você daí.

— "Nós", é? — murmurou a mulher da manutenção. O pessoal do back-office detestava as pontes. Nunca entendi o porquê, mas o meu salário era alto demais para eu me importar.

Assim que Simellia retornou ao lado de fora, vi que tinha voltado ao seu uniforme de elegância, embora tivesse perdido algum peso e se movimentasse de forma sepulcral com o seu blazer desconstruído. Ela também deixara o cabelo solto num estilo afro, o que eu nunca a tinha visto fazer antes. Combinava com ela, embora não soubesse muito se eu podia falar alguma coisa, então fiquei de boca calada.

— Você — disse Simellia.

— Eu. Olá.

— E comigo são três — disse a mulher da manutenção. Ela bufou quando a ignoramos e saiu a passos rápidos. Durante o lockdown, o Ministério sofria com emergências de manutenção a cada meia hora; ela seria necessária em outro lugar.

— Tecnicamente somos três com Ivan — falei —, mas ele está em processo de demissão.

— O quê?

— Adela acha que é melhor deixar o desenvolvimento de Cardingham nas mãos do programa de agentes de campo. Podemos transformá-lo num soldado, mas dificilmente num metrossexual moderno.

— E ouvi dizer que Ralph está em prisão domiciliar? — perguntou Simellia.

— Custódia protetiva — argumentei. — Ele era da Defesa, e é provável que esteja no topo de qualquer lista de alvos antiministério.

— Você sabe onde fica o esconderijo dele?

Dei de ombros. Eu sabia onde ficavam os esconderijos de todos. Adela me informou que Graham e eu éramos considerados, pela hierarquia belicosa do Ministério, a equipe sênior de ponte e expatriado. Merecíamos mais acesso, *precisávamos* de mais acesso, já que o ajuste de Graham era fundamental e promissor. Se era injusto, também era útil. Decerto a insistência de Adela de que éramos especiais de alguma forma correspondia à minha experiência de estar apaixonada.

— Meu cartão-chave parou de funcionar nas propriedades do Ministério, e Adela cancelou as nossas últimas três reuniões — disse Simellia. — Estou tentando reavaliar a prescrição de benzodiazepínicos de Arthur, e a própria equipe de Bem-estar não quer falar comigo. Sabe por que isso está acontecendo? Tudo que nos disseram foi "procedimentos de emergência"...

— Alguém tentou me matar — respondi. — O Brigadeiro.

Ver o que aconteceu no rosto de Simellia foi como ver um corte de papel se encher de sangue. Observei o choque do impacto, o breve sentimento de talvez-não-seja-nada, o irromper. Ela estendeu o braço para mim e, creio, teria me abraçado, mas a mão roçou na arma debaixo da minha jaqueta. Ela se afastou.

— Posso conversar sobre Arthur com Adela, se quiser — falei, sustentando o olhar de Simellia. — Vou vê-la agora.

— Obrigada — agradeceu Simellia, muito friamente. — Seria gentil da sua parte. Cuide-se.

Numa agradável tarde de primavera, combinei de ir com Arthur, Margaret e Graham a uma exposição de Turner. Os expatriados criaram um jogo que chamavam de caça aos fantasmas. Eles visitavam um lugar — um pub, um monumento, uma casa senhorial — ou uma galeria ou exposição, para ver se conseguiam reconhecer algo ou alguém da sua época. Neste caso, eles achavam que Graham veria mais fantasmas, já que a exposição era dedicada às pinturas marítimas de Turner. Na verdade, organizei aquele pequeno passeio divertido — assombrado por agentes à paisana e aprovado por Adela — em parte porque queria testar os limites do meu status especial, mas também porque me sentia responsável por eles. Após a mudança para os esconderijos, ficou bastante claro que Arthur e Margaret não desfrutavam da mesma *integração cultural* que Graham ou mesmo Cardingham — o que quero dizer é que o Ministério simplesmente não os considerava tão interessantes. Cada vez menos reuniões eram dedicadas ao ajuste deles ou aos seus objetivos de longo prazo. Apenas os experimentos de legibilidade continuaram a ser feitos com algum grau de consistência. Além disso, eu sabia que Graham — que mantinha um supervisionado e geralmente restrito programa de visitas — lhes contara algo sobre o que estava acontecendo por trás das nossas portas, nas nossas camas; eu não sabia o que, pois Graham fora vago e evasivo quando perguntei a ele. No entanto, deve ter encontrado uma palavra para "amantes" que não o fizesse se sentir excessivamente vitoriano e envergonhado, e agora eu não tinha controle algum sobre como Margaret e Arthur poderiam estar recebendo essa informação sobre mim. Precisava consertar isso.

Margaret, que sabia como contrabandear latas de refrigerantes e salgadinhos para salas de cinema, não ficou impressionada com a ideia de visitar a galeria. Considere o quanto ela teve que aprender: o conceito de supermercado, marcas e sabores, a invenção da lata de alumínio, a falta de credibilidade básica do balcão de pipoca, a invenção do filme.

— Vamos ver imagens de barcos? — perguntou ela, exasperada, no carro.

— Navios, Sessenta-e-cinco, *navios* — disse Graham. — Os melhores.

— Barcos grandes — falou Arthur. Os ombros de Graham ficaram tensos.

A exposição era dividida em várias salas, que traçaram o desenvolvimento da prática de Turner ao longo da sua vida. Fiquei olhando, indiferente, para pinturas detalhadas e virtuosísticas de "barcos grandes" no mar, inclinando-se horrivelmente ao vento.

— Você já sentiu enjoo no mar? — questionei Graham.

— Não desde que era menino. O estômago de um Gore é quase impossível de ser embrulhado.

— Eu me sinto mal só de olhar para isso.

— Você não poderia ser uma gata de navio, pobre bichana.

Só quando avancei ao longo do século com Turner — para as décadas de 1830, 1840 — é que comecei a perceber a razão de tanto alvoroço. Os detalhes forenses das primeiras pinturas desapareceram. Em seu lugar, o drama sensorial da chuva, do vento e das ondas era retratado em pinceladas amplas e difusas, mais sugestão do que representação. Fiquei parada, boquiaberta, diante do quadro *O combatente Téméraire*, iluminada pelo seu impossível sol laranja. Senti um toque gentil no meu queixo. Arthur estava fechando a minha boca.

— Vão entrar moscas — falou ele.

— Rá. É muito impressionante, não?

— Muito. Até Maggie parou de reclamar. E Quarenta-e-sete está paralisado... ali...

Eu olhei. Graham observava fixamente uma tela da qual eu havia me afastado há pouco, *O navio negreiro*.

— Ah, certo. Vamos... Vamos deixá-lo sozinho.

— Ele me contou um pouco sobre a sua época navegando com o Esquadrão Preventivo. Essa é a terminologia correta, "navegar com"? — indagou Arthur, envergonhado pelo carinho que havia na sua voz.

— Sei lá. "Flutuando com" tem mais a ver com o meu nível de especialização. Aqui. Vamos sentar.

Margaret já estava sentada nos bancos acolchoados no meio da sala. Ela acenou para nós.

— Fui eu que provoquei o toque da campainha — disse ela.

— Você ativou o alarme?

— Sim.

— Bom trabalho! — disse Arthur. — Quanto tempo levou?

— Senti o meu "aqui" prontamente! O guarda ficou deveras irritado. Mas juro que não roubaria esses quadros. Não tenho apreço por barcos.

— Barcos *grandes* — falei.

Arthur riu e se acomodou entre nós.

Eu sentia pena de Arthur. A maioria dos quartetos de amizade não funciona em quadrados, mas em linhas, e Arthur e eu éramos os pontos mais distantes um do outro. Eu gostava dele e, em qualquer outra circunstância, seria impossível não adorar alguém com um coração tão bom. Mas ele estava apaixonado por Graham. Era claro como água. E me sentia ficando irritada quando Graham olhava para Margaret por mais tempo do que o normal, então não conseguia nem imaginar o quanto era dolorido para Arthur ficar perto de mim. Ainda assim, ele era a alma mais misericordiosa que já conheci. Suspeitei que se culpasse: seu gênero, sua época, seu coração.

— Você já tomou uma decisão sobre a escola de cinema, Sessenta-e-cinco? — indagou ele.

— Praga — respondeu Margaret de imediato. — Não é tão longe. Vosmecê pode me visitar.

As principais habilidades de Margaret eram as de cuidar da casa, tarefas que ela mal realizava desde que havia chegado ao futuro e que não tinha a menor intenção de retomar. Margaret "sabia o bê-a-bá", como ela mesma dizia, mas ainda frequentava aulas de alfabetização para adultos. Estava fixada na noção de escolas de cinema — de que ela vivia num mundo onde poderia ser treinada para criar cinema, a sua coisa favorita no século XXI. O Ministério tinha um orçamento para a reeducação dos expatriados. Mas de jeito nenhum deixariam Margaret sair de Londres, muito menos da Grã--Bretanha. Talvez Ralph estivesse dando corda a seus devaneios.

— O que vosmecê pretende estudar, Dezesseis? — disse Margaret.

— Você tem alguma noção do que, neste admirável mundo novo, gostaria de fazer? — perguntei.

— Descansar — respondeu Arthur.

— Rá. E não queremos todos? Você poderia tentar algo escandalosamente exagerado. Entrar no circo? Virar dançarino de striptease profissional? Contabilidade?

Arthur sorriu. Girava o anel de sinete no dedo. Margaret pegou a sua mão inquieta.

— Pode falar — estimulou ela.

Arthur suspirou. Então disse:

— Acho que as sufragistas se saíram muito bem. Posso ver que existem boas *oportunidades de carreira* para uma jovem brilhante e ambiciosa. Mas não posso deixar de notar que a troca não foi de todo igual. Raramente vejo camaradas cuidando de idosos ou esfregando o chão. As pessoas ainda olham para um homem transportando uma criança sem estar acompanhado da esposa com algo parecido com suspeita. Ou pena.

— Você quer trabalhar com crianças? — perguntei, alarmada.

Não tínhamos material sobre como lidar com os expatriados caso eles ficassem taciturnos, e eu também não era muito boa nisso com pessoas normais. Arthur me lançou um olhar desesperado.

— Viu? Você está surpresa. Talvez desapontada.

— Não, não é isso… Arthur, claro que é possível…

— É? Já li todo tipo de coisa sobre a libertação dos gays… é assim que se fala, "os gays"?… de qualquer maneira, li também sobre a mulher trabalhadora, a revolução feminista e assim por diante. Mas… Você sabe, não sou o Quarenta-e-sete, fico acordado durante tudo a que assisto e posso ver do que a sua época gosta. Vocês usam os mesmos padrões que nós, assim como fez o povo de Gray e o de Maggie também. Vocês apenas esperam que as mulheres façam mais, só isso.

— Mas você não é mulher, Arthur — argumentei.

Ele me lançou um olhar divertido — não de superioridade, mas brincalhão, para eu entender — e disse:

— Mas também não sou o modelo do homem perfeito.

— Vosmecê é o modelo do cabeça de ovo perfeito — falou Margaret.

— Obrigado, Sessenta-e-cinco.

— Eu te amo muito, cabeça de ovo.

— Também te amo. A propósito, esse é um bom exemplo do que quero dizer! Eu devo chocar *algo*… muito útil e eficaz… para fazer com que toda essa conversa sobre me trazer até aqui tenha valido a pena. Mesmo em casa, quer dizer, na minha época, sempre houve uma sensação de que dinheiro e esforço foram investidos na mistura da minha preparação, e seria muito melhor eu assar, e entrar na fôrma certa, e não estragar a minha cebola de jeito nenhum. As *recompensas* são, bem, todas as coisas boas… filhos, uma família, um pouco de paz de espírito… mas o *custo* está de acordo com a receita. E estou estragando um pouco a minha cebola, sabem?

— Então você… quer filhos? — perguntei, me debatendo de forma audível.

Arthur me lançou outro olhar, mas este era opaco. Eu sentiria uma vergonha terrível por isso, nas semanas, meses e anos seguintes. Não consegui encontrar as palavras certas para lhe responder, não conseguia nem imaginar — eu, a garota-propaganda com uma carreira de sucesso, filha de uma imigrante preservada pelo benevolente Estado britânico — qual poderia ser a resposta, mas fui salva pela chegada de Graham ao banco. Arthur virou o rosto para ele.

— Olá, Gray. Terminou de ver os barcos grandes?

— Navios. Terminei com essa sala, sim.

— Você viu algum barco interessante? — perguntou Arthur agradavelmente.

— *Navios* — falou Graham, e foi embora.

Nós nos levantamos e ajeitamos as nossas roupas. Estávamos todos com expressões tímidas e excitáveis, como crianças flagradas desenhando nas paredes. Seguimos Graham até a sala ao lado e nos aglomeramos em volta dele, cacarejando de forma irritante:

— Essa vela tem o aspecto de uma nuvem! Que assombroso. Vosmecê já confundiu uma vela inimiga com o mero clima, Quarenta-e-sete?

— Gosto da bandana desse cara. Você já usou uma bandana legal? Algo... bacana?

— Esse é bastante bom. Com a explosão de luz. Como se o barco grande viesse buscar passageiros para o Céu. A própria barquinha de Deus.

— Vocês são todos tediosos — disse Graham, com calma. — Eu deveria mandar açoitá-los por insubordinação.

— Você já mandou que açoitassem alguém? — perguntei.

Ele me ignorou para ler a legenda da pintura. De repente, Graham se endireitou, com os olhos vazios, e saiu sem falar nada.

— Ah — disse Arthur, angustiado. — Acha que fomos longe demais?

Eu li a legenda:

Viva! para o baleeiro Erebus! Outro peixe! (1846) *Turner parece ter pegado emprestado o nome deste navio baleeiro do* HMS Erebus, *que com o seu companheiro náutico, o* Terror, *navegara para o Ártico no ano anterior. Em um dos maiores desastres da exploração polar, nem o navio nem ninguém da sua tripulação regressou.*

— Ah — falei.

Graham rejeitou todas as tentativas de confortá-lo ou questioná-lo, é claro. Organizou a conversa de modo que o seu lapso momentâneo de expressão fosse ocultado. Era um truque dele, tão habilmente manejado quanto a perfeita irrefutabilidade do seu "aqui" e "ali". Ele construía frases ao redor das salas onde havia coisas queimadas e quebradas, e eu nunca seria capaz de ver os danos.

Os carros nos levaram de volta aos nossos esconderijos separados. Margaret e Arthur murcharam enquanto seguiam para os veículos. Seus dias de peregrinação livre terminaram. O século XXI era algo que acontecia do lado de fora das suas janelas. Claro que fiquei com pena deles. Eles estavam à mercê do Ministério desde que chegaram. Cada inspiração e cada lágrima derramada foram monitoradas. Mas o Ministério salvara as suas vidas. Portanto, tinha uma pequena influência em dizer como essas vidas continuariam.

Em casa, Graham, com o maxilar tenso e os olhos opacos, empurrou-me contra a porta.

— Você se lembra — falei — que foi mais ou menos assim que nos beijamos pela primeira vez?

— Não me pergunte sobre as coisas de que me lembro — murmurou ele.

Passei as mãos pelos cabelos de Graham, que encostou o rosto no meu pescoço.

— Por favor — sussurrou.

Quando Graham estava dentro de mim e a sua respiração umedecia a minha garganta, me perguntei o que se passava na sua mente. Eu o beijei até os meus lábios doerem e tentei ouvir os seus pensamentos. Como era ser o único que voltou? O único que ainda tinha um corpo para tocar, para machucar, para ansiar? O último ainda capaz de morrer?

As condições dos nossos novos alojamentos eram tão desconfortáveis quanto usar roupas mal ajustadas. Tornei-me consciente da vulnerabilidade do meu corpo, como se fosse uma casa alugada com fechaduras que eu ainda não tivera tempo para mudar. O programa de agente de campo incluía um curso de combate desarmado e me inscrevi para ver se isso me faria sentir melhor. Depois de ter participado de seis sessões, Adela apareceu um dia, num traje esportivo casual e caro.

— Treine comigo — disse ela. — Gostaria de ver o que aprendeu.

— Aprendi que, na maior parte das situações, quase sempre é melhor fugir.

— Já é um começo — falou Adela, depois me deu uma rasteira. Atingi o tatame com um grunhido embaraçoso.

— Você não disse que tínhamos começado!

— Agressores em geral não avisam — respondeu Adela placidamente.

Rolei pouco antes de o seu calcanhar cair sobre a minha barriga e me levantei.

— Não, se for o Brigadeiro, ele só vai atirar em mim com… Ele tem uma arma que faz uma luz azul e…

— Você escapou uma vez. Por que ataca tão devagar? Agora peguei o seu pulso.

Eu me soltei e deslizei para trás.

— Como assim, escapei "uma vez"? — Eu ofegava. — Ele vai voltar? Você tem informações sobre isso? Onde ele está? Ai! Meu Deus!

— Era apenas um comentário. Você é mais capacitada do que imagina. Como está o comandante Gore? — perguntou Adela, bloqueando com facilidade dois socos fracos meus. — Pelo que entendi, os quartéis-mestres solicitaram permissão para treiná-lo com armas de longo alcance. Você está batendo devagar.

— Não quero te ferir.

— Fique tranquila quanto a isso — disse Adela, e desferiu um golpe forte no meu ombro.

— Ai!

— Bloqueie.

— Ai! Estou tentando! Sim, ele fica no Ministério quase tanto quanto eu. Não apenas para treinamento. Também para o contexto histórico, acho. Ah! Tipo. Ninguém explica melhor a Guerra Fria do que os arquivistas. Porra! Ai! Também contei fatos históricos para ele sem contexto algum um tempo atrás, e ele está retrocedendo em missões que não são mais secretas.

— Blitzkrieg e Onze de Setembro.

— Rá. Ai! As trincheiras e Auschwitz, na verdade.

Adela congelou, seu punho paralisado no meio do golpe.

— O quê?

— Eu mencionei a palavra "Auschwitz" fora de contexto, e ele passou a noite toda pesquisando sobre o Holocausto.

— Você não contou a ele sobre o ataque às Torres Gêmeas? — perguntou Adela. Ela parecia genuinamente confusa. Sua mão pairou no ar. Hesitei, depois decidi que isso devia significar que a surra havia terminado e relaxei.

— Não. Meu Deus, pode imaginar? Ele passou o ano de 1839 explodindo o sultanato de Aden. Não tenho certeza do quanto Graham conseguiria manter toda a guerra contra o terror numa dimensão não racista.

— Sim — disse Adela, com a voz entrecortada. — Se ele tivesse chegado a essa notícia abruptamente, teria se convertido ao Ministério na hora.

Ela encontrou o meu olhar e acrescentou:

— É o que imagino.

Aos poucos, o olhar ficou rançoso.

— Eu abaixei a minha guarda. Teria sido sensato me atacar então — disse ela, e me deu um soco na cara.

Bater em mim deixou Adela de bom humor por vários dias. Ela me deu permissão para levar Graham para um passeio monitorado de bicicleta até Greenwich, para ver o memorial da expedição de Franklin.

— Não podemos esperar que ele se ajuste sem dar o assunto por encerrado — falei. — E isso pode melhorar o seu controle sobre o "aqui" e o "ali". Sei que ele já obteve uma pontuação alta em legibilidade voluntária, mas não há mal algum em reforçar isso.

Adela olhou para mim como se olha para um gato que, com uma perspicácia incomum, trouxe para casa uma nota de dez libras em vez de um rato morto.

O dia que escolhi estava de fato lindo. A luz era uniforme e suave, como farinha cuidadosamente peneirada. Perturbadas pela mudança de calor, rosas fora de estação rebentavam e caíam nos jardins frontais e nas praças públicas. Uma brisa fresca passou ao nosso lado enquanto andávamos de bicicleta; lembrava mais um aperto de mão. Como sempre quando eu passava por clima ameno, fui dominada pela sensação de que os meus problemas e as minhas dores haviam sido adiados, e voltariam após um intervalo em que eu poderia, espiritualmente falando, usar o banheiro, tomar uma bebida e me arrumar.

Sob a luz do sol de março, os edifícios do Old Royal Naval College pareciam limpos. Ele olhou para os longos gramados verdes, franzindo a testa.

— É um monumento a si mesmo.

— Sim. Mas muito bonito.

— Que curioso ter sobrevivido para ver a minha obsolescência envelhecer o suficiente a fim de ser celebrada como lendária.

Ele seguiu devagar, olhando em volta como se nunca tivesse visto um prédio antes.

— Bichana — disse ele, e trotei obedientemente para o seu lado.

Havia pelo menos duas outras pessoas a distância, o que significava que estávamos em público, o que significava que ele não iria me beijar ou me abraçar, mas Graham estendeu a mão e apertou a minha por um segundo. Para ele, aquela era uma escandalosa demonstração de afeto.

Caminhamos lado a lado até a capela, a uma distância casta e adequada, e subimos as escadas.

— Ah — disse ele.

— Hum.

— De alguma forma não pensei que seria... bem aqui.

O memorial da expedição de Franklin na capela, sob o qual o corpo vagamente identificado como o cirurgião-assistente Harry Goodsir foi enterrado, ficava numa alcova perto da entrada. Fiquei envergonhada ao ver um pôster meio enrolado de uma exposição recentemente fechada e um pequeno conjunto preto de organizadores de filas que havia sido deixado nas proximidades. O momento deveria ser grandioso, comovente, importante. Eu tinha certeza de que haveria música triste de órgão. Em vez disso, o memorial parecia esquecido.

Ele ficou parado e olhou por um longo tempo para a lista de oficiais.

— Edward foi promovido, então — falou suavemente. — Bom.

— Todos os seus companheiros subiram na hierarquia.

— Ah, como sempre foi. Muitas vezes era preciso esperar que alguém morresse para isso acontecer. É incomum que a pessoa que esteja morrendo promova a si mesma.

Sorri, insegura. Graham estava muito pálido. Um truque da sombra engoliu o verde dos seus olhos. Eles estavam de um tom marrom opaco e achatado, como uma árvore primaveril que não conseguiu mais crescer.

— E... o dr. Goodsir está...?

— Sim.

— Ele estava em ótima forma da última vez que o vi. Foi ao observatório magnético e começou a falar sobre o líquen. Ele me disse que o musgo é um sinal de que Deus tem senso de humor e que os fungos são um sinal de que Ele tem senso de reverência. Era um homem muito excêntrico. Você teria gostado dele.

— Sim. Li as cartas dele. Parecia um sujeito engraçado.

— Esqueço que somos objetos de estudo para você. Que pode ler a nossa correspondência privada.

— Desculpe.

— Não, tudo bem. Pelo menos ainda são lembrados e alguém ainda se importa com eles.

Eu não sabia como responder. Encostei os dedos na palma da mão dele. Graham fez um barulho suave com a garganta e perguntou:

— Você se importaria de me deixar um pouco sozinho?

— Claro que não. Hum. Devo esperar...

— Talvez você deseje procurar algo para se ocupar.

— Ah. Sim. Vou ao museu, então.

Lamentei ter dito aquilo, porque parte do museu continha relíquias desenterradas do colapso da sua expedição, mas ele já estava em outro lugar na sua mente. Não olhou para mim, só estendeu a mão e acariciou a minha bochecha como se estivesse afagando um animal.

— Obrigado — falou Graham.

No final, demorou uma hora para que ele me enviasse uma mensagem cuidadosamente redigida, marcando um encontro perto da entrada da passagem de pedestres de Greenwich. Almoçamos numa barraca de comida e pude vê-lo tentando descobrir a receita do *pisang goreng* coberto com Nutella. Brinquei que teríamos que comprar um cobertor antifogo, e ele me acusou de ter pouca fé, depois perguntou por que eu nunca o havia deixado comer Nutella antes. Respondi que eu mesma tentava evitar, senão deixava de comer outros grupos alimentares.

Graham disse:

— Falando nisso...

— Sim?

— Canibalismo.

— Hum.

— Eu conhecia aqueles homens.

— Sim.

— E eles não teriam feito isso.

Ele olhou para mim, como se estivesse debatendo quanto eu pesaria se fosse uma garrafa com centenas de grãos de feijão.

— Teriam? — questionou.

— Desculpe. Se você sabe disso, então sabe como nós sabemos. Os inuítes não tinham motivos para mentir. E bem. Acabamos encontrando os restos mortais. Os britânicos, quero dizer, e os canadenses, e assim por diante. Os ossos tinham marcas de faca. Existe uma coisa chamada *pot polishing*...

Graham ergueu o garfo de madeira, e eu parei. Seus lábios estavam pálidos. Assim como o restante do seu rosto, mas foram os lábios que me assustaram. Finalmente, ele perguntou:

— Você acredita que os nativos estavam falando a verdade?

— Graham. Foi o que aconteceu. Existem evidências arqueológicas.

— Mas então você acredita que isso poderia ter acontecido comigo.

— Teria acontecido com qualquer um. Eles estavam morrendo de fome.

— E os esquimós não ajudaram.

— O correto é "inuíte". Os grupos cruzaram caminhos aqui e ali. Sei que há pelo menos um registro de uma caça conjunta bem-sucedida a caribus depois que os navios foram abandonados. Mas... Quero dizer... Você deve se lembrar de como era a Ilha do Rei Guilherme. Simplesmente não há caça suficiente para sustentar tantos homens.

Ele me lançou um olhar estranho e embaçado, como se estivesse enterrando algo na nuca.

— Você sabe os nomes dos últimos homens? — perguntou.

— Não. Cerca de trinta homens chegaram ao acampamento final na enseada Starvation. Mas não sabemos quem. Algumas pessoas acham que os últimos sobreviventes foram o capitão Crozier e o dr. McDonald, com base no testemunho dos inuítes, mas, na verdade, não fazemos ideia.

O alívio percorreu o seu rosto. Perguntei-me quem ele teria imaginado, faminto e de olhos vazios, arrancando músculos da panturrilha com os dentes.

Na manhã seguinte, quando acordei, ele estava na minha cama.

Tínhamos começado a dormir juntos na maioria das noites. Graham dormia como se um plugue tivesse sido desligado no seu cérebro. Parecia docemente infantil quando dormia, e isso me deixava com medo. Eu o adorava, e aquilo me incomodava.

Mas ele raramente ficava na cama pela manhã, já que se levantava cerca de duas horas antes de mim. Quando o vi ali, deitado de costas e olhando para o teto, senti um arrepio indicando que algo estava errado.

— Eu nunca vou voltar, não é? — disse Graham. Sua voz estava baixa e coloquial, como se estivéssemos conversando havia cinco minutos.

Cheguei mais perto e coloquei a mão no seu peito.

— Não. Você não pode.

— Acho que não acreditava mesmo nisso. Mas é verdade. Eles estão todos mortos. Todo mundo que conheci está morto. Tudo que eu tinha na minha vida se foi.

Esfreguei o polegar no peito dele. "*Fique presente e calma*", aconselhou a equipe de Bem-estar. "*Concentre-se na ação. Aceite a confusão; não exija explicação.*" Ele me encarou, vago e vazio, como um animal olha para um livro.

— Não sobrou ninguém no mundo que me conheça há mais de alguns meses. Sou um estranho numa terra estranha.

— Eu conheço você.

— Conhece?

— Estou tentando. Gostaria de conhecer melhor.

Algo se suavizou no seu rosto, o suficiente para eu ter um vislumbre do oceano de tristeza que Graham havia represado e continuava represando, todas as noites, todos os dias.

— Venha cá — disse ele.

Às vezes, as pessoas me perguntavam se eu já tinha "voltado" para o Camboja. Eu dizia a eles que havia "visitado" o país.

Numa dessas visitas, com os meus pais e a minha irmã, fizemos uma viagem para a cidade litorânea de Kep, organizada pela minha mãe. Lá, as mulheres que administravam as barracas do mercado cozinhavam peixe e filhotes de lula no carvão e nos extorquiam alegremente — o sotaque de Penh da minha mãe era um passaporte tão ruim quanto os rostos ocidentais da família — e comíamos peixe e arroz com *prahok* e melão amargo numa elevada mesa de piquenique de madeira. Um vendedor ambulante de bebidas com tatuagens *sak yant* dizia à minha mãe que as boas garotas khmer não bebiam e que o meu pai tinha que comprar as cervejas e levá-las escondidas para ela, segurando um leque cada vez que tomava um gole, uma operação que eles faziam com crescente hilaridade.

Uma vez alimentados e cheios de novas memórias, ela nos levou mais adiante no litoral. Por fim, encontramos o que a minha mãe procurava num terreno abandonado e cheio de ervas daninhas, com um cheiro escandaloso de comportamento animal. Ela puxou algo vermelho do chão.

— Vejam.

Fazia parte de um piso de ladrilho intrincadamente esculpido, contendo os restos desgastados de um padrão de mandala. Começamos a olhar, maravilhados, ao redor dos nossos pés.

— Era a casa de férias da minha família — disse a minha mãe. — Sua avó escolheu os azulejos.

Quando algo muda a sua constituição, você diz: "A terra se moveu." Mas a terra permanece a mesma. É o seu relacionamento com o solo que muda.

O projeto de viagem no tempo foi a primeira vez na história que uma pessoa foi tirada da sua época e levada para um futuro distante. Neste sentido, a situação dos expatriados era única. Mas os ritmos da perda e do asilo, do êxodo e da solidão, rolam como inundações ao longo da história humana. Já vi isso acontecer na minha própria vida.

Eu sabia que Graham se sentia à deriva em águas traiçoeiras. Ele me desejava — isso era óbvio agora —, mas ou gostaria que não fosse assim, ou gostaria que pudéssemos ter feito as coisas do seu jeito. Possuía uma relação incerta com tudo na nossa época, mas sabia fazer amor comigo e sabia que era isso que eu queria. Se eu tivesse deixado que Graham escolhesse, ele nunca teria me tocado, apenas teria me cortejado de forma casta naquela casinha até que o Ministério o tornasse homem suficiente para que pudesse fazer de mim uma mulher honesta apesar do material disponível.

Suponho que quero dizer que o traí, porque lhe disseram que eu era a sua âncora e, em vez disso, insisti que ele se tornasse a minha. Eu o traí de outras maneiras também, é claro, escondendo segredos e delatando-o. Mas isso sempre esteve na descrição do meu trabalho.

Ele se sentou com as costas apoiadas na cabeceira da cama e me segurou no colo, movendo-se dentro de mim sem pressa. Minha boca e meus seios ardiam de prazer onde ele me beijava e roçava com a sombra da barba por fazer no queixo. Ele segurou um dos meus mamilos como um rosário entre os nós dos dedos e agarrou os meus quadris com um braço, prendendo-me no lugar.

— Deixa eu…

— Seja boazinha e vá devagar.

Duas vezes eu me afastei dele e tentei provocá-lo com movimentos bruscos com a boca e as mãos. Nossos corpos estavam escorregadios de suor e, quando me movi para longe, o ar frio do quarto me envolveu com um erotismo gélido e peculiar. Quando voltei para Graham, ele lambeu a minha boca.

— Deixa eu...

— Não — disse ele, me mordendo de leve no pescoço.

Na mesa de cabeceira, meu telefone do trabalho começou a tocar.

— Ah...

— Ignore essa coisa.

— É... hã... é... trabalho...

— Até onde entendo, *eu* sou o seu trabalho. Dessa forma, você está trabalhando. Você gosta... quando vou fundo... desse jeito...?

O telefone tocou. Alguns segundos de silêncio e depois recomeçou.

— Ah... pelo amor de Deus... eu deveria...

Ele suspirou, então me levantou e me deixou cair de costas. Enganchei um tornozelo nos seus quadris. Graham nem precisava dessa insistência. A cama bateu ferozmente contra a parede. Gozei, com um pé arranhando a sua panturrilha, ao som da cabeceira da cama batendo e do telefone tocando. Foi muito estressante. Ele chegou ao clímax logo depois, ofegando no meu ouvido. Acariciei as suas costas, tocando a protuberância do microchip.

Toda a tensão se esvaiu dele, que caiu em cima de mim.

— Argh. Você é pesado!

— Acho que estirei as costas tentando segurar os seus quadris no ângulo certo — disse ele, de forma pacífica. — De nada, aliás.

— Saidecima. Telefone.

— Hum. Acho que ficarei aqui até sentir a minha coluna de novo.

Eu me balancei, tentando desalojá-lo.

— Você vai sujar as suas coxas — observou Graham. — E então ficará muito irritada.

— O que aconteceu com o virgem recatado com quem me casei?

— Bem, nós não nos casamos. Você tirou a minha inocência. Agora estou arruinado.

Funcionou, no entanto. Graham saiu de cima de mim e puxou os lençóis em volta dos quadris.

— Você também não era virgem — falei alegremente. Ele me ignorou.

A tela do telefone se iluminou com uma mensagem de texto. Era de Adela.

Venha ao Ministério agora.

IX

Maio de 1859. A expedição de busca do capitão Leopold McClintock passou oito meses presa no gelo perto do estreito de Bellot. As queimaduras de frio, o escorbuto e o longo inverno ártico devastaram a sua tripulação. Agora, o sol está de volta e andar de trenó é uma opção novamente.

O tenente Hobson segue para o sul ao longo da Terra do Rei Guilherme. Alguns esquimós contaram a ele que, nove anos antes, viram um grupo disperso de trinta homens brancos famintos e maltrapilhos: os supostos sobreviventes da expedição de Sir John Franklin para descobrir a passagem Noroeste. Os dois navios de Franklin, *Erebus* e *Terror*, não são vistos desde julho de 1845. Nenhum dos oficiais ou marinheiros da expedição foi encontrado.

Os esquimós também insinuaram outras coisas. Corpos desmembrados em acampamentos improvisados. Botas fervidas em panelas, botas ainda cheias de carne humana. Marcas de faca em tíbias, ossos de dedos sugados até o tutano. Um último acampamento, num porto no continente, onde encontraram um cadáver que havia passado as correntes de um relógio através de cortes nos lóbulos das orelhas, talvez para mantê-lo em segurança, talvez agarrado à ideia de que ainda poderia retornar a um lugar onde o relógio valesse alguma coisa. Hobson come as suas rações e se pergunta qual seria o gosto do seu próprio bíceps.

No local que os europeus chamam de cabo Felix, ele encontra os restos de um acampamento. Ainda há tendas armadas, cheias de peles de urso e sacos de dormir de lona. Ele acha dois sextantes, carretéis de arame, óculos de neve e parafusos de latão. Conclui que não se tratava de um acampamento de último recurso, mas, sim, de um observatório científico, montado para os meses mais amenos do verão. A única coisa estranha é a rapidez com que foi abandonado, deixando para trás bens valiosos da Marinha Real.

Andando de trenó mais para o sul, descobre um monte de pedras empilhadas. Dentro delas está o único documento de comunicação da expedição Franklin que será descoberto: uma nota em papel do Almirantado, escrita duas vezes.

A primeira mensagem, em caligrafia forte e confiante, diz:

Os navios HMS "Erebus" e "Terror" passaram o inverno no gelo em lat. 70°05'N, long. 98°23'O. Tendo passado o inverno em 1846-7 na ilha Beechey, em lat. 74°43'28"N, long. 91°39'15"O, após terem subido o canal de Wellington até lat. 77°, e retornado pelo lado oeste da ilha Cornwallis. Sir John Franklin comandando a expedição. <u>Tudo está bem.</u>

Um grupo composto por 2 oficiais e 6 homens deixou os navios na segunda-feira, 24 de maio de 1847.

(Assinado) GM. GORE, tenente.

(Assinado) CHAS. F. DES VOEUX, imediato.

A segunda, oscilando nas margens:

25 de abril de 1848. O "Terror" e o "Erebus" foram abandonados no dia 22 de abril, 5 léguas a norte-nordeste deste lugar, tendo sido acossados desde 12 de setembro de 1846. Os oficiais e as tripulações, compostas por 105 almas, sob o comando do capitão F.R.M. Crozier, parou aqui em lat. 69°37'42"N, long. 98°41'O. Este papel foi encontrado pelo tenente Irving sob o moledro que supostamente foi construído por Sir James Ross em 1831 — 4 milhas ao norte — onde foi depositado pelo falecido comandante Gore em ~~maio~~ junho de 1847. O pilar de Sir James Ross, entretanto, não foi encontrado, e o papel foi transferido para esta posição que é aquela em que o pilar de Sir J. Ross foi erguido — Sir John Franklin morreu em 11 de junho de 1847; e a perda total por mortes na expedição foi até hoje de 9 oficiais e 15 homens.

(Assinado) JAMES FITZJAMES, Capitão HMS Erebus.

(Assinado) F.R.M. CROZIER, Capitão e Oficial Sênior.

começando amanhã, dia 26, a jornada até o rio Back's Fish.

A nota revelou duas coisas importantes.

A primeira foi que a expedição abandonou os seus navios em abril de 1848, após dois verões consecutivos tão frios que o mar permaneceu congelado. Vinte e quatro homens já haviam morrido, o laureado Franklin entre eles. Francis Crozier e James Fitzjames, capitães do *Terror* e do *Erebus* respectivamente, lideraram as companhias de navios numa marcha terrestre de 1.300 quilômetros. Até onde Hobson sabia, nenhum homem sobreviveu ao esforço.

A segunda foi que o tenente Graham Gore — a quem foi concedida uma promoção de campo a comandante — morrera antes do início da marcha. A história o engolira, fechando-se sobre ele como o mar faz com um marinheiro infeliz.

Capítulo Nove

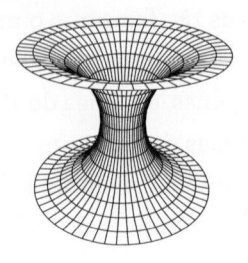

No Ministério, Adela olhou para mim com olhos selvagens. Parecia que as suas bordas tinham sido preenchidas incorretamente e percebi que era a primeira vez que a via sem maquiagem. Uma mecha de cabelo do tamanho da palma da mão caiu da sua cabeça.

— Há um informante — vociferou ela.

— Um...

— Pensei que fosse Quentin. Era ele da última vez. Por isso foi neutralizado.

— Neutra...

— Você está em perigo, entendeu? — disse ela, agarrando os meus braços.

Eu a encarei, chocada. A adrenalina correu sob a minha pele. Eu me senti como uma massa manuseada em demasia.

— *Sei* que estou em perigo. O Brigadeiro...

— Alguém dentro do Ministério está passando informações a ele — interrompeu Adela. — E não sei quem é.

Tive a sensação de que sempre pensei ser uma garota de verdade, mas alguém me dera um peteleco no olho e isso não tinha produzido dor alguma, apenas um clique vítreo: eu não passava de uma boneca, sem mais inteligência do que uma garrafa d'água.

— Como sabe que há um espião no Ministério? — perguntei.

Adela ergueu as mãos.

— Houve uma violação! — respondeu. Eu nunca a tinha ouvido falar com pontos de exclamação antes. Aquilo tirou uma década dela. — A localização da porta do tempo vazou! E ainda não encontrei o Brigadeiro! Procurei em todos os lugares onde ele poderia estar!

Nós trocamos olhares, nenhuma das duas com muito controle sobre as nossas expressões. Algo se passava com o rosto de Adela. A princípio, pensei que estava testemunhando um raro exemplo de grande emoção, porém, quanto mais eu olhava, mais me convencia de que as estranhas ameias do queixo e das maçãs do rosto se moviam de novo. Ela parecia viscosa, recentemente abalada.

Observei, fascinada, o andaime encurvado da sua expressão.

— Você falou que o espião era Quentin "da última vez". O que quis dizer com isso?

Adela passou os dedos pelos cabelos. A grande torção na lateral da cabeça começou a se achatar, de uma forma oleosa e exausta.

— Um dia — disse ela —, você terá que parar de fazer perguntas idiotas em prol do presenteísmo da conversa. Ninguém gosta disso. Você sabe exatamente o que eu quis dizer.

Depois do encontro com Adela, voltei para o nosso apartamento horrível e úmido e fiquei sentada na nossa cozinha miserável, tentando ler um relatório — embora, na verdade, eu apenas tenha ficado olhando para a mesma página por vinte minutos. Graham estava andando de moto, uma permissão que ainda não havia sido rescindida. Ouvi-o estacionar no pátio abandonado que escondia a entrada do apartamento e, alguns minutos depois, escutei a chave na fechadura. Ele tropeçou na soleira da porta e chamou o meu nome com a voz estrangulada.

Eu estava de pé com o coração fervendo de pânico. Graham quase nunca usava o meu nome, o meu nome verdadeiro, não "bichana" ou "minha ponte", mas o meu nome, que ele pronunciava direito, que ele conhecia desde o início. Fui até o corredor. Ele parecia mal. Seu rosto estava branco e manchado de suor.

— Algo aconteceu com Maggie — disse Graham.

Graham sentia-se preocupado desde a nossa visita à galeria. Um bom oficial cuida da sua tripulação. Ele tinha saído para visitá-la. Quando chegou à porta da antiga loja que disfarçava o seu esconderijo, ficou intrigado com uma linha de escuridão ao redor dela, como uma vara pintada. Uma curiosa ilusão de ótica. A porta havia sido arrombada e deixada levemente entreaberta, de modo que apenas um centímetro do corredor escuro era visível. Ele entrou e chamou por Margaret. Sua voz pousou estranhamente no ar penumbral.

Ele encontrou uma escada. Subiu os degraus, o que em geral nunca faria. Algo parecia estranho, partido. No banheiro, com piso parcialmente arrancado, uma banheira cheia. Ralph debaixo d'água. Uma coisa semissubmersível que um dia fora Ralph. Olhos arregalados, sem ver. O rosto já estava começando a inchar. Graham recuou e foi até a porta estilhaçada do quarto. Viu a figura na cama. Uma mulher morta. Estrangulada. Por alguns segundos, o roxo borrachudo da sua face tornou as suas feições indistinguíveis. Então ele percebeu: não era Margaret, era outra mulher. Mais alta, de cabelo loiro-acinzentado. Alguém com quem ela estava saindo, com quem manteve contato ilicitamente. Uma ex-amante agora. O quarto havia sido desfeito por mãos indelicadas. A própria Margaret não estava em lugar algum.

— Ah, meu Deus — falei, com a voz esganiçada.

— Eu sei para onde ela teria ido — disse Graham.

— Para onde?

Ele me contou sobre um sistema de túneis meio destruído, perto de Greenhithe, em Rainham. As zonas industriais tinham-no enterrado com as suas fundações, o Tâmisa afogara parte significativa dele, mas as investigações de Graham ao longo do ano passado, pedalando até o limite das fronteiras, provaram que os túneis ainda estavam lá. O sistema era usado quando Graham estava na Marinha, explicou, quando não era tão secreto, mas agora parecia ser um segredo. Ele sempre dissera a Arthur e Margaret para irem até lá se algo desse errado, que ele iria buscá-los.

Eu coçava a garganta, marcando-a compulsivamente com linhas brancas de pele rompida.

— Por que contou isso a eles? — balbuciei. — O que esperava que desse errado? Quando planejou isso? Por que não me contou?

Ele respondeu apenas à última pergunta:

— Presumi que você estaria comigo. E que eu cuidaria de você. Devemos ir primeiro até a casa de Arthur. Ele não deve saber o que aconteceu. Então passaremos para os túneis.

Eu queria dizer alguma coisa, mas fiz um barulho como um apito sendo esmagado sob os pés.

— Faça as malas — disse Graham. — Roupas quentes. Impermeáveis. Use-as se puder, para economizar espaço. Precisamos de água e rações de emergência.

— Certo. Ok. Ok. Posso obter acesso a suprimentos no Ministério. Eu... sim... se pegarmos a bicicleta, posso...

— Tem um pacote escondido na caixa de descarga do vaso sanitário — disse ele.

Engoli em seco tão abruptamente que me engasguei com a saliva. Quando parei de tossir, falei com a voz rouca:

— Você planejou isso?

— Eu me planejei *para* isso. Você me disse que estava em perigo. E eu não seria um bom oficial se não tivesse me preparado. Rápido. Temos apenas a mala-tanque e o baú da moto para armazenamento, então seja prudente.

Eu me movi em estado de choque. Encontrei o pacote na nossa cavernosa caixa de descarga eduardiana, desenraizando as válvulas enquanto o arrastava para fora. Não importaria, porque, se o Brigadeiro e Salese soubessem onde Margaret morava, então sabiam onde estávamos. Eles provavelmente tinham acesso aos dados do microchip: se não à transmissão ao vivo, com certeza aos relatórios de dados resumidos. Nós não voltaríamos para cá.

Se Graham tivesse pedido aos expatriados para se reunirem num só lugar, seria mais fácil para mim colocá-los sob custódia protetora. Eu só precisava ser rápida — mais rápida que a arma de luz azul, mais rápida que a velocidade de informação de um espião. Bom Deus. Chutei a caixa de rações básicas até o meu quarto para poder pegar a arma. Coldre, caixa, marcha rápida até o quarto de Graham. A adrenalina indistinguia todas as minhas arestas.

Ele estava recarregando uma pistola. Havia puxado a última gaveta da mesa de cabeceira, espalhando o seu escasso conteúdo. Presumi que a arma estivesse escondida embaixo de tudo.

— Por que caralhos você tem isso?

Ele ergueu as sobrancelhas, mas não levantou o olhar. Cheguei mais perto.

— Pelo amor de Deus, Graham, é uma arma do Ministério.

— Sim.

— Os quartéis-mestres...

— Não sabem que a tenho — falou rapidamente.

Ele deu um pisão na gaveta descartada. A placa na parte inferior se estilhaçou e tive um vislumbre de algo azul-escuro. Passaportes. Eu estava preparada para apostar as minhas rações de emergência que havia nomes falsos neles.

Lembrei-me do tempo que ele passou no Ministério, encantando as pessoas com a sua conversa e as suas perguntas. Pensei em como ele agia de forma inócua, em como conseguia tornar os seus olhos totalmente opacos. Lembrei-me de que ele não disparava alarmes, não registrava uma presença humana quando gravado por tecnologia moderna. Olhei para Graham e me perguntei se o conhecia.

Ele enfim encontrou os meus olhos. Não disse nada. Mas me beijou, com velocidade e urgência, o que já era alguma coisa.

Fiquei todo o tempo na motocicleta encostada em Graham, quase chorando, agitada com um sem-número de perguntas que passavam por mim numa desordem abundante.

O que Simellia tinha me dito? "*A própria equipe de Bem-estar de Arthur não quer falar comigo.*" Ivan se demitiu; o que aconteceu com ele? Ralph está morto. Ed foi "afastado" após Anne Spencer; por que não verifiquei como ele estava? Eu não via o Secretário tinha semanas. Trabalhei exclusivamente, até mesmo de forma conspiratória, com Adela. O Secretário tinha um acordo com a Defesa? Com o Brigadeiro? Seria o "informante" não um informante, mas uma série de minas para minar o projeto, um antiprojeto, um lobby final da Defesa para nos derrubar e nos absorver em nome da segurança nacional? Será que eu tinha apoiado a instituição errada? Náusea, pânico, aquela sensação aveludada de enxaqueca.

Eu nunca havia estado no esconderijo (um antigo consultório médico, repleto de andaimes) que Arthur e Simellia compartilhavam, e não tinha condições de observá-lo com atenção, exceto para notar que a porta da frente estava entreaberta e a fechadura, quebrada.

— Simellia? — esganicei, ao mesmo tempo em que Graham chamou:

— Arthur?

Graham entrou na minha frente, passando por uma série de corredores com carpete cinza e com cheiro de produtos químicos que davam para quartos mal mobiliados com paredes de MDF. Vi um grande espelho encostado na parede, lançando um reflexo bilioso e oblíquo, pilhas e mais pilhas de livros para os quais Simellia ainda não tinha encontrado uma caixa. Imaginava a arma de luz azul em cada sombra e alcova. Abrindo aos chutes outra porta anônima e rugosa, confundi um pôster de Basquiat, um cabide e uma cortina com o Brigadeiro, meu braço da arma balançando a cada vez.

No andar de cima, ouvi um barulho semelhante ao de uma pancada repentina nas cordas de um violino. Levei alguns segundos para perceber que era um grito humano.

— Graham?

Subi a escada correndo com a arma na mão para a sala mais próxima.

Graham estava agachado. A expressão no seu rosto era uma de que nunca consegui me esquecer.

Arthur estava deitado no chão, com os olhos enevoados e abertos. Sua cabeça virava-se para o lado — ele estava de frente para mim quando entrei no cômodo. Sangue e vômito brotavam dos seus lábios; quase parecia um balão de fala no tapete. O ar tinha um cheiro acre e doentio.

— Não...

Isso não pode estar acontecendo, pensei. Apertei os olhos e os abri novamente. Graham passava a mão pelo rosto de Arthur, fechando os seus olhos. *"Cuidado, você vai assustá-lo"*, eu queria dizer.

— Ele está...

— Sim.

— Ah, meu Deus.

— Precisamos ir embora — disse Graham categoricamente. — Espere lá embaixo.

Saí do quarto. Vi Graham se inclinar e pressionar a testa na têmpora de Arthur. Então me virei e desci as escadas, as pernas tremendo.

Havia uma mesa perto da porta de entrada, cheia de guarda-chuvas, panfletos, chaves, moedas e outras coisas efêmeras. Havia também um caderninho, que peguei e abri. Folheei suas páginas. A caligrafia de Arthur. Coloquei o caderno no bolso. Devolvo para ele depois, pensei. Reconheci o pensamento como o de uma pessoa em estado de choque, mas não consegui parar de pensar assim.

Atrás de mim, Graham desceu a escada às pressas. Ele colocava o anel de sinete de Arthur num dos dedos. Enquanto eu observava, calçou a luva da motocicleta por cima.

— Vamos zarpar — disse ele. A voz estava monótona, e os olhos, secos.

A viagem até os túneis passou como um borrão. Pegamos as vias mais rápidas, que eram barulhentas e anônimas. Assim é o caminho para o inferno, pensei. Não pavimentado de boas intenções, mas asfaltado e barulhento, com veículos dirigidos por pessoas que não sabem e não se importam com a morte de Arthur.

Greenhithe, como uma longa garganta cinzenta, nos regurgitou nas docas. Abandonamos a moto e os capacetes atrás de um armazém, levando as malas.

— Não é longe — disse ele. — A entrada está escondida pelo pântano.

Estendi a mão e agarrei o seu ombro, sobretudo para me firmar. Graham se virou e me puxou para si, fechando os punhos no meu casaco impermeável. Ele me apertou com tanta força que doeu. Eu podia senti-lo tremendo, ele que nunca se movia sem uma perfeita clareza de intenções. O tempo todo fiquei pensando: os microchips, os microchips. Eles encontraram Arthur por causa dos microchips. Deixe-me sair dos seus braços: preciso pensar no que fazer com os microchips.

A viagem pelos túneis pareceu uma descida a um pesadelo. Cheiro de salmoura e algas podres enchiam o ar, que parecia ao mesmo tempo úmido e gelado. Tivemos que atravessar uma sala inundada, segurando as bolsas sobre a cabeça, antes que a passagem subisse novamente. Começamos a abrir caminho por catacumbas mais organizadas e cuidadosamente pavimentadas, com suportes de ferro. Apertei os olhos para as paredes, iluminadas pelas lanternas de bolso que cada um de nós segurava. Pelo que eu sabia, eram túneis utilitários para o estaleiro.

Saímos num bunker tosco, mais seco que o restante do túnel e dividido por paredes de pedra.

— Maggie? — sussurrou Graham.

— Gray!

Margaret irrompeu do teto. Ela havia se escondido num respiradouro abandonado. Estava coberta de lodo e os seus olhos pareciam selvagens. Caiu, aterrissando pesadamente, levantou-se e se jogou nos braços de Graham. Ele a ergueu do chão, com o rosto no seu cabelo sujo e espesso.

— Eu fugi — falou Margaret, soluçando. — Eu a abandonei... fugi sem saber... se você viria...

— Claro que viria. Eu disse que viria.

— Eu estava... com tanto... medo...

Cambaleei na direção deles. Meus membros pareciam ter sido cozidos por tempo demais. Margaret me viu e gritou. Ela se livrou de Graham e me abraçou ferozmente. Beijei a sua testa e cuspi lama no chão.

Quando Margaret conseguiu controlar os soluços, ela se virou para olhar por cima do meu ombro.

— Arthur? — perguntou.

Olhei para Graham. Ele respirou fundo. Seus ombros saltaram.

— Chegamos tarde demais — falei, para que Graham não precisasse fazer isso. — Ele se foi.

Não tivemos muito tempo para lamentar. Graham e eu trocamos as roupas encharcadas por peças limpas. Ele explicou a disposição daquele lugar, tal como a entendia. Havia três entradas, uma das quais estava debaixo d'água. As outras duas eram a longa caminhada pelas catacumbas pelas quais havíamos acabado de passar e um espaço para rastejar significativamente mais danificado e perigoso, cuja entrada ficava na cavidade de uma ponte de mão dupla.

Com inevitabilidade narrativa, ouvimos sons de esforço e grunhidos em algum lugar do telhado.

Margaret e eu instintivamente nos agachamos. Graham se endireitou e engatilhou uma das armas.

Havia um quadrado preto na parede perto do teto, para o qual a arma de Graham estava agora apontada. Algo apareceu e preencheu o quadrado. Caiu no chão, como um ovo sendo botado, no mesmo momento em que Graham disparou. O tiro ecoou tão alto que Margaret e eu gritamos.

— Sangue de Jesus, comandante, sou eu!

Uma sacola de lona cinza — o ovo — estava embaixo do quadrado. O rosto de Cardingham apareceu no buraco. Ele parecia enjoado.

— É vosmecê! — gritou Margaret. — Como sabia desse lugar?

Cardingham desceu graciosamente até o chão.

— Nosso comandante me deu a nova, é evidente. Embora a empresa de encontrar tal esconderijo tenha sido conquistada a duras penas. Como vossa mercê gostaria que eu estivesse? Morto, como o capitão? Abaixe a arma, senhor.

— Como sabia que Arthur estava morto? — perguntou Graham.

— Minha ponte está ausente há tempos. Retirei-me para a habitação do capitão, pois pensei que aquela moura saberia onde o meu guardião se escondia. Descobri o corpo dele. Abaixe a arma.

Por fim, Graham baixou a arma.

— Você não viu mais ninguém lá? Um homem alto, com cabelos grisalhos e porte militar? Atende pelo posto de brigadeiro...

— Não, senhor. Acha que isso é trabalho de profissionais? Não poderá ser a vingança de um amante? Vossa mercê sabia que ele era um sodomita, comandante?

Em silêncio, Graham apertou a trava de segurança e guardou a arma. Então disse:

— A amiga da Sessenta-e-cinco também foi assassinada, provavelmente por acidente, no lugar dela. Há dois meses, o Brigadeiro e o seu companheiro tentaram matar a minha ponte e me levar. Estamos seguros por enquanto, mas precisamos planejar a nossa fuga...

— Vocês não estão seguros — confessei.

Eles olharam para mim.

— Vocês estão microchipados — falei. — Hã. Existem pequenas máquinas implantadas nas suas costas, logo abaixo da pele. Não importa que não apareçam em equipamentos modernos de monitoramento. Vocês são como o Homem Invisível segurando uma tocha acesa. O Ministério sabe exatamente onde vocês estão, o tempo todo, e tem alguém passando essa informação para o Brigadeiro.

Por mais ou menos um segundo, não houve nada além do som da água distante batendo em pedra. Quase pude sentir o sangue desaparecendo do seu rosto antes de Graham me perguntar baixinho:

— Há quanto tempo sabe disso?

— Todos vocês foram liberados para as suas pontes microchipados. Então... suponho que... desde sempre.

Margaret e Cardingham apenas me encararam, estupefatos, mas o rosto de Graham se contorceu. Sua boca se convulsionou com fúria e desprezo. Ele conseguiu se controlar, mas não antes de eu sentir o impacto me ferir. Ele voltou-se para Cardingham e questionou:

— Thomas, você tem uma lâmina com você?

— Possuo um "kit de primeiros socorros", no qual encontram-se um bisturi, uma agulha curva e um categute. Estamos de acordo, creio.

— Você sabe onde estão esses "microchips"? — perguntou Graham para mim, sem me encarar.

— Sei.

— Você vai remover o meu e costurar o ferimento. Eu removerei o do tenente Cardingham, e você, o de Margaret. Depois, vou pegá-los e jogá-los no rio. Thomas, dê-me o bisturi.

Ele me conduziu até uma alcova à esquerda da sala, separada por uma porta de madeira podre. Estava seco e escuro como piche. Alguma peculiaridade de sua construção abafava o ruído e, quando eu falava ou me movia, as sombras engoliam o som.

Graham se despiu até a cintura, de costas para mim, e se ajoelhou. Enfiei a lanterna numa fenda na parede e estendi a mão. Assim que o toquei, ele estremeceu. Perguntei-me se estaria pensando, como eu pensava, em todas as vezes que a minha mão esteve ali, nas suas costas nuas.

— O que você queria de mim? — indagou ele, baixinho.

— O quê?

— Por que me trouxe de volta dos mortos? Por que entrou na minha vida dessa maneira?

— Nós... nós salvamos você. Eu queria te conhecer.

Sua cabeça se inclinou para a frente, apoiada nas mãos.

— Bem — disse ele. — Sua curiosidade está satisfeita?

— Graham.

— Por um tempo, realmente acreditei que você... O que planejava fazer comigo? Colocar-me num sistema de arquivamento, suponho. Onde poderia me manter encaixotado.

— Eu nunca quis...

— Sim, queria, sim! — gritou ele. Foi alto o suficiente para produzir eco. Ele se virou para me encarar, enfurecido, os olhos brilhando. — Sim, queria. Você tinha uma ideia muito clara de quem eu *deveria* ser. E tem me esculpido a essa maneira.

Eu respirava rápido e com dificuldade. Não estava hiperventilando, mas chegava perto.

— Isso não é justo — falei. — Eu fiz de você a minha vida.

— E no calor da sua obsessão — disse Graham —, já lhe ocorreu que eu também sou uma pessoa?

Sua cor esfriou. O que quer que estivesse queimando nos seus olhos, ele reprimiu. E então se virou.

— Bisturi — disse Graham. — Pare de chorar. Você não conseguirá fazer isso direito se estiver chorando.

Margaret chorou durante toda a operação. Quando a costurei, ela se virou para mim e agarrou o meu pulso. Sua pele era perfeita e opalescente sob a imundície dos túneis. Ela segurou o meu queixo e me forçou a encará-la, os olhos ainda cheios de lágrimas.

— Preste atenção numa coisa — disse ela — e nunca se esqueça. *Eu perdoo vosmecê.*

Abaixei-me e coloquei o rosto no pescoço dela, puxando-a — pequena, quente e trêmula — para os meus braços.

— Me desculpa — falei, molhando a sua garganta. — Me desculpa, me desculpa.

Graham levou os microchips para algum lugar, com a intenção de deixá-los flutuar rio abaixo, imagino; ele parou de me contar quais eram os seus planos. Ao retornar, ele nos dividiu em vigílias de três horas, que deveriam cobrir até o extremo mais distante do corredor da catacumba. Cardingham foi primeiro. Graham o seguiria, depois eu e, pela manhã, Margaret.

— Por que não podemos ir embora agora? — perguntei, trêmula.

— Maré — respondeu ele bruscamente, sem olhar para mim. — Até que esteja mais baixa, amanhã de manhã, nossos canais de fuga são tão limitados que atravessá-los seria suicídio. Neste momento, só há uma rota segura que podemos seguir, ao longo do rio, e tenho certeza de que estão monitorando as margens.

Margaret e eu dobramos as roupas extras sob a cabeça, como travesseiros, e nos encolhemos sob os casacos, como cobertores. Deitamo-nos nos braços uma da outra, despertas e ansiosas. Graham, na sala ao lado, trabalhava em algo à luz das lanternas — algo relacionado aos passaportes. Ele não olhava para mim desde que tirei o microchip das suas costas.

— Como mataram Arthur? — sussurrou Margaret.

— Veneno, acho.

— Ele sofreu muito?

Pensei no vômito, no sangue. Mas o rosto de Arthur estava vidrado, mole. Talvez tenha sido rápido. Cada vez que eu pensava no assunto, meu corpo se enchia de zumbidos, uma necessidade desesperada de me levantar, tremer, me mover e consertar a situação. Mas não havia conserto algum a ser feito. Arthur estava morto.

— Se algum dia eu encontrar esse tal de Brigadeiro — sussurrou Margaret —, vou quebrar cada osso dele. Dezesseis teria desejado que eu ficasse em paz, mas é impossível. Ele era como um irmão para mim. Um homem de mármore quando todos os demais são de barro.

Ela começou a chorar de novo, pequenas lágrimas lentas como mercúrio líquido, seu rosto mal se movendo. Toquei uma delas e observei-a se espalhar pela sua pele.

— Ele era uma boa pessoa — falei.

Por fim, senti-a se contorcer enquanto o seu corpo sucumbia a um sono inquieto. Devo ter dormido também, porque o cômodo pareceu recuar. Sonhei, inevitavelmente, com Arthur. Sonhei em camadas nas quais eu acordava de um sonho, e ele estava lá, e eu dizia: "Ah, graças a Deus, sonhei que você tinha morrido", e acordava novamente no sonho, e sabia que ele estava morto, e acordava novamente no sonho e achava que ele ainda estava vivo. Minha consciência se partiu como pele rachada, preocupada a ponto de sangrar.

Fui acordada por um forte chacoalhar. Despertei com um grito beligerante.

— Sua vez — disse Graham, acima de mim.

Sentei-me aos trancos e barrancos, como um balão em forma de animal inflando. Tudo doía, em especial o meu pescoço. Eu não estava totalmente acordada e por isso reagi à presença de Graham como teria feito no dia anterior. Caí em cima dele e enterrei o meu rosto no seu ombro. Ele enrijeceu, mas, por outro lado, não se moveu.

— Feliz aniversário — murmurei.

— O quê?

— Hoje faz um ano. Que você veio para cá.

Graham ficou imóvel e em silêncio por mais um instante. Respirei o cheiro familiar dele, senti a passagem familiar da sua respiração. Então ele me afastou.

— Sua vez — repetiu.

Quando fui entrevistada pela primeira vez para o emprego de ponte, Adela me disse: "Sua mãe era uma refugiada." Mas a minha mãe nunca se descreveu como refugiada. Era uma imposição narrativa, junto com "apátrida" e "sobrevivente".

Minha irmã e eu, como muitos filhos de imigrantes, crescemos sendo criadas e criando os nossos pais. Nossa mãe precisava de ajuda para navegar no seu novo país. Sua necessidade nos marcou de formas diferentes. Minha irmã investiu em catalogar, em recontar e lembrar, no que ela chamava de verdade. Eu fiquei obcecada pelo controle, o que suponho ser outra forma de dizer que queria o comando da narrativa.

Graham não estava totalmente errado quando disse que tentei moldá-lo. Como poderia resistir? Ele veio até mim como uma história. Agora eu tinha deixado a história escapar do meu controle. Eu entrara em pânico, e ele precisou cuidar de mim. Deixara escapar algo que não devia e agora ele tinha raiva de mim. Eu deveria ter assumido o controle da situação e, em vez disso, aqui estávamos nós: escondidos num buraco e esperando enfrentar o Brigadeiro e o espião sozinhos. Mas alguém havia colocado uma arma nas minhas mãos e uma plataforma sob os meus pés. Onde ela estava, para acrescentar a ênfase final?

No corredor da catacumba, balançando a minha lanterna de bolso, liguei o telefone. Seis chamadas perdidas da Adela. Mandei uma mensagem:

socorro

Ela respondeu em segundos.

Onde você está?

túneis de serviço nas docas rainham
consegue rastrear o telefone?

Aceite a ligação quando ela for feita não fale não dê nem um passo

Em cinco minutos, uma chamada foi recebida. Eu aceitei e esperei. Até segurei o telefone no ar para obter um sinal melhor, embora a experiência tivesse me ensinado que aquele era um gesto inútil.

tenho uma localização
Armas? Algum sinal do Brig?

2 armas com 47 nada do brig
o que faço bateria fraca

Posso colocar eles sob custódia protetiva. Vou mandar uma equipe da SWAT. Me encontre aqui. SEM MAIS CONTATO espião ainda à solta, não sei se estão monitorando

Ela me enviou uma localização: a cerca de meia hora de caminhada, bem perto do rio. Provavelmente os microchips que Graham descartou foram rastreados bem abaixo da água.

Tirei o caderno de Arthur do bolso do casaco. Havia uma minúscula caneta dourada na lombada. Segurei a lanterna entre os dentes e escrevi:

Sei o que parece, mas por favor não tenham medo. Fui buscar ajuda.

Rasguei a página e deixei-a no chão, presa no lugar e iluminada pela lanterna. Então, usando a luz do celular, fui encontrar Adela.

Comecei a jornada pelos pântanos sob a luz tênue e gelada da madrugada, mas o sol logo vazou no ar. Os pássaros enlouqueceram com isso. Eu nunca tinha percebido o quão psicótico era o refrão do amanhecer: suas notas agudas e confusas, seus melismas desesperados. No entanto, nunca estive tão exausta ou assustada.

Adela estava parada na lama coberta de escombros, ao pé de uma escadaria de pedra manchada de marrom podre por postes de metal enferrujados. O Tâmisa agitava-se atrás dela.

Já estava descendo a escada ao lado de Adela quando percebi que o Brigadeiro e Salese também estavam lá. O Brigadeiro apontava a arma de luz azul para Adela.

— Ah — falei.

— "Ah", realmente — disse Adela secamente.

— Você não vai se mexer — disse o Brigadeiro —, ou eu atiro.

— Estou usando um refletor — informou Adela. — Bom para resistir a pelo menos cinco tiros. Quanto poder ainda tem nessa coisa? Sei que esvaziou metade da bateria na tentativa de captura do Dezoito-quarenta-e-sete. E não conseguiu voltar à sua época para recarregar as energias.

— Não preciso atirar em você — respondeu o Brigadeiro. — Posso atirar nela e isso será o fim das duas.

— Errado de novo — disse Adela. — Ela já está numa linha do tempo diferente. Ela contou a Dezoito-quarenta-e-sete sobre o Holocausto, em vez do Onze de Setembro, e acho que isso o levou a seguir um caminho diferente. O elo se rompeu.

— Por que atirar em mim mataria você, afinal? — perguntei. Não tive a intenção de deixar aquilo escapar. Só que estava com tanto medo que podia sentir o meu coração nas entranhas. O suor frio escorria pelas minhas costelas, fazendo cócegas desagradáveis.

Adela suspirou.

— Eu sabia que era ingênua quando jovem — falou. — Mas não sabia que era *tão* ingênua.

— Vocês são uma só — vociferou Salese. — Você do futuro e você do passado.

Eu estava muito concentrada na arma para me virar para Adela, mas perguntei:

— Você sou eu?

— Não fique se repetindo. Sim. Estou surpresa que ainda não tenha entendido isso. Eu venho, digamos, de vinte e tantos anos no seu futuro. Esses dois são do século XXIII.

Havia sangue no meu nariz e no fundo da minha garganta. No meu pânico, meu corpo se debatia em todos os lugares errados.

— Arthur está morto — informei, só para ela parar de falar.

O rosto de Adela ficou horrivelmente triste por um momento: uma visão incrível nas suas feições móveis. Então ela parou o deslocamento e fixou uma expressão vazia no lugar.

— Arthur Reginald-Smyth. Sim. E Margaret Kemble.

— Maggie está viva — falei.

Desta vez, seu rosto se abriu e ela não o impediu.

— Ela está viva? — ganiu Adela.

— O Ministério desta linha do tempo é menos eficiente que o original — interrompeu o Brigadeiro.

Percebi que a mão que segurava a arma tremia levemente. Quanto mais eu olhava, mais notava sinais de exaustão, doença e sujeira nos futuristas. Qualquer que fosse a missão que os trouxera aqui, não estava saindo conforme o planejado.

Adela olhava boquiaberta para o Brigadeiro.

— *Menos* eficiente? — disse ela. — Você não matou Dezesseis-sessenta-e-cinco dessa vez... o Ministério a salvou.

O queixo de Salese caiu.

— *Nós* não a matamos?

— Sim — disse Adela. — Você assassinou os meus amigos. Da última vez foram Arthur e Maggie. Mas agora vocês só conseguiram um.

— Não. Seus tipos é que anularam. Tá expirado no papel.

— Existem registros que não são mais secretos — traduziu o Brigadeiro —, que mostram que o Ministério mandou matar os expatriados não combatentes quando perceberam que o portal só suportava um número limitado de pessoas.

Fiz caretas por alguns segundos e depois consegui falar para Adela:

— O Ministério os matou? Você fez isso? Sabia sobre isso?

Mas ela olhava para mim, tremendo de forma estranha.

— Arthur é o nome do meu filho — disse ela.

— O quê?

— Arthur John Gore.

Eu estava prestes a dizer algo covardemente idiota, tipo "nem tenho certeza se quero filhos", quando Adela se adiantou e esfaqueou Salese na garganta.

O impacto não foi suave. Uma tela esverdeada piscou sobre o corpo de Salese: uma espécie de escudo. Mas Adela grunhiu e superou a estática vívida, enfiando a faca no alvo. Eu não tinha visto a faca aparecer, mas agora ela era o centro das atenções. O sangue espirrou, atingiu o invólucro verde e escorreu abundantemente por dentro. Salese engasgou, revirando os olhos. Tudo isso levou menos de três segundos.

Nesse ínterim, eu me joguei em cima do Brigadeiro com meu cérebro todo cinzento. Ele era um homem grande, mas vazio. Estava com fome havia um tempo, eu senti isso na folga da sua carne quando os nossos dedos se encostaram. Ele não tinha medo da dor. Chutei as suas canelas, e ouvi um estalo, dei um soco na sua boca, e senti um dente girando na sua gengiva lívida, e ele aceitou tudo com severidade, sem perder o foco. Ele manteve a mão na minha, que lutava pela arma de luz azul. Então virou a cabeça, só por um instante, e deve ter visto o que aconteceu com Salese, porque o seu aperto se afrouxou. Torci. Quando terminei, eu segurava a arma de luz azul, dois dos meus dedos pareciam estar deslocados e o Brigadeiro recuava.

— Você matou Sal — disse ele. Sua voz estava crua. Para o meu horror, havia lágrimas escorrendo pelo seu rosto.

Aos pés de Adela, o cadáver que fora Salese sangrava na areia, tornando-a não vermelha, como eu esperava, mas de uma cor mais próxima do preto.

O Brigadeiro correu. Eu levantei a arma de luz azul. Era muito parecida com uma pistola, ou com o que uma pistola poderia sonhar em ser. Entendi, instintivamente, a mira e o gatilho. Então atirei.

Houve um breve lampejo ciano, então a arma fez exatamente o mesmo barulho que um aspirador de pó faz quando é desligado. Depois disso, parou de funcionar completamente, o que deu na mesma, considerando que foi nessa hora que o meu cérebro percebeu o que eu tinha acabado de fazer, o que eu havia tentado fazer, e vomitei.

Quando me endireitei, Adela olhava para mim com simpatia.

— Eu costumava vomitar toda vez. Você se acostuma.

— Por que você...

— Os refletores são projetados para proteger o usuário das balas de plasma. Não foram projetados com facas de metal em mente.

Ela estendeu a mão e, sem cerimônia, colocou os meus dedos deslocados de volta no lugar. Os pássaros cantaram acima dos meus gritos.

Caminhamos em direção ao esconderijo. Eu olhava para ela, e ela olhava para o caminho à frente. Parecia que os seus órgãos haviam sido removidos e colocados num lugar refrigerado; pior, como se aquilo tivesse acontecido quando ela estava a caminho do que pensava ser uma festa de aniversário.

Por fim, Adela falou:

— Você quer me fazer perguntas sobre o futuro.

— Bem. Sim.

— O que quer saber?

— Como é?

— Que pergunta anódina. O Reino Unido está em guerra com os Territórios do Tigre há cerca de uma década. *Mai* quase foi deportada logo no início. O Ministério interveio, no entanto. Ela está morta agora. *Mai* e papai estão mortos. Quer saber como eles morreram?

— Não — respondi, chocada. — Por que você me contaria algo assim?

— Ainda estou processando tudo. Não faz muito tempo. Se isso serve de conforto.

— Puta que... O que são os Territórios do Tigre?

— Um apelido idiota da mídia, eu não deveria ter usado. Países que costumavam ter tigres, mais ou menos. China, Índia, Tailândia, Camboja, Vietnã, Nepal. Alguns outros. Eles querem nos derrubar. EUA e Brasil estão do nosso lado. A Rússia está no meio de uma guerra civil... Começou a usar armas químicas no início da década de 2030 sem pensar como isso afetaria as colheitas. Os tigres estão extintos.

— E de onde você disse que vêm o Brigadeiro e Salese?

— Mais à frente. Do século XXIII. Acreditamos que eles criaram a porta do tempo. Aparentemente, o planeta não está bem, em termos climáticos, então eles estão tentando mudar a história. Na maior parte, assassinatos direcionados, com um pouco de coleta de informações. Não creio que tenham recursos ou infraestrutura para muito mais. Eles ficaram presos aqui quando pegamos o portal.

Caminhamos em silêncio. Eu estava tão quente e chorosa que o meu raio pessoal se expandiu vários centímetros do corpo.

— Por que "Adela"? — perguntei.

— Estava bem perto do topo da lista de nomes de bebês e eu tinha pressa — respondeu.

— Ah. Você perdeu mesmo o olho em Beirute, em 2006?

— Não. Battambang, 2039.

— E seu... rosto?

Outro soluço sombrio.

— Ah. Acontece que a viagem no tempo *tem* efeitos colaterais. Até mesmo o seu corpo esquece o seu "aqui" e "ali", se você fizer isso com bastante frequência. Pensávamos que seria uma vantagem táctica, mas suponho que a mesma afirmação foi feita em relação às armas químicas que destruíram as colheitas. Você estava certa quando chamou a minha cirurgia de reconstrutiva. Eu arriscaria chamá-la de salva-vidas. A falha na correção da mudança do "aqui" foi a razão pela qual perdemos o agente Cardingham, em 2034. Coitado. Nunca gostei dele, mas é uma maneira terrível de morrer.

— E você disse que... nós temos… ou… você tem um filho?
— Sim.
— Com…?
— Sim.

Voltamos à estrada. Dois pares de saltos de botas marchavam na pista. O matagal maníaco pairava ao nosso redor.

— Nós nos casamos pouco depois de tudo isso ter acontecido da primeira vez — disse Adela. — Depois dos… funerais. Foi… difícil. Graham colocou o anel de Arthur no meu dedo. Isso foi… demais. Desisti de usá-lo. Acho que ele entendeu, mas foi… complicado. Eu realmente pensei que poderia poupar você de tudo isso, se desta vez pegasse o espião.

— E todas as coisas que você disse sobre não mudar a história?

— As pessoas não são história — falou Adela, com desdém. — Meu Deus, por que não ouvi nada do que me disseram quando eu era jovem? Desde que o Ministério chegue ao poder, a história acontecerá como dissemos.

— E o seu, hã, nosso…?

— Arthur nasceu um ano depois. Ele é um adolescente agora.

Aquilo me desconcertou. Quando ouvi "meu filho", imaginei-o em termos místicos: um garoto de mais ou menos três anos, de bochechas rosadas e olhos arregalados, irradiando a sua inocência como uma vareta de plutônio. Saber que Arthur Gore era uma pessoa com opiniões e pensamentos articulados era enervante.

— Como ele é?

— Ah, ele odeia a gente. Como todos os adolescentes. É um bostinha respondão — disse ela, e notei o orgulho na sua voz. — Claro que não é fácil ser um adolescente do século XXI tendo um patriarca vitoriano como pai.

— Ele é um patriarca?

— Ele não é tão ruim quanto poderia ser. Mas tem expectativas bem altas e exige que elas sejam atendidas. E espera obediência com bom ânimo. Devoção do filho e tudo mais. Honra. Conquista.

— Ele é uma mãe asiática.

— Rá. Sim.

Adela verificou a arma futurista, que ela havia tirado de mim sem dizer nada.

— Tenho saudades de *mai* — disse ela, baixinho. — Você deve passar o máximo de tempo possível com ela. Com papai também.

— Pode deixar. Hum. O nosso... seu marido sabe que você está aqui?

— Quem você acha que ordenou essa missão?

Parei. Adela se virou para mim.

— É por isso que o Brigadeiro estava aqui... por mim e por ele, o mais cedo possível nas nossas linhas temporais. Entendo que, na época dele, o Ministério e o governo britânico como um todo sejam considerados culpados pelo que ocorreu com a Grã-Bretanha *deles*. Acho que investimos em armas e produtos que não eram o que vocês provavelmente ainda chamam de "neutros em carbono". Termo encantador. Saiu de moda... Sairá de moda. De qualquer forma, a situação era desesperadora. Você não está muito longe da sua primeira guerra por recursos. Ou da primeira Divisão Especial da Guarda Costeira. Graham esteve envolvido intimamente nisso. Ele enfim ultrapassou a patente de capitão — disse ela, com um sorriso fantasma.

— O que diabos é a Divisão Especial da Guarda Costeira?

— Patrulhas defensivas. Os imigrantes, você sabe. Barcos. Eram muitos. Eles começaram a tentar entrar à força.

Eu olhei para ela. Adela deu de ombros, cansada, e disse:

— Fiquei preocupada quando você disse que não tinha contado a Graham sobre o Onze de Setembro, porque, na minha linha do tempo, isso imediatamente o converteu ao Ministério. Mercenários altamente treinados atacando civis. A necessidade de táticas beligerantes para evitar outro ataque. Neocruzadas após o colapso do Império. E assim por diante. Você estava certa sobre a maneira como ele reagiu. Lembro-me dele mencionando a expedição a Aden. Embora eu tenha certeza de que negaria que fosse "racista"... Você sabe que ele age de forma engraçada com essa palavra. O Ministério o promoveu rapidamente. Muito mais rápido do que promoveram você. Ele é *bom*. Ficou em campo por alguns anos, mas logo foi levado à liderança. Ele é... como posso dizer...? *Extremamente* sênior.

— Mas por que ele mandou você?

— Eu insisti. Conhecia essa missão melhor do que ninguém.

— Mas *por quê*?

Ela me olhou de cima a baixo. Sua expressão era um pouco mole. Não com a sua rotineira estranheza facial. Acho que foi nostalgia.

— Quando tiver a minha idade — disse Adela —, vai perceber como você era verde. Eu tinha que garantir que tudo isso aconteceria da maneira certa. A maioria das coisas não acontece. A maior parte do universo é espaço de estacionamento.

— Mas...

— O mundo está em guerra. Estamos ficando sem *tudo*, e todos acham que são os donos do que sobrou. Mas, enquanto o Ministério existir, enquanto o Ministério *vier a existir* na forma que existe na minha época, então teremos a vantagem tecnológica. Isso é alguma coisa, ter armas que outras pessoas não têm, os tipos de soldados que outras pessoas não têm. Alguns países ficaram para trás, mas é assim que funciona o progresso. Você realmente não prestou atenção a nada do que foi dito sobre a história, não é?

Eu perguntei:

— Você matou Quentin?

Ela levou o polegar à boca e roeu a pele.

— Tecnicamente — respondeu Adela —, nós o matamos. Já que você sou eu.

— Achei que tinha sido o Brigadeiro. Alguém com as minhas credenciais de acesso desligou o circuito interno de monitoramento...

— Você sabe que temos as mesmas impressões digitais, não?

— Ah. Certo. Mas por que fez isso?

— Porque Quentin era o espião da última vez, e pensei que ele era o motivo pelo qual Maggie e Arthur foram... foram assassinados. E ele *passou* informações sobre o Ministério ao Brigadeiro e a Salese. Porra, isso foi extremamente inconveniente. Você não imagina como é a Grã-Bretanha na minha época. Voltar para cá foi um choque. É tão decadente. Como entrar em Roma antes dos saques dos bárbaros. Lembro-me de que os boomers tinham um verdadeiro tesão com o racionamento de alimentos como exercício ideológico quando tínhamos a sua idade. Deixe-me assegurar a você que ninguém gosta de racionar alimentos.

— Você não sabia que o Ministério mandou matar Maggie e Arthur?

— Não. Nenhum de nós sabia. Bem. Eu não sei. Graham é tão sênior agora.

— Você acha que ele sabe?

— Hum. Houve um período em que as coisas estavam ruins entre nós. Durou alguns anos. Papai estava muito doente, e *mai* lutava para cuidar dele, e Arthur tinha muitos problemas na escola, e a nossa carga de trabalho era... Enfim. Fomos... nos distanciando. Presumi que ele estava tendo um caso.

— Você não perguntou?

— Tentamos deixar esses anos para trás. Além disso, quando você viu Graham responder a uma pergunta direta?

A voz de Adela estava tensa quando disse aquilo, mas lembro-me da forma como o afeto brilhou sob a sua pele. Eu ainda o amo, pensei. Mesmo depois de tudo o que aconteceu, pelo menos ainda o amo. Perguntei a ela:

— Você é feliz?

Adela pensou um pouco.

— Não.

— Ah.

— Não estar no meio de uma guerra deixa você feliz. Não estar de luto. Não ser tão profundamente odiada pelo seu filho. Não ter que matar pessoas para receber o seu salário. Falando nisso...

— Você não vai matar Graham!

— Não, não vou matá-lo. Eu o amo.

— Eu...

— Você mal o conhece. Vai levar dois anos até que o veja chorar.

— Ele chora?

A boca de Adela se curvou com isso. Ela caiu num devaneio agitado. Eu a senti se afastando do mesmo jeito que a maré se retrai da costa; quero dizer, eu podia perceber sua atenção sendo sugada para algum bolsão inacessível de "outro lugar". Foi horrível. Seu "ali" trabalhava contra ela, presumo; ou duas décadas de arrependimento, acumulando-se com tanta força que mudava a forma dos seus pensamentos. Eu me perguntei como seria perceber que a versão da história que ela viveu durante anos era uma mentira. Por causa da escolha que Adela fez em seguida, nunca pude experimentar isso por conta própria.

— Aqui — disse Adela. Olhei para baixo. Ela segurava um tablet do tamanho da palma da mão e um cartão de memória. Tentei pegá-los com a minha mão dominante, recentemente machucada. Ela balançou a cabeça, e peguei com a outra. — Senhas do Ministério — disse. — Para este projeto.

— Por que está me dando isso?

Ela passou a mão pelos cabelos loiros quebradiços, e as raízes negras brilharam com um orgulho desenfreado e impossível.

— Porque fui uma mulher fiel ao meu trabalho durante toda a vida, e veja aonde isso me levou. O Ministério fez com que Arthur e Maggie fossem mortos. Ninguém nunca me contou. *Ele* não me contou. Se eu soubesse...

Falei:

— Maggie ainda está viva.

Outro origami de emoção dobrou seu rosto.

— Ah, Maggie — murmurou ela.

— Você pode voltar e salvar Arthur?

Achei que receberia outra resposta do tipo *"Você é uma garota burra"*, mas Adela apenas parecia triste.

— O tempo é um recurso limitado. Como todos os nossos recursos. Você só vive a sua vida uma vez. E pode viajar um pouco no tempo, embora seja como fumar: quanto mais fizer isso, maior o risco de morte pelos efeitos colaterais. E, sim, é possível voltar e alterar um pouco os detalhes, mas há um limite. Cada vez que cavamos um novo caminho no tempo, esgotamos um pouco mais dele, e, se voltarmos muitas vezes e explorarmos demais o mesmo lugar, de novo e de novo, extraindo a história do mesmo veio de carvão, ele entrará em colapso. Isso nos destruirá, como um buraco negro. Você tem que *acertar*.

— O que, meu Deus, o que é certo? Nesse contexto? Adela?

— Eu deveria recolher os expatriados sobreviventes. Mantê-los seguros. A equipe da SWAT da Defesa está a caminho, com scanners de calor e óculos infravermelhos, sendo os protocolos de emergência o que são, para que eu possa pelo menos ficar à frente deles e das suas técnicas de rastreamento. Mas você precisa ir ao Ministério com essas senhas e encerrar o projeto. Sou metade do Controle: ainda tenho essa autoridade. Se quisermos acertar, teremos que garantir que eu seja *todo* o Controle e, para isso, o projeto precisa ser apagado.

— Se eu for embora agora, Graham vai pensar que os traí.

— Eu vou explicar. Vou trazê-los para você, para o esconderijo, e podemos planejar os próximos movimentos. Apenas confie em mim. Vamos acertar desta vez.

Ela sorriu de repente, o primeiro sorriso verdadeiro que já vira no seu rosto. Eu me vi nela, então: a boca, as bochechas, os olhos.

— Ele é maravilhoso, não é? — disse Adela. — Eu tinha esquecido do quanto ele era lindo quando nos conhecemos. E como era feliz. Já faz muito tempo que não o vejo tão feliz quanto o vi naquele dia na galeria de tiro. Eu senti muita falta dele. Você não faz ideia.

— Mãos para cima, por favor — disse uma voz clara e calma.

Eu me virei. Não havia ninguém para ser visto. A densa vegetação esmeralda cercava a estrada. Ele poderia estar escondido em qualquer lugar. Sua voz soava de forma estranha.

— Calma, bichana — disse Graham, com a voz ainda tranquila. — Você tem algumas explicações a dar. Senhora, coloque as mãos para cima. Você está na nossa mira.

— Tampaste os ouvidos, senhor — rosnou Cardingham. — Recusaste o meu conselho, e agora contemplai: essas meretrizes conspiram. Vossa mercê rolou na cama com a morte.

— Quieto, Thomas.

— Comandante Gore e tenente Cardingham — disse Adela, examinando o matagal. — Não temos intenção de causar dano algum a vocês.

— Suponho que isso dependa da sua interpretação de "dano " — falou Graham do seu esconderijo, com muito prazer. — Talvez não pretenda nos matar. Mas examinar um homem, roubar-lhe a liberdade e usá-lo como ferramenta... a senhora não consideraria isso prejudicial?

Adela se inclinou para mim.

— Se eu fosse você, correria antes que a equipe da SWAT chegasse — sussurrou. — Esse lugar vai ficar *bastante* lotado em pouquíssimo tempo.

Lembro-me deste instante e me pergunto: deveria ter feito outra coisa? Ficado? Discutido? Implorado? Atirado-me ao som da voz de Graham, à sua misericórdia? Teria mudado algo?

Enquanto eu corria, um tiro soou. A bala passou perto o suficiente para que eu ouvisse o seu assobio. E pensei: não foi Graham. Não foi Graham quem tentou atirar em mim. Não pode ter sido Graham. Porque, se fosse Graham, ele não teria errado.

X

As pessoas que ele persistentemente considera serem os seus captores o levam por um corredor. Ele aprendeu, por meio de delirantes tentativas e erros, que as protuberâncias sob os seus casacos curtos são armas. Foram algumas semanas difíceis.

— Você estava no Serviço de Descoberta, não? — dissera um dos atendentes vestidos de branco. — Pense nisso como uma *missão de descoberta*.

Dessa forma, este admirável mundo novo é reformulado para ele como um trabalho que ele pode fazer bem ou mal.

No final do corredor há uma porta. Atrás da porta há uma sala. Na sala está o oficial que será a sua "ponte" para o futuro.

Ao entrar, ele vê um pequeno fantasma mexendo os pés no tapete. Cabelo preto. Pele marrom, brilhante e limpa. Cílios pretos marcantes. A cor indescritível da boca. Ela olha para ele. Gore não consegue encará-la nos olhos. Desvia o olhar, o sangue ralo e ácido nos pulsos. Todos a veem? Todo mundo está tão quieto que Gore não tem certeza. Talvez ela se manifeste apenas para ele.

Há um homem que ele acha que deve ser o oficial, e ele tenta fixar o olhar naquele rosto. Mas o pequeno fantasma dá um passo à frente.

— Comandante Gore?

— Sim.

— Sou a sua ponte.

Depois (e ele terá muitos dias, semanas e meses depois), ele verá que a semelhança com a mulher inuíte é fraca, alimentada pela culpa e pela fantasia. Seu cabelo é menos brilhante, sua pele é mais pálida, seu rosto é mais felino. Seus olhos têm um formato diferente. Ela é mais magra e vários centímetros mais alta. Ainda assim, ainda assim.

Os caminhos de Deus, como observou certa vez o tenente Irving, não são os nossos caminhos. Seus métodos podem ser misteriosos. Suas intenções, no entanto, são gravadas na carne.

Deus me ofereceu a você, bichana. É a vontade d'Ele que eu seja seu. Em Sua infinita misericórdia, Ele me ofereceu a redenção.

Capítulo Dez

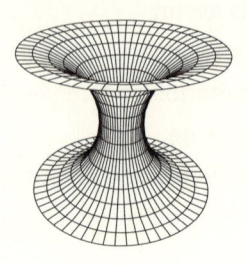

Corri o máximo que pude e então parei. Suei nas roupas, e o suor me envolvia como plástico barato. Eu fedia e tinha sede. Ainda estava na merda de Greenhithe e não tinha bateria suficiente no meu telefone para pedir um Uber.

Tive que pegar um ônibus, trens, outro ônibus e, por fim, o metrô para chegar ao Ministério. O dia se abriu ao meu redor. Passei pela sua gema rançosa e vívida, sentindo-me prejudicada pela cor pura e pela profundidade da visão normal. Num filme de espionagem, isso teria sido uma montagem. Em vez disso, tive que chegar à minha conclusão narrativa, passo a passo, cambaleando.

Peguei a escada rolante até o escritório de Adela. Contudo, não cheguei até lá. Simellia estava me esperando no topo.

— Ah, meu Deus. Simellia. Ah, meu Deus. Você tem que me ajudar. Arthur...

— Vamos — sibilou Simellia.

Corri obedientemente atrás dela. Vi o meu reflexo no vidro das portas enquanto ela entrava em salas desconhecidas, digitando senhas desconhecidas. Eu tinha a cor de um passarinho recém-nascido e estava tão feia quanto. O pânico nunca combinou comigo.

Por fim, Simellia pareceu encontrar uma sala adequada.

— Ah, merda — resmunguei, caindo numa cadeira. — Simellia. Arthur está morto.

Comecei a chorar, grandes soluços confusos que vinham se acumulando no reservatório dos meus pulmões desde o dia anterior. Eu estava tão ocupada chorando e soluçando que demorei um minuto inteiro para limpar o rosto na manga e perceber que Simellia apontava uma arma para mim.

— Isso é uma arma? — falei, de forma estúpida.
— Sim.
— Ah.

Olhei em volta. Estávamos numa linda sala, com móveis suaves cor de creme e mostarda e o que, aos meus olhos, pareciam ser paredes reforçadas, com um papel de parede primoroso as encobrindo. Não havia janelas.

— Onde estamos?
— No vestíbulo.
— No...?
— Diante da porta do tempo.
— Achei que pontes não eram permitidas perto da porta do tempo.
— Não somos.

Pisquei morosamente.

— Ah. Que diabos. Você é a espiã.

Simellia fez uma careta.

— Sou.
— Deus do céu.

Calor e raiva subiram pelo meu peito, enormes como o sol, encolhendo até virarem uma bola de tênis ao alcançarem minha garganta e saírem como outro:

— Ah.

Por fim, consegui pronunciar mais alguma coisa:

— Por quê? — Como ela não respondeu, com sua testa franzida e se esforçando para não chorar, perguntei: — Mas você já sabia o que aconteceria com Arthur?
— Eles me contaram o que acontece com a África Subsaariana.
— Do que está falando?
— Daqui a duzentos anos. Acabou. A maior parte da América do Sul desapareceu, exceto o Brasil e os seus satélites. Metade da Grã-Bretanha está debaixo d'água. A Europa lançou bombas sobre todos os navios no Medi-

terrâneo vindos do Norte da África. Não há refugiados. Eles morreram nos navios ou voltaram e morreram por causa de doenças, fome e calor. Bilhões morreram, *bilhões*. Depois, a reação, quando a água começou a escassear, contra as comunidades imigrantes. Salese me contou…

— Você acreditou neles?

Simellia sorriu com tristeza.

— Se "acreditei" neles? — disse ela. — O quanto você se esforça para ser uma garota branca a ponto de me perguntar se existe racismo?

— Isso não é justo.

— Não é? Você sabe o que você se torna?

— Uma funcionária do Ministério. O que você também é.

— Você é uma assassina.

— Sou uma funcionária pública.

— Eles me mostraram. O que o Ministério fez. Faz. Vai fazer. No futuro. Quando soube, tive que ajudá-los. Claro que não queria que Arthur morresse, mas, se eu tivesse bloqueado o Ministério de alguma forma, eles saberiam que era eu, e teriam me detido, e feito Deus sabe o que comigo, e encontrado Salese e o Brigadeiro e…

Ela parou, os lábios tremendo. Revirou os olhos rapidamente, mas seria mais fácil deter uma cachoeira com uma pá do que impedir aquela lágrima de rolar.

— Você está apontando uma arma para mim — falei, com cuidado. — Por que me trouxe aqui? Se for para matar Adela através de mim, não vai funcionar. Mudamos a história, aparentemente. Ou os detalhes, ao menos.

— Não vou atirar em você, a menos que tente fugir. Só preciso de você na minha mira.

Ela mudou o peso de um pé para o outro. Simellia usava uma saia de linho amarelo com corte enviesado, que caía de forma elegante em volta das panturrilhas. Sua graça era notável porque contrastava dramaticamente com o seu desconforto ao segurar uma arma.

— Você pensa mesmo tudo isso de mim? — perguntei, por fim.

— Acredito que pode acontecer.

De todas as coisas que senti, arma na cara, a vida se desgastando até o limite, a mágoa foi maior. Exibi uma careta amarga para Simellia, como quem oferece uma travessa com talheres chiques. Ela suspirou e fungou profundamente.

— Acho que você pensa que está fazendo a coisa certa — disse ela. — Sempre foi tão cuidadosa comigo. Preocupada com o que ia dizer ou como eu ia reagir. Você realmente pensou que estava no caminho certo com Dezoito-quarenta-e-sete, não é?

— Eu...

— Você fez vista grossa para ele vez após vez. Eu a observei. Ele cresceu na vida por causa do Império. Ele *acreditava* no Império. E você também. Li o seu arquivo. As coisas que aconteceram com a sua família. É por isso que você se juntou ao Império. Para ficar atrás do maior valentão da escola.

— Quer saber? — falei. — Eu realmente a tinha em alta estima, Simellia.

— Quer saber *mesmo*? Não, não tinha. Você gostava de mim e não sabia por que, sua aberraçãozinha. Você ficou se perguntando quando começaríamos a competir. Ou quando eu te testaria. Nunca quis te testar.

— O que você queria?

— Queria não ver você se tornando uma fascista em câmera lenta.

Durante a conversa, eu pensava no treinamento do Ministério. Especificamente, no treinamento com armas de fogo e no treinamento de combate desarmado. A formação de Simellia era em psiquiatria e psicopatologia, não em trabalho de campo. Pude ver, de onde estava sentada, que ela não havia tirado a trava de segurança da arma. Então, em vez de tentar uma réplica, chutei-a com bastante força no joelho e ouvi a sua patela estalar.

— Porra!

— Aaah...

— Me dê...

— Solta...!

No final desta pequena briga desajeitada, eu estava com a arma dela numa das mãos e a minha na outra, um fio de sangue escorrendo pela boca, e Simellia sentava-se no chão, embalando a perna.

— Sua piranhazinha — disse ela, aparentemente ao mesmo tempo achando graça e morrendo de raiva. — Vai me matar agora?

— Não. O Ministério fará isso, provavelmente. Ou demitir você.

— Ah, demitida do Ministério. Um destino pior que a morte.

— Deus! Será que você poderia... Vou acabar com isso, ok?

— Estamos no caminho da destruição climática total.

— Podemos mudar isso. Estou começando a suspeitar que a história muda o tempo todo. Como faço para chegar à porta do tempo? Pergunto como a pessoa que agora segura as armas.

Simellia se levantou e foi mancando até um painel na parede, que parecia igual a todos os outros painéis, e ele se transformou numa tela quando foi tocado. Ela digitou num teclado e depois deslizou lateralmente.

— O Brigadeiro está lá dentro — disse ela. — Então eu tiraria a trava de segurança, se fosse você.

Consegui soltar uma risadinha azeda. Guardei a arma de Simellia no coldre e segurei a mão dela. Por um instante, aquilo provavelmente pareceu uma imagem alegórica para a Amizade, mas então puxei o seu braço para trás e coloquei a minha arma entre as suas omoplatas. Parte Dois num tríptico: Amizade Armada. Afinal, Arthur morrera sob a supervisão dela. Eu realmente não queria pensar que ele também tinha morrido sob a minha supervisão.

— Vamos? — perguntei, e Simellia, que nunca ria, riu.

No meio da sala havia uma estrutura de metal. Tinha a altura e o formato de uma porta. Quando a vi pela primeira vez, fiquei desapontada. Será que eu realmente havia passado pelas últimas vinte e quatro horas de horror, pandemônio e violência para me deparar com um clichê de baixa produção?

Então observei a máquina atarracada e horrível do outro lado da estrutura.

Eu poderia tentar descrevê-la, mas as palavras se flexionam e se dispersam quando penso nela. Tinha uma boca, acho. Ao seu redor, cor não havia. Em torno dela, forma não havia. A ameaça irradiava da sua carapaça, que parecia ao mesmo tempo manufaturada e natural. Embora não possa fingir saber como funcionava a porta do tempo, posso imaginar como seria quando fosse ligada. Aquela máquina monstruosa arrotava o profundo cosmos de dentro de sua barriga, e o batente da porta capturava-o e canalizava-o para um determinado tempo e lugar. A máquina disparava o tempo como um rifle dispara balas. Não admira que, quando foi apreendida, pensaram ser uma arma. Não é de surpreender que, toda vez que tenha sido ligada, acidentalmente matara pessoas. Deve ter sido isso que Quentin realmente viu: não uma arma portátil, mas a própria porta, abrindo caminho através do tempo, a partir do ar e dos corpos daqueles adolescentes.

— Linda, não é? Nosso melhor trabalho, com nossos últimos recursos.

O Brigadeiro estava agachado perto da porta do tempo: a máquina, não o batente. Ele a tocava, embora a natureza da porta do tempo tornasse difícil entender exatamente o que fazia. Sua aparência era horrível. Era provavelmente a única pessoa que vi durante todo o dia que parecia tão mal quanto eu.

— Você vai me matar agora — disse ele.

— Hum — falei, já que um "não" poderia diminuir alguns centímetros da minha vantagem, mas um "sim" seria simplesmente rude. — O que acontece se eu deixar você ir para casa?

— Casa — repetiu o Brigadeiro com calma. — Na minha época, dizemos "bunk". De "bunker", que nesta época sei que você imagina serem coisas assustadoras, espartanas, de tempos de guerra. Mas... — E aqui o seu sotaque caricato da BBC desapareceu, e ele soou como Salese: — ... melhor o bunk do que o ar-fora quando o ar é total tox. Se eu voltar pro bunk, lutarei de novo.

Simellia explicou:

— A atmosfera em torno da parte da Inglaterra em que ele vive está cheia de resíduos tóxicos provenientes de experimentos com armas químicas. Autorizados pelo Ministério no século XXII. Então ele está dizendo que vai continuar lutando...

— Obrigada. Eu tinha entendido.

— A guerra não vai *parar* — disse Simellia, com a voz estridente na última palavra. Ela engoliu em seco. — A história se repetirá, literalmente. A porta significa que continuamos indo e voltando, indo e voltando, de novo, e de novo, e de novo...

Dei-lhe uma sacudida forte, e ela parou. Em minha defesa, quis fazer isso de forma mais gentil. Eu não tinha certeza se conseguiria suportar ver Simellia desmoronar. Se eu aguçasse os ouvidos, poderia ouvir botas sincronizadas batendo no chão com intenção beligerante. A artilharia pesada estava chegando. Adela ou escapara com os expatriados e desencadeara uma resposta marcial, ou então estava presa e eu também estava prestes a ser presa. Eu descobriria quando eles chegassem aqui. O Brigadeiro olhou para cima.

— Você matou Sal.

— Não, Adela... bem. Sim. Salese era o seu...

— Era meu. Não usamos as palavras que você usa nesta época. Sal era meu, e eu era de Sal, só isso.

— Eu... sinto muito. Embora você também tenha tentado me matar.

— Você não sabe quem se torna, para nós.

O Brigadeiro levantou-se devagar. O som de botas se aproximava.

— Pelo menos vimos Londres — disse ele. — Eu tinha lido muito sobre ela. Góticos adolescentes no Camden Market. Trabalhadores de escritório descalços nos gramados dos parques. O Big Ben. Toda a vida aqui.

— Por quê? Como é a Londres da sua época?

O Brigadeiro deu de ombros. Lá fora, ouvi gritos.

— Ela acabou — respondeu.

O problema do poder privado e singular é que ele reduz o mundo a uma ponta de flecha. Seu coração bate na extremidade, um solitário ponto de referência enclausurado e pouco comunicativo. Vacile por um momento numa trajetória, considere por um segundo a miríade de pressão de forças externas, e a flecha diminuirá a velocidade, oscilará e começará a cair. Seu coração acabará pregado ao pó. Se você exerce o poder para si mesmo, o único caminho é para fora e para a frente, longe do mundo terrestre de preocupações compartilhadas.

Espero que você me perdoe, ou pelo menos que me entenda. Eu era a única pessoa na sala com uma arma. O Brigadeiro estava acabado, derrotado. Simellia também. Nunca foi o meu dever salvá-los. Quanto a Adela, se pensei nela, foi apenas para lembrar o que me disse sobre acertar: algo que ela não fez, pobre coitada. E pensei em Graham. Pensei: nunca vou deixar que o tirem de mim. Meu querido objeto portátil. Como se só eu tivesse escolha.

Então descarreguei o pente da arma na máquina.

A sala foi inundada de luz vermelha. Um alarme rasgou o ar: *ee ee ee ee ee*. O chão vibrou por um instante infinitesimal, e imaginei que, por todo o prédio, portões de metal à prova de balas fechavam as saídas. Ao redor da porta do tempo, cor *havia* e forma *havia*, mas não eram cores ou formas que eu reconhecesse. A visão de uma cor totalmente nova me aterrorizou. Deixei cair a arma.

— Meu Deus — falei. — Puta merda. O que acontece agora?

— Você não *sabe*? — gritou Simellia, acima do barulho.
— Não! Essa coisa vai nos matar?
— Eu sei lá, cacete!

Tão abruptamente quanto haviam começado, os alarmes, o clamor e o tremor pararam. A máquina emitiu um ruído semelhante a um arroto sinistro. O Brigadeiro mexeu nela. Houve uma série de bipes questionadores, uma explosão vermelha. Vi uma tela: um sistema operacional, presumi. Então algo absolutamente horrível aconteceu com o Brigadeiro, uma forma de implosão-explosão, um rasgo no ar, como se toda a sala fosse um cenário e uma faca tivesse sido enfiada nela. Se um buraco negro pudesse espirrar, pareceria com isso. Então algo — pequeno, mas peculiarmente cheio de estrelas — pairou no ar. O Brigadeiro havia sumido.

Enquanto eu olhava para aquela galáxia flutuante e me perguntava se ia vomitar de novo, Simellia se esticou para pegar a arma que estava no meu coldre.

Foram vinte e quatro horas enervantes. Eu dormi no chão de pedra com o coração partido e a memória de um amigo morto. Tento, portanto, me perdoar por Simellia simplesmente ter arrancado a arma de mim e encostado o cano na minha têmpora. Os seguranças irromperam para encontrar uma situação de reféns entre as máquinas.

— Deixe-me sair daqui ou atiro nela — disse Simellia, com a voz rouca.
— Vocês sabem quem ela *é*? Sabem o que pode acontecer se ela morrer? Porque eu não sei, mas sou a única desesperada o suficiente para descobrir.
— O quê? — gritei.
— Você é uma duplicata única no espaço-tempo — sibilou Simellia. — Eles provavelmente têm ordens para mantê-la segura, caso a sua morte danifique a porta do tempo. Agora, cale a boca.

Alguém gritou *"abaixar armas"* por trás de uma máscara. Rifles automáticos apontaram para o teto. Entramos no vestíbulo, no corredor. O ar estava cheio de uma fumaça pungente, que nós, sem máscaras, lutávamos terrivelmente para superar; reconheci a tática do meu treinamento básico. Foi a tentativa de fuga mais idiota, sufocante e dolorosa da curta história do Ministério. E funcionou.

Num estacionamento perto do Ministério, Simellia me soltou, mas manteve a arma apontada para mim. Ela tremia e o cano balançava no ar como uma abelha bêbada.

— Estou indo agora — disse ela.

— Para onde?

— Não vou te dizer. Fala sério.

Olhei para seu o rosto exausto e tingido de cinza.

— Você não sabe, não é? — falei. — Você acha que está fugindo. Para *onde* vai correr, Simellia? Para onde pode ir sem que consigam encontrar você? E se não conseguirem encontrar você, encontrarão o seu irmão. A sua irmã. Vamos. Passe a arma pra cá. Vamos procurar Adela e…

Simellia balançou a cabeça com força.

— Não — respondeu ela. — Sem concessões. Não farei mais parte disso.

— Então o que você vai *fazer*? — gritei, exasperada. — Quem você acha que vai ajudá-la agora, exceto o Ministério?

— Vou contar a verdade sobre o que aconteceu aqui. Haverá muitos outros como eu. Tantos que você não vai nem acreditar. Seu problema sempre foi que você desiste fácil das pessoas.

— Simellia, seja sensata — falei, mas ela estava recuando para as sombras, arma erguida. O amarelo da saia lambia a escuridão.

— Vá para casa — disse ela. — Simplesmente vá para casa. Terminamos aqui, você e eu. Vá para casa.

Então eu fui.

Entrei no metrô. Meu cabelo estava uma zona, minhas roupas estavam sujas e amarrotadas, eu fedia a suor, e nem assim era a pessoa mais esquisita do vagão.

Quando cheguei em casa, destranquei a porta, entrei e tirei os sapatos. Eu respirava como se tivesse esquecido como fazer isso e precisasse reiniciar manualmente. Fui até a cozinha fazer um chá; afinal, por que não fazer um chá no fim do mundo?

Graham estava na cozinha.

Ele estava sentado à mesa e tinha uma arma apontada para mim.

— Ah — falei.

Uma pena que eu ainda não tivesse inventado um novo cumprimento, dada a frequência com que as pessoas apontavam armas para mim.

— Mantenha as mãos onde eu possa vê-las.
— O que está fazendo?
— Fique quieta. Você foi seguida?
— Eu... acho que não? Tentei destruir a porta. Pensei que, se a destruísse, tudo acabaria. Graham, por que está apontando uma arma para mim?
— Porque não confio em você.

Ele se levantou e estremeci. Seu braço estava perfeitamente firme. O anel de Arthur brilhou no seu dedo. Sequer parecia bravo. Estava apenas, indiscutível e indescritivelmente, me mantendo sob a mira de uma arma. A trava de segurança estava desativada, é claro.

Eu disse:
— Você vai me matar se atirar à queima-roupa.
— Eu sei.
— Ah, meu Deus. O que está fazendo? Eu tentei te ajudar.
— Você escondeu coisas de nós. Todos os planos do Ministério. Adela me contou tudo antes de morrer.
— *Morrer?*
— Presumo que foi isso que aconteceu com ela.
— Eu não entendo.
— Não estou especialmente interessado no que você entende ou não entende.
— Onde está Maggie?
— A salvo.
— Posso...
— Não. Estou mantendo-a a salvo de *você*.

O pânico explodiu, floresceu no meu peito.
— Graham, eu... Você tem que entender... Eu só estava fazendo o meu trabalho...
— Como pode pensar assim?
— Eu tinha ordens... Achei que poderia consertar... — falei. Na verdade, chorei. Estava aprendendo que era uma chorona infeliz quando pensava que poderia morrer.
— Você "tinha ordens" — repetiu ele. — Que fascinante que tenha nascido e sido criada no século XXI e não perceba como está soando. Toda a ambição, todas essas manobras, e isso equivale a "seguir ordens". Eu costumava pensar

que você era tão extraordinariamente sutil, uma estrategista, uma mágica. E pensar que isso era porque você é uma covarde. Entende que Arthur está *morto* por sua causa?

— Olha...

— Cale-se. Adela disse que você tem os códigos.

— Sim...

Ele indicou o notebook em cima da mesa com o queixo. O meu notebook, não o dele. Tive uma dolorosa imagem mental de Graham tirando-o cuidadosamente do meu quarto, colocando-o sobre a mesa da cozinha, a arma enfiada no cinto.

— Quero que apague tudo — disse ele.

— Vou apagar, vou apagar. Por favor, abaixe a arma.

— Não. Sente-se.

Tremendo, sentei-me na cadeira.

— Graham... Escute... Adela lhe contou quem ela era?

— Delete tudo relacionado a esse projeto.

— Sim... mas olha... sou... mas... você sabe quem ela era? No futuro, você e eu...

— Não existe "você e eu" — disse ele bruscamente. — Havia você, e havia um hobby que você tinha. Pare de falar. Destrua todos os vestígios deste projeto. Ou, com Deus como minha testemunha, vou puxar esse gatilho e enviarei você diretamente a Arthur para pedir desculpas em nome do Ministério.

Bati no teclado e observei os arquivos aparecerem, um após o outro. Suor e lágrimas rodeavam as minhas pálpebras. Ele mudou de posição e a arma roçou muito levemente nos meus cabelos. Gritei de terror. Pelo canto do olho, eu o vi estremecer. Olhei para ele depressa e, por um momento, nós nos encaramos. Sua boca tremia.

— Mais rápido — sussurrou ele.

— Graham...

— Pare de falar o meu nome!

Digitei, cliquei e tremi incontrolavelmente. O pequeno dispositivo de Adela permitia o meu acesso, mas eu estava com tanto medo que confundia cincos com setes e quase fui bloqueada. Vislumbrei, por alguns segundos, meus próprios arquivos psicológicos — a equipe de Bem-estar monitorava todas as pontes —, e parecia uma sentença de morte quando me apaguei. A tela continuava pulsando num verde doentio dos anos 1980. Eu podia ouvi-lo respirando — de forma irregular e tentando manter-se firme, como um homem enfrentando uma dor terrível.

— Pronto! Está feito! Abaixe a arma e me deixe...

— Estou indo embora — disse Graham. — E vou levar Maggie comigo. Você não vai tentar nos rastrear. Sei que, quando me tornei o seu amante, você me usou como quis e agora me despreza, mas acho que ainda se importa com Maggie. Se a capturarem, eles a matarão. Se você a ama, não os ajudará.

— Você já me amou? — perguntei, impotente.

— Fique aqui. Não me siga — disse Graham. Ele deixou a cozinha, mantendo-me sob a sua mira. Então seguiu às pressas pelo corredor e logo saiu pela porta da frente, batendo-a com força.

Fiquei sentada, imóvel, à mesa da cozinha. Havia um relógio acima da porta e eu o observei marcando cinco minutos, dez minutos, quinze. Meia hora se passou. Quarenta e cinco minutos. Foi só quando vi o ponteiro menor marcando incessantemente o próximo número que percebi: acabou. Não haveria nenhuma reviravolta dramática dos filmes de horário nobre, nenhuma mudança de opinião nem beijos reconciliatórios. Ele tinha ido embora.

Eu ainda estava sentada à mesa, observando o relógio borrar conforme as lágrimas iam e vinham, quando oficiais do Ministério chegaram para me prender. Como eu já estava no limite da escala da miséria, disse ao oficial que me prendeu, com o mesmo tom que se cumprimenta um carteiro:

— Ah, oi.

Ele olhou para mim como se eu tivesse arrancado o meu próprio rosto para revelar um vilão do Scooby Doo. Foi uma expressão tão bizarra que, apesar de tudo, comecei a rir.

Surpreendentemente, poucas pessoas sabiam que a falecida Adela Gore era do futuro. Revelar isso ao oficial de interrogatório errado me colocou em prisão domiciliar num novo esconderijo. Fiquei lá por menos de uma semana. Não consigo descrever o quanto parece que um dia dura quando você pensa que terá que aguardar indefinidamente. É uma forma de tortura, percebo isso agora. Manter alguém numa cela contra a vontade é como colocar a mão em seus cabelos e direcionar todos os seus movimentos. E eu havia me mantido tão ocupada — tão trabalhadora, tão robozinha obediente —, que seis dias sem notícias minhas dificilmente seriam percebidos por minha família e meus amigos. Eu havia me tornado uma ilha de uma pessoa só, e agora estava afundando.

No sexto dia, um carro apareceu para me levar ao Ministério. Tinha filme escuro nas janelas. Uma mulher com uma discreta protuberância de arma no seu terninho violentamente nada chique sentou-se à minha frente durante a viagem.

Fui levada ao andar do Controle, para uma sala linda e iluminada, com belas cortinas verdes. O Secretário estava sentado atrás de uma mesa de vilão de filme de espionagem. Ele me serviu um uísque. Eram três da tarde. Procurei em vão um gato branco fofo.

— Puxa vida — disse o Secretário, com simpatia.

Levei o uísque até os lábios e deixei queimar a pele do tamanho de uma unha que eu havia arrancado deles. Era o mesmo uísque que Graham bebia — claro, o uísque era fornecido pelo Ministério — e tinha gosto das minhas conversas com ele. Quis desesperadamente um cigarro.

— Você sabia que eu era Adela — falei, olhando para o copo.

— Sim. Ela nos contou.

— Quando?

— Muito antes de você se juntar a nós. Antes mesmo do começo do projeto. Acho que foi cerca de um mês depois que a porta do tempo foi apreendida. Ah, aquela porta miserável. Não tínhamos ideia de como funcionaria. Nós a colocamos nas instalações de armas experimentais da Defesa.

— Esse é o departamento de canetas explosivas?

Ele me deu um sorriso indulgente.

— São principalmente armas químicas e biológicas… e desenvolvimento de malware, mas todos gostamos de um bom filme de James Bond, não é? Enfim, certa tarde, um técnico de laboratório veio gritando pelo corredor com as entranhas na calça, coitado. Ele ficou na linha do raio no momento errado. Ela havia atravessado.

— Ela?

— A mulher que você conheceu como Adela Gore.

Coloquei o copo de uísque na mesa com força. O Secretário tinha um frágil arranjo de caneta-tinteiro com um apoio e um suporte de latão, e eu perturbei a arrumação.

— Eu estava na Defesa antes disso — disse ele, pegando a caneta-tinteiro. — No conselho de Westminster. Ela mesma me escolheu.

Vi o vidro se romper e florescer, um fogo de artifício momentâneo de âmbar e cristal perto da estante de livros. Alguns segundos depois, percebi que eu havia jogado o copo na parede. O Secretário não se mexeu e, de repente, me senti muito cansada. Sentei-me novamente, sem ter percebido que havia me levantado.

— Então ela apareceu — falei — e explicou que era de mais ou menos 2040 e que você precisava fazer a história acontecer usando a porta do tempo. Escolha os expatriados certos nas épocas certas para ter o futuro certo, como uma receita de bolo. É isso?

— Você está correta.

— Por que matá-los então? Por que Maggie e Arthur?

O Secretário acenou de forma grandiosa para a janela, num gesto que aparentemente abrangia toda a cidade.

— Minha querida — disse ele —, tenho certeza de que percebeu o quanto os expatriados são valiosos para nós. Mas somente se puderem ser treinados. Infelizmente, Dezesseis-sessenta-e-cinco e Dezenove-dezesseis eram conjuntos de dados valiosos, mas teriam sido agentes inúteis. Não se culpe... no presente nem no futuro. Adela Gore não sabia. Ela administrou o projeto de construção do futuro com competência, mas foi só isso. Ela nunca foi, pelo que entendi, uma tomadora de decisões em nível de liderança, embora fosse uma agente de campo de fato eficiente. E você, infelizmente, não é nem mesmo Adela Gore. Você falhou, em todas as permutações, em alcançá-la. O que me leva ao assunto para o qual foi trazida para discutir hoje.

Senti dois círculos frios se abrirem nas palmas das minhas mãos.

— Sua demissão — disse ele.

— Assim como Maggie e Arthur foram "demitidos".

Ele me lançou um olhar perplexo e empurrou um pedaço de papel datilografado sobre a mesa. Havia um número surpreendentemente grande perto do topo, com o símbolo da libra esterlina na frente.

— Espere. Você está realmente me demitindo?

— Os expatriados estão mortos, desaparecidos ou sob custódia. Não sei quem você se tornará, mas não me parece que seja a sra. Graham Gore, agente do Ministério. Independentemente disso, devido à sua relação *singular* com a porta do tempo, é prudente deixá-la em paz. Por ora.

Meu pulso se levantou cerca de um centímetro. A vontade de mastigar a pele do polegar era tão forte quanto a vontade de fumar. Sentei-me, tão sutilmente quanto pude, na minha mão.

— Então. Você *não* vai me matar?

O Secretário suspirou.

— Venha comigo — disse ele.

Ele me levou até a parede oposta distante: era um escritório grande o suficiente para que eu pudesse descrever uma das paredes como "distante". Um painel de madeira fez um barulho muito eletrônico e se abriu. Não fiquei realmente surpresa. Trotei atrás dele por um corredor reforçado de aço e vidro, passando por guardas armados e diversos alarmes. Por fim, fui levada para uma sala enorme e vazia, como um laboratório recentemente saqueado. Numa mesa de autópsia estava...

— Essa *foi* Adela Gore — disse o Secretário. — Achamos que aconteceu quando Simellia tentou sabotar a porta. Os homens presentes me disseram que ela pareceu explodir, mas ao contrário e com luz em vez de vísceras. No entanto, sua transformação em... seja lá o que isso for... funcionou como uma grande distração, que permitiu a fuga de Dezoito-quarenta-e-sete, Dezesseis-sessenta-e-cinco e Dezesseis-quarenta-e-cinco.

— Sim, foi o que aconteceu com o Brigadeiro também... — falei, lentamente. Havia algumas armadilhas pela frente na conversa que eu precisava negociar. — Então. *Simellia* destruiu a porta?

O Secretário olhou pensativamente para mim.

— É do meu conhecimento que ela tentou. A equipe da SWAT encontrou balas correspondentes a uma arma de fogo do Ministério no chão e na parede, e parece que ela fugiu com outra.

Ele esperou. Entrei na conversa novamente:

— Sim. Simellia tinha mesmo... uma arma. E o que você quis dizer com "ela *tentou*" destruir a porta?

— É uma máquina extraordinária. Pode perfurar a própria estrutura do espaço-tempo. Não creio que possa ser destruída por algo tão prosaico quanto uma pistola. Está… danificada. Não tenho liberdade para dizer mais nada. Eu a aconselho a não seguir esta linha de questionamento, pois poderei me descobrir interessado numa linha de investigação própria.

— E todos os expatriados estão desaparecidos? — perguntei apressadamente.

— Gore e Kemble estão. Cardingham foi encontrado e detido. Está cooperando. Até onde sei, ele sempre cooperou conosco, não importava a linha temporal.

— Simellia — falei, de repente.

— Você sabe o que vai acontecer quando a encontrarmos — disse o Secretário, com bastante delicadeza.

— Deus do céu. Você não *pode*…

— Posso, sim. Não só posso, como devo. Muitas vezes ouvi vocês usarem o termo "solidariedade". Uma palavra que descreve a unidade de um grupo com um interesse em comum. Um grupo que se protege de perigos externos que ameaçam a sua segurança. Estou descrevendo cidadãos e um país. Não vê isso?

Eu ainda estava segurando o pedaço de papel com os meus termos de demissão e comecei a torcê-lo num cone suado. Ainda penso nesse pequeno discurso, aliás. Penso em como Simellia teria ficado irritada com o termo "vocês" e com a ilegitimidade de nos descrever sob o mesmo termo genérico, ainda que ofensivo.

— Você é maligno.

— Fico feliz que tenha o luxo de pensar assim. Significa que a sua vida é tão segura que você pode se divertir com noções de moralidade individual. Os indivíduos não são importantes. Um país é.

Olhei para a galáxia no tamanho de uma caixa sobre a mesa de autópsia, ou melhor, pairando um pouco acima dela. Não parecia ter todos os planos nas dimensões que eu estava acostumada a ver, e isso fez os meus olhos lacrimejarem. Eu me perguntei se tinha matado Adela ou se a linha do tempo dela simplesmente havia deixado de existir.

Imaginei Graham em algum lugar no futuro, esperando que a sua esposa voltasse para casa, afundando na dor à medida que os anos passavam; um adolescente se tornando um homem, arrependido de não ter abraçado a mãe com mais frequência. Mas talvez eu também os tenha suplantado, eliminado a sua linha do tempo. Meu filho, que nunca conheci, conquistado pela atrofia antes mesmo de existir.

— Não sabemos o que aconteceu com ela — disse o Secretário — e, por isso, temos que garantir que nada aconteça com você, porque ela era uma versão sua e quem sabe que efeito você poderá ter no futuro. Você tem muito *potencial*. Não é maravilhoso? Mas se chegar a cento e cinquenta metros deste prédio mais uma vez, a segurança tem ordens para abrir fogo.

Eu não tinha emprego nem casa. Recuperei a maior parte dos meus pertences no centro de recuperação do Ministério, mas durante semanas fui descobrindo que me faltavam um cinto, um vestido, uma lembrança que deve ter sido perdida na rápida demolição da casa pelo Ministério. Metade dos meus livros havia desaparecido, *Rogue Male* entre eles. A bolsa de galinha voltou para mim dobrada em formas nada aviárias. O mais frustrante é que eles devolveram os meus aparelhos eletrônicos, mas nenhum dos carregadores necessários. Pareceu um último e mesquinho "vá se foder".

Guardaram tudo o que pertencia a Graham. Tecnicamente, seus pertences foram comprados com o orçamento do Ministério, então eram propriedade do Ministério. Mas eu teria gostado de ter algo dele.

Meu laptop e telefone de trabalho foram confiscados. Como nunca usei o meu telefone pessoal — um modelo antigo com metade de uma tela — para tirar fotos, isso também significava que eu não tinha retratos dele. Tudo o que me restou foram as reproduções do daguerreótipo de 1845 na internet, como era antes de ele entrar na minha vida. Usei o colar de galinha, aquecendo-o entre as pontas dos dedos, e tentei me lembrar das suas mãos. Mas a imagem desapareceu. Certa manhã, acordei e descobri que não conseguia mais me lembrar exatamente de que cor eram os seus olhos.

Saí da cidade e voltei para a casa dos meus pais. A narrativa acordada pelo Ministério era a de que eu tinha sido despedida numa remodelação do Departamento de Idiomas, e foi isso que contei aos meus pais: o punho do Ministério enfiado no meu reto, fazendo-me de fantoche.

Voltar para casa doeu. Eles estavam bem ali, os meus pais — os autores do meu sangue e das minhas neuroses — e eram apenas pessoas. Pessoas incrivelmente comuns, do tipo sobre as quais ninguém escreve romances. Pensei nas barganhas que fiz com o poder, pelo poder, pagando com pessoalidade, quando tudo o que eles realmente queriam era que eu fosse feliz e tivesse um emprego decente.

Meu pai me garantiu que o meu pagamento por "demissão" fora muito bom e tentou me fazer ver o lado positivo; minha mãe levou as minhas dificuldades para o lado pessoal e prometeu lançar "uma maldição" (não especificada) para o meu antigo empregador. Ela nunca havia demonstrado qualquer inclinação para feitiços e magias de proteção antes, mas foi bom vê-la cheia de energia. Eu me deixei desabar, na maior parte do tempo. Voltei a ser criança, reduzida a uma lamentável pequenez diante da impassividade do mundo adulto. Ele se foi e levou a mulher que eu poderia ter me tornado com ele.

Por várias semanas, ou eu estava chorando ou não estava. O último estado era um espaço entorpecido onde eu deveria estar chorando, mas não conseguia. Eu poderia estar subindo as escadas e, de repente, me sentir tão entorpecida que teria que parar, sentar e me encostar na parede por uma hora. Eu poderia estar tomando banho e me perder tão profundamente no entorpecimento que ficaria com as mãos na água até que ela esfriasse e as minhas palmas ficassem pálidas e enrugadas como nata.

Um dia, li o caderno de Arthur, que o Ministério não pensou em tirar de mim; provavelmente porque Arthur nunca fora uma ameaça, ainda mais agora que estava morto. "Dia" é um pouco forçado, já que eram 3h30 da manhã, um horário desperto normal para mim na época. A maior parte do caderno continha listas de perguntas: *O que é uma VPN? Quem é Mussolini? Swinging Sixties — significado? Guerreiros do Politicamente Correto — quem são e onde se reúnem?* Normalmente, na página oposta, havia notas de resposta rabiscadas. Presumi que Arthur e Simellia tinham reuniões regulares para analisar estrategicamente as perguntas. Eu nunca fiz isso com Graham. Eu era, em muitos aspectos, uma ponte ruim.

Havia duas outras coisas no caderno e quase as confundi uma com a outra. Uma eram letras de músicas anotadas rapidamente. Arthur, ao contrário de Graham, parecia gostar de música moderna e tentava acompanhar o que estava ouvindo. A outra era poesia.

Sua poesia era terrível, e acho que ele sabia disso — ele nunca poderia ter sido Rupert Brooke ou Siegfried Sassoon —, mas não conseguia se impedir de escrevê-la. Havia algo de muito nobre nisso, essencialmente arthuriano. Li um dos seus poemas e o ouvi com a sua voz. Havia uma ferida em mim que continuava desatando as próprias suturas. Senti muita falta de todos eles. Agora que tinham partido, parecia-me que os conhecia melhor do que quando estavam comigo. Eu pensara que Graham fosse um adepto do Império, e ele pensara que eu era uma inconformista radical devido à minha própria existência. Se ao menos tivéssemos visto um ao outro de forma clara...

Saí para o gramado imaculado dos meus pais. No céu, como os glifos nas bandeiras de sinalização, estavam as estrelas. Maggie vira aquelas mesmas estrelas, e Arthur e Graham também. Mas as estrelas não são eternas. A maioria já estava morta, e eu olhava para fantasmas. Em algum momento no futuro do nosso planeta, a paisagem celeste mudará. Talvez não exista mais gente até lá, não se o mundo do Brigadeiro servir de referência. Essas estrelas foram um belo e temporário presente da nossa era: a era que todos compartilhamos, a era humana. Eu morreria um dia, assim como todo mundo, então o melhor é tentar viver.

Na manhã seguinte, levantei-me da cama para tomar o café da manhã, estranhamente animada após quatro horas de sono. Perguntei aos meus pais se gostariam de dar um passeio na floresta enquanto o tempo estava bom. O alívio deles foi visível. Lembrei-me do que Adela tinha dito: *"Você deve passar o máximo de tempo possível com eles."* Tentei lembrar quem eu era antes de Graham entrar na minha vida.

A primavera virou verão. O verão estourou e se deitou. Minha irmã conseguiu um trabalho de revisão freelance para mim, o que significou que passei a receber e-mails novamente, mas pelo menos não era obrigada a matar ninguém ou a espionar os meus amigos. Parei de chorar todos os dias, embora ainda chorasse às vezes. Ainda morava com os meus pais, embora considerasse a ideia de voltar para Londres. O dinheiro secreto do Ministério acumulava teias de aranha na minha conta bancária. Era mais dinheiro disponível do que já tivera num só lugar, e eu não queria tocar nele.

Certa tarde, meu pai me chamou lá embaixo enquanto eu evitava e-mails no antigo quarto da minha irmã, agora meu escritório.

— Chegou um pacote meio estranho para você.

— É?

— Estava no correio há algumas semanas. Tentavam descobrir onde ficava a casa. Mas tem o seu nome.

— Como podem ter tido dificuldades de achar a casa? Ela é numerada.

— Bem. Veja por si mesma.

Ele me entregou um pequeno pacote. Imediatamente senti como se o chão tivesse explodido em fendas. No canto superior, havia um selo dos EUA, mas o restante do pacote estava rabiscado com a letra lânguida de Graham. Não havia endereço. Em vez disso, ele deu uma descrição aproximada de onde achava que a casa ficava e como ela era, com base nas minhas histórias de infância, e colocou o meu nome no topo.

Rasguei o papel. Dentro do pacote, estava a cópia perdida de *Rogue Male*.

Havia algo preso entre as páginas. Abri o livro e tirei uma fotografia brilhante. Em primeiro plano, havia abetos verde-esmeralda vibrantes, e terra selvagem e remexida. Achei que conseguia distinguir um lago ao fundo, brilhando de forma promissora. Era anônimo em sua beleza.

Na borda esquerda da fotografia, havia um brilho de alguma coisa. Inclinei-a, semicerrei os olhos e dobrei o pescoço. Havia fios soprando ao vento: dourados com tons de cobre, luz tênue. Cabelo. Havia também uma pequena faixa vertical de fúcsia. Eu olhava para um longo cabelo loiro-avermelhado e a ponta de um braço em uma jaqueta rosa-shocking, longe da lente, de modo que outra pessoa é quem devia ter tirado a foto. Esta era uma fotografia que mostrava duas pessoas: uma quase totalmente fora de vista e a outra atrás da câmera. Eles estavam vivos.

Comecei a recolocar a fotografia no livro, quando percebi que ela marcava uma página com um trecho sublinhado. Li:

Ela sabia, suponho, que éramos semelhantes na nossa mistura de impulso e inteligência. Suas emoções governavam o cérebro; embora ela apoiasse o seu lado com uma lógica devastadora, a lógica nada tinha a ver com a sua devoção. Eu nunca deveria ter suspeitado disso de mim mesmo, mas é verdade. Nunca tomei partido, nunca saltei de todo o coração para uma escala ou outra; nem percebo decepções, desde que sejam graves, até que a ocasião passe há muito tempo. No entanto, sou governado pelas minhas emoções, embora as mate ao nascer.

No final da página havia outra nota, escrita com a mesma caligrafia rebuscada com que ele assinara a nota no moledro em 1847. Dizia:

É claro que eu te ~~amei~~ amo

— Você está bem, filha? — perguntou o meu pai. Ele parecia confuso. Quem sabe que jornada facial acabara de testemunhar.

— Hã. Sim. Pai. Você sabe que árvores são essas?

— Hum. Espruce-de-sitka, talvez?

— Onde elas são encontradas?

— Na Costa Oeste dos Estados Unidos. A foto provavelmente foi tirada no Alasca.

— Qual é a maior cidade do Alasca?

— Anchorage — respondeu o meu pai prontamente. Pude ver que estava satisfeito por eu me engajar com o seu conhecimento inútil, e também por não chorar no sofá. — Tem alguns amigos lá, não é?

— Sim — falei devagar.

Estava pensando no dinheiro de cala a boca que não havia tocado, nos e-mails que não tinha vontade de responder. Estava pensando no paradeiro aproximado que poderia localizar a partir de uma única fotografia, se tivesse cuidado.

— Sim — continuei, com um pouco mais de clareza. — Sabe, eu não tiro férias há mais de um ano. Acho que seria bom fazer uma viagem.

É assim que se muda a história.

Até onde você sabe — ou até onde o "você" que sou eu sabe —, a porta do tempo está quebrada. Talvez você nunca receba este documento, que lhe diz o que você se tornará se seguir esta versão de si mesma. Mas, se ele cair nas suas mãos, então quero que saiba como isso acontece, passo a passo, para que possa mudar. Eu existo no início e no final deste relato, o que é uma espécie de viagem no tempo, mas espero que você encontre uma maneira de me conter. Sei o quanto você ansiava pela sua versão futura se inclinando e segurando o seu rosto, para sussurrar: *"Não se preocupe, vai melhorar."* A verdade é que não vai melhorar se você continuar cometendo os mesmos erros. Pode melhorar, mas você deve se permitir imaginar um mundo no qual *você* é melhor.

Não quero parecer pessimista. Só faço isso porque posso ver o quão erradas foram as minhas escolhas. Não as faça. Não entre no jogo acreditando que é apenas uma engrenagem num grande empreendimento, que o seu passado e o seu trauma definirão o seu futuro, que os indivíduos não importam. A coisa mais radical que já fiz foi amá-lo, e nem fui a primeira pessoa nesta história a fazer isso. Mas você pode acertar, se tentar. Você terá esperança, e terá sido perdoada.

Perdão, que leva você de volta à pessoa que você era e permite redefini-la. Esperança, que existe num futuro em que você é novidade. O perdão e a esperança são milagrosos. Eles permitem que você mude a sua vida. Eles são viagens no tempo.

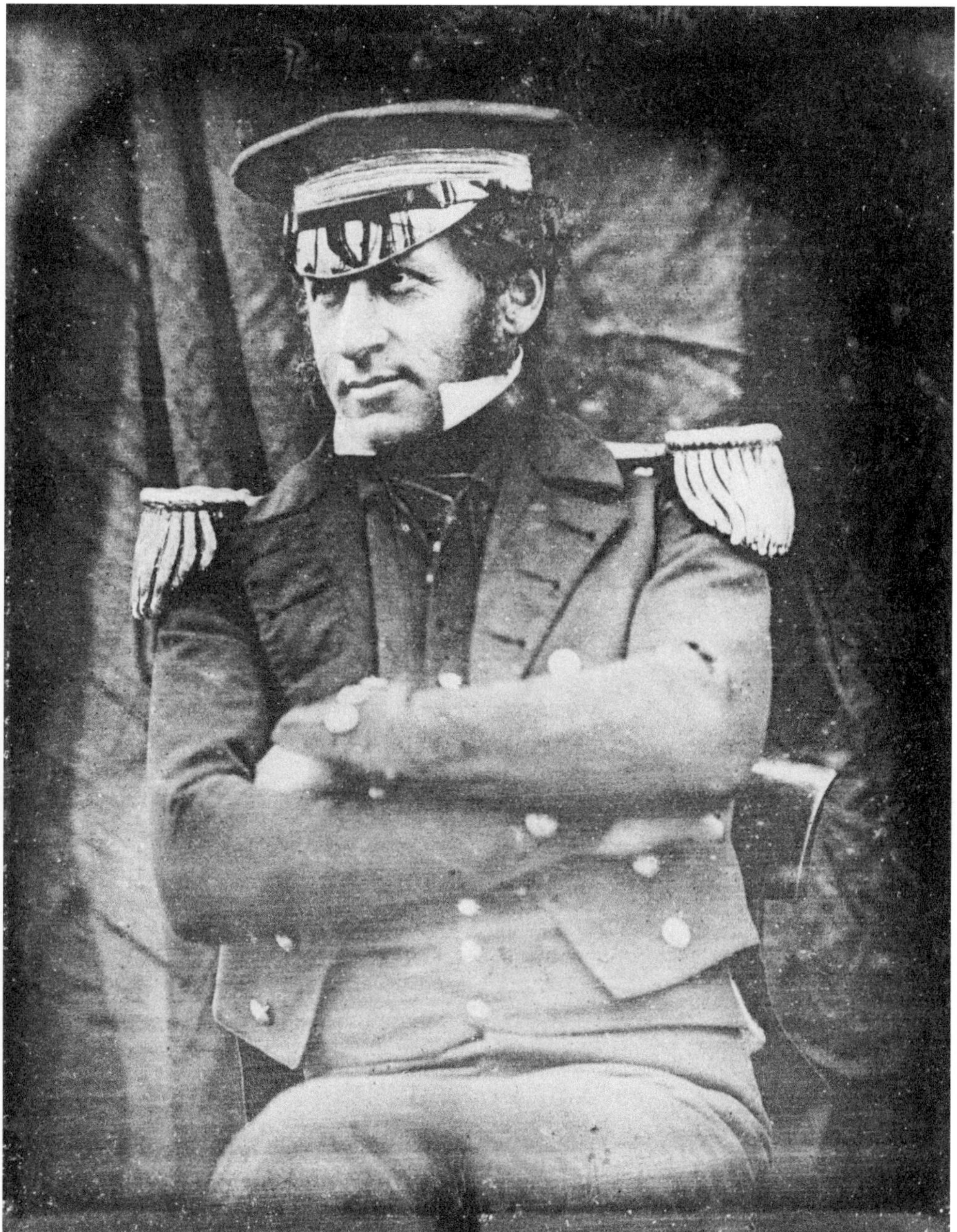

Posfácio

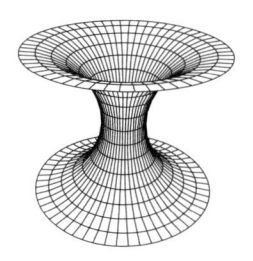

Em 19 de maio de 1845, dois navios, o HMS *Erebus* e o HMS *Terror*, partiram de Greenhithe, em Kent, para encontrar a passagem Noroeste, uma (então) hipotética rota através do Ártico norte-americano que ligaria o Reino Unido aos reinos comerciais da Ásia. No final de julho de 1845, dois baleeiros avistaram o *Erebus* e o *Terror* na baía de Baffin, na costa oeste da Groenlândia, aguardando boas condições para entrar no labirinto do Ártico. A expedição nunca mais foi vista por europeus. Após sete anos de buscas, em 1º de março de 1854, a expedição foi oficialmente declarada perdida e todos os seus membros, mortos. Somente em 1859 é que William Hobson, um tenente de outra expedição ao Ártico, encontrou um moledro contendo a nota do Victory Point: cujo texto é reproduzido na Introdução ao Capítulo Nove deste romance.

A expedição estava sob o comando de Sir John Franklin, veterano explorador do Ártico, conhecido como "o homem que comeu as botas", em homenagem à desastrosa, assassina e possivelmente canibal expedição Coppermine de 1819. O *Terror* foi capitaneado por Francis Crozier, um marinheiro e cientista excepcionalmente competente que havia participado de cinco expedições anteriores ao Ártico e à Antártida; *Erebus*, a nau capitânia, era liderada por James Fitzjames, um homem carismático e ambicioso, sem qualquer experiência no polo. O braço direito de Fitzjames no *Erebus* foi o primeiro-tenente Graham Gore, um dos apenas seis oficiais da expedição com experiência no Ártico.

Há pouquíssimo material sobre Graham Gore. Não temos registro do seu nascimento, nem do seu testamento, nem de quaisquer cartas que ele tenha escrito a respeito da própria expedição. Temos o seu histórico de serviço, mas quase nenhuma informação sobre a sua experiência pessoal durante a carreira. Seu pai, John Gore, comandou o *HMS Dotterel* e inscreveu Graham, de onze anos, como um "jovem voluntário" no navio em 1820, então sabemos que ele devia ter cerca de trinta e cinco anos quando a expedição de Franklin partiu. Sua descrição mais duradoura é a de James Fitzjames, numa carta para a cunhada Elizabeth Coningham:

Graham Gore, o primeiro-tenente, é um homem de grande estabilidade de caráter, um excelente oficial com o mais manso dos temperamentos, não é tanto um homem do mundo quanto Fairholme ou Des Voeux, é mais do estilo de Le Viscomte [sic] sem a sua timidez. Ele toca flauta terrivelmente bem, desenha às vezes muito bem, às vezes muito mal, mas é um sujeito excelente.

Por mais que ele pareça uma nota de rodapé na história, é possível inferir algumas coisas sobre Gore. Ele era um oficial popular e querido; esteve continuamente empregado desde o início da carreira, o que era incomum para um oficial da Marinha Real em tempos de paz, e muitos dos homens que serviram com ele comentaram sobre a sua gentileza. Ele tocava flauta e gostava de desenhar (contribuiu com uma série de ilustrações para o livro *Discoveries in Australia*, de John Lort Stokes, depois de servir como primeiro-tenente de Stokes a bordo do *HMS Beagle*). Era um grande caçador e frequentemente é mencionado em cartas e memórias de outras pessoas atirando em coisas (caribus, focas, coelhos, cacatuas, garças; ele atirou em um tudo). E, com base no único daguerreótipo que existe dele, era um homem muito atraente.

Extrapolei bastante a respeito de Gore para este romance. Fitzjames menciona ter visto Gore pescando na lateral do *Erebus* com um charuto na boca: transformei isso num hábito de fumar. Stokes se lembra de Gore ter comentado "Matei a ave..." friamente, após uma arma explodir nas suas mãos com tanta força que o jogou para trás: transformei isso numa personalidade sobrenaturalmente calma e amável. Concluí que ele provavelmente era um bom atirador, dada a quantidade de prática que tinha no tiro. Nas únicas cartas sobreviventes de Gore, digitalizadas pelo site Arctonauts.com, ele parece ser um homem bem-humorado e tranquilo, que disse o seguinte sobre a sua carreira na Marinha:

mas (que pode ser muito tolo) sempre tive um pressentimento: um dia chegarei ao topo da árvore, quer goste ou não

Então coloquei-o — numa versão do seu futuro — no topo do Ministério. Quer ele goste ou não.
A primeira versão de *O Ministério do Tempo* foi escrita para divertir alguns amigos. Nunca pretendi ter mais do que cinco leitores. Mas estou feliz que *O Ministério do Tempo* tenha surgido daquele projeto. Na verdade, isso me ensinou que sempre vale a pena ler as notas de rodapé.

Kaliane Bradley
Londres, 2024

Agradecimentos

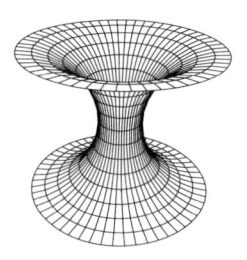

Foi necessária uma reunião de oficiais respeitáveis para este navio zarpar. Obrigada a Federico Andornino e Margo Shickmanter, meus brilhantes editores, que trouxeram efervescência, força e precisão ao texto: ele é uma coisa mais bonita do que era antes por causa de vocês. Obrigada a Chris Wellbelove, meu agente, pela sua fé em mim e sua clareza de visão; tanto ele quanto a sua assistente, a maravilhosa Emily Fish, leram, releram e releram outra vez *O Ministério do Tempo* e, ainda assim, nunca perderam de vista o cerne do livro.

Obrigada a Lisa Baker, Laura Otal, Anna Hall, Lesley Thorne e a toda a equipe da Aitken Alexander Associates, que encontraram tantos novos portos para *O Ministério do Tempo*: tem sido um sonho trabalhar com vocês. Obrigada também à equipe do Sceptre: Maria Garbutt-Lucero (minha heroína), Holly Knox, Kimberley Nyamhondera, Alice Morley, Melissa Grierson, Helen Parham, Alasdair Oliver, Vicky Palmer e Claudette Morris; e à equipe da Avid Reader Press: Alexandra Primiani, Katherine Hernandez, Meredith Vilarello, Caroline McGregor, Katya Buresh, Alison Forner, Clay Smith, Sydney Newman, Jessica Chin, Allison Green, Amy Guay e Jofie Ferrari-Adler.

Obrigada a Anne Meadows, cujo feedback generoso e incentivo afetuoso num ponto crucial das primeiras reescritas mudaram este livro para melhor.

Estou em dívida e grata pelos amigos que fiz por termos enlouquecido com vários rapazes das antigas que morreram em regiões polares. Sou especialmente grata aos amigos que leram a primeira versão de *O Ministério do Tempo* tal como estava sendo escrita, sem os quais o livro nunca teria existido: Isaac Fellman, Lucy Irvine, VP James, Theodora Loos, Kit Mitchell, Waverley SM, Allegra Rosenberg, Sydni Zastre, Arielle, Berry, Ireny, Jess, Kate, Leo e Rebecca. Também sou profundamente grata por ter assistido à série de TV da AMC, *The Terror*, desenvolvida por David Kajganich, sem a qual eu nunca teria conhecido Graham Gore.

Minha amiga Rach, fã de Wilfred Owen, descobriu o tenente Owen, de Arthur, e a origem do anel de sinete. Deixamos ao seu encargo decidir em que circunstâncias felizes esse anel pode ter sido oferecido.

Para este livro, me baseei em inúmeros estudos. Agradeço especialmente a Edmund Wuyts do Arctonauts.com, que foi um recurso inestimável sobre tudo relacionado a Graham Gore; e a Russell Potter, cujo blog "Visions of the North" foi onde encontrei — entre outras coisas — a descoberta de que Gore estava quase certamente por trás do cronômetro Arnold 294 (visto pela última vez no *Beagle*, na Austrália) sendo listado como "Perdido nas regiões árticas com o *Erebus*". Apresentei essa discrepância sob uma luz mais nefasta do que pode ter sido o caso; desculpe, Graham.

No capítulo final deste livro, faço uma citação direta de *Rogue Male* (1939), de Geoffrey Household. Minha edição (e, portanto, a de Graham) é a reedição de 2007 da New York Review of Books.

Para informações sobre os segmentos do Ártico, baseei-me em *Frozen in Time: The Fate of the Franklin Expedition*, de Owen Beattie e John Geiger; *I May Be Some Time: Ice and the English Imagination*, de Francis Spufford; *May We Be Spared to Meet on Earth: Letters of the Lost Franklin Arctic Expedition*, editado por Russell Potter, Regina Koellner, Peter Carney e Mary Williamson; *Discovering the North-West Passage: The Four-Year Arctic Odyssey of HMS Investigator and the McClure Expedition*, de Glenn M. Stein; a tradução de L.H. Neatby de *Frozen Ships: The Arctic Diary of Johann Miertsching 1850-1854*; *Narrative of an Expedition in HMS Terror: Undertaken with a View to Geographical Discovery on the Arctic Shores, in the Year 1836-7*, por Sir George Back; os diários não publicados do Ártico de Sir Robert John Le Mesurier McClure, mantidos pela Royal Geographical Society; e o conhecimento dos amigos que fiz por causa das explorações polares. Quaisquer imprecisões ou erros que você encontrar em *O Ministério do Tempo* são de minha responsabilidade.

Obrigada à minha família — meus pais, Rany e Paul, e meus irmãos, Brigitte, Pauline e David — pelo amor e apoio inabaláveis. Obrigada a Becky, Narayani e Anna pelo apoio, pela gentileza e pela disposição em me deixar falar por horas a fio sobre um cara morto.

Obrigada, acima de tudo, a Sam. Essa felicidade não teria sentido sem você. Obrigada por acreditar em mim desde o início.

Impressão e Acabamento:
GRÁFICA GRAFILAR